Une odeur de gingembre

Oswald Wynd

UNE ODEUR DE GINGEMBRE

Roman

Traduit de l'anglais
par Sylvie Servan-Schreiber

La Table Ronde
7, rue Corneille, Paris 6e

Titre original : *The Ginger Tree*.

ISBN 2-7103-0925-4.

1

S.S. *Mooldera*
Au large d'Aden
Le 9 janvier 1903

J'ai été malade hier, pour mon anniversaire, alors que je n'avais pas eu le mal de mer pendant la traversée de la baie de Biscaye, ni même à Malte pendant cette tempête. C'est un peu bête d'avoir été malade sur une mer aussi petite que la mer Rouge, mais quand je suis montée au coucher du soleil sur le pont — pour échapper aux gémissements de Mme Carswell — le second est venu s'accouder près de moi et m'a dit que je n'avais pas supporté les lames de fond de Somalie. Il a ajouté que bien des gens arrivent à tenir le coup au milieu des pires tempêtes, mais ne résistent pas à une sérieuse lame de fond. C'est un homme assez agréable, bien qu'il ait au moins trente ans ! Il a de très grandes mains. Trop grandes.

Je n'ai dit à personne que c'était mon anniversaire hier. Même pas à Mme Carswell. D'ailleurs, elle était malade, elle aussi, et bien plus que moi.

Les lames de fond sont comme des petites collines mouvantes, parfaitement lisses et grises. Quand on tangue sur l'une d'elles, on voit les autres arriver de l'horizon sur soi. Le ciel est gris, lui aussi, et n'a même pas l'air capable de rougir au crépuscule.

Je suis revenue dans la cabine pour écrire sur ma couchette, au-dessus de Mme Carswell, qui gémit sans cesse. Je n'aurais jamais pensé que quelque chose puisse craquer comme ce bateau craque. On étouffe ici. Des battants de métal ont bien été mis à l'extérieur des hublots pour canaliser l'air, mais il n'y a pas le moindre souffle malgré le mouvement du bateau.

Je viens de décider à l'instant que je n'allais pas envoyer ce cahier à maman comme je le lui avais promis. J'ai eu envie depuis Port-Saïd de consigner ici des notes qu'elle ne devra jamais voir. Il paraît que les gens changent à l'est de Suez et c'est peut-être bien ce qui est en train de m'arriver. Quand j'ai commencé à me sentir mal, avant-hier, j'avais quand même envie de goûter au curry, et pourtant j'ai toujours détesté le curry ! C'est presque effrayant d'être sur un bateau et de se sentir changer. Cela n'arrive pas à tout le monde. La plupart des passagers sont trop vieux. Rien ne changera jamais Mme Carswell. J'aurais bien voulu, quitte à avoir absolument un chaperon, que ce ne soit pas Mme Carswell et que je ne sois pas obligée de partager sa cabine.

J'ai enlevé mon nouveau corset il y a deux jours. Cette fois, je sais que je ne peux plus envoyer ces pages à maman. Mme Carswell ne s'en est pas encore rendu compte, parce que nous nous habillons et nous déshabillons en grande partie derrière les rideaux de nos couchettes. Je n'arrivais pas à boucler ce maudit corset, avec la chaleur qu'il faisait là-haut dans ma couchette, c'est pourquoi j'ai renoncé à le mettre pour la première fois. Je me suis ensuite débrouillée pour le faire passer en douce pendant qu'elle dormait et le cacher au fond de ma malle, sous le petit sofa. Heureusement que j'ai la taille naturellement fine, même sans aucun maintien. Il va falloir que je sois sur mes gardes. Elle a vraiment des yeux perçants. On dirait des perles de jais.

Maman serait horrifiée si elle lisait ce que j'écris. Peut-être que je le fais parce que je n'ai personne à qui parler sur ce bateau. Tout le monde est vieux en première classe, sauf les Price, mais Mme Carswell dit qu'ils ne sont pas fréquentables et qu'ils veulent « s'immiscer dans la bonne société ». Elle trouve qu'ils seraient plus à leur place en seconde, car ce qui attend M. Price n'est jamais qu'un poste à l'Office des Eaux de Singapour. Mme Carswell dit qu'ils apprendront vite leur position sociale à Singapour, parce que ceux qui travaillent dans les travaux publics ne font pas partie de ce qui constitue « la bonne société ». M. Carswell est avocat à Hong Kong, ce qui signifie que sa femme peut une fois par an déposer sa carte à la résidence du gouverneur et que la femme du gouverneur lui rend ensuite la pareille. Mme Carswell est sur la liste des « thés à la résidence ». Elle dit que j'apprendrai tout cela quand je serai à Pékin.

Parmi tous les conseils que l'on m'a prodigués avant le départ, personne ne m'a rien dit sur la manière d'empêcher la transpiration. S'il fait aussi chaud que cela en Chine, vais-je devoir être moite et humide pour le restant de mes jours ? J'ai déjà utilisé toute mon eau de Cologne et la sensation de fraîcheur ne durait que cinq minutes. Je ne peux pas demander à Mme Carswell ce qu'elle a fait pour lutter contre la transpiration pendant toutes ses années dans les pays chauds ! Elle a bien dû faire quelque chose ? Après tout, peut-être que non.

S.S. *Mooldera*
Le 11 janvier 1903

C'est au large de l'océan Indien que le capitaine m'a adressé la parole pour la première fois. Je descendais du pont supérieur à cause de toutes les escarbilles qui s'échappaient de la cheminée quand il est arrivé de la passerelle. C'est un homme de haute taille, très velu, avec une de ces barbes qui donnent l'impression de n'avoir jamais été peignées et dont s'échappent de petites touffes de poil. Il n'a pas l'air très sociable, c'est pourquoi j'ai soigneusement regardé ailleurs, afin qu'il ne se sente pas obligé de venir me parler, mais il a tenu à venir à moi au bastingage et m'a demandé si j'avais le pied marin, après toutes ces lames de fond. J'ai répondu que oui, et je lui ai dit que je n'aimais pas beaucoup l'océan Indien. Avait-il toujours cette couleur grise ? Il a répondu que nous croisions la queue d'une mousson et que d'habitude la mer était d'un bleu magnifique. Je n'ai pas encore vu de magnifiques bleus, même sur la Méditerranée qui était toute grise elle aussi, mais d'un gris différent. Ce gris-là est chaud, de la vapeur s'en échappe. Le capitaine dit que de là où nous sommes jusqu'aux glaces de l'Antarctique il n'y a que de la mer, sur des milliers de kilomètres. Il a appris son métier sur des bateaux australiens qui transportaient du blé, avec lesquels il est allé jusqu'aux quarantièmes rugissants, au nord de la banquise, et il a même failli un jour faire naufrage sur une île déserte hérissée de gigantesques montagnes de roc noir où personne ne peut habiter à cause du vent épouvantable qui y souffle en permanence. Il a dû se dire alors qu'il était en train de m'effrayer, parce qu'il a ajouté avec un accent écossais très prononcé : « Mais ne vous inquiétez pas, mademoiselle, vous n'allez pas faire naufrage ! »

Bien que son nom soit Wilson je ne m'étais pas encore rendu compte qu'il était Écossais, et je ne sais pas trop pourquoi, mais je me suis sentie plus en sécurité sur ce bateau tout d'un coup.

Après le départ du capitaine, le second est arrivé avant que je n'aie eu le temps de m'échapper pour me mettre à l'abri des escarbilles dont j'étais sûre que mes cheveux étaient incrustés. Il voulait absolument savoir ce que le capitaine m'avait dit. Le second vient de Cardiff, au Pays de Galles. Sa voix est chantante et il n'arrête pas de mettre sa main aussi près que possible de la mienne sur le bastingage, sans toutefois me toucher. Il sait que je vais en Chine pour me marier, Mme Carswell le lui a dit le jour où elle l'a trouvé debout à côté de ma chaise longue, juste après le Canal de Suez. Pendant la traversée de la Méditerranée, il ne m'a même pas accordé un regard. La chaleur rend vraiment les gens différents.

Je suis allée dîner toute seule hier soir parce que Mme Carswell était incapable d'avaler autre chose que le bouillon qu'une serveuse lui a apporté dans notre cabine. Elle était assise sur sa couchette et me regardait me coiffer. J'espère qu'elle n'a rien deviné pour le corset ! Plusieurs autres personnes ne sont pas venues dîner, ce qui fait que je me suis retrouvée presque seule avec le juge de Malacca, à notre bout de la longue table. Le juge de Malacca est très vieux, avec une grosse bedaine. Il revient de ses dernières vacances au pays avant la retraite. Il buvait du whisky au dîner, mais il a arrêté, probablement parce qu'il a vu que cela n'était pas du goût de Mme Carswell. Je n'aurais pas pensé qu'un juge pouvait se soucier de l'opinion de Mme Carswell. Il a pris trois whiskies hier soir, dès le potage. Le bateau tanguait toujours et l'on avait disposé le long de la table ces planches que l'on nomme « violons de mer » et qui empêchent les assiettes de vous tomber sur les genoux. Le juge m'a proposé un verre de vin que j'ai bien sûr refusé, mais c'est curieux, j'avais en fait envie d'accepter. J'ai surpris une ou deux fois le regard du capitaine fixé sur moi de l'autre bout de la table, et j'ai eu l'impression que M. Davies en faisait très souvent autant de sa table plus petite. Je ne pense pas qu'il soit très satisfait de la compagnie qu'il a aux repas. Ils sont tous trop vieux. Il y a même une femme qui s'habille jeune, alors qu'elle doit avoir au moins quarante ans et qui découvre vraiment beaucoup sa poitrine le soir. Mme Carswell dit que c'est une femme légère, même si c'est l'épouse du consul britannique à Swatow. Hier soir, sa robe avait un haut à broderies chinoises de très mauvais goût. Moi, je portais ma robe marron, celle qui plaît à maman mais que je n'aime pas trop. Toujours assez bien pour mettre sur ce bateau, il faut dire ! Je garde mes habits neufs intacts, la plupart encore dans leur emballage d'origine, comme la robe de mariée. J'avais envie de mettre celle en crêpe à pois, mais j'ai décidé de ne pas le faire, avec cette Mme Carswell qui me surveille.

S.S. *Mooldera*
Le lendemain

Grand émoi en seconde classe aujourd'hui ! Une passagère était dans sa couchette quand elle a aperçu un rat énorme qui courait le long des tuyaux, juste au-dessus de sa tête. Les cloisons ne vont pas jusqu'au plafond dans ces cabines et les rats peuvent galoper à leur aise le long des tuyaux qui leur sont des routes. La dame s'est mise à hurler et à hurler et il n'y a pas eu moyen de l'arrêter jusqu'à l'arrivée du docteur. Mme Carswell dit que c'est étonnant qu'il ait réussi à y faire quelque chose, *lui !* Elle est sûre que s'il est sur ce bateau c'est parce qu'il y a quelque chose de louche dans son passé, mais elle ne veut pas me dire à quoi elle pense.

Nous devons fermer notre porte le soir à présent, au lieu de tirer simplement le rideau pour avoir quand même un courant d'air avec le hublot, parce que Mme Carswell pense que les rats pourraient bien venir en première. J'ai aussi des tuyaux au-dessus de ma tête, mais ils s'enfoncent dans des orifices de la paroi métallique et je suppose donc que je ne risque rien. Je suis allée à l'extrémité du pont principal, sans doute parce que j'étais préoccupée par ce rat, et j'y suis restée un certain temps à regarder les seconde classe juste en dessous de moi. Les passagers de seconde utilisent le pont près des écoutilles des cales et ne disposent que d'une petite partie couverte à l'arrière, au-dessus de l'hélice. M. Davies dit aussi qu'ils n'ont qu'un salon qui sert à tout : aux repas, à la lecture, à la couture, etc. Ils n'ont pas de piano à leur disposition. Nous, nous en avons deux, un dans le fumoir des hommes — que je n'ai bien sûr pas essayé — et celui qui est dans le salon, beaucoup plus petit. J'ai essayé d'y jouer une mazurka de Chopin juste après Gibraltar, mais j'ai dû cesser parce que Mme Carswell n'aime pas la musique.

Je me trouvais plutôt honteuse d'être là à lorgner les passagers de seconde en dessous de moi. Normalement, quand nous faisons notre petite promenade sur le pont, nous passons rapidement devant cet endroit, mais cette fois quelque chose m'a poussée à rester et à regarder. Il y a une jeune femme avec deux enfants, deux petites filles qui ont toujours des tabliers bien propres, ce qui ne doit pas être facile avec des cabines comme les leurs. J'aurais bien envie de lui parler mais il n'y a évidemment pas moyen. Il y a trois catholiques aussi, des prêtres en robe noire. M. Davies dit que ce sont des Jésuites. Je ne crois pas avoir jamais vu de Jésuites auparavant. Ils tournent autour des écoutilles et l'on peut lire sur leurs lèvres les mots qu'ils lisent dans un petit livre. Je n'arrive pas à me souvenir d'avoir parlé à un catholique, tout au moins pas en sachant que c'en était un. Il y en a un certain nombre en Écosse, mais je n'ai jamais entendu dire qu'il y en avait à Édimbourg, là où nous habitions. Tout le monde est presbytérien.

S.S. *Mooldera*
Le 14 janvier 1903

Nous arriverons demain à Colombo, à Ceylan, et ce sera ma première escale en Extrême-Orient. Un bateau-courrier en partira quelques heures après notre arrivée, ce sera donc la première occasion d'envoyer une lettre depuis Suez, c'est pourquoi j'ai passé la matinée à écrire à maman. Je ne peux pas me servir de grand-chose dans ce que j'ai noté dans ce cahier, mais je lui ai quand même raconté ma conversation avec le capitaine. Je n'ai rien dit sur M. Davies. Je lui ai parlé aussi des lascars * qui nettoient les ponts très tôt le matin et du bruit que cela fait au-dessus de ma tête, qui me réveille presque à chaque fois. Je n'ai pas grand-chose à lui dire. Je raconte des histoires, que mon ouvrage avance bien, alors que je n'ai pratiquement pas touché aux aiguilles depuis le départ, que je lis *les Pensées quotidiennes* qu'elle m'a donné tous les matins après le petit déjeuner. J'avais cessé de le lire avant même d'arriver à Malte. Il y a un message pour chaque jour, toujours du genre dévot, mais cela ne me dit plus rien. Mme Carswell m'a demandé, quand nous étions encore dans la baie de Biscaye, ce que je lisais et je lui ai montré mon livre, mais elle me l'a rendu bien vite en disant que la Bible lui suffisait pour sa part. Je ne l'ai jamais vue lire la Bible et si elle en a apporté une, elle doit être bien cachée, car je crois bien avoir vu toutes ses affaires ! Elle laisse tout traîner et c'est une épreuve dans une si petite cabine. Je n'avais jamais dormi avec personne jusque-là, à part avec Margaret Blair quand j'étais allée dans sa famille près d'Aviemore, mais sa chambre était immense. Cela m'était égal de partager, mais je ne pouvais m'empêcher de me sentir bizarre quand même. Mme Carswell fait toujours la sieste après le déjeuner, elle dit qu'il le faut, sous les tropiques. Elle enlève sa robe, met un peignoir et s'étend sur sa couchette. C'est déjà assez ennuyeux comme ça d'avoir à grimper au-dessus d'elle, le

* Matelots indiens embarqués sur les navires de l'océan Indien.

soir, pour atteindre ma couchette, je ne vais pas en plus le faire pendant la journée ! Et puis, elle mange beaucoup à ce qu'elle appelle le « *tiffin* » *, ce qui la fait ronfler pendant sa sieste. C'est horrible dans cette cabine et je n'y resterai pas une minute de plus que nécessaire. La plupart du temps je vais m'asseoir sur ma chaise longue, sur le pont. J'ai trouvé dans la bibliothèque du bateau *le Puits de Saint-Ronan,* de Walter Scott, mais je ne trouve pas ça passionnant. Maman dit que je ne suis pas une grande lectrice, car ce n'est pas dans les livres que j'aime apprendre. La plupart des livres de la bibliothèque de papa étaient des sermons d'un genre ou d'un autre, mais n'ayant rien à voir avec la religion quand même. Mes souvenirs de papa datent de quand j'étais petite, mais ce que je sais parfaitement c'est que c'était un grand chagrin pour maman qu'il n'aille pas à l'église plus de deux fois par an, et jamais pour communier. Le jour où en pleurant elle a dit qu'elle était une malheureuse veuve esseulée parce que je lui avais annoncé que j'allais épouser Richard et partir pour la Chine elle m'a dit que le diable s'était emparé de papa par la faute d'un certain Dr Huxley. Je me souviens du nom, parce que j'avais très envie de savoir qui était ce Dr Huxley, mais je n'ai jamais trouvé. Alors que je lisais dans ma chaise longue et que le bateau tanguait à peine, je me suis rendu compte que la lumière avait changé. Nous avons eu une lumière si étrange pendant si longtemps, tout ce gris et le soleil constamment voilé. Voilà que tout s'éclaircissait. Je suis allée m'accouder au bastingage. La grisaille qui liait la mer au ciel, devant moi, semblait s'arrêter net à un point distant de quelques kilomètres à l'horizon, au-delà desquels j'apercevais ce bleu que le capitaine avait mentionné. La réverbération me faisait mal aux yeux et j'avais la curieuse impression que le scintillement de l'eau provenait de l'endroit où la brume se dissipait et où l'on distinguait une petite brise à la surface de l'eau, alors même que nous étions encore sur une mer d'huile. Je me suis dirigée vers l'avant du pont et j'y suis restée, toute seule, les autres passagers faisaient certaine-

* Mot anglo-indien signifiant le repas de midi.

ment la sieste. Comme le bateau se rapprochait de la lumière, tout en demeurant dans l'ombre, on avait vraiment l'impression de passer d'un tableau à l'autre. Il s'est produit tout à coup un grand remue-ménage dans la mer, là où elle était encore grise, et quelque chose qui ressemblait à un énorme poisson a sauté dans les airs pour retomber dans l'eau à grand renfort d'éclaboussements.

« Des dauphins » a dit M. Davies dans mon dos, ce qui m'a fait sursauter. Je ne sais pas depuis combien de temps il était là. Il devait me regarder pendant que je regardais la mer et cela m'a rendue mal à l'aise.

Il m'a demandé si je voulais aller à la proue du bateau pour voir les dauphins. Le pont inférieur sert normalement aux passagers chinois de troisième classe, mais il n'y en avait pas encore à bord et nous pouvions donc y aller sans problème. Nous avons circulé entre les écoutilles et la machinerie jusqu'à une passerelle qui mène au quartier d'avant, où sont logés les lascars. Une odeur étrange et chaude montait d'une porte ouverte, qui n'était pas une odeur de cuisine mais je ne savais pas ce que cela sentait. On entendait aussi une petite flûte, aux notes assez agréables, profondes et un peu tristes. Peut-être était-ce un lascar qui jouait un air de chez lui. J'ai voulu m'arrêter sur les marches pour écouter mais M. Davies m'a pris le bras et m'a fait monter.

Les dauphins avaient l'air de nous attendre quand nous sommes entrés dans la lumière et M. Davies m'a dit qu'ils aimaient les bateaux et qu'ils aimaient bien que les passagers les observent. J'ai dû le croire, quelques minutes après, car les dauphins ont commencé à sauter de part et d'autre de la proue du *Mooldera*, allant tous beaucoup plus vite que le navire. Ils faisaient des bonds en croissant de lune hors de l'eau et passaient avec des sauts encore plus grands dans la trajectoire du bateau. L'un d'entre eux, toujours le même probablement, revenait sans cesse et faisait des pirouettes en l'air et je pouvais distinguer dans cette masse noire et tournoyante un petit œil noir et vif qui semblait me fixer.

Cela a l'air stupide une fois écrit, mais j'ai eu tout à coup l'impression qu'une quantité de choses qui m'effrayaient et que je ne voulais pas évoquer, même inconsciemment, étaient sans importance à présent. On aurait pu croire que ce dauphin voulait me dire que je ne devais pas m'inquiéter de ce qui allait m'arriver en Extrême-Orient. La brise sur l'océan s'est mise à chanter et j'ai presque eu envie de me mettre à crier comme une sauvage, moi aussi, ce que je n'ai bien sûr pas fait. M. Davies aurait pensé que j'étais subitement devenue folle ! Lorsque je me suis tournée vers lui pour lui poser une question, il ne regardait pas les dauphins, mais il me dévorait des yeux. J'aurais voulu qu'il ne le fasse pas.

Le bateau est arrivé en pleine lumière et l'air est subitement devenu très chaud, même avec cette petite brise. M. Davies s'est exclamé : « oh, Mon D. ! » C'est un marin bien sûr, mais j'ai quand même été très étonnée qu'il jure devant une dame. Cela m'a incitée à regarder du côté où son regard était fixé et j'ai pu reconnaître, à cause de ses favoris, le capitaine debout sur la partie découverte de la passerelle, en train de nous observer à la jumelle. Le pont des première juste en dessous de lui était rempli de passagers que les stewards avaient tirés de leur sieste pour admirer les dauphins. Je ne pouvais pas voir Mme Carswell, mais j'étais bien sûre qu'elle entendrait rapidement parler du fait que j'avais été toute seule à la proue du bateau avec M. Davies.

En tout cas, je suis en train d'écrire dans ma couchette à la lueur de la petite lampe et Mme Carswell ne m'a fait aucun commentaire. Sa façon de se tenir si à l'écart de la plupart des autres passagers l'empêchera peut-être d'apprendre la nouvelle ?

S.S. *Mooldera*
En mer
Le 17 janvier 1903

Mme Carswell et moi ne nous parlons plus. Elle a été mise au courant à propos de M. Davies et moi par une des fines plaisanteries du juge de Malacca au cours du dîner. Mme C. ne rit jamais à ses astuces, mais cette fois-là, elle a pris son air d'orage. Plus tard, dans notre cabine, elle a dit que je m'étais conduite comme une femme *légère* et que j'avais sans doute oublié que j'étais fiancée à un gentleman d'une famille anglaise fort distinguée. Je devais être d'humeur malicieuse car je lui ai répondu que oui, j'étais bien fiancée mais que j'étais en route pour me marier et non pas pour entrer au *couvent*. Elle a répondu qu'elle ne savait ce qu'il allait advenir de moi quand elle quitterait le navire à Hong Kong, car il n'y avait personne à bord qui pourrait veiller sur moi jusqu'à Shanghai. J'étais furieuse. J'ai vingt ans, même si je viens de les avoir, et je suis parfaitement capable de me prendre en charge. Je lui ai donc demandé pourquoi elle ne me confiait pas au capitaine à favoris, pour la dernière partie du voyage. J'ai cru un instant qu'elle allait me frapper ! Si elle l'avait fait, j'aurais quitté la cabine sur-le-champ et serais allée tout droit demander au commissaire du bord de me trouver un autre endroit où dormir. Elle a dû lire dans mon regard ce qui me traversait l'esprit car j'ai eu l'impression qu'elle pesait ses paroles. Elle s'est d'ailleurs contentée de me dire que le compte rendu qu'elle allait faire à ma mère sur ma conduite à bord du *Mooldera* allait causer beaucoup de chagrin dans une certaine maison d'Édimbourg. Je lui ai rétorqué que parler ainsi la faisait ressembler à une directrice d'école. Là-dessus, chacune a regagné sa couchette et tiré son rideau. Elle ne s'est pas mise à ronfler aussitôt après le bruit qu'elle fait habituellement quand elle enlève ses vêtements, et j'en ai conclu que la colère la tenait éveillée, tout comme moi.

Au matin, j'étais quand même ennuyée à cause de notre querelle de la veille et j'ai commencé à me faire du souci qu'elle n'écrive vraiment à maman, ce que je ne voulais pas, que j'étais une femme légère, et autres choses du genre, car cela la blesserait énormément. Maman est très convenable elle aussi, même si elle n'est pas aussi stricte que Mme C. pour laquelle respirer est déjà presque un péché.

Je me demande ce qu'elle penserait de ses propres ronflements, si elle était au courant. Peut-être que M. Carswell a toujours eu peur de le lui dire.

Je me suis levée, ai fait ma toilette et le reste. Le rideau de la couchette du bas est resté obstinément fermé mais j'avais le sentiment d'être épiée.

Évidemment, si c'était le cas, Mme C. doit savoir pour le

corset ! De toute façon, elle ne pourra rien dire parce que protester serait avouer qu'elle m'observait. C'est un peu comme lorsque des gens surveillent si vous fermez les yeux pendant la prière : s'ils vous ont vu, cela prouve qu'eux-mêmes n'avaient pas les yeux fermés, ils n'ont donc pas le droit de faire des réflexions ! Moi, je ferme les yeux quand j'ai vraiment l'intention de prier, mais pas pendant les prières du pasteur. Dans notre église il y avait des gens qui fermaient les yeux pendant la bénédiction au roi Edouard et à tous les membres de la famille royale, mais qui les rouvraient juste après.

J'ai pu voir l'île de Ceylan du pont, avant de descendre pour le petit déjeuner, mais ça ne m'a pas intéressée. Je n'ai pas adressé la parole au juge de Malacca et je crois qu'il sait parfaitement pourquoi. J'ai pris un solide petit déjeuner, car j'ai très bon appétit en ce moment. Le porridge était grumeleux, mais les œufs au bacon excellents, et ils font à bord de très bons petits pains, chauds et croustillants. J'en ai pris trois. Mme C. est arrivée avant que je n'aie fini. Nous lui avons tous dit bonjour fort courtoisement. Après, je suis allée sur le pont et me suis installée sur ma chaise longue, du côté opposé à celui de Ceylan. Mme C. est venue me rejoindre et a dit qu'elle pensait que nous avions été un peu vives toutes les deux hier soir et j'ai dit oui, en effet. J'ai cru un instant qu'elle allait se pencher pour m'embrasser, mais elle ne l'a pas fait, sans doute parce qu'avec sa silhouette elle ne tient pas trop à se pencher. En tout cas, c'était une réconciliation et j'ai décidé de faire ce qu'elle voulait à Colombo et de renoncer à une petite excursion le long de la côte à un endroit nommé le Mont Lavinia dont m'avait parlé M. Davies. Ce n'était pas vraiment une invitation, parce qu'il savait sans doute qu'il faudrait emmener Mme C. avec nous, en train, en voiture ou en quoi que ce soit.

S.S. *Mooldera*
Le 18 janvier 1903

Eh bien, nous avons vu tout ce que nous pouvions voir des « rivages de corail de l'Inde ». Peut-être que Ceylan n'est pas vraiment l'Inde. Je n'ai jamais été très forte en géographie, bien que je commence à m'y intéresser plus à présent. J'ai pris l'habitude de mettre ce cahier dans mon sac à ouvrage et d'y écrire en faisant semblant de faire mon courrier. J'ai vraiment essayé d'écrire à Margaret Blair à Aviemore, mais j'avais surtout envie d'écrire dans ce cahier, c'est pourquoi je ne lui ai finalement envoyé qu'une carte postale d'une vue du port de Ceylan. C'est à peu près tout ce que j'ai vu. Je suis allée à terre avec Mme C. Et nous avons dû attendre la voiture de ses amis dans un abri étouffant avec un toit en tôle. Quand elle est enfin arrivée, nous avons vu que ce n'était qu'une vieille carriole à quatre roues, avec une capote noire qui sentait mauvais et qui était censée nous protéger du soleil alors que nous avions nos ombrelles. Le cheval n'avait que la peau sur les os. Nous avons parcouru des rues aux bâtiments blancs, pleines de gens à la peau foncée et aux costumes très bigarrés, que j'ai trouvés très jolis — bien qu'un peu trop simples —, les femmes drapées comme les statues grecques dans les musées, mais plus couvertes évidemment. Après, nous sommes allées dans un quartier de jardins avec une végétation très fournie mais peu de fleurs. En tout cas, je n'en ai pas vu. Il y avait surtout des sortes de lys. Puis le cheval nous a lentement tirées le long d'une côte bordée de palmiers qui me faisait penser aux ananas avec leur touffe, que l'on voit parfois dans les épiceries chic de Princes Street.

Les amis de Mme C. nous attendaient sur les marches d'un bungalow blanc aux immenses vérandas meublées comme des pièces. Ils s'appelaient Johnson. M. Johnson n'a pas dit grand-chose, mais sa femme n'a pas arrêté de parler, à Mme C. la plupart du temps. Je ne l'intéressais pas beaucoup, mais elle a quand même demandé à Mme C. qui j'allais épouser et a eu l'air assez surprise de la réponse. Elle m'a dévisagée d'une manière très malpolie. Le déjeuner n'en finissait pas. Mme Johnson ne sonnait pas quand elle voulait quelque chose mais tapait dans ses mains, ce qui faisait surgir un serviteur. J'ai eu l'impression qu'il y avait beaucoup de serviteurs dans cette maison. J'ai vu trois hommes qui travaillaient au jardin. Je me suis demandé si j'allais bientôt taper dans mes mains quand je voudrais quelque chose, pour que les gens accourent. C'est une idée assez étrange. A la maison nous n'avons que la cuisinière et Jessie, même s'il est très fréquent dans le quartier sud d'Édimbourg d'avoir plusieurs serviteurs. Une des amies de maman a un groom en uniforme qui ouvre la porte aux dames quand elle a « son jour », le jeudi, mais ce n'est en fait que l'aide-jardinier. Nous avons pris le thé chez les Johnson puis sommes reparties en carriole vers les quais, pour prendre la dernière barque qui retournait sur le *Mooldera*, et c'est tout ce que j'ai vu de Colombo. M. Davies n'est pas allé tout seul au mont Lavinia, il nous attendait en haut de la passerelle.

S.S. *Mooldera*
Le 19 janvier 1903

Il s'est passé des choses terribles. Le dessert était très bon au dîner de ce soir, car on avait fait provision de fruits frais à bord et nous avons pu goûter à quantité d'espèces bizarres, dont la plupart me semblaient quand même plutôt fades. Le steward nous a apporté des rince-doigts pour la première fois de ce voyage, sans doute parce que sur une mer aussi calme il y a moins de risques de les renverser. Mme C. elle-même a pris un fruit, tout en faisant bien remarquer que c'était sûrement du poison pour des estomacs occidentaux. Elle ne touche jamais à rien de cru qui vienne de Chine, quand elle est à Hong Kong, à part les légumes qui doivent être cuits. Elle était en train de parler de problèmes de domesticité quand le juge s'est penché vers moi de l'autre côté de la table — plutôt brusquement — pour me dire qu'un concert allait avoir lieu ce soir dans le fumoir des hommes et que Mme Price voulait bien chanter mais qu'il n'y avait personne pour l'accompagner au piano, aurais-je l'obligeance ? Avant que je n'aie pu dire quoi que ce soit Mme C. a pris la parole à ma place pour dire :

« Mlle Mackenzie n'a pas mis les pieds au fumoir depuis que nous avons quitté les quais de Tilbury, et n'a aucune intention de s'y rendre. »

Le juge me regardait comme s'il n'avait rien entendu du discours de Mme C. J'ai pris une inspiration profonde et j'ai répondu que oui, j'accompagnerais Mme Price avec plaisir si elle avait les partitions de ses chansons. Le juge m'a remerciée, sans jeter un coup d'œil à Mme C. et a ajouté qu'il y aurait un public assez nombreux car l'invitation avait également été lancée à des passagers de seconde. En entendant cela, Mme C. a posé sa serviette, s'est levée et a quitté la salle à manger sans nous accorder un regard. Je me suis sentie un peu mal à l'aise à l'idée qu'il y aurait aussi des passagers de seconde, car j'avais cru que le concert aurait les mêmes participants que le service religieux de notre pont, soit trois ou quatre personnes seulement. C'est un service de l'église anglicane, dit par un officier. On dit que le capitaine est athée. L'assemblée connaît à peine les répons et les chants sont effroyables. Pour ma part j'y participe à peine parce que la messe selon le rite de l'église anglicane ne m'est pas familière. Il faudra bien que je m'y habitue, je suppose, quand j'aurai épousé Richard. Un bouillon de bœuf est servi après l'office sur le pont si le temps le permet, et sinon dans le corridor.

Dans l'escalier, en revenant de la salle à manger, j'ai décidé que si je devais accompagner Mme Price devant beaucoup de monde, je ne pouvais pas mettre ma robe marron mais celle en crêpe, à pois, avec laquelle il faut un jupon spécial. D'habitude Mme C. va toujours dans le petit salon des dames après le dîner, avant d'aller se coucher à neuf heures et demie, mais cette fois-ci, elle était dans la cabine, assise droite comme un *i* sur le petit sofa. Elle m'a lancé, d'une voix forte, dès que je suis entrée :

« Vous considérez-vous comme une vraie chrétienne, Mary Mackenzie ? »

J'ai été très choquée. Même notre pasteur ne m'a jamais posé une *question pareille* quand j'ai été admise dans la congrégation de l'église de South Morningside après mon baptême. Elle a poursuivi sur son devoir de chaperon, qui était sacré puisque ma chère mère l'en avait chargée, dont elle connaissait parfaitement les souhaits à mon égard. De son discours et de la manière dont elle le prononçait, on pouvait parfaitement conclure que le fumoir était un lieu de perdition, et pourtant j'y ai plusieurs fois jeté un coup d'œil à travers les portes vitrées, et tout ce que l'on pouvait y voir était des messieurs lisant un cigare à la bouche, et qui jouaient parfois aux cartes ou aux échecs. J'ai été surprise moi-même du ton de ma voix quand j'ai parlé. J'ai demandé à Mme C. si elle aurait la gentillesse d'aller au salon comme d'habitude, parce qu'il fallait que je me prépare pour le concert et que j'aimerais avoir la cabine pour moi toute seule. J'ai pensé une minute qu'elle allait refuser, mais elle s'est levée pour aller de l'autre côté du rideau dans le petit couloir. Elle en est revenue quelques secondes après en disant :

« Cela vous intéressera sans doute de savoir que je suis en mesure, si je le désire, d'envoyer un message à votre futur mari. »

Lorsqu'elle est sortie, je tremblais tellement que j'ai dû m'asseoir. A neuf heures moins le quart, toujours très contrariée, je suis montée sur le pont principal, et tout en me doutant bien que Mme C. serait en train de m'épier du salon, je n'ai pas été voir si elle y était. Les portes du fumoir étaient grandes ouvertes, les chaises disposées en rangées comme pour le service religieux dans le salon. Le piano était en pleine lumière. Quelques-unes des chaises étaient déjà occupées et l'on avait disposé des petites tables pour mettre les verres, avec deux serveurs qui servaient des boissons alcoolisées. Le juge était l'hôte et vint tout de suite vers moi, en priant Mme Price de se joindre à nous. Elle portait une robe que je ne connaissais pas encore, en soie verte, assez sobre, mais d'une couleur en harmonie avec ses cheveux qui sont blonds avec des reflets, pas tout à fait auburn mais tirant sur le roux. Je n'étais pas vraiment contente de ma robe en crêpe, peut-être un peu trop chargée, avec ces poignets en dentelle et cette couleur qui n'est pas celle qu'il faudrait — une sorte de mauve tirant sur le bleu, avec des pois blancs. Je ne pouvais m'empêcher de penser que, rouge comme je me sentais l'être, je n'étais pas vraiment à mon avantage. En temps ordinaire, ma peau est comme de l'ivoire, et je n'ai jamais les joues écarlates.

Le juge m'a présentée à Mme Price, à qui je n'avais pas encore parlé et qui m'a souri très gracieusement pendant que nous échangions des formules de politesse. Elle m'a ensuite remis les partitions. Sur le dessus de la pile était *Quand je tenais les mains pâles de mon Amour au bord du Shalimar*, ce qui m'a un peu surprise car je l'avais déjà entendue une ou deux fois mais toujours chantée par un homme, et je me souviens parfaitement qu'à l'une de nos soirées musicales d'Édimbourg des dames disaient que c'était une chanson assez osée. Il y avait aussi *la Ballade de Londonderry* et pour finir *les Montagnes de Mourne*, ce qui m'a fait penser qu'elle devait être irlandaise.

Le juge nous a conduites vers nos sièges qui n'étaient pas au milieu des autres mais disposés de telle sorte que le public pouvait nous regarder même quand ce n'était pas à nous de jouer, ce qui ne m'a pas beaucoup plu. Ce fut une surprise de voir que l'un des autres interprètes était le Premier officier qui lit le service religieux, un homme à la mine solennelle qui n'a pas l'air de présider une table bien gaie à la salle à manger. Le médecin du bord était là aussi, il est venu s'asseoir à mes côtés et nous nous sommes parlé pour la première fois. Il m'a demandé si j'allais chanter et j'ai répondu que j'étais seulement accompagnatrice. Il a dit qu'il racontait des histoires drôles mais qu'il n'avait pas un grand répertoire car il n'avait aucun besoin de le renouveler puisque le public changeait à chaque traversée. C'est un genre de rouquin avec des yeux presque verts, qui n'a pas l'air vieux quand il sourit. Il n'a pas de moustache, ce qui est une bonne chose parce que je n'aime pas les moustaches rousses.

Je pense que je serais très gênée d'avoir affaire à lui comme médecin, car il a une manière de vous regarder qui est trop directe. Il se nomme Waterford. Mme C. a peut-être raison à propos de son passé louche, mais si c'est le cas, cela ne doit pas le tracasser outre mesure. La dame de seconde classe qui est mère des deux petites filles est entrée pendant que je parlais avec le médecin. Elle portait une assez jolie robe blanche, avec une belle coiffure très simple. Elle est restée dans l'embrasure de la porte plus effrayée que je ne l'avais été, et si je n'avais pas eu un rôle dans le spectacle je crois que je serais allée l'accueillir. Heureusement que le juge l'a vue et s'en est chargé, d'une manière très affable comme un aimable vieux monsieur. Il peut être très agréable quand il le veut et je trouve que c'est très mal de sa part de me pousser à impatienter Mme C. comme je vois bien qu'il le fait. Pourquoi ?

Pendant qu'on montrait sa place à la dame de seconde classe, j'ai remarqué que l'épouse du consul à Swatow la dévisageait. Pour une fois, je suis d'accord avec Mme C. Je n'aime pas cette femme. Elle portait encore une nouvelle robe en soie du Shantoung beige très décolletée mais avec un plastron en dentelle à armature qui lui montait très haut dans le cou, un peu comme les fraises sur les tableaux élizabéthains. J'avais l'impression que ce col incitait à regarder sa figure qui est assez dure et certainement pas jeune. Je pense qu'elle se maquille. Peut-être fume-t-elle en privé ? Mme C. dit qu'à notre époque de mœurs relâchées il y a des femmes qui le font, mais c'est peut-être une autre de ses exagérations.

La dame de Swatow s'est mise à me regarder, probablement parce qu'elle avait réalisé que je la regardais, mais elle, elle me dévisageait. Je me suis tout à coup rendu compte que j'aurais dû porter mon corset sous la robe de crêpe, qu'elle devait se douter que je n'en avais pas et attendait que je me dirige vers le piano pour en être tout à fait sûre, en s'apprêtant peut-être à faire des commentaires à ses voisins, tous des hommes. J'avais envie de m'échapper en courant du fumoir jusqu'à ma cabine, j'étouffais et je me sentais rougir de plus belle et donc devenir affreuse. Je me suis demandé si je ne pouvais pas prétendre que j'allais m'évanouir et que je devais aller prendre l'air sur le pont, mais j'y ai renoncé parce que ç'aurait été lâche de ne pas aller jusqu'au bout de ce que j'avais décidé de faire. J'avais vraiment l'impression que tous les regards étaient fixés sur nous, et mon visage me brûlait tant j'étais sûre d'être absolument écarlate. Le Dr Waterford s'est tout à coup penché vers moi pour me dire :

« Personne n'a l'air de penser à offrir des rafraîchissements à nos artistes. Je prendrais bien un remontant, et vous Mlle Mackenzie, que diriez-vous d'une citronnade ? »

Même s'il ne suggérait cela que parce que j'avais les joues en feu, j'en étais sûre, je lui fus reconnaissante de son attention et l'en remerciai.

Il est allé lui-même nous chercher des boissons, au lieu d'appeler un des stewards Goanais, et pendant ce temps le juge a annoncé le premier numéro, où tout le monde devait chanter à l'unisson une chanson que nous étions tous censés connaître, selon lui, et que Marie Lloyd en personne avait rendue célèbre. Moi, je ne la connaissais pas. J'avais bien entendu parler de Marie Lloyd, mais maman n'approuve pas le Music-Hall, je ne l'ai donc jamais vue en scène.

Je ne suis d'ailleurs allée que trois fois au théâtre, une fois pour voir *la Tempête* de Shakespeare et deux fois à des opéras de Gilbert et Sullivan. Le juge menait le chœur d'une voix de baryton qui avait dû être bonne quand il était jeune, et la plupart des hommes participaient. Je n'ai pas entendu de voix féminines du tout. La femme du consul de Swatow battait cependant la mesure avec son éventail d'ivoire. Je savais que si Mme C. avait écouté la chanson elle aurait été choquée par les paroles, qui disaient en gros qu'un peu de plaisir ne fait pas de mal. Les hommes étaient en train de reprendre le refrain en chœur à toutes voix quand le Dr Waterford est revenu avec les rafraîchissements et j'ai trouvé que la citronnade avait un drôle de goût, pas aussi sucré que ce que je croyais mais cela m'a fait du bien et j'ai commencé à me sentir mieux après quelques gorgées. Le docteur avait l'air d'apprécier son remontant, et était resté assez longtemps au bar pour avoir eu le temps d'en boire un avant celui qu'il tenait dans la main. J'ai remarqué que la dame de Swatow buvait quelque chose qui ressemblait fort à du whisky, elle aussi. J'ai su alors que Mme C. avait eu raison sur un point : maman n'aurait sûrement pas souhaité que j'assiste à un concert où l'on buvait, sans parler du fait que j'y joue du piano. Quelques-uns des messieurs avaient déjà commencé à faire des plaisanteries à voix très haute dans un coin, et le juge dut les faire taire avant de pouvoir annoncer le numéro suivant, qui était la récitation de *la*

Charge de la brigade légère de Lord Tennyson par l'officier. Un poème que je n'aime pas beaucoup. Pendant qu'il récitait, je me suis dit que je détestais cette robe en crêpe et que je ne la mettrai plus jamais.

L'artiste suivant était un monsieur que j'avais vu jouer au palet mais à qui je n'avais jamais parlé. Le juge a dit qu'il était ingénieur dans une mine d'étain quelque part en Malaisie, et le monsieur a expliqué avant de chanter que sa vie était assez solitaire et qu'il se distrayait en recueillant des chants locaux. Celui qu'il allait chanter venait de ses coolies chinois. C'était un petit air très étrange, si on pouvait appeler ça un air, et chanté dans une langue locale sans aucun sens, mais je l'ai trouvé plutôt plaisant et j'ai applaudi très fort et réclamé un bis, ce qu'il a dû entendre car il m'a regardée, a souri et annoncé qu'il nous chanterait une chanson malaise, l'histoire d'un amant qui se lamente d'avoir été trahi par sa belle. J'ai eu l'impression qu'il me fixait du regard en chantant ce qui m'a mise mal à l'aise et certains des messieurs, qui comprenaient sans doute le malais, riaient à certains passages comme s'ils avaient contenu des allusions. Le chant malais ne m'a pas plu du tout. Je commençais aussi à redevenir nerveuse, et à me demander quand ce serait mon tour et celui de Mme Price, je n'ai donc pas fait très attention au numéro du Dr Waterford. Il a donné un extrait de *Monsieur Pickwick*, de Charles Dickens, avec des accents faubouriens et une prononciation si particulière que je n'ai pas compris grand-chose. Je me suis dépêchée de finir mon verre de citronnade pendant qu'il récitait, et si cela ne m'a pas vraiment rafraîchie, je me suis quand même sentie plus calme. Même si j'avais dû m'y attendre, j'ai quand même sursauté quand le juge a annoncé que Mme Price allait à présent chanter accompagnée au piano par Mlle Mackenzie. Je me suis rendu compte en me levant que j'avais à peine jeté un coup d'œil à la partition et que je n'avais pas entendu le son du piano de la soirée. Il pouvait y avoir des touches muettes. Le tabouret était si bas quand je me suis assise que j'avais l'air de vouloir attraper quelque chose sur une étagère et l'assistance s'est mise à rire. J'ai dû me lever et faire monter le tabouret aussi haut que possible, mais après, impossible de l'avancer, il était fixé au sol comme la plupart des meubles du bateau à cause du roulis. A la manière dont Mme Price me regardait, il était clair qu'elle n'appréciait pas qu'on rie avant qu'elle ne se mette à chanter.

J'ai joué les premières mesures, le piano sonnait comme un orgue de barbarie italien. J'allais trop vite pour Mme Price qui prenait tout son temps. On aurait dit qu'un sachet de petits cailloux lui était attaché dans la gorge et qu'il vibrait, et personne ne comprenait ce qu'elle chantait. L'une des agrafes du dos de ma robe a craqué et j'ai dû continuer à jouer en faisant comme si de rien n'était, mais en me demandant quand même si l'assistance l'avait remarqué. La dame de Swatow s'en était sûrement rendu compte, elle! Les messieurs aussi, peut-être. J'avais l'impression que tout le monde avait l'œil fixé sur mes agrafes et personne sur Mme Price.

La chanson indienne de Mme Finden fut assez lente, mais *la Ballade de Londonderry* n'en finissait pas. Je me disais que nous n'en viendrions jamais à bout. Je sentais que j'aurais dû tourner bien doucement la manivelle de l'orgue au lieu d'essayer d'obtenir un son de ce pauvre piano. C'est à ce moment que le pire s'est produit : il restait encore deux strophes de la chanson quand ma tête s'est mise à tourner. J'ai d'abord pensé que c'était le bateau, mais non, le fumoir bougeait devant mes yeux. Je pouvais à peine déchiffrer et s'il avait fallu aller plus loin, je n'aurais pas pu, je suis tout juste arrivée à terminer le morceau. Pendant les applaudissements et les bis j'ai senti que j'allais vomir d'un instant à l'autre; je me suis levée pour me diriger vers la porte, en passant devant tous ces visages. Je ne tenais pas debout. Je n'avais jamais marché comme cela auparavant, c'était comme si j'avais eu du coton sous les pieds au lieu d'un tapis. J'ai tenu mon regard fixé sur la porte et je suis sortie dans le couloir. J'ai réussi à grand-peine à atteindre le pont, mais le bastingage était trop loin. J'ai dû m'arrêter, me pencher et vomir. Une dame est sortie du salon. Je n'arrivais pas à distinguer son visage, mais je l'ai entendue qui disait :

« Vous étiez en train de boire là-dedans? Une jeune fille de votre âge? C'est répugnant! »

Je suis en train d'écrire dans ma couchette au-dessus de Mme C. dans l'idée que si je note tout cela et suis prête à faire face aux conséquences, j'arriverai sans doute à tout oublier. En fait, je guette les bruits de pas au-dessus de ma tête, qui voudront dire que le concert est fini et que les gens vont faire leur dernière promenade du soir sur le pont. Les lascars ne vont pas le laver avant le matin. Comment vais-je pouvoir affronter les autres passagers demain ?

Je ne sais pas à quelle heure Mme C. est revenue dans la cabine, son rideau était déjà tiré à mon retour. Il n'y a eu aucun bruit pendant longtemps dans la couchette de dessous, mais maintenant j'entends quelque chose qui ne ressemble pas à ses ronflements habituels.

Il vaut mieux que j'éteigne cette lampe.

2

Lettre de Mary Mackenzie à Mme Isabel Mackenzie

Hôtel Raffles
Singapour
Le 23 janvier 1903

Très chère maman,

J'ai de très tristes nouvelles. La dame que vous aviez trouvée pour me chaperonner en Extrême-Orient est malheureusement décédée, ce qui a été un grand choc pour moi, comme ce le sera certainement pour vous. Mme Carswell n'est pas morte à bord du S.S. *Mooldera* mais à l'hôpital de Penang où elle avait été conduite la nuit du 19 janvier parce qu'elle était malade, alors que nous étions encore sur l'océan Indien non loin du détroit de Malacca. Peut-être était-elle un peu fatiguée au repas du soir, mais il ne m'a pas paru qu'elle l'était outre mesure. Elle se retirait toujours tôt et il m'arrivait de ne pas l'accompagner à neuf heures et demie dans notre cabine, car comme vous le savez, je n'ai jamais été de celles qui se couchent tôt. Lorsque je suis effectivement descendue après une dernière promenade sur le pont, elle avait déjà tiré le rideau de sa couchette et un peu plus tard, alors que je vous écrivais à la lueur d'une petite lampe, j'ai entendu d'étranges bruits qui venaient d'en dessous. Au début je ne me suis pas inquiétée, car je suis habituée à ce qu'il y ait du bruit dans la cabine, mais cela devenait de plus en plus fort. Quand je l'ai vue, elle était toute convulsée et apparemment incapable de parler.

J'en ai été très effrayée. Il a d'abord fallu que j'appelle une femme de chambre qui dormait à moitié, puis le médecin du bord, qui est très déplaisant. Il devait être environ une heure du matin quand il est enfin arrivé et Mme Carswell était en proie à de grandes souffrances, elle gémissait beaucoup. Il lui a donné un remède qui l'a fait vomir très souvent et en grandes quantités, mais il n'y a eu aucune amélioration à son état jusqu'au matin.

J'ai dû soigner Mme Carswell avec l'aide d'une femme de chambre âgée et bougonne et d'une autre passagère, dont l'apparence ne me plaisait guère jusque-là, mais qui est venue d'elle-même se proposer en renfort alors que je ne savais plus où donner de la tête. Elle se nomme Mme Brinkhill, c'est la femme du consul britannique à Swatow. Je n'avais aucun désir de faire sa connaissance auparavant, ce qui montre bien qu'il faut se garder des jugements trop rapides. Je la croyais dure et superficielle mais elle s'est révélée solide comme un roc. D'autres dames à bord auraient pu proposer leur aide, mais aucune ne l'a fait, ni même de frapper à la porte pour prendre des nouvelles en passant, alors qu'elles devaient bien entendre les bruits affreux que faisait cette pauvre Mme Carswell. Le monde est un curieux mélange de gens de toutes sortes, dont beaucoup ont l'air de ce qu'ils ne sont pas.

Quand j'ai accepté d'épouser Richard et d'aller en Extrême-Orient, vous vous êtes inquiétée pour moi, parce que j'avais toujours été très protégée, disiez-vous, et que je n'étais jamais sortie dans le monde. Eh bien, je suis en train d'acquérir de l'expérience. Je n'aurais jamais pensé que je serais infirmière, mais grâce à Mme Brinkhill, qui m'a montré comment m'y prendre, j'ai appris bien des choses, y compris à faire face à certaines choses fort peu plaisantes sans céder au dégoût ni à l'envie de fuir. C'est cela que je ressentais au commencement, il faut l'avouer, et je souhaitais que d'autres prennent ma place, mais Mme Brinkhill m'a aidée à faire ce qui devait être fait. C'est une femme merveilleuse. Le bateau doit rester deux jours à Singapour avant de prendre la mer pour rejoindre Hong Kong, et nous sommes dans cet hôtel tout à fait charmant où Mme Brinkhill a pris une chambre parce que nous avions grand besoin, selon elle, de nous changer les idées. Nous nous reposons, et derrière les persiennes ouvertes qui donnent sur un balcon monte le bruissement des feuilles de palmiers, qui est nouveau pour moi et que je trouve plaisant.

Mais que je vous en dise plus à propos de Mme Carswell. Elle a été emmenée à l'hôpital de Penang aussitôt que nous avons jeté l'ancre et qu'une barque a accosté. On a baissé la passerelle et Mme Carswell a été transportée à terre très tôt ce matin, comme l'aube se levait dans une clarté rougeoyante. Le port de Penang est très beau et le contraste était très étrange, entre les beautés de la nature qui nous entouraient et cette pauvre femme ainsi portée vers son trépas. Je crois que je savais, même si je n'en ai pas fait la remarque à Mme Brinkhill, alors que nous la regardions partir ensemble, qu'elle ne survivrait pas. Vous voyez donc, maman, que je ne suis plus aussi protégée qu'autrefois. J'ai vu le visage de la mort. Cela ne m'a pas donné envie de pleurer, j'étais seulement glacée. Tout cela est fort tragique. Il a fallu câbler la nouvelle à M. Carswell à Hong Kong, qui devait sûrement faire les préparatifs pour accueillir sa femme à son retour d'Angleterre. Je ne sais pas grand-chose de M. Carswell car elle en parlait rarement. En tout cas, ils n'avaient pas d'enfants. J'ai été très étonnée d'entendre Mme Brinkhill dire qu'il ne tarderait pas à se remarier, car tous les veufs se remarient très rapidement en Extrême-Orient.

De tels propos vous sembleront peut-être cruels de sa part, mais ils cachent en fait un abîme de bonté. Quand je pense qu'il y a une semaine seulement je croyais qu'il fallait éviter sa compagnie !

Le médecin de bord ne se montre pas depuis la mort de Mme Carswell, sans doute parce qu'il sait pertinemment qu'il n'a pas fait grand-chose pour lui porter secours. L'hôpital de Penang aurait dit, juste avant que nous ne reprenions la mer, et d'après Mme Brinkhill, que Mme Carswell était morte d'une dysenterie causée par des fruits qu'elle aurait mangés à bord après l'escale de Colombo. J'en doute fort pour ma part car elle faisait extrêmement attention à ce qu'elle prenait et n'aurait jamais goûté à quelque chose de suspect. Elle ne le faisait jamais à Hong

Kong et si je l'ai effectivement vue une fois manger une sorte de melon, elle ne prenait que la partie la plus au centre, le plus loin possible de l'écorce, là où il ne peut vraiment pas y avoir de microbes. Mme Brinkhill pense qu'elle a plus probablement eu une péritonite, mais nous ne le saurons jamais. Pour éviter les risques d'une éventuelle contagion mes affaires ont été déplacées dans une autre cabine et celle que je partageais avec Mme Carswell a été désinfectée par fumigation pendant que nous faisions route vers Singapour. J'ai apprécié ce changement car je n'aurais pas beaucoup aimé me retrouver dans l'ancienne cabine avec tous les mauvais souvenirs qu'elle n'aurait pas manqué de me rappeler.

Voilà ; chère maman, je suis désolée que cette lettre soit si triste, mais vous ne devez vraiment pas vous faire du souci pour moi. Je ne suis pas livrée à moi-même, même si Mme Carswell nous a quittés, et Mme Brinkhill l'a en quelque sorte remplacée comme chaperon. Elle est femme de consul, comme je vous l'ai déjà dit, et donc quelqu'un d'un certain rang. Je vous écris de notre chambre à l'hôtel, où le petit déjeuner m'a été servi au lit. Des fenêtres ouvertes montent tous les bruits étranges d'une ville orientale, les tintements des sonnettes des pousse-pousse, les cris de la rue, etc. Dehors il fait grand soleil et nous sortirons tout à l'heure pour faire une promenade en voiture à cheval dans les rues, nous irons visiter les célèbres jardins botaniques qui sont une des choses à voir en Asie.

Le service à l'hôtel est excellent. Ce sont des Chinois à l'allure légère qui ont toujours l'air d'avoir deviné ce que vous voulez, à l'instant même où vous en avez envie. La vie sera sûrement grandement facilitée, si je dois avoir de tels serviteurs à Pékin. J'avais espéré trouver ici une lettre de Richard, mais il n'y en avait pas. Peut-être a-t-il manqué le courrier qui relie le nord de la Chine, très incertain d'après Mme Brinkhill. Même à Swatow, où elle habite, qui est très près de Hong Kong, il arrive qu'il se passe plusieurs mois avant qu'ils n'aient des nouvelles de l'extérieur. Ils reçoivent les journaux anglais en ballots, avec deux ou trois mois de retard, mais ils les lisent dans l'ordre car son mari y tient particulièrement. Sa maison de Swatow a l'air très agréable mais je n'aurai pas l'occasion de la visiter car le *Mooldera* ne s'arrête pas à Swatow en allant à Shanghai. Mme Brinkhill doit changer de bateau à Hong Kong et je ne pourrai donc profiter de sa compagnie pour la fin du voyage. Celui que je prenais pour son mari ne l'est pas, mais un vieil ami. Son mari l'attend à Swatow.

Il faut que je m'arrête à présent. Je vous écrirai de nouveau avec le courrier de Hong Kong. Je vous embrasse tendrement

Votre fille affectionnée

Mary

S.S. *Mooldera*
Le 27 janvier 1903

Nous avons côtoyé aujourd'hui une très grande île dans la mer de Chine du sud et j'écris dans ma cabine avant de m'habiller pour le dîner. Comme je suis toute seule à présent, il m'arrive de ne mettre qu'un kimono pour plus de fraîcheur, en fermant bien sûr la porte à clé. C'est Mme Brinkhill qui m'a dit que les dames pouvaient faire cela dans les chaleurs tropicales, pour y échapper un moment.

Nous sommes allées dans un magasin de Singapour pour acheter ce kimono, et j'en ai choisi un en coton blanc avec des fleurs bleues, très léger et très facile à laver dans la cuvette et à faire sécher en l'accrochant au hublot. Mme B. m'a dit que j'avais dû souffrir le martyre avec mes sous-vêtements, qui viennent pourtant de chez Maule, un magasin de nouveautés d'Édimbourg, et qui étaient censés être adaptés au climat tropical, mais qui d'après Mme Brinkhill ont dû être conçus pour des Esquimaux. Maman serait horrifiée de savoir que j'abandonne ainsi une partie de mon trousseau qui a coûté tant d'argent, mais elle ne sait pas ce qu'est une chaleur pareille car elle n'a jamais été dans un pays chaud. J'ai dépensé dans ce magasin l'équivalent de deux livres et sept shillings en argent anglais.

J'ai aussi appris ce qu'il fallait faire pour les boutons de chaleur. Mme B. m'a dit que si je n'en avais pas déjà j'en aurais tôt ou tard, j'ai reconnu que j'en avais quelques-uns

— même si je n'ai pas précisé où, mais je crois qu'elle a deviné. Elle m'a expliqué qu'il fallait absolument éviter les irritations et que je devais faire attention de bien me rincer après avoir pris mes bains de sels. Je peux lui poser n'importe quelle question, elle m'y répondra, sans qu'il y ait la moindre gêne entre nous, ou très peu. Cela m'embarrasse un peu, mais elle, aucunement. J'ai pris place à sa table pour le dîner, à présent, ce qui signifie que je suis assise en face de M. Davies, qui n'a pas l'air d'avoir grand-chose à dire en présence de Mme Brinkhill et ne fait que me fixer du regard, mais j'y suis habituée. Beaucoup de passagers sont descendus à Singapour, y compris le juge de Malacca dont le départ ne m'a pas vraiment peinée. Peu de voyageurs sont montés à bord, comme par exemple les Hansen qui sont Danois, tous les deux jeunes et blonds, ce qui est un agréable changement. Les Danois doivent avoir des mœurs très libres socialement parlant, car presque aussitôt après m'avoir été présentée, Mme Hansen m'a priée de l'appeler Ingrid. Je vois bien que Mme Brinkhill n'apprécie pas ce manque de manières et je ne pense pas qu'elle aime que je joue au palet au moins deux fois par jour avec les Hansen. J'ai aussi le sentiment qu'elle s'est arrangée pour que les nouveaux venus ne prennent pas place à notre table pour le dîner, alors que deux places s'y sont libérées à Singapour. C'est d'autant plus curieux que Mme Brinkhill est si généreuse par ailleurs ! Je n'ai par exemple pas réussi à payer un sou de la note de l'hôtel Raffles, bien que j'aie tenté de le faire.

Je voulais écrire sur cette île que nous avons vue. Elle nous est apparue en fin d'après-midi et nous sommes passés devant juste avant le coucher du soleil, une grande île avec une montagne assez haute, le tout d'un superbe vert vif, qui s'est rapidement assombri jusqu'à devenir presque violet. J'essayais l'autre jour de décrire à maman un coucher de soleil tropical et j'ai écrit que l'on aurait dit que le Ciel avait renversé toutes les couleurs dont Il disposait, mais j'ai bien entendu déchiré ma feuille, car elle aurait trouvé ma pensée sacrilège. Voyager semble faire plus que de mettre une simple distance entre votre famille et vous, et augmente le nombre de choses dont vous ne pouvez leur parler, de peur de les choquer, alors que vous les avez vues et y avez réfléchi. Cela est attristant. Je pense à maman qui chaque semaine fait les mêmes gestes que la semaine suivante, comme d'aller prendre le thé.

Je vais avoir une vie totalement différente. Ainsi, Mme B. m'a parlé des pirates comme s'ils n'avaient rien d'extraordinaire. Le bateau qu'elle va prendre de Hong Kong à Swatow passe par Byas Bay, où il y a un célèbre nid de pirates. Même s'ils bénéficient de la protection d'officiers britanniques et si les première classe ont des barreaux de fer, les navires sont fréquemment attaqués, le plus souvent avec la participation de complices en troisième classe, qui lancent l'attaque juste avant que les jonques rapides ne surgissent de derrière un îlot, en tirant du canon. Mme B. a été une fois au cœur d'une vraie bataille au cours de laquelle six ou sept des pirates ont été tués et l'un des officiers britanniques blessé ; elle a fait l'infirmière et l'a soigné pendant que les balles sifflaient autour d'elle. Je n'arrive pas à imaginer une des dames des thés d'Édimbourg servant à quoi que ce soit pendant une attaque de pirates !

L'île s'appelle la Grande Natuna et appartient aux Hollandais. Ils ont l'air d'avoir un immense empire de ce côté, qui s'étend sur des milliers de kilomètres et comprend des milliers d'îles, dont quelques-unes vraiment très grandes, comme Sumatra. Quand j'allais en classe nous pensions toujours qu'il n'y avait qu'un seul empire vraiment puissant, le nôtre, sur lequel le soleil ne se couche jamais. Je contemplais cette île et l'idée stupide que ce serait bien d'être la reine d'un tel endroit et de n'en jamais partir m'a traversé l'esprit, quand je me suis brusquement souvenue de Mme Carswell au bas de la passerelle, à Penang, l'air déjà presque morte et j'ai frissonné. Mme B. est arrivée derrière moi à ce moment précis et m'a demandé ce qui n'allait pas. Je lui ai dit à quoi je pensais et elle m'a répondu : « Ma petite, vous vous en allez vers des pays où l'on meurt assez soudainement. » Voilà une phrase que je n'oublierai jamais.

Elle m'a raconté qu'il y avait eu une inondation épouvantable en Chine, près d'une ville nommée Wuhan, au cours de laquelle deux millions et demi de personnes ont, d'après elle, trouvé la mort, soit la moitié de la population en

Écosse. La plupart des corps des noyés flottaient sur la rivière jusqu'aux environs de Shanghai, là où habite Mme B.

C'est bien du whisky qu'elle boit. Je crois qu'elle en a dans sa cabine, car j'en ai senti l'odeur en lui rendant visite. Il y avait du vrai dans ce que disait Mme Carswell à son sujet mais cela m'est bien égal. Le Bien et le Mal ne sont pas aussi évidents que ce qu'on nous apprend. J'ai vieilli de cinq ans sur ce bateau.

S.S. *Mooldera*
Le 5 février 1903

J'ai d'abord été très excitée quand j'ai entendu parler du typhon qui venait sur nous, parce que j'étais certaine d'avoir le pied marin à présent et de ne plus craindre le mal de mer, le typhon allait donc être une aventure ! Eh bien, je préférerais ne pas revivre une aventure de ce genre.

La première bizarrerie a été qu'aucun des officiers de bord n'est apparu pour dîner. Depuis que Mme Brinkhill a quitté le bateau à Hong Kong, je suis revenue à la grande table m'asseoir en face des Hansen, mais Ingrid avait mal à la tête et Nils était de mauvaise humeur pour une raison que j'ignore, mais ce ne devait pas être pour la tempête qui approchait qu'il se faisait du souci. Après le dîner, j'ai croisé M. Davies dans l'escalier, et je lui ai demandé où nous en étions avec le typhon. Il avait l'air très tendu et ne m'a pas répondu tout de suite. Il m'a finalement dit d'un ton très solennel : « Mlle Mackenzie, je veux que vous me promettiez de ne pas bouger de votre couchette dans votre cabine, quoi que vous puissiez penser qu'il se passe sur ce bateau. »

J'ai refusé de croire que cela signifiait que je devais rester sur ma couchette en plein jour, mais si, c'était bien cela qu'il voulait dire. Il a ajouté que la femme de chambre me montrerait comment rouler les couvertures de telle façon qu'elles me caleraient dans ma couchette.

— Voulez-vous dire que le mouvement du bateau pourrait me faire tomber de ma couchette ? lui ai-je demandé.

— Vous pourriez être jetée à terre, a-t-il répondu.

Je suis ensuite allée au salon, qui était vide, comme si chacun avait regagné sa cabine pour mieux se préparer à ce qui nous attendait. Les accès au pont avaient été fermés et je n'ai rien pu faire d'autre que de regagner ma cabine, de me déshabiller et de me coucher comme d'habitude, sans m'entourer de couvertures. Ce qui m'a réveillée, ensuite, c'était la malle qui glissait de dessous ma couchette pour aller cogner le pied du sofa. Puis, alors que je prêtais l'oreille pour identifier un grondement comme je n'en avais jamais entendu auparavant sur ce bateau, la malle s'est mise à bouger de nouveau, pour aller cette fois s'écraser contre la porte de la cabine. Le plancher s'est redressé et je me suis levée pour tirer le rideau du hublot, mais le volet métallique dont je n'aurais jamais pensé qu'il servirait un jour était tiré devant l'épaisse vitre. La grille de ventilation au-dessus de la porte, qui laissait de temps en temps passer les sons qu'émettaient les messieurs en revenant tard du fumoir un peu éméchés, me faisait à présent parvenir toutes sortes de bruits étranges, dont un grand fracas comme celui qu'aurait produit une étagère de casseroles en train de dégringoler à l'office. Puis j'ai entendu des cris au loin, mais confusément. J'essayais de remettre la malle sous la couchette quand le bateau s'est mis à tanguer abominablement, avec une force que je n'aurais jamais soupçonnée. Le bateau se levait puis plongeait en avant brutalement, ce qui a d'abord eu pour effet de me jeter sur le sofa, puis contre la paroi de la cabine. Ma malle m'a suivie, et cette fois elle a cassé le pied du sofa.

Quelque chose comme une monstrueuse vague a heurté le bateau juste à la hauteur de ma cloison et tout de suite après le bateau s'est mis à trembler comme jamais, bien plus fort que les vibrations qui se produisent quand il est à pleine vitesse. Ensuite, un roulis m'a presque fait marcher sur le mur de la cabine et j'ai été persuadée que le bateau allait couler. Il semble qu'il m'a fallu un certain temps pour regagner ma couchette et y grimper. Une fois là, j'ai tenté de faire les fameux rouleaux de couvertures mais cela n'a pas suffi à me maintenir et j'ai dû m'agripper à deux mains, d'un côté au rebord et de l'autre à une petite étagère au mur. On étouffait dans la cabine, mais je crois que c'était la peur qui me faisait transpirer.

Une femme a commencé à hurler un peu plus loin dans le corridor, puis elle s'est calmée pour se remettre à hurler avec le roulis suivant. En plus des grondements et des craquements, un bruit plus strident s'est produit, on aurait dit que les poutrelles de fer qui flanquent le bateau se fendaient. J'étais sûre que le *Mooldera* n'en avait plus pour longtemps et que nous étions tous condamnés. J'ai prié Dieu de ne pas me laisser mourir sur un bateau en route vers la Chine. C'était une prière de lâche et j'en ai honte à présent, mais je suis restée là, les yeux fermés, à la répéter encore et encore. Tout d'un coup je me suis dit que les Jésuites de seconde classe étaient sûrement en train de prier, eux aussi, et que cela ferait sans doute de l'effet. J'ai pensé à d'autres choses, que c'était dimanche et qu'à Édimbourg maman devait être en train de tirer sur ses gants et de sortir de la maison, tandis que sonnaient toutes les cloches de l'église de Morningside pour annoncer qu'il était l'heure du service du matin. Le dimanche, comme il n'y a pas de tramways, tout ce que l'on entend est le bruit des pas des gens qui vont à l'église, il n'y a même pas de claquement de sabots, car qui prendrait une voiture quand il y a tant d'églises si près ? Quand les roulis nous faisaient plonger si profondément que je croyais que le bateau ne se redresserait jamais, j'ai crié « maman ! maman ! » comme si elle avait pu m'entendre en allant à l'église, mais je n'ai quand même pas crié aussi fort que cette femme qui hurlait.

Une autre pensée m'est venue quand j'étais sur ma couchette, mais au bout d'un certain temps seulement, comme s'il avait fallu que j'aie vraiment très peur pour qu'elle surgisse du fond de mon cerveau où elle était enfouie. Je me suis demandé pourquoi j'allais en Chine épouser Richard, et je n'ai trouvé aucune réponse, rien qu'une impression désespérante de vide absolu. Je ne voyais même pas son visage, comme si ma mémoire se refusait à présenter son image. Ce qui est affreux, c'est que même maintenant quand j'essaie d'imaginer ses traits, je n'y arrive pas. Nous n'avons pas échangé de photographies. Je ne possède qu'un petit instantané de lui dans les Highlands, debout à côté du cheval qu'il venait de monter, mais c'est surtout le cheval que l'on voit bien.

Je me souviens bien de ses cheveux, qui sont épais et lui font des boucles blondes au-dessus de la tête, de ses favoris qui ne sont pas trop broussailleux, et même de ses yeux qui sont bleus, mais je n'arrive pas à me représenter son visage en entier. Chez Margaret Blair, dans les Highlands, j'avais trouvé que c'était le plus bel homme que j'avais jamais vu, et il n'y a que treize mois ! Il ne se souvient probablement pas non plus de la tête que j'ai, je suppose.

Une lettre m'attendait à Hong Kong. Ma main tremblait en l'ouvrant. Ses phrases étaient très formelles, mais il est comme ça. Il a eu la correction extrême d'écrire à maman pour lui demander ma main par le même courrier que la lettre où il me demandait de l'épouser. Dans cette lettre-ci, il disait qu'il attendait avec impatience de pouvoir aller me chercher à Tientsin, et qu'il était tout à fait désolé de n'avoir pu venir à ma rencontre à Shanghai, la faute en incombant à son devoir militaire. Il a par contre pris les dispositions nécessaires et je dois être accueillie par un vice-consul qu'il connaît, qui me conduira à mon hôtel, où je devrai attendre deux jours le bateau qui me mènera à Tientsin. C'était une lettre pleine de détails pratiques. Il disait qu'il avait mille choses à préparer pour mon arrivée. C'était une assez longue lettre, mais je me suis rendu compte qu'il m'écrivait comme j'écris à maman, en cherchant ce qu'il pourrait bien me dire. Je suppose que si je devais lui écrire ce serait la même chose, et j'ai sans doute de la chance de n'avoir pas à le faire car je serai arrivée avant n'importe quel courrier.

Que vais-je devenir si je me rends compte que c'était une erreur d'être allée en Chine ? Si en nous retrouvant nous nous dévisageons comme deux étrangers et ne trouvons rien à nous dire, que devrai-je faire ? Je ne pourrais jamais retourner à Édimbourg, ce serait trop humiliant.

S.S. *Mooldera*
Le 7 février 1903

Je viens de redescendre du pont, où il fait un froid glacial, dans ma cabine où je me suis chauffé les doigts sur les tuyaux du chauffage. Nous sommes entrés dans l'estuaire du plus grand fleuve chinois, le Yang-tzeu kiang, et Shanghai est quelque part sur le côté en remontant cet estuaire, en passant devant le célèbre Fort Woosong, comme M. Davies l'appelle, sans m'avoir toutefois expliqué pourquoi il était célèbre, et j'avais trop froid pour le lui demander. Le fleuve est couleur de café au lait léger, ses rives sont toutes plates et marécageuses. La seule chose intéressante que j'aie vue, ce sont les jonques aux voiles déployées comme des ailes de chauve-souris. Ce n'est pas seulement pour me réchauffer que je suis redescendue ici, mais aussi pour échapper à M. Davies qui est vraiment assommant depuis la tempête, et je suis bien aise de ne plus être à la même table que lui. Ce ne sont pas tant ses paroles que ses regards qui me gênent, car j'ai constamment l'impression qu'il est toujours sur le point de dire quelque chose de peu convenable à quelqu'un dans ma situation, et que je ne saurais pas quoi répondre. Voilà pourquoi j'essaie de l'éviter, ce qui est très mal de ma part car il a été plein de considération pour moi depuis la mort de Mme Carswell. C'est vraiment un homme très gentil, et c'est grand dommage qu'à son âge il ne soit pas établi depuis longtemps, avec un foyer et une vie de famille. Il me raconte des choses qui me rendent nerveuse, comme quand il parle des longues années de solitude d'un marin en mer, qui rencontre des gens qui quitteront bientôt le bateau et qu'il ne reverra jamais. Il est parfois très poétique, sans doute parce qu'il est Gallois, et c'est justement là que je suis très mal à l'aise. Il devrait quand même se rendre compte, en dehors de toute autre considération, qu'avec ses trente-deux ans nous ne sommes pas de la même génération ! Je lui ai dit que mon fiancé avait vingt-cinq ans, mais chaque fois que je mentionne Richard il se rembrunit. M. Davies deviendrait facilement possessif, s'il en avait l'opportunité.

Grand Hôtel des Wagons-Lits
Shanghai
Le 8 février 1903

Eh bien, me voilà en Chine pour la première fois, étant donné que Hong Kong n'est pas vraiment la Chine. Hong Kong est un bel endroit, mais ici c'est assez hideux, d'après ce que j'ai pu en voir. Mon hôtel est dans la concession française. Je n'avais jamais entendu parler des concessions et c'est le vice-consul, venu à ma rencontre, qui m'a expliqué de quoi il s'agissait. Apparemment, les grandes puissances ont pris des morceaux de Chine et y ont établi leurs propres lois, les autochtones ne pouvant y pénétrer que comme des étrangers, ce qui semble assez bizarre. Tous les bâtiments que je vois de ma fenêtre sont européens, et à part les pousse-pousse et ces Chinois que l'on voit dans les rues, je n'ai pas du tout l'impression d'être en Orient. Une petite rivière coule devant la ville, très sale et très encombrée d'embarcations. Des pauvres gens vivent dans des bateaux le long des berges, avec leurs familles, leurs chiens et leurs chats. Ils font la cuisine en plein air et par ce froid, sur des braseros. Mme Brinkhill m'avait dit de m'attendre à voir une très grande misère en Chine, et avait ajouté que je m'y habituerai.

Elle avait dit aussi que quand on n'a pas connu autre chose, on ne se rend pas compte de ce qui vous manque. C'est bien possible si l'on vit au fin fond du désert, mais tous ces pauvres gens d'ici n'ont qu'à regarder devant eux pour voir des bâtiments comme mon hôtel, tout illuminé et où l'on mène grand train. Je suppose que cela devrait les mettre en colère. Bien sûr, je ne dois pas oublier que nous avons nos pauvres, nous aussi. Maman ne m'aurait jamais laissée aller seule à Leith Market, à Édimbourg, ou dans des quartiers comme Canongate ou Grassmarket, qui sont très misérables, mais quand même, je n'arrive pas à croire que les pauvres en Écosse soient aussi misérables que ces malheureux Chinois sur leurs bateaux. La Bible dit que les pauvres sont toujours parmi nous, sans doute devons-nous accepter cette situation, mais je me demande si cela ne va pas être difficile pour moi de le faire en Chine. J'espère bien que Pékin est une ville plus belle que celle-ci.

Une lettre de Richard m'attendait à l'hôtel, moins formelle que celle de Hong Kong, et qu'il terminait en m'embrassant, ce qui fait que je me sens moins glacée ici, même si tout est étrange autour de moi. Le vice-consul était à Harrow avec Richard. Il est très plaisant, mais sa femme, qui l'a accompagné sur le bateau, est assez guindée, plutôt ordinaire, avec un visage étroit ; elle porte un manteau de fourrure avec une toque assortie. Je n'ai pas été invitée chez eux.

Les adieux avec M. Davies ont été plutôt tristes. Il m'attendait sur la passerelle et m'a tenu la main trop longtemps, la sienne était brûlante. Il a dit qu'il espérait que la bénédiction de Dieu me suivrait en Chine et cela m'a tout à coup fait venir les larmes aux yeux, j'ai dû tourner la tête. Je me suis retournée pendant que nous montions dans la voiture sur le quai, et je l'ai vu au bastingage qui agitait sa grande main. J'espère que tout ira bien pour lui et qu'il se trouvera une femme galloise. Comme il le dit, ce doit être triste de se retrouver tout seul dans la salle à manger d'un bateau dont tous les passagers sont descendus seulement la veille. Un mois s'est écoulé depuis mon anniversaire. Je ne suis plus la même personne que lorsque j'étais sur la mer Rouge.

Grand Hôtel des Wagons-Lits
Shanghai
Le 9 février 1903

Je me suis réveillée ce matin avec un mal de tête et dans cet état que les femmes doivent supporter. J'ai pris mon petit déjeuner au lit. C'est vraiment curieux comme l'on s'habitue vite à ne pas considérer ces serviteurs chinois comme des hommes. Depuis ces hôtels à Singapour et à Hong Kong, cela ne me fait plus rien si l'un d'eux entre dans ma chambre quand je suis en chemise de nuit, je ne le regarde pas plus qu'il ne m'observe. Tout ce qu'ils font est très feutré et très calme, et l'on se rend à peine compte qu'ils ont quitté la chambre.

Je suis bien contente que cela m'arrive à un moment où je suis toute seule. Même à la maison avec maman c'était toujours une épreuve, non seulement parce que personne ne doit jamais en parler, mais encore parce qu'elle n'appréciait pas du tout le moindre signe attirant là-dessus son attention. J'ai été très surprise que Mme Brinkhill se mette à me parler ouvertement de ces problèmes, comme s'il n'y avait aucun besoin de s'en cacher par délicatesse. Je n'oublierai jamais la frayeur que j'ai eue la première fois que cela m'est arrivé, à l'école. C'est à ce moment-là que Margaret Blair est venue à mon aide et que nous sommes devenues de grandes amies. Si jamais un jour j'ai une fille, je ne la laisserai jamais avoir un choc pareil. L'idée d'avoir une fille me fait drôle.

Grand Hôtel
Le lendemain

Je monterai ce soir sur le caboteur qui partira à minuit. Je suis allée dîner hier soir chez les amis dont Richard m'avait parlé dans sa lettre, qui se nomment Hamlin et vivent dans une immense maison dans la concession anglaise, avec de nombreux serviteurs et un mobilier imposant de style Empire, ce qui rend la pièce très impressionnante mais peu agréable. La seule touche chinoise était les vases et les domestiques. Neuf plats ont été servis au cours du dîner, mais j'ai dû perdre tout à coup mon appétit marin car j'ai à peine goûté à la plupart d'entre eux.

C'était un assez grand dîner, auquel on m'avait conviée en surnombre à la dernière minute, et le monsieur qui avait été invité pour respecter la symétrie était un vieillard à la figure toute rouge, dont le seul centre d'intérêt était ce que contenaient les verres qui étaient devant lui. Chaque couvert avait droit à cinq verres et l'on aurait pu croire que le rougeaud allait trouver un vin à son goût, mais ce n'était apparemment pas le cas car il s'est tourné vers notre hôte pour lui dire : « Dites donc, Willie, ça a plutôt mal voyagé tout ça ! Donnez-moi plutôt un brandy-soda ! » Cette impolitesse a seulement fait rire M. Hamlin, et on lui a apporté ce qu'il voulait boire.

J'ai demandé à M. Hamlin en quoi consistait le fait d'être un avocat d'affaires à Shanghai. Il s'est penché vers moi, m'a tapoté la main et a répondu :

« Cela signifie, ma chère petite, que j'ai dédié ma vie à la protection des malheureux hommes d'affaires britanniques innocents, en les aidant à déjouer les machinations des Chinois sournois. »

Je lui ai dit tout de go que de donner de tels conseils avait l'air plutôt rentable, ce qui l'a fait éclater de rire si fort que sa femme l'a regardé de l'autre bout de la table, d'un air très mécontent.

J'ai l'impression que je plaisais assez à M. Hamlin, même si je suis loin d'être à mon avantage et si j'ai été horrifiée de voir l'état de ma peau quand j'ai pu me regarder dans un miroir suffisamment grand et bien éclairé, le premier depuis un certain temps ! Ce doit être le sel marin. Mme Brinkhill m'a heureusement avertie des problèmes de peau qui surgissent en Chine, de la diarrhée chinoise et d'autres horreurs de ce genre et j'ai acheté à Hong Kong un pot de la crème qu'elle utilise, qui s'appelle « Pétale de pommier » et qu'il faut mettre la nuit pour qu'elle pénètre bien. C'est la première fois que j'ai recours à un artifice de beauté, à part le savon d'avoine, et cette idée ne me plaît pas vraiment. C'est peut-être indispensable dans cette partie du monde.

J'ai décidé de ne mettre ni ma robe en crêpe ni la marron pour aller chez les Hamlin, et me suis plongée dans ma malle pour en sortir ma robe bleue en soie de France, avec de la dentelle de Belgique sur les épaules. Comme elle était un peu trop décolletée, maman a cousu un autre morceau de dentelle sur une doublure, et l'a fixé dans le bas de l'encolure carrée, ce qui gâchait la robe, c'est pourquoi je l'ai enlevé. La vendeuse disait dans la boutique à Édimbourg que c'était un modèle de Paris, et la robe était assez chère pour cela ! Onze livres. Maman, qui est généreuse pour ces choses-là, a dit qu'il me fallait une robe qui soit une folie pour certaines occasions bien particulières, et là-dessus elle s'est mise à pleurer, ce qui est surprenant dans une boutique.

Je n'étais pas à mon aise du tout dans le salon où nous attendions que les messieurs nous rejoignent après avoir pris leur porto. Il y avait neuf dames en plus de moi, qui semblaient toutes avoir un peu abusé des boissons au dîner, y compris Mme Hamlin. C'est une belle femme, selon les critères de maman, très sûre d'elle et de sa situation dans le monde. Quand elle parle, elle penche la tête en arrière, comme si elle vous regardait avec les narines. C'est une amie de la mère de Richard qui est donc plutôt âgée mais ne donne pas l'impression d'avoir jamais été une jeune fille. J'ai déjà remarqué qu'en Extrême-Orient les dames s'habillent très *richement*, et se parent de satin, de broderies, etc. Il y a aussi un grand étalage de bijoux, qui frise presque la vulgarité, quoique je me sois rendu compte en rendant visite à la famille de Richard, à Norfolk, que c'était une habitude convenable en société pour le dîner dans les campagnes anglaises. Ils s'habillent très ordinairement dans la journée et se transforment en paons le soir. Moi, je me sentais comme une faisane écossaise, mais je n'avais évidemment pas ma belle robe en soie bleue ce jour-là.

Des serviteurs ont installé des tables pour un jeu chinois qui s'appelle le Mah Jong, quand les messieurs sont venus nous rejoindre. Ces dames ont eu l'air très étonnées que je n'en aie jamais entendu parler, et l'une d'entre elles a dit que ce jeu faisait rage à Londres. Je lui ai répondu qu'à Édimbourg la mode *anglaise* mettait un certain temps à s'imposer, ce que M. Hamlin a trouvé une excellente chose et ce qui lui a valu encore un regard noir de sa femme. Je me demande s'ils sont heureux ensemble. Ils ont certainement leur lot des biens de ce monde. Ils ont envoyé une victoria à deux chevaux me chercher à l'hôtel, avec un cocher chinois en livrée ouatée pour l'hiver, ce qui lui donnait l'air d'un tout petit bonhomme perdu dans un gros manteau. Peu de gens ici ont cependant des voitures, les dames ont le plus souvent leurs propres pousse-pousse, avec un coolie spécial pour les tirer. Nous en avons justement parlé parce que l'un des coolies d'une des dames vient de mourir et qu'il a été chez elle quinze ans, ce qui est une durée exceptionnelle car les tireurs de pousse ne vivent habituellement pas très vieux. Quand j'ai demandé si c'était à cause de leur travail, la dame a répondu que certainement pas, c'était à cause de la tuberculose. Elle m'a expliqué que les coolies des Européens étaient très bien traités, on pouvait le dire, alors que les riches Chinois maltraitaient leurs domestiques.

M. Hamlin n'a pas joué au Mah Jong et est venu s'asseoir devant la cheminée avec moi. Il m'a dit que Pékin était une ville délicieuse, très différente de Shanghai qui n'est qu'une brasserie d'affaires où l'on vient faire le plus d'argent possible et le plus vite possible pour s'en aller aussitôt fortune faite. Pour lui, il faut être fou pour habiter à Shanghai pour une autre raison, quelle qu'elle soit. Mais Pékin, malgré la Révolte des Boxers, est une ville impériale et cela se sent. Même si l'impératrice douairière prétend à présent qu'elle aime les Européens, M. Hamlin est persuadé que si elle le pouvait, elle les ferait tous massacrer par ses gens. Quand je lui ai dit que j'avais l'impression d'aller dans une ville bien dangereuse, il a répondu que la vieille dame avait bien trop de bon sens pour risquer une autre opération du genre des Boxers, s'étant déjà fait brûler les doigts un an ou deux auparavant seulement. Il a ajouté que je trouverais sûrement sa capitale un des endroits du monde les plus intéressants pour y vivre.

Il était plus de minuit quand je suis retournée à l'hôtel et je suis restée longtemps devant la coiffeuse et son miroir à trois faces, au-dessus duquel se trouve un lustre électrique qui éclaire très bien. Je ne suis pas belle. Mes cheveux sont d'un châtain ordinaire. Je pense que ce que j'ai de mieux, ce sont mes yeux, qui sont bruns aussi, mais plutôt grands avec de longs cils. Et je n'ai pas un grand nez, ce dont je suis plutôt contente, parce que d'après ses photos papa en avait un. Je n'aurais pas aimé du tout en hériter ! Trois hommes voulaient m'épouser, et j'ai dit oui au troisième. Maman aurait préféré le second. Si j'avais épousé George, j'aurais eu une vie bien triste à Édimbourg.

J'ai décidé que ma coiffure ne me plaisait plus. Ces macarons me donnent l'air d'avoir des petits pains sur la tête. Comme j'étais ainsi lorsque Richard m'a rencontrée, je ferais peut-être mieux de ne pas y toucher pour l'instant.

Lettre de Mary Mackenzie à Mme Isabel Mackenzie

SS. *Ching Wha*
En mer
Le 11 février 1903

Très chère maman,

Je suis tout à fait honteuse de ne vous avoir écrit qu'une si petite lettre à bord du *Mooldera* juste avant d'arriver à Shanghai, mais j'avais comme excuse d'être encore toute remuée par le typhon que nous venions de subir. Je ne vous en parlerai plus, mais ne vous faites surtout pas de souci pour tous ces voyages en bateau que je dois faire : maintenant que j'ai vu comment ils résistent à de telles épreuves, je ne serai plus si facilement effrayée par les bateaux. J'ai passé mon temps à Shanghai à me reposer à l'hôtel avant d'embarquer sur ce caboteur qui est tout petit à côté du *Mooldera*. Il n'y a que huit cabines en première classe, avec onze passagers, mais la troisième classe est bondée, il doit y avoir là des centaines de gens. Malgré son nom, c'est un bateau anglais avec un équipage anglais, le capitaine et deux officiers, plus un mécanicien écossais qui vient de Troon. Comme autres passagers il y a un missionnaire méthodiste et sa femme qui retournent dans une ville nommée Sian-fu, dont ils avaient été contraints de s'enfuir pendant la Révolte des Boxers. Le mari est assez anti-britannique dans ses façons, et nous traite d'impérialistes sans pitié, ce qui ne fait pas de lui un compagnon de table bien agréable. Je pense qu'il lui est désagréable de voyager sur un navire anglais, ce qu'il est bien obligé de faire puisqu'il n'y en a pas d'américains sur cette route. Les trois Jésuites qui étaient en seconde sur le *Mooldera* sont maintenant en première classe sur ce bateau (il n'y a pas de seconde), mais à l'exception du plus jeune d'entre eux, ils ont tous l'air de vivre dans un autre monde, avec leurs petits livres de prières qu'ils lisent tout le temps. Ils ne sont pas à la même table que moi, mais le plus jeune me parle parfois quand nous nous croisons sur le pont, du temps essentiellement. Les autres passagers de première sont tous

Chinois. Ils prennent leurs repas dans leur cabine et ne font aucun exercice, c'est pourquoi nous ne les voyons presque jamais.

A l'encontre de celui du *Mooldera*, le capitaine de ce bateau-ci est un homme très jovial, qui n'est qu'à moitié Anglais car sa mère est Norvégienne. Il vient de Newcastle et a quelque chose d'un Écossais dans ses manières, avec un sens de l'humour assez particulier qui me plaît plutôt. Je crois qu'habituellement il n'y a pas tant de gens qui rient à ses plaisanteries, et que c'est parce que je le fais qu'il m'apprécie. Comme cela fait vingt ans qu'il habite en Extrême-Orient sans même être retourné une seule fois en Angleterre — sa femme vit à Shanghai — il peut me donner quantité de renseignements utiles sur la Chine.

Je puis vous écrire ainsi parce que le bateau mouillera dans un endroit nommé Wei Hai Wei avant Tientsin, d'où je pourrai poster cette lettre. Je pense à vous très souvent, et je me demande ce que vous faites et si vous avez toujours votre jour « à la maison », un jeudi sur deux. Êtes-vous allée comme à l'accoutumée écouter le *Messie* de Haendel une fois encore cette année ? C'est tellement étonnant de penser que je me trouve à présent de l'autre côté du monde, et que cela signifie que le voyage prend au moins six semaines, et le courrier des mois... On dit que l'ouverture du chemin de fer transsibérien va rendre l'Europe accessible d'Extrême-Orient en douze jours, ce qui paraît presque incroyable, mais je ne crois pas que je pourrais supporter de rester assise tout ce temps-là dans un wagon étouffant et plein de fumée. Le voyage en mer offre beaucoup plus d'intérêt et de variété.

Comme vous pouvez le penser, je suis très excitée à l'idée de rencontrer Richard dans un rien de temps, à présent. Il viendra attendre ce bateau à Tientsin et nous nous rendrons de là, ensemble, en train à Pékin. Ne vous inquiétez pas de ce que votre fille soit partie si loin pour se marier, je suis sûre que nous serons heureux et aurons une vie agréable. La cuisinière et Jessie s'occupent de vous comme toujours, je le sais, et vous leur transmettrez mes meilleures pensées. Avez-vous toujours le même jardinier ? Après tout, s'il s'en va, vous en trouverez vite un autre. Je vous écris de ma petite couchette étroite et j'ai une crampe dans le bras, c'est pourquoi je vais à présent vous quitter, Mère Chérie.

Votre fille affectionnée
Mary

S.S. *Ching Wha*
Le 11 février 1903

J'ai dit mes prières ce soir, avant de me coucher pour écrire, ce qui ne m'était pas arrivé depuis le typhon. C'est une habitude qui se perd facilement. Sur le *Mooldera,* je devais les dire seule sur ma couchette, après m'être déshabillée, ce qui était si éprouvant que j'oubliais complètement parfois. Les mots que l'on dit à la maison dans les prières ont je ne sais pourquoi quelque chose d'inadéquat quand on est en Chine, et je me demande si cela va continuer à être une source de tracas. La présence des missionnaires et des prêtres sur ce bateau n'est certainement pas étrangère au fait que cette pensée me préoccupe, mais je ne peux m'empêcher de me dire que ma foi est en train d'être éprouvée. Il est facile à Édimbourg de croire que le Paradis est la récompense d'une vie juste et bien menée, mais tout ce que je viens de voir en Extrême-Orient me fait à présent douter de ce qui me semblait autrefois si évident. Ces gens à Shanghai sur les bateaux, par exemple. Il est manifeste que beaucoup de ceux qui vivent dans ces conditions sont dans le péché, selon notre point de vue, mais c'est certainement en toute ignorance. Et si c'était le cas, ces péchés seraient-ils de nature à les envoyer en Enfer pour les punir ? Il y a peut-être une excuse à cette ignorance, et sans doute ces gens ne souffriraient-ils pas autant que ce que nous, qui *savons,* pourrions endurer.

Je me sens si loin de la maison et de maman en ce moment. Je suis assise là, à regarder les taches de rouille sur les boulons qui joignent les plaques de fer, en train de me demander si je crois à l'Enfer et au Paradis... Il n'est peut-être pas nécessaire d'y croire pour croire en Dieu ? Je serais soulagée si c'était le cas, et pourtant chacun des pasteurs que j'ai pu connaître dirait qu'un chrétien doit croire à la vie après la mort, à la récompense pour les bonnes actions et la punition pour les mauvaises, et que l'on ne serait pas un bon chrétien si l'on ne pensait pas ainsi. Comment des millions et des millions de gens peuvent-ils croire qu'ils *méritent* que Dieu les garde pour toujours ?

Maman tomberait raide morte si elle savait que j'ose écrire des choses pareilles. Il m'arrive la nuit de me sentir si isolée dans mes pensées, seule sur ce bateau qui craque constamment, et sans aucune aide qui puisse venir de l'extérieur que je me demande si c'est ainsi que les choses se passeront même après mon mariage. Il est possible que ce genre de réflexions soient habituelles à ceux qui voyagent, qui n'ont pas leur environnement normal et dont toutes les possessions sont réduites à une malle et deux caisses. J'irai sans doute mieux quand je serai de nouveau avec les mêmes têtes pendant un certain temps. Je pense à la cuisinière chez maman, la même depuis notre arrivée à Édimbourg, qui chante toujours des hymnes quand elle fait le pain. Elle ne va que rarement à l'église mais est persuadée qu'à sa mort elle ira au Paradis, qui a la forme pour elle d'une petite chaumière dans le comté de Perth, ou de quelque chose d'approchant, avec un ruisseau qui courrait dans le jardin. Elle m'a dit une fois qu'elle s'en représentait parfaitement chaque détail. Je me demande à quoi ressemble le Paradis pour maman. Pour ma part, je n'en ai aucune idée.

Je tiens peut-être beaucoup de mon père après tout, et cette éventualité a toujours fait peur à maman. Je sais fort peu de choses sur lui, sinon que maman était un peu irritée contre lui parce qu'il n'était pas doué pour les affaires comme grand-père l'était, et qu'avant sa mort subite, il avait laissé péricliter la fabrique, ce qui fait que maman n'a pu avoir autant d'argent qu'elle l'avait espéré. Elle a cependant toujours été très généreuse avec moi : après avoir payé mon trousseau et mon billet de bateau, elle m'a encore donné deux cents livres, et quand j'ai protesté que c'était trop et que cinquante auraient suffi pour me conduire jusqu'en Chine où m'attendait la protection de mon mari, elle a insisté qu'une jeune femme devait avoir un petit magot bien à elle pour se sentir parfaitement en sécurité. Cela m'a rendue très nerveuse d'avoir autant d'argent sur moi et j'en ai dépensé très peu jusqu'ici, pas plus d'une dizaine de livres, principalement en petits achats sur le trajet et en pourboires sur le *Mooldera.* Je suppose qu'il me restera au moins cent quatre-vingts livres quand j'arriverai à Pékin, ce qui est plus que ce que bien des gens parfaitement respectables ont pour vivre durant toute une année.

S.S. *Ching Wha*
Le 13 février 1903

Le bateau a jeté l'ancre dans le port de Wei Hai Wei, qui est une enclave britannique en Chine dont j'ignorais jusqu'ici l'existence. J'ai demandé au capitaine, pendant le déjeuner, comment nous en avions pris possession et il m'a répondu que cela ne faisait que cinq ans. Quand cesserons-nous de prendre des territoires sur cette terre ? La manière dont nous le faisons explique pourquoi ce missionnaire américain n'aimait pas les Britanniques, et d'une certaine façon je ne puis l'en blâmer. Le capitaine a dit que c'était un bon port et que lorsque les Japonais l'avaient quitté en 1898, après leur guerre contre la Chine, cela nous avait paru une bonne idée de nous y installer avant que les Chinois ne s'y glissent insidieusement à nouveau. On a dit que la reine Victoria ne voulait pas que nous agrandissions nos possessions en Chine et qu'elle aurait répondu « Nous ne souhaitons pas en entendre parler » quand elle aurait été mise au courant de cette nouvelle occupation, mais peut-être est-ce seulement une histoire racontée par le capitaine. Je sais qu'il n'est pas convenable de plaisanter sur la famille royale, mais je n'ai pas pu m'empêcher de rire quand le capitaine a dit que la reine avait donné un grand morceau de Bornéo au Rajah Brooke parce qu'elle estimait qu'il en avait plus besoin qu'elle. Le capitaine est fort peu révérencieux, et je ne pense pas que l'équipage apprécie beaucoup, surtout le second officier qui est très patriote et fort sérieux. Maman n'aurait pas goûté du tout les plaisanteries du capitaine, et quant à Mme C., elle aurait sûrement quitté la salle à manger.

C'est étonnant comme nous oublions vite les morts. J'ai vécu pendant plusieurs semaines à ses côtés et pouvais à peine bouger sans qu'elle s'en aperçoive et pourtant je ne me souviens aujourd'hui d'elle que pour des détails de ce genre. Je n'ai pas non plus beaucoup de respect pour sa mémoire, c'est sans doute très mal de ma part.

On peut voir les murailles de Wei Hai Wei du pont du bateau, et je dois dire que notre nouvelle colonie est très belle. Son port est fermé par l'île de Liu Kung Tao où est installée notre base navale. Il y a d'assez hautes collines tout autour dont certaines ont des rizières en terrasses et plusieurs des forêts de pins. L'air est très froid, mais sec, et bien qu'il y ait eu récemment des chutes de neige, le soleil est fort et brillant. Six navires de notre escadre de Chine mouillent autour de nous, et j'ai pu observer une vedette qui quittait l'un d'eux pour aller à terre. Nous n'avons pas eu le temps de faire escale, mais certains passagers nous ont quand même quittés en montant dans la barque de ravitaillement, parmi lesquels il y avait un Chinois à natte qui était en première classe. Les gens de l'entrepont n'accordaient aucune attention au déchargement qui avait lieu à côté d'eux et continuaient tranquillement à faire la cuisine sur leurs braseros. J'ai demandé au capitaine s'il ne craignait pas trop que son bateau prenne feu si jamais un brasero se renversait, et il m'a répondu que c'était sa terreur permanente, mais qu'il avait des tuyaux tout prêts dont il s'était servi plus d'une fois pour arroser à la fois les cuisiniers et les braseros. En tout cas, les Chinois ont la réputation d'avoir encore moins le pied marin que les autres races, ce qui fait qu'ils ne mangent rien pour peu que la mer soit un peu agitée.

Je trouve fascinant de les regarder en train de faire la cuisine sur cet entrepont, toute la journée semble-t-il. Le plus jeune des prêtres est venu ce matin à mes côtés sur le bastingage et m'a demandé de sa voix calme : « Est-ce ainsi que vous aimez regarder le monde, Mlle Mackenzie ? d'un pont supérieur ? » J'ai trouvé cela plutôt impertinent de sa part, même s'il porte une soutane et qu'on l'appelle Père Anthony, ce que je trouve si bizarre pour quelqu'un de si jeune que je n'arrive pas à l'appeler du tout. Quand je l'ai regardé, à moitié fâchée, j'ai vu qu'il souriait d'un gentil sourire mais j'avais l'impression qu'il était un peu forcé et que c'était le résultat de son éducation théologique. Il est très blond avec des cheveux fins qu'il ne gardera pas longtemps, ce qui ne devrait pas l'affecter. Je me suis rendu compte qu'il n'avait pas eu l'intention d'être blessant mais s'intéressait vraiment à ce que je pensais. J'ai eu tout à coup le courage de lui demander — ce qui n'aurait certainement pas été le cas un mois auparavant — « Et à Moukden alors, vous pensez que vous serez au centre du monde ? » Il n'a fait qu'incliner la tête en réponse, ce qui n'était guère satisfaisant et m'a incitée à continuer : « Pour chaque conversion que vous ferez, il en naîtra dix mille qui ne seront pas convertis ! » A peine avais-je dit cela que je me suis trouvée odieuse d'oser lui dire des choses pareilles, mais il ne s'est pas mis en colère, il a juste hoché la tête de nouveau, puis a ajouté au bout d'un moment : « Tout ce que nous pouvons espérer, c'est d'être le levain. »

Je me suis fait de nouveaux reproches, car je voyais bien qu'il était réellement humble et que sa volonté de consacrer sa vie entière à une cause qui semblait sans espoir était en quelque sorte un reproche à mon égard. Cela m'effrayait un peu aussi, car cela m'a fait comprendre que je serais incapable de suivre un tracé aussi défini dans mon existence que lui. Ma foi sera probablement toujours fragile. Quand je prie, c'est pour demander à Dieu de mettre fin à une tempête.

S.S. *Ching Wha*
Le 14 février 1903

Il est vraiment très tôt et j'écris parce que je n'arrive pas à me rendormir. Nous arriverons demain à Taku Bar où nous remonterons le fleuve jusqu'à Tientsin où m'attendra Richard. Il fait un froid glacial depuis Wei Hai Wei et le vent qui nous arrive de Sibérie nous transperce les poumons quand nous montons sur le pont. Même si les tuyaux du chauffage gargouillent quand l'eau chaude les parcourt, il fait si froid dans cette cabine que j'ai dû me masser les doigts. Je me suis rendu compte ces temps-ci que je peux à présent voir le passé d'un œil neuf, et j'ai tout à coup l'impression de comprendre des choses qui m'avaient échappé sur le moment.

J'ai réfléchi à ma visite à la mère de Richard. Maman avait refusé de m'accompagner, sous prétexte que si j'allais faire tout le chemin jusqu'en Chine pour me marier, ce serait une bonne expérience pour moi de commencer par me rendre seule à Norfolk. C'était un voyage assez compliqué, avec deux changements, un à Peterborough et l'autre à King's Lynn et quand je suis enfin arrivée à la gare de Swaffham où je pensais être attendue, il n'y avait pour m'accueillir que le phaéton familial et son cocher. Je ne savais pas à cette époque que Lady Collingsworth était à demi impotente à cause de ses rhumatismes et j'ai donc été plutôt malheureuse pendant ce long trajet, assise toute seule à l'arrière de cette voiture en assez mauvais état, qui ressemblait plus à une carriole de louage à Édimbourg qu'à une voiture particulière. Le paysage me semblait aussi assez étrange après l'Écosse, très plat et inintéressant à mes yeux.

Le manoir de Mannington proprement dit est à peu près étouffé par les arbres. C'est un bâtiment en briques et non en pierre, si sombre à l'intérieur que s'il n'y avait pas eu un feu dans le hall, je n'aurais rien vu jusqu'à ce que mes yeux se soient accoutumés à l'obscurité. La maison est sans aucun doute très humide, encaissée comme elle l'est, et aurait besoin d'un feu dans chaque pièce, même en plein été. Je n'en avais pourtant pas dans ma chambre et les draps étaient humides et froids. Lady Collingsworth et Sir John — le frère aîné de Richard — étaient en un sens très aimables avec moi, mais je me rends bien compte à présent qu'ils me jaugeaient, tant le premier soir que les trois jours que j'ai passés là-bas. Je puis d'ailleurs me voir comme ils m'ont vue à l'époque : j'ai gardé un accent écossais malgré l'école où je suis allée et qui a fait de son mieux pour m'en débarrasser, parce que celui de maman est assez prononcé. Elle l'avait encore quand nous nous sommes installées à Édimbourg, et dès que j'arrivais à la maison pour les vacances, je reprenais aussitôt mon ancienne manière de parler. Lady Collingsworth faisait semblant de ne pas remarquer mon accent, mais Sir John n'arrêtait pas de me demander de répéter ce que je venais de dire, ce qui était fort embarrassant. Il est resté célibataire, mais a bientôt l'intention de faire son devoir, comme me l'a dit un jour Lady Collingsworth quand nous prenions le thé seules toutes les deux. Je croyais que la jeune fille en question était une voisine du nom d'Elizabeth, qui est venue trois fois à Mannington pendant mon séjour, mais maintenant que j'ai une nouvelle vision des choses je me dis qu'elle était sans doute curieuse de savoir comment j'étais parce qu'elle s'était elle-même intéressée à Richard. Elle est assez jolie, mais avec un teint trop coloré qui lui vient de la chasse, et des hanches très larges sans doute dues à trop d'équitation. Je ne pense pas avoir résisté non plus à l'examen critique d'Elizabeth.

3

Lettre de Mary Mackenzie à Mme Isabel Mackenzie

B.P. 103
Quartier des légations
Pékin — Chine
Le 17 février 1903

Très chère maman,

Ceci sera probablement mon adresse pendant un certain temps, car la maison dans laquelle nous nous installerons Richard et moi après notre mariage n'est pas encore disponible. Elle est située dans la ville proprement dite, mais se trouve encore occupée par un couple d'Allemands ce qui fait que je n'en ai même pas vu l'extérieur. Il n'y a rien de libre pour nous dans le quartier des légations, qui a été complètement dévasté pendant la Révolte des Boxers, bien des maisons ont été détruites par les attaques armées des Chinois, ou par les incendies qui les suivaient. La résidence la plus importante, celle de Sir Robert Hart, a été entièrement brûlée ainsi que toutes les archives des douanes chinoises qu'il dirigeait depuis des années. Le nouveau quartier des légations doit en tout cas être fortifié d'un mur épais, devant lequel une très vaste esplanade sera prévue sur laquelle on ne pourra jamais rien construire, de façon à laisser une place suffisante pour un champ de tir au cas où les troubles recommenceraient. Je ne devrais sans doute pas vous parler de tout cela, mais vous n'avez aucune raison de vous faire du souci pour moi, la ville est tout à fait pacifiée à présent. Les troupes alliées qui étaient restées très longtemps pour s'en assurer ont quitté la ville ces derniers jours seulement.

Je n'ai pas eu du tout l'impression d'être arrivée dans une ville chinoise quand nous avons accosté à Tientsin, car tous les bâtiments avaient l'air européens. L'un d'eux avait une enseigne « Astor Hotel » et un autre « Théâtre de la Gaieté ». Rien n'était vraiment étonnant, sauf les pousse-pousse sur le quai, les quelques palanquins, et le fait que ceux qui nous attendaient semblaient tous porter des fourrures, les hommes comme les femmes. Je pensais que Richard serait facilement identifiable dans la foule à cause de son uniforme, mais non, lui aussi portait un manteau de fourrure, un manteau long qui lui donnait l'air d'un cosaque puisqu'il avait même la toque assortie ! Il s'est précipité sur la passerelle dès qu'elle a été abaissée puis s'est avancé à grands pas vers moi le long du pont. Il a enlevé sa toque et l'a laissée choir pour pouvoir me prendre les deux mains et me souhaiter la bienvenue en Chine d'un baiser. J'ai été légèrement surprise qu'il fasse cela devant tant de gens, car il a comme vous le savez toujours eu des manières parfaites, mais j'en ai été contente aussi.

J'ai passé cette première nuit à l'hôtel Astor tandis que Richard avait une chambre dans un autre hôtel, mais nous avons dîné ensemble à l'Astor, à une petite table près d'une fenêtre aux épais rideaux rouges. Un orchestre à trois musiciens jouait et à part les « boys » comme on appelle les serveurs chinois, nous aurions pu être à Édimbourg. Nous étions quelque peu intimidés au début, mais je me suis bientôt retrouvée en train de lui raconter ma traversée, la mort navrante de mon chaperon, les attentions de Mme Brinkhill, le typhon et le reste. Tout cela n'était sans doute que du babillage, mais Richard n'a pas eu l'air d'en être incommodé et me posait sans cesse de nouvelles questions. Puis, lorsque nous avons fini notre repas, je pense qu'il a glissé un pourboire à l'orchestre qui s'est tout à coup mis à jouer *les Roses rouges de Vienne*, sur un ton plutôt aigu parce que les musiciens étaient russes, et Richard a sorti un petit écrin de sa poche avec la bague qu'il n'avait pas jugé prudent de m'envoyer en Écosse. J'ai donc passé à mon doigt ma bague de fiançailles au son d'une valse viennoise, et j'espère que cela me portera bonheur, même si je sais que vous ne croyez pas aux bons présages. La pierre est une améthyste de Corée qui ne doit pas, d'après Richard, être confondue avec l'améthyste ordinaire que nous connaissons dans nos contrées. La couleur en est bien plus profonde, et la valeur en est bien supérieure aussi évidemment. Elle est sertie de perles de culture et Richard l'a fait exécuter à Shanghai, aux mesures exactes que je lui avais envoyées, ce qui fait qu'elle me va parfaitement.

Nous ne nous sommes pas vus au petit déjeuner le lendemain, mais Richard est venu me chercher vers onze heures en calèche découverte. Il faisait beau même s'il faisait froid et nous étions emmitouflés sous une couverture en peau d'ours qui sentait fort mais qui nous tenait bien chaud. Richard s'intéressait particulièrement aux endroits où avaient eu lieu les batailles pour la ville de Tientsin pendant la Révolte des Boxers et nous nous sommes arrêtés sur un pont métallique au-dessus d'une étroite rivière là où les combats avaient été le plus intenses. Ce qui m'intéressait le plus était la rivière elle-même. On voyait à peine l'eau tant les sampans et les petites jonques étaient collés les uns aux autres, avec des familles à bord de chacune, qui y menaient leur existence. C'est en fait une manière de taudis flottant qui coupe en deux la rue principale de Tientsin, le long de laquelle sont situées des boutiques assez belles et d'importants bâtiments où le commerce a repris. Je me demande où étaient ces gens qui vivent sur la rivière pendant les batailles des Boxers. Peut-être sont-ils restés là en espérant tout simplement ne pas recevoir de balles perdues? Mme Brinkhill m'avait dit que je serais vite habituée à toute cette misère en Chine, mais ce n'est toujours pas le cas. La misère n'est pas comme chez nous, confinée à l'écart, on la trouve partout, parfois sous d'horribles formes. A la porte de l'hôtel Astor se tenait un mendiant au visage tout déformé, avec des moignons à la place des mains. Richard m'a dit que c'était un lépreux, mais qu'il ne fallait pas que je m'inquiète pour lui parce que bien des mendiants sont tout à fait prospères et retournent le soir dans de confortables maisons. Il m'a dit aussi qu'en Chine les choses n'étaient jamais réellement ce dont elles avaient l'air, et qu'il fallait que je m'en souvienne. Je ne suis pas sûre d'avoir compris ce qu'il entendait par là.

Cet après-midi-là, nous avons pris le train pour Pékin, assis l'un en face de l'autre sur des sièges en rotin qui étaient froids et glissants. Il n'y avait pas grand-chose à voir, simplement des champs plats avec des monticules bizarrement placés dont Richard a dit que c'étaient des tombeaux. Les paysans Chinois enterrent leurs morts dans les champs familiaux et cultivent tout autour. J'ai vu un ou deux champs où l'on avait l'impression qu'il y avait plus de tombes que de cultures et je n'ai pas pu m'empêcher de penser que c'était du gâchis de bonne terre.

Notre sujet de conversation dans le train a été Mannington. Je me suis déjà rendu compte que parler de sa maison natale est l'un des moyens de mettre Richard de bonne humeur, car il l'adore. C'est dommage en un sens qu'il ne soit que le troisième fils et n'ait aucune chance d'en hériter un jour car je pense qu'il aurait fait un meilleur « Maître » des propriétés des Collingsworth que son frère. Sir John m'a fait l'effet d'un homme bien gentil mais lent, qui ne s'occupe du domaine que parce qu'il doit en hériter, mais qui n'a pas l'air très intéressé par la chasse ! Cela doit sembler une anomalie dans le comté de Norfolk, je suppose ! Les familles anglaises sont régies d'une manière si stricte, avec l'aîné qui hérite de tout tandis que les cadets n'ont qu'à entrer dans l'Église ou dans l'Armée ! Tout est arrangé avant même la naissance et personne ne pense à varier un peu en laissant toutes ses possessions au second fils ou au troisième, comme un père pourrait le faire en Écosse si l'aîné ne lui plaisait pas. Je ne vous en ai rien dit à la maison, mais j'ai senti à Mannington qu'il y avait tant de différence entre les Anglais et les Écossais que s'il s'agissait de Français et d'Espagnols ! la femme écossaise d'un Anglais doit s'attendre à ce que son mari lui paraisse être un étranger. Notre mariage sera le premier depuis la Révolte des Boxers et donc un événement ! Un évêque anglais de Shanghai sera en tournée à Pékin à ce moment-là et célébrera la cérémonie. Les manières de faire de l'Église anglicane ne me plaisent guère, mais je suppose que je n'ai pas le choix même si j'ai bien l'intention après notre mariage d'aller suivre un service *protestant* chaque fois que je le pourrai.

Il faut que je vous donne ma première impression de Pékin. Le soir tombait lorsque nous avons fait le trajet en pousse-pousse de la gare aux murs de la ville percés d'une immense porte. Mon pousse-pousse et ceux qui nous suivaient dans lesquels étaient Richard et mes bagages ont dû ralentir pour laisser passer un *chameau*. Celui-ci portait une charge énorme, en gros ballots de chaque côté et avait des clochettes autour du cou. Il m'a presque frôlée, comme pour bien montrer qu'en Chine les chameaux ont la priorité sur les Européens. « Après vous, je vous en prie ! » lui ai-je dit et Richard a crié qu'il n'avait pas entendu ce que je lui disais. Il m'était difficile de lui dire que sa fiancée s'était mise à parler aux chameaux !

J'ai demandé si la porte que nous allions franchir était Hatamen, mais ce n'était pas celle-là. Le capitaine du *Ching Wha* m'avait raconté que lorsque l'impératrice douairière était retournée dans la capitale après son exil à la suite de la Révolte des Boxers elle était entrée par la porte Hatamen, sous les yeux de tous les étrangers qu'elle avait voulu mettre à mort et qui l'observaient du haut du parapet. Elle les a aperçus de son palanquin et s'est inclinée très bas devant ceux qu'elle avait pensé faire exécuter.

Il ne faut pas que je vous raconte toutes ces histoires ou vous allez encore vous faire du souci, mais je n'y attache pour ma part aucune importance. Je vais habiter jusqu'à notre mariage — dont la date définitive dépend de l'évêque — avec le deuxième secrétaire anglais et sa femme qui sont M. et Mme Harding. Leur maison, comme toutes les autres, a été sérieusement endommagée pendant le siège, elle a, par exemple, reçu un obus qui a traversé le toit, mais elle a été réparée. Les dégâts du jardin, qui a visiblement été fort beau, seront plus longs à effacer car des madriers enflammés ont roussi les arbres et les buissons qui en sont presque tous morts, comme cela a été le cas dans la plupart des jardins du quartier des légations. Cela est vraiment bien dommage car ils devaient être superbes. Je suis montée hier avec Richard sur la muraille qui est juste derrière cette maison, et j'ai pu constater que Pékin est une ville de jardins. Il me reste encore à me rendre dans les premières enceintes du Palais d'Hiver, où les visites sont autorisées.

J'ai envie de faire des folies et de m'acheter un manteau de fourrure car tout le monde ici en a au moins un, certains en ont même huit ou dix ! et surtout les riches femmes chinoises. Mme Harding m'a conduite dans la seule boutique où l'on peut sans danger essayer ces manteaux, car ailleurs on court le risque d'attraper la variole. Il y avait un manteau qui me plaisait beaucoup, en chat sauvage noir de Mandchourie, très long et très soyeux qui coûtait quinze livres mais Mme Harding a dit qu'en marchandant habilement elle pensait qu'elle pourrait l'avoir à douze. Je vais lui en laisser le soin.

Je vous embrasse tendrement,
Votre fille affectionnée

Mary

Quartier des légations
Pékin
Le 22 février 1903

Me voici de nouveau en train d'écrire dans ce cahier que je croyais bien ne plus jamais toucher après avoir retrouvé Richard. Les quatre derniers jours n'ont été que réceptions, à commencer par une soirée ici pour me permettre de rencontrer des diplomates de toutes nations, ceux des légations n'étant pas toutefois de très haut rang. Puis nous avons été invités à une réception à la résidence de l'ambassadeur anglais, Sir Claude Macdonald, qui avait organisé la défense contre les Boxers et doit prochainement changer de poste. Lady Macdonald est en Angleterre mais Sir Claude m'a dit de manière très charmante qu'il se réjouissait beaucoup de notre prochain mariage, qui serait une fête magnifique que tout le monde attendait avec impatience. Il m'a demandé si j'étais apparentée aux Mackenzie de Achtarn qui sont de lointains cousins à lui, mais j'ai dû lui répondre que ma famille est installée sur la côte Est depuis assez longtemps et a donc perdu contact avec les parents des Highlands. Il a haussé les sourcils comme si d'entendre cela l'étonnait grandement. C'est un homme de très haute taille qui porte des gilets de fantaisie, comme si les occasions formelles l'ennuyaient un peu, mais je pense qu'il doit avoir très grande allure en tenue officielle. A côté de lui les Chinois doivent avoir l'air bien petits. On dirait vraiment un Chef des Highlands, très altier même s'il est très amical. J'ai l'impression que Richard regrette un peu le fait de n'avoir pas été présent pendant la Révolte des Boxers, ce qui le distingue de ceux qui y ont participé. J'ai remarqué aussi qu'il n'aime pas tellement parler de cet épisode, même si l'aspect stratégique des combats l'intéresse.

M. et Mme Harding sont très aimables avec moi, bien que je ne voie guère Monsieur. Quand nous nous retrouvons pour les repas, ils me parlent tous les deux mais ne s'adressent que rarement la parole, comme s'ils n'avaient plus de sujets de discussion possibles. Je suppose que cela arrive, mais c'est assez affligeant. Il n'est pas facile pour un couple d'avoir des intérêts communs à Pékin. On joue au tennis au quartier des légations pendant l'été, mais il n'y a pas d'activités l'hiver comme il y en avait auparavant : patinage à l'extérieur des murailles et parfois des courses, l'endroit étant encore peu sûr pour des Occidentaux. Il n'est pas possible non plus d'y faire des promenades à cheval. Ce dont chacun se plaint le plus, c'est de ne plus pouvoir se rendre aux temples des Collines de l'Ouest, où rôdent toujours des bandits et des Boxers. Autrefois on louait ces temples pour les fins de semaine ou plus longtemps, et les moines vous laissaient la place. Je ne suis pas persuadée que de passer mes vacances dans une église bouddhiste me plairait, mais quand j'en ai parlé à la femme de notre premier secrétaire elle m'a assuré que leurs temples n'étaient pas du tout aussi sacrés que nos églises et qu'il était très convenable d'y faire des piques-niques ou d'y loger temporairement. Lorsque j'ai demandé si les bâtiments n'avaient pas été consacrés, j'ai appris que les Chinois n'accordaient pas d'importance à ce genre de choses. Je commence quand même à me demander si les étrangers dans ce pays s'intéressent assez aux coutumes locales et aux habitudes. Les chrétiens sont très sûrs d'eux quand ils sont au milieu d'autres religions. C'est une bonne chose, évidemment, mais je ne sais pas pourquoi cela me met un peu mal à l'aise.

Quartier des légations
Le 24 février 1903

Nous sommes allés hier soir, Richard et moi, en compagnie des Harding, dîner chez le premier secrétaire de la légation française et sa femme, M. et Mme de Chamonpierre. Selon M. Harding il est en fait le vicomte de Chamonpierre mais ne porte pas son titre puisque son pays est à présent une république et qu'il est contre les titres héréditaires. M. Harding dit que c'est par affectation, mais depuis que j'ai rencontré M. et Mme de Chamonpierre, je ne partage pas cet avis. Nous avions été présentés à la réception de Sir Claude il est vrai, mais je n'avais pas vraiment eu l'occasion de leur parler, même si j'avais remarqué la robe de Madame, en soie épaisse tout à fait ordinaire mais dont la forme et la couleur étaient par contre assez étonnantes ; d'un rouge cerise qui faisait qu'on la remarquait aussitôt. Mme de Chamonpierre est très brune, sans grande beauté avec un nez plutôt long, mais elle a un regard frappant, qui semble vous transpercer la première fois qu'on la rencontre, comme si elle voulait savoir sur-le-champ de quoi vous êtes fait. Je ne vois pas bien de quoi elle a découvert que j'étais faite, mais je suis plutôt flattée qu'elle m'accorde une attention à laquelle manifestement Mme Harding n'a pas droit. Peut-être subsiste-t-il toujours quelque chose de la vieille alliance entre la France et l'Écosse ? Il est possible que ce soit de la pure gentillesse parce qu'elle me trouve si jeune et si inexpérimentée dans cet endroit qui m'est nouveau, mais je ne le pense pas. Elle taquine un peu Richard qui ne s'en offusque pas le moins du monde, ce qui m'étonne de sa part. Il n'a pas eu l'air du tout gêné quand Madame a dit qu'elle espérait que je réalisais bien la responsabilité que je prenais en épousant le plus bel homme de Pékin. Je n'arrive pas à imaginer Richard en train d'accepter d'une Anglaise qu'elle le traite de « beau » mais peut-être le lui pardonne-t-il à cause de cette curieuse façon qu'elle a de s'exprimer en anglais, comme si chaque mot était directement traduit du français.

L'invité d'honneur du dîner était Sir Robert Hart, l'Anglais le plus respecté de Chine, selon Richard, qui aurait parfaitement pu avoir la position de Sir Claude et être ambassadeur de Grande-Bretagne, mais qui ne le souhaitait pas car il considère que d'être le Contrôleur des douanes chinoises est bien plus important. Il ne va sans doute pas souvent dans les réceptions des légations au niveau des secrétaires, mais fait une exception pour les Chamonpierre, ce qui irrite profondément Mme Harding, je m'en rends bien compte. Je n'ai pas échangé un seul mot avec Sir Robert de la soirée, en partie parce que j'étais placée à table tout à fait à l'autre bout, mais aussi parce qu'il n'est jamais venu de mon côté quand nous sommes ensuite passés au salon, comme si les fiancées des attachés militaires n'existaient pas pour lui. Mme Harding m'avait prévenue que je serais probablement placée à côté de notre hôte au dîner, mais qu'il ne faudrait pas que je tire des conclusions de ce qui n'était qu'une entorse à la règle habituelle qui veut que la femme d'un deuxième secrétaire ait préséance sur celle d'un attaché militaire. Je n'ai pas l'impression que le côté peu formel des Chamonpierre soit du goût de Mme Harding, qui n'a pas manqué de dire ensuite qu'elle n'avait pas apprécié que notre hôtesse ait monopolisé la conversation au dîner comme au salon.

Madame n'a pas vraiment monopolisé la conversation, mais elle s'est effectivement mêlée de ce que Mme Harding considérerait comme une discussion entre hommes, et en a fait le sujet principal à table. Après tous ces thés auxquels j'ai dû assister, j'ai trouvé cette soirée très agréable mais je n'en ai rien dit à Mme H. Les Russes ne plaisent guère à Madame qui s'est un peu emportée à leur sujet. Elle dit que si on ne les arrête pas, ils ne feront pas que s'emparer de la Mandchourie, où leur influence est déjà manifeste, mais qu'ils prendront aussi tout le nord de la Chine et peut-être même aussi la Corée. Elle dit que le Tsar n'est qu'un pantin sans âme manipulé par des ministres sans scrupules, et que ce sera un désastre si les puissances européennes établies en Chine laissent le Japon combattre seul l'avancée de l'impérialisme russe. Richard a alors répondu que si le Japon s'emparait du géant russe ce serait comme s'il se suicidait, mais Madame n'a rien voulu entendre, et lui a rétorqué qu'un soldat japonais en valait trois russes. Elle a ajouté qu'un certain capitaine Kurihama lui avait dit que ce serait un honneur de mourir pour une cause aussi noble que de combattre les Russes. A part moi, tout le monde avait l'air de connaître ce capitaine Kurihama. J'ai remarqué la mine désapprobatrice de Richard en entendant mentionner ce nom, qui doit lui déplaire pour une raison quelconque. Je n'ai pas ouvert la bouche. Je n'ai jamais entendu personne — et certainement pas une femme ! — parler de la royauté comme Madame parlait du Tsar, qui est après tout un parent proche de notre famille royale.

Ce fut une soirée très intéressante. Je ne serais jamais capable, et pourtant je le souhaiterais vivement, de mener la conversation à ma table avec autant de talent que Madame. Cela déplairait fortement à Richard. Nous sommes rentrés à la maison à pied, ce n'était pas très loin et la nuit était belle. Mme Harding avait sa zibeline et la promenade lui a sûrement été agréable mais moi j'avais froid avec mon petit manteau. Je marchais à côté de M. Harding qui s'est toujours montré très réservé quand j'étais chez lui, c'est pourquoi je lui ai demandé — peut-être un peu par provocation — ce qu'il pensait de Madame. Il a répondu tout de go qu'elle était bien déterminée à ce que son mari soit un jour ambassadeur à Londres ou à Berlin, et que même s'il n'était pas homme à faire des paris en temps normal, il la donnait gagnante sans hésiter, elle y parviendrait forcément. Cela m'a fait rire. Richard s'est retourné, sans doute parce qu'il avait entendu, et j'ai eu l'impression, bien que la rue soit très mal éclairée, qu'il me regardait fixement. Est-il possible qu'il se soit demandé si une femme écossaise allait essayer de faire de lui un général ou un maréchal ?

Une autre chose que je dois à Mme de Chamonpierre est de m'avoir rendue peu satisfaite de la manière dont je m'habille. J'aimerais bien qu'elle soit mon amie. Quand nous sommes partis, elle m'a dit : « Vous m'appellerez Marie, n'est-ce pas ? » et je le ferai.

Lettre de Mary Mackenzie à sa mère

Quartier des légations
Pékin
Le 28 février 1903

Très chère maman

Je puis à présent vous donner l'adresse de ce qui sera notre maison à Pékin, même si je ne l'ai toujours pas visitée. Cela peut sembler curieux, mais en fait c'est parce que dès que la maison a été libre, c'est-à-dire avant-hier, Richard a quitté son appartement de vieux garçon pour s'y installer, mais Mme Harding n'a pas encore trouvé le temps de m'y accompagner comme chaperon. Il est très important ici de respecter les conventions, car les cancans vont bon train et je ne veux donner aucun prétexte à ce que l'on jase sur mon compte. Je suis sûre que vous m'approuverez en cela.

Mon adresse après notre mariage sera 157 Feng-Huang Hutung. Cela vous surprendra sans doute que notre maison ait un numéro, comme cela se fait chez nous, mais le système de numérotation chinois est assez fantaisiste. Richard m'a dit que notre voisin d'un côté avait le numéro 84, et l'autre 123 ! *Hutung* signifie ruelle et *Feng-Huang* est approximativement une sorte d'oiseau fabuleux, qui si j'ai bien compris serait à la fois mâle et femelle. Votre fille demeurera donc dans la ruelle de l'Oiseau Fabuleux. Je suppose que comme la plupart des rues étroites de la ville ma ruelle dégagera une certaine odeur, car de chaque côté se trouvent des rigoles d'écoulement dont l'odeur est perceptible même en hiver quand tout est gelé, et je me demande bien ce que ce sera en plein été avec la chaleur ! Il n'y a que la pluie qui les nettoie. Enfin, un grand mur d'enceinte nous protège et nous isole, j'espère qu'il sera d'une quelconque utilité.

L'histoire de notre maison est tout à fait intéressante. Les Allemands qui l'occupaient sont repartis à présent, et Richard a racheté leur mobilier pour cent vingt livres, ce qui est une affaire même si bien des choses ne me plaisent guère. Je pourrai modifier peu à peu ce qui n'est pas à mon goût. Nous avons vraiment beaucoup de chance, car il est difficile de trouver des maisons à Pékin depuis la révolte. Avant cela, notre maison appartenait à un dignitaire de la Cour (elle a quatorze pièces, sans compter les dépendances et les logements des serviteurs) qui soutenait l'impératrice douairière dans son atroce politique envers les étrangers. Quand l'ordre a été rétabli, les Alliés ont demandé l'exécution de certains des conseillers en sous-main des Boxers, et le propriétaire de notre maison a été l'un de ceux dont la tête a été tranchée en place publique. Je ne sais pas ce qu'il est advenu de sa famille, car la maison était vide quand les Allemands s'y sont installés.

Si tout ceci vous semble assez macabre, il faut que vous gardiez présent à l'esprit que les Boxers étaient cruels et sans pitié, et que certains châtiments étaient nécessaires.

Pour l'instant Richard a engagé un boy, une sorte de maître d'hôtel, une cuisinière et un homme de peine, ce qui n'a pas l'air d'être un bien grand personnel pour le genre de vie que nous allons mener, mais je prendrai mes dispositions pour en augmenter le nombre quand je prendrai la maison en main. Nous nous installerons dans la maison aussitôt après le mariage, car il n'y aura pas de voyage de noces. Dans l'état où est ce pays, nous ne pourrions aller nulle part en dehors de Tientsin, ce qui serait ridicule car je n'ai pas trouvé la ville bien attirante, malgré ses boutiques européennes.

Comme vous pouvez vous en douter, ma chère maman, j'ai grande envie de connaître ma nouvelle demeure et je suis un peu impatientée de ce que Mme Harding n'ait pas encore trouvé le temps de m'y accompagner. J'aurais pourtant mauvaise grâce à me plaindre car ils ont été fort aimables envers moi pendant cette période d'attente. J'ai fait de mon mieux pour ne pas leur peser, mais je me suis souvenue de ce que vous aviez dit quand j'étais revenue de ces dix jours chez les Blair à Aviemore, que n'importe quel invité devenait désagréable au bout d'une semaine. Hélas, je crains bien de l'être à leurs yeux, mais ils n'ont rien voulu entendre quand j'ai parlé d'aller m'installer à l'hôtel dans le quartier des légations.

J'ai rencontré une dame française de leur légation, qui

deviendra, je l'espère, une bonne amie pour moi. Quand je suis allée lui remettre ma carte et celle de Richard après le dîner auquel nous avions été conviés chez eux, elle m'a priée de rester et nous avons pris le thé et bavardé deux heures durant. Elle est très divertissante, avec une langue pointue mais un cœur d'or comme tant d'Ecossaises.

Quelque chose me tracasse un peu. Certaines personnes pourraient bien dire à ce propos que mon insistance est tout à fait ridicule, mais voilà de quoi il s'agit : le retard apporté à notre mariage est dû au fait que nous attendons l'arrivée de l'évêque de Shanghai à Pékin, à qui Richard a demandé de célébrer la cérémonie. Il semble que cet évêque soit très attaché aux rites de l'Église épicospale d'Angleterre, des anglo-catholiques comme on dit, qui utilisent même de l'*encens!* Quand il a compris que j'étais presbytérienne, il nous a fait savoir qu'il n'avait pas l'habitude de célébrer lui-même des mariages *mixtes,* mais que son coadjuteur le ferait, puisque j'étais cependant *chrétienne.*

J'ai sans doute eu tort, mais quand Richard m'a rapporté cela, je me suis mise en colère, tout en ayant de la peine à y croire. Puis Mme Harding a confirmé la chose. Ce que l'on attendait de moi était de faire une déclaration comme quoi je rejetais l'Église d'Écosse pour accorder ma foi à l'Église d'Angleterre. C'est tout juste si l'on ne me demandait pas d'aller à *Rome*! Si notre union doit être bénie par l'évêque, je ne peux pas rester presbytérienne. J'ai donc dit « Très bien, ce sera donc le coadjuteur. » Maintenant Richard est mécontent de moi et je peux fort bien comprendre pourquoi : ce sera le premier mariage du quartier des légations depuis la révolte, et Sir Claude a proposé que la réception ait lieu à la résidence, un honneur que nous n'attendions pas. Richard pense manifestement que je suis folle de refuser de faire une déclaration comme quoi j'accepte de prendre la religion de mon mari, mais ce n'est pas aussi simple que cela. Je n'ai pas envie de faire partie de l'Église épiscopale d'Angleterre, et je ne vois guère pourquoi je devrais! J'ai été baptisée! J'ai dit à Richard que quand le roi Édouard se rendait en Écosse pour chasser la grouse il devenait automatiquement presbytérien, ce que Richard a refusé de croire jusqu'à ce que quelqu'un des légations lui ait confirmé que c'était tout à fait vrai, mais il a eu du mal à l'admettre quand même.

Je ne vous demande pas votre avis, parce que longtemps avant d'avoir reçu votre réponse je serai devenue sa femme, d'une manière ou d'une autre, ce qui fait que la décision sera entièrement mienne. Je suis restée éveillée des heures durant la nuit dernière sans me résoudre à en prendre une quelconque. Ne vous tracassez pas, d'une certaine façon il ne s'agit que d'une tempête dans un verre d'eau, mais c'est aussi une question de principe. Peut-être penserez-vous que votre fille n'est qu'une sotte, ou pire encore qu'elle refuse d'obéir à son mari ?

J'ai acheté ce manteau en chat sauvage de Mandchourie. Mme Harding a cinq manteaux de fourrure mais je crois qu'elle préfère le mien à tous les siens, à part celui en zibeline qui est magnifique. J'ai compris à quelques allusions qu'elle avait une fortune personnelle. Elle a aussi l'air de ne pas être obligée de suivre l'avis de son mari si elle ne le souhaite pas. Le gong pour le dîner vient de résonner, il faut que je m'arrête.

Votre fille affectionnée

Mary

PS (Après le dîner). Mme Harding qui sait fort bien marchander a réussi à avoir le manteau pour neuf livres sterling, ce qui signifie que ce n'était pas une si grande folie après tout, puisqu'un manteau qui durera ma vie entière a coûté moins que la roche bleue que vous m'aviez achetée.

Quartier des légations
Pékin — Chine
Le 2 mars 1903

Marie de Chamonpierre m'a envoyé ce matin un petit billet par un messager, pour me prier de venir prendre le thé avec elle cet après-midi, ce qui m'a bien entendu fait très plaisir. Elle m'a reçue d'une manière très agréable, en disant que pour bien apprécier le thé de cinq heures à l'anglaise, le mieux était d'être en compagnie d'une véritable Anglaise. Comme tout le monde ici quand elle parle de l'Angleterre elle veut dire la Grande-Bretagne, mais j'ai cessé de tenter d'expliquer aux gens que l'Écosse ne fait pas partie de l'Angleterre car cela ne sert à rien. Il faisait très chaud dans son boudoir, grâce à la circulation d'eau dans des tuyaux à la manière américaine, et j'ai trouvé l'atmosphère un peu étouffante, d'autant qu'elle a disposé de très nombreuses plantes, dont un lys au parfum capiteux dans un très grand pot. Marie portait un déshabillé très léger, mais devait se sentir certainement bien plus à l'aise que moi, avec ma tenue de sortie. Quand le thé a été servi, elle m'a demandé si je serais choquée si elle se livrait à son vice secret et je ne voyais pas du tout de quoi elle pouvait bien parler, jusqu'à ce qu'elle ouvre un coffret et en sorte une longue cigarette noire.

Il y a seulement deux mois, si j'avais vu une dame faire cela dans son salon à Édimbourg j'aurais certainement été choquée, mais tout ce que j'ai ressenti aujourd'hui fut une sorte de surprise puis j'ai pensé qu'il n'y avait aucune raison à ce qu'une femme ait honte de faire en privé ce que les hommes font partout en public. Je n'arrive cependant pas à imaginer un monde où les dames se rendraient comme les messieurs au fumoir. Fumer une cigarette à l'abri d'une porte fermée ne me semble pas motif à scandale, et pourtant Marie dit que cela en causerait sûrement un dans le milieu des légations. Son mari est au courant bien sûr, mais lui a demandé de prendre soin que la rumeur ne puisse jamais être répandue par qui que ce soit. C'est une grande marque de confiance envers moi de m'avoir ainsi mise dans la confidence, et cela prouve qu'elle est certaine que je ne la trahirai jamais, ce qui est vrai. Je ne pense pas que Marie ait beaucoup d'amies proches parmi les dames des légations, bien qu'elle ait été présente pendant la Révolte des Boxers et se soit rendue très utile avec les blessés. Certains petits détails dans la conversation de Mme Harding laissent à supposer qu'elle n'est pas très populaire. Il faut bien sûr compter avec le vieux préjugé comme quoi Français rime avec dévergondé. Sans doute les Françaises sont-elles généralement peu aimées des autres femmes à cause du succès qu'elles rencontrent auprès des hommes ?

Elle m'a taquinée à propos de Richard, disant que depuis son arrivée à Pékin elle avait toujours essayé de l'inviter à ses réceptions, parce qu'il est plus décoratif que le plus bel arrangement floral. Elle a dit aussi qu'à l'annonce de ses fiançailles avec moi ici à Pékin, la plus jeune fille de l'ambassadeur de Belgique s'était évanouie à un thé et était partie précipitamment prendre les eaux à Baden-Baden pour se remettre. J'ai dit à Marie que j'étais sûre que la plupart des dames devaient être très perplexes quant à l'objet du choix de Richard et devaient se demander ce qu'il pouvait bien me trouver, ce qui a paru la surprendre comme si elle s'était dit que je devrais bien savoir moi-même pourquoi il m'avait choisie pour femme, mais en fait je ne suis pas très sûre de cela. Marie s'est mise à parler de ce qu'elle nomme « la science » du mariage, mais d'une manière beaucoup moins candide que celle dont s'y prenait Mme Brinkhill, en voilant le sens de ses paroles. Il est possible que j'aie eu cette impression parce que son anglais est quelquefois maladroit et qu'elle redoute qu'on la comprenne mal.

J'étais sur le point de lui demander son avis sur ma coiffure quand elle s'est mise à parler religion, ce à quoi je ne m'attendais guère de sa part. Elle a dit qu'elle était originaire de Bordeaux bien qu'elle ait été élevée à Paris, et qu'elle y avait des cousins qui étaient des protestants français, c'est pourquoi elle comprenait parfaitement ce que je ressentais. J'étais si surprise que je n'ai rien pu dire, et elle a continué sur la façon dont la religion jouait un rôle important dans la vie diplomatique, et qu'il était essentiel que ceux qui représentent un pays à l'étranger soient de la religion dominante de cet endroit. Elle a dit que, tout en étant catholique de naissance, si elle avait été protestante comme ses cousins au moment où son mariage avait été décidé, elle aurait compris qu'il fallait qu'elle adopte la foi catholique dans l'intérêt de la carrière diplomatique de son mari. Je lui ai alors demandé si elle aurait abandonné l'Église catholique pour suivre la foi de son mari, s'il avait été protestant, lui. Elle a répondu qu'elle ne pouvait guère me donner de réponse sur ce point, car c'était une chose difficilement concevable en France. J'ai ajouté que j'avais entendu dire qu'il y avait beaucoup d'athées en France et elle a reconnu que c'était vrai, mais a précisé qu'il n'y en avait aucun dans le corps diplomatique.

Je n'en voulais pas à Marie de s'être mêlée d'une question qui ne la concernait pas vraiment car il était évident que Richard lui avait demandé d'aborder ce sujet avec moi. C'est à lui que j'en veux. Je pense par contre être restée parfaitement calme et avoir écouté poliment pendant qu'elle continuait à m'expliquer que Richard se souciait peu de la religion à laquelle j'appartenais en privé, tant que j'étais de l'Église épiscopale d'Angleterre en public. Elle a dit aussi que je devais comprendre à quel point il était important pour la carrière de Richard que son mariage soit célébré par un évêque, ce à quoi j'ai rétorqué qu'il était important pour moi de ne *pas* être mariée par un évêque, en tout cas pas dans les conditions annoncées. Nous ne nous sommes pas querellées, mais je crois qu'elle a été fort étonnée que je puisse être aussi mordante. J'ai tenté de lui expliquer qu'il s'agissait plus de sentiment que de raisonnement mais Marie a répondu qu'elle avait entendu dire que les Écossais étaient obstinés, et que c'en était bien là la preuve. Nous nous sommes séparées assez chaleureusement, mais elle ne m'a pas raccompagnée à la porte, peut-être parce qu'il lui est difficile de se montrer en négligé sur le perron de sa maison. Je me demande à présent si notre amitié va se développer si rapidement que cela à l'avenir. Marie sera toujours du côté de Richard, parce que c'est un homme.

4

Lettre de Mary Mackenzie à sa mère

157 Feng-Huang Hutung
Pékin — Chine
Le 11 mars 1903

Très chère maman,

Vous allez verser quelques larmes en recevant la nouvelle, je le sais, car je suis à présent Mme Richard Collingsworth. J'avais pensé vous envoyer un câble lorsque l'arrivée inopinée de l'évêque à Pékin a permis de fixer la date, mais j'ai craint que vous ne vous sentiez bien seule si vous connaissiez le jour et l'heure de mon mariage sans pouvoir y assister. J'espère avoir bien agi ? Non, je n'ai pas été mariée par l'évêque et je n'ai pas renoncé à ma foi. Il y a eu une sorte de compromis : l'évêque a accepté de bénir notre union, mais c'est en fait son vicaire qui a célébré la cérémonie. Cela s'est donc passé ainsi, même si cet arrangement a mécontenté Richard un certain temps. Tout s'est déroulé très simplement. Comme je n'ai pu trouver aucune demoiselle d'honneur qui puisse convenir, j'ai demandé à Mme Harding d'être ma dame d'honneur et à son mari de me conduire à l'autel, ce qui n'était sans doute pas très conventionnel, mais en Chine il n'est pas toujours possible de faire les choses correctement. Le service anglican ne me plaisait guère, mais je l'ai « enduré » comme aurait dit Jessie, en insistant seulement pour que le psaume XXIII soit chanté selon la prosodie écossaise, que personne ne connaissait à part moi. L'accompagnement était donc plutôt maigre, et le petit orgue se donnait beaucoup de mal pour essayer de faire un semblant de musique. Comme nous sommes en hiver, les seules fleurs qu'on avait pu trouver étaient des plantes vertes prêtées par des maisons du quartier des légations, mais l'église était assez plaisante. Il y faisait froid au début, le poêle s'était mis à fumer parce que la cheminée étant obstruée, on avait été obligé de le laisser refroidir pour le nettoyer, avant de le rallumer. La chaleur n'était donc pas parvenue jusqu'à l'autel quand je m'en suis approchée pour promettre d'aimer Richard et de lui obéir pour le restant de mes jours, en claquant presque des dents. Toutefois, comme la célébration anglaise du mariage est plus longue que l'écossaise, l'église qui était pleine de monde s'était réchauffée quand Richard et moi avons dû redescendre la nef ensemble, et je ne crois pas avoir eu le visage bleui par le froid.

Si cela porte bonheur de voir le soleil briller le jour de son mariage, nous devrions être heureux, Richard et moi, car en sortant un magnifique soleil étincelait, le froid était vif et la neige tombée deux jours auparavant en quantité formait une couche épaisse qui rendait tout très propre et comme resplendissant. Richard et moi sommes montés dans la voiture découverte que l'ambassadeur, Sir Claude, nous avait prêtée pour le court trajet jusqu'à sa résidence, et nous étions suivis par une procession de dames en pousse-pousse, tandis que les messieurs s'y rendaient presque tous à pied. Jamais je n'aurais imaginé il y a deux ans dans mes rêves les plus fous de voir à mon mariage cinquante dames européennes emmitouflées de fourrures et chacune dans un pousse-pousse ! Bien que j'aie porté mon manteau neuf à l'église, j'ai refusé de le garder durant le trajet jusqu'à la réception et Richard disait qu'à me découvrir ainsi j'allais attraper une pneumonie. Je n'avais pas vraiment froid, car vous vous souviendrez certainement que ma robe de mariée a un haut col baleiné et qu'elle est assez chaude puisqu'elle est en soie. De toute façon j'avais la couverture en fourrure de l'ambassadeur sur les genoux, mais j'avais bien l'air d'être la mariée à partir de la taille, du moins je l'espère !

On ne voit pas beaucoup de Chinois ces temps-ci dans les

rues du quartier, ceux qui s'y rendent sont soit des domestiques soit des commerçants, ils étaient donc très peu à voir cette cérémonie « étrangère ». Les indigènes qui se trouvaient là n'ont pas regardé. Il paraît que c'est une attitude très nouvelle depuis la Révolte des Boxers, car les Européens, et surtout les dames, étaient auparavant l'objet d'une curiosité incessante partout où ils allaient. A présent ce n'est plus le cas. On a presque l'impression qu'il y a une conspiration pour ignorer les étrangers. Je suis allée il y a quelque temps dans la rue des orfèvres avec Mme Harding qui se faisait faire deux ménagères et un surtout pour sa table de salle à manger, et bien que j'aie eu conscience d'être dévisagée, chaque fois que je tournais brusquement la tête pour voir qui le faisait je ne voyais jamais que des yeux baissés. C'est assez inquiétant d'une certaine façon de n'avoir autour de soi que des gens qui se comportent comme si vous n'existiez pas, et c'est pourquoi ce qui m'est arrivé pendant ce trajet au sortir de l'église me paraît important.

La voiture s'est engagée, après un tournant, dans une rue à peu près déserte, à part une vieille femme qui marchait tout au bord de la chaussée, à côté de la rigole d'écoulement. Je pense que c'était une couturière de l'une des légations car elle portait un petit baluchon enveloppé dans du tissu. Elle devait certainement appartenir à la bonne société et avoir eu des malheurs, car elle avait ces petits pieds bandés qui donnent paraît-il à la démarche un balancement de fleur que les Chinois trouvent séduisant. Chez les femmes plus âgées, cela devient un déhanchement douloureux sur des os tordus par les rhumatismes. Le bruit de la voiture a incité la vieille dame à lever les yeux, mais au lieu de détourner immédiatement son regard, elle s'est arrêtée auprès d'une porte pour nous observer et a reculé d'un pas pour rester sur les planches qui recouvraient le caniveau. C'est moi qu'elle regardait. Nous sommes passés très près d'elle. Il est difficile de dire l'âge des Chinois, mais étant donné ses rides elle devait avoir au moins soixante-dix ans, bien que ses cheveux aient été d'un noir de jais, sans doute teints mais bien tirés en arrière et serrés en chignon sur la nuque. Sa longue jaquette matelassée et ses pantalons étaient en tissu gris apparemment bon marché, mais à ses oreilles pendaient deux boucles de jade vert dont je suis persuadée que la qualité était excellente, sans doute l'ultime trésor dont elle ne se serait séparée pour rien au monde.

Je lui ai souri, et elle m'a aussitôt rendu mon sourire. Je ne pense pas qu'il lui soit resté une seule dent du haut, mais c'était cependant un sourire très doux. Je sais, comme si nous nous étions comprises sans avoir eu besoin de parler, qu'elle se rappelait soudain le jour lointain où on l'avait conduite en palanquin jusqu'à la maison de son seigneur, un homme qu'elle n'avait sans doute jamais vu auparavant, et qu'elle portait avec elle toutes les frayeurs — dissimulées derrière un visage lisse — d'une jeune fille plongée dans un monde étrange et inconnu. J'étais restée très calme durant les préparatifs du mariage et tout au long de la cérémonie elle-même, mais j'ai senti à cet instant les larmes me monter aux yeux. Peut-être y avait-il aussi des larmes dans les yeux de cette vieille dame, je l'ignore, car nous l'avons rapidement perdue de vue. Vous êtes la seule à qui j'ai parlé de cela, maman, et je n'en parlerai jamais à quiconque. Sir Claude avait dû emprunter un autre chemin avec un pousse-pousse car il était arrivé à la résidence avant nous et nous y a accueillis ; ainsi le premier à avoir embrassé votre fille le jour de son mariage après le marié a donc été l'ambassadeur de Sa Majesté britannique près la cour impériale de l'impératrice douairière de Chine. Bien qu'il soit lui-même un épiscopalien de rite écossais, je suis persuadée que j'ai entendu sa voix dans l'église essayer de donner un peu de corps au psaume XXIII.

Je me suis d'une certaine façon sentie esseulée à la réception, parce qu'il n'y avait aucun invité qui me connaisse depuis plus de quelques semaines, mais Mme Harding qui est pourtant assez conventionnelle m'a vraiment surprise par l'aide qu'elle m'a apportée, comme si elle s'était rendu compte de ce que j'éprouvais. Il y avait aussi Marie de Chamonpierre, dont je vous ai précédemment parlé, de la légation française. Elle m'a guidée utilement dans bien des domaines et c'est une personne très gaie et très intelligente, dont les dîners ne sont jamais ternes comme la plupart de ceux d'ici, du moins ceux auxquels j'ai assisté. Il n'y a pas grand-chose d'autre à faire en hiver, quand nous sommes confinés dans un petit secteur à l'ombre des murs de la ville, où l'on ne peut faire d'excursions dans les quartiers indigènes que pendant la journée. J'ai dû éviter tout faux pas en tant que nouvelle venue, car je ne souhaite faire partie d'aucune clique. Le niveau des contacts entre les différentes légations est cependant intéressant ; certaines en état d'alliance avec d'autres, comme les nations qu'elles représentent, d'autres qui n'échangent que de raides formalités. Mon amie Marie exècre les Russes, dont elle dit qu'ils préparent un mauvais coup en Mandchourie et ont aussi des vues sur la Corée et la Chine. Elle soutient aussi que les Japonais les battront, si jamais on en vient à un conflit ouvert. Richard, quant à lui, dit que ces suppositions sont ridicules, des bavardages de femmes, rien de plus, et ce en dépit de toute l'admiration qu'il voue à Marie. Les Français sont ici en fort bons termes avec les Japonais, qu'ils encouragent à faire jouer leurs muscles, ainsi que les Britanniques jusqu'à un certain point, mais avec un peu plus de retenue peut-être. Richard est très ami avec l'attaché militaire allemand, mais dans l'ensemble nous autres Britanniques restons assez prudents avec cette relation, car ils sont bien souvent nos rivaux en ce qui concerne les affaires en Chine. Il faut que je connaisse toutes ces choses si je dois donner des réceptions à Pékin. On ne peut jamais donner un simple dîner ici, car même en petit comité il faut toujours prendre en compte les préséances diplomatiques, les dames étant encore plus strictes que les messieurs à ce sujet. La position d'un attaché militaire est également un peu curieuse, en ce sens qu'il ne fait pas réellement partie du corps diplomatique d'une façon permanente, et peut à tout moment être rappelé à son devoir ordinaire auprès de son régiment, ce qui pour Richard voudrait dire en Angleterre. Je ne pense pas qu'il le souhaite cependant, et nous pourrions bien être en Extrême-Orient de nombreuses années.

Je laisse la description de notre maison du mur au dragon à une prochaine lettre, dans laquelle je vous donnerai tous les détails de notre installation. Notre majordome, Yao Tsu, louche ce qui me mettait mal à l'aise au début, mais je commence à m'y habituer. Tout ceci à plus tard.

Votre fille affectionnée

Mary (Collingsworth)

La maison du mur au dragon
Pékin, le 24 mars 1903

Je suppose que d'autres personnes ont eu une lune de miel comme la nôtre, où l'on va directement dans une maison d'une ville d'Extrême-Orient, si à l'écart du reste de la communauté étrangère que les amis ne peuvent s'arrêter en passant. Il est peut-être vrai aussi qu'ils ont pensé qu'il était préférable de ne pas nous importuner pendant quelque temps, mais je le regrette pour ma part ! Le seul contact avec le quartier des légations, depuis notre arrivée ici, a été un énorme bouquet d'iris violets (où a-t-on bien pu les trouver, à cette époque de l'année, à Pékin ?) accompagné d'un petit billet de Marie de Chamonpierre envoyant ses amitiés. Les fleurs ont malheureusement l'air un peu étranges dans le salon tendu de velours rouge, mais elles sont quand même en harmonie avec la coupe en lapis-lazuli qui semble être le seul trésor de Richard. Richard va bien sûr tous les jours à la légation, mais même s'il était auparavant un joyeux célibataire, il ne donne pas l'impression d'y avoir beaucoup d'amis intimes, et je n'obtiens guère de nouvelles de sa part. Les terrains de squash de la légation ont été remis en état à présent, et Richard y joue trois fois par semaine, ce qui veut dire qu'il ne rentre à la maison que bien après huit heures. Il est si fatigué quand nous avons fini de dîner qu'il va tout droit se coucher.

Il me semble parfois que j'aurais aussi bien pu être une jeune mariée chinoise. Depuis mon arrivée ici, je n'ai franchi le portail qu'une fois, dimanche dernier en fait, où pour me faire une surprise Richard a fait venir des pousse-pousse à la porte après le déjeuner, que nous avons pris pour aller dans un endroit appelé la Colline de Charbon. C'est plus un monticule qu'une vraie colline d'où l'on peut voir les toits de tuiles du Palais d'Hiver s'étendre comme des vagues sur un bon tiers de la cité. Je suis sûre que ce doit être une très belle vue en été, quand les arbres des célèbres jardins pékinois ont des feuilles, mais il n'y a encore aucun signe printanier ici, rien que de la neige et un vent glacial qui souffle depuis le désert de Gobi. J'avais les mains gelées et les pieds comme des blocs de glace, malgré son manchon et mes gants épais. J'ai proposé à Richard de tirer le pousse-pousse pour me réchauffer un peu, mais il n'a pas eu l'air de trouver mon idée drôle du tout. L'expédition n'a pas été très réussie. Je n'avais qu'une envie, c'était de retrouver le gros poêle du salon, qui tout en étant l'objet le plus laid d'une pièce sinistre reste le véritable cœur de notre maison pleine de courants d'air, et dans lequel le charbon mandchourien à bas prix rougeoie comme un soleil. Je prendrais tous mes repas à ses côtés, si je le pouvais, mais nous les prenons dans la salle à manger, dont le poêle est bien plus petit et qu'on laisse s'éteindre quand nous quittons la pièce, ce qui veut dire que quand nous y sommes je m'assieds sur la chaise allemande au dossier sculpté, avec un courant d'air sur les chevilles.

Je n'ai jamais eu de ma vie un tel sentiment d'inactivité. Je ne veux pas dire pour autant que je m'occupais des tâches ménagères à la maison, encore que maman ait veillé à ce que la cuisinière m'enseigne quelques rudiments, mais là-bas, on aurait dit que je n'avais jamais le temps de faire ce dont j'avais envie. Ici, il n'y a rien à faire. Je m'attendais à prendre tout de suite en main la tenue de ma maisonnée, mais je me suis rendu compte aussitôt que c'était hors de question. D'après Richard, tout doit passer par le major-dome. Comme Yao ne connaît que six mots d'anglais, et moi seulement trois de chinois — dont un pour dire au tireur de pousse-pousse de ralentir — ça ne m'est pas facile de donner des ordres. Ce n'est pas faute à Yao de vouloir m'aider, il essaie bien, en me gratifiant parfois de son sourire triste, comme si la vie jusqu'ici avait été très dure pour lui, ce qui a très probablement été le cas. Je pense que bien qu'il ait l'air lugubre et que ses mains tremblent toujours un peu, ce qui doit venir d'une maladie nerveuse, nous avons de la chance de l'avoir car je suis certaine qu'il a bon cœur, ce qui n'est pas toujours le cas avec les domestiques, surtout les nouveaux.

Je ne vois jamais le cuisinier. C'est apparemment l'usage dans ce pays de ne jamais entrer dans sa cuisine, tout au moins pour la maîtresse de maison. Richard inspecte la propreté de la cuisine une fois par semaine et donne ses ordres en conséquence. Il apprend le mandarin avec un professeur qui vient à son bureau, à la légation, presque tous les matins, mais j'ignore tout à fait s'il s'exprime suffisamment bien. J'ai vu des tireurs de pousse-pousse et d'autres qui le regardaient d'un air ahuri, comme s'ils ne comprenaient rien, alors que Richard croyait manifestement s'être exprimé très clairement. Marie m'a dit qu'elle ne se lancerait jamais à apprendre le moindre mot de chinois, que c'était bien trop risqué pour une femme, parce qu'un mot comme « manger » prononcé sur un ton légèrement différent de ce qui serait correct a un sens tout autre, parfois très choquant.

Je crois que Mme Harding se prend pour une linguiste, mais j'ai surpris une ou deux fois ses domestiques en train de se retenir de rire, surtout le majordome. Marie a peut-être raison sur ce point, mais j'ai quand même l'intention de demander à Yao de m'apprendre quelques expressions faciles, car je ne crois pas qu'il ferait exprès de chercher à me rendre ridicule.

Maman ne m'avait donné aucun conseil à propos du mariage, comme une mère doit en donner à sa fille, et tout ce dont je me souvienne est qu'elle ait mentionné une fois que la lune de miel pouvait être éprouvante, ce qui à mon sens devait surtout se rapporter au fait d'être dans un hôtel dont tous les clients savent que vous êtes en voyage de noces et vous dévisagent avec curiosité quand vous venez prendre votre petit déjeuner à la salle à manger, ou des choses comme ça. Elle n'aurait jamais soupçonné ce qui attendait sa fille pour sa lune de miel, et moi non plus, bien sûr. Par exemple, j'étais persuadée qu'une fois mariée je n'aurais plus du tout le temps d'ouvrir mon cahier, et que le récit de mon voyage pour venir en Chine serait mis de côté comme curiosité pour mes vieux jours. En fait, je n'ai rien d'autre à faire que d'écrire dans ce cahier ou à maman, mais j'ai déjà des difficultés à écrire chez moi, même à des amies de mon âge comme Margaret Blair, parce que la moitié des choses dont je parle n'auraient aucun sens pour elles.

Il va bientôt falloir que j'aborde la question de l'ameublement de cette maison avec Richard, car nous ne pouvons pas continuer à y vivre ainsi, avec les choses laissées par les Allemands. Je ne suis pas étonnée qu'ils aient été contents d'en obtenir cent vingt livres, je ne leur en aurais pas donné cinquante. Je n'arrive pas à parler argent avec Richard, mais je vais devoir le faire bientôt et trouver un arrangement. Pour l'instant, il a payé toutes les factures et ne m'a rien donné. Ce n'est pas que je m'attende à ce qu'il me donne une certaine somme régulièrement, dès à présent, ou quoi que ce soit du genre, mais il doit bien savoir que je ne peux continuer indéfiniment à vivre avec ce que m'avait donné maman pour le voyage ? Je pense que c'est un homme qui sera toujours parcimonieux avec son argent. Je ne l'ai jamais vu y être indifférent ni avoir des libéralités. Il porte ses pièces de cuivre et d'argent sur lui dans une bourse. Un de mes cousins qui vit aujourd'hui à Dundee le fait aussi, et c'est un avare dont la femme est un objet de pitié dans la famille.

C'est vraiment étrange d'être ainsi dans ma première maison de femme mariée, sans avoir aucune notion de la manière dont elle est tenue. Richard a sans doute une idée assez vague de nos menus, d'après ce que lui en dit le cuisinier, à qui mes suggestions pourraient être transmises par son intermédiaire, mais j'ignore ses capacités ! J'ai l'impression que nous n'avons rien mangé d'autre que du poulet depuis que nous sommes là, ce qui doit être ce qu'on trouve de moins cher au marché. Je ne peux pas y aller moi-même, non parce que c'est interdit aux dames européennes mais parce qu'il y a tout un système de falsification des comptes qui est admis par tous depuis des lustres et qui d'après Richard n'est pas vraiment une tricherie mais plutôt une sorte de pourcentage, dix pour cent de pourboire sur tout, pour le cuisinier ou le majordome qui fait les courses. On m'a dit qu'il était inutile de s'attendre à nos idées européennes sur l'honnêteté, que personne n'a ici, et qu'il valait mieux donner des gages aussi bas que possible et savoir que l'on rajoutait cette commission.

Ce principe vaut également dans le quartier des légations, bien entendu, et le cuisinier de Sir Claude prend vingt pour cent, puisque c'est la demeure d'un ambassadeur.

Richard dit que Yao prend même une commission sur les tireurs de pousse-pousse qui nous font payer plus que les indigènes et donnent la différence au majordome qui les envoie chercher. Apparemment, si je devais le prendre comme traducteur pour m'accompagner au marché, il aurait une commission de chaque boutique où j'entrerais, que j'achète quelque chose ou non. Au cours de cette conversation nous avons été très près de discuter de cette question d'argent entre nous, mais nous ne l'avons toujours pas abordée. Ceci signifie bien évidemment que je ne peux rien entreprendre dans la maison jusqu'à ce que je connaisse notre situation et ce que je puis dépenser. Je n'ai aucune idée de son salaire, et ignore tout à fait s'il est complété par des revenus familiaux de Norfolk.

Il faut que je trouve quelque chose à faire très vite. Je ne peux pas continuer à rester assise à écrire des lettres ou à converser avec le papier, comme je le fais dans ce cahier.

Lettre de Mary Mackenzie à sa mère

La maison du mur au dragon
157 Feng-Huang Hutung
Pékin — Chine
Le 29 mars 1903

Très chère maman,

Je n'arrive pas à croire que cela fasse plus de deux semaines depuis ma dernière lettre où je vous promettais une description de cette maison.

Tout d'abord, il ne faut pas écrire « la maison du mur au dragon » sur l'enveloppe, ce n'est pas un nom officiel. Pour être tout à fait honnête, c'est seulement un nom que j'ai commencé à utiliser parce que je trouvais que cela faisait joli un jour où j'écrivais à Margaret Blair. La maison n'a pas de nom en fait, même si c'était la propriété de ce haut dignitaire qui a été décapité. On y parvient par une ruelle et elle est entourée d'un haut mur qui surplombe un fossé de drainage. Pauvre Richard, le jour même où nous sommes arrivés après la cérémonie de mariage et qu'il voulait que tout soit rutilant, il y avait un énorme tas d'ordures dans le fossé, et même un chaton mort. J'ai fait comme si je n'avais rien vu, mais il savait bien que c'était faux.

Le portail lui-même est joli, avec son toit de tuiles recourbé de charmante façon. Les battants (doubles) sont assez larges pour laisser passer une voiture, mais ne sont jamais ouverts. On entre par une petite porte sertie sur un des côtés. Le bois était autrefois peint en rouge vif, tout passé à présent. La première chose que l'on voit en entrant est le mur en pierre de plus de deux mètres de haut, avec un dragon en relief, dont la queue part d'un coin, tandis que le corps et les pattes griffues donnent l'impression de ramper à l'autre extrémité à travers un lacis de fleurs sculptées et de feuillage. On l'a surtout mis là pour éloigner les démons, parce qu'en Chine les démons ne peuvent pas contourner un obstacle, ce qui fait que s'ils pénètrent de l'extérieur par la porte en même temps que vous, ils sont arrêtés par le mur. Vous allez sûrement penser que je vis vraiment au milieu des païens si je vous dis que je suis persuadée que le majordome maintient la petite porte ouverte pendant trente secondes une fois que nous sommes entrés, pour être bien sûr que les démons évincés aient une chance de ressortir. Je n'ai rien dit de tout cela à Richard qui semble avoir peu de sympathie pour les superstitions chinoises, et ne croit qu'aux anglaises, comme le fantôme de Mannington. J'espère que vous ne me trouverez pas irrévérencieuse, si je vous dis que je préférerais un démon chinois à la femme sans tête de Mannington.

A l'intérieur, je crains que la maison ne soit pas telle que je la souhaiterais, bien qu'elle ait des possibilités. On traverse une cour pavée, derrière le mur au dragon, que rien ne décore à part de grandes pierres, du moins en hiver. On pénètre sous un porche étroit, et l'on se retrouve dans le hall d'entrée, grand et carré, avec la salle à manger d'un côté et un vaste salon de l'autre. Mieux vaut parler le moins possible des meubles : le choix d'un homme, et que je n'ai pas l'intention de garder bien longtemps. Il y a onze chambres, dont deux seulement sont meublées pour l'instant. Le chauffage marche avec des poêles à charbon. Il n'y a pas vraiment de jardin attenant à la maison, au sens où nous l'entendons, mais plutôt une enfilade de cours de terre battue, et rien d'autre à l'exception de deux tabourets de porcelaine dans l'une, comme on peut parfois en voir dans des entrées à Édimbourg, et qui ont été rapportés de Chine. Les domestiques logent dans des maisons construites le long du mur d'enceinte près de la cuisine et bien que je n'y sois pas allée, je crois qu'ils ont deux pièces chacun. Le cuisinier et sa femme ont trois enfants (je n'ai jamais vu Mme Cuisinier) ; le factotum et sa femme en ont également trois, donc vous pouvez constater que je ne suis pas toute seule derrière ces murs quand Richard est absent, même si l'endroit est si vaste que j'entends rarement des voix d'enfants ou quoi que ce soit du genre. Il n'y a pas de porte de derrière, tout le monde passe par le mur des démons, même les marchands, qui ne sont pas très nombreux, car la plupart des choses dont nous avons besoin sont achetées au marché et rapportées par nos domestiques. Il y a une station de pousse-pousse non loin de notre portail, ce qui fait qu'il nous est facile de profiter de cette commodité. A vrai dire à Pékin c'est la seule à part les palanquins, et je ne m'imagine pas vraiment portée dedans. Les tireurs de pousse-pousse sont assis nuit et jour dans une petite hutte devant laquelle se trouve un brasero. Je ne pense pas que ce soit une vie très saine, car le tireur que je prends habituellement a parfois des quintes de toux effroyables. Cependant, les pousse-pousse et leurs tireurs sont simplement considérés comme une nécessité dans la vie.

Je me demande si je m'habituerai jamais aux mendiants. Il n'y a rien à craindre, en fait, car ils ne s'approchent pas de vous. Ils sont simplement assis au bord des fossés, des ballots de haillons crasseux, parfois immobiles et silencieux mais la plupart du temps en train de se balancer et de marmonner quelque chose qui ressemble à une incantation mais qui n'est peut-être qu'une prière pour des aumônes. On m'a dit de ne pas leur prêter attention, et je n'ai en fait jamais été en mesure de leur donner quoi que ce soit, puisque je passe en pousse-pousse le plus souvent, mais quand j'en aurai l'occasion je leur donnerai de l'argent. Je n'arrive pas à imaginer ce que peut être leur quotidien. La vie ne vaut pas grand-chose en Chine, c'est une notion qui vous frappe très rapidement. Être en mesure d'exister semble déjà un privilège pour beaucoup. Si tout ceci vous incline à faire des dons à des missions étrangères à l'Église, faites-le, mais je n'ai pour l'instant rien pu constater du travail des missionnaires. J'ai l'impression qu'il y a peu de contact entre eux et le corps diplomatique. Je croirais volontiers que seul quelqu'un de très courageux pourrait être missionnaire en Chine, car beaucoup ont été tués par les Boxers dans des régions reculées. Ce doit être bien difficile d'essayer d'aimer des gens quand vous savez qu'ils n'hésiteraient pas à vous assassiner si le vent tournait.

J'espère que ma lettre ne vous a pas déprimée, très chère maman. Je continue à me familiariser avec bien des choses étranges, et à les voir avec des yeux neufs. Je suis sûre que je n'y prêterai plus attention dans quelque temps.

Donnez mon bon souvenir à Jessie et à la cuisinière. Dites-leur qu'aucun domestique chinois ne saurait rendre un foyer aussi confortable et agréable qu'elles.

Je vous embrasse tendrement,
Votre fille affectionnée

Mary

La maison du mur au dragon
Pékin
Le 2 avril 1903

Marie vient de passer ici presque tout l'après-midi — c'était notre première visite ! — elle est venue sans avoir envoyé de petit billet pour prévenir que je l'attende. Elle n'aime pas la maison, même si elle a fait semblant pour me faire plaisir, en disant par exemple que notre mur au dragon était le plus beau qu'elle ait jamais vu. Elle s'est exclamée par contre sur le seuil de notre salon, comme si elle ne pouvait pas se retenir : « Dieu ! Un wagon de chemin de fer ! * »

Je vois ce qu'elle veut dire, la pièce ressemble effective-

* En français dans le texte.

ment à un wagon, étroite et tout en longueur, avec des fenêtres en vis-à-vis de chaque côté, une série donnant sur les pierres de la cour de devant et l'autre sur une cour intérieure pratiquement nue. Quand Richard a ouvert la porte pour me montrer cette pièce, la première fois, j'ai eu du mal à dissimuler ma déception. Le mobilier laissé par le couple allemand est parfaitement affreux et l'énorme poêle sur son socle de zinc est hideux, même s'il chauffe bien.

Le poêle a beaucoup amusé Marie. Elle a dit que cela dépassait l'imagination que quelqu'un puisse faire venir d'Europe un tel objet, et qu'on avait dû l'arrimer en plein centre du navire, faute de quoi le poêle l'aurait tellement déséquilibrée que cela aurait été fatal en cas de typhon. Elle estime que, puisque ce poêle est arrivé jusqu'en Chine, il mérite des égards et devrait être exposé dans la pièce, sur un nouveau socle de tuiles vert pâle, qu'elle sait où se procurer. D'après elle, ce poêle pourrait être un sujet de conversation dans les soirées, et la nouvelle décoration devrait mettre l'emphase sur le monstre, tout ce qui l'entoure étant d'un goût parfait pour mieux en souligner le ridicule.

Elle avait l'air persuadée qu'un vert assez doux était la couleur que je souhaiterais, et que l'on pourrait commencer avec un tapis fabriqué pour cela à Tientsin, et des rideaux de brocart tissés à la main. Richard serait horrifié s'il savait quelles sommes Marie estime nécessaires pour refaire la pièce.

Elle a insisté pour voir toute la maison avant que le thé ne soit servi, mais le tour n'a pas pris bien longtemps, avec toutes ces pièces vides ! Marie a essayé le matelas de mon lit, et a dit que sa fermeté était sans importance pour le moment, mais que ce ne serait bientôt plus le cas. Je crois que je préfère la façon dont Mme Brinkhill traite des sujets délicats, directement et sans coquetteries. La chambre de Richard a eu l'air de l'étonner grandement, sans doute parce qu'elle est entièrement meublée avec son matériel militaire : un lit de camp pliant, une cuvette de campagne en grosse toile et une chaise, avec une table de bridge contre un mur, au-dessus de laquelle pend un petit miroir. Il n'y a pas de rideaux à la fenêtre, qui est de style chinois avec un treillage ouvrant vers l'intérieur. Il n'y a pas de poêle non plus, le tuyau a été bouché. Il dort toujours la fenêtre ouverte, même avec le froid mordant qu'il a fait depuis que nous sommes là, et les courants d'air qui se faufilent jusqu'à moi. Marie a demandé qui aurait cru que le beau Richard était au fond un ascète ? Je n'ai rien répondu du tout.

Les mains tremblantes de Yao faisaient s'entrechoquer les tasses pendant qu'il apportait le plateau du thé. Marie pense qu'il a une maladie nerveuse et que ce ne serait pas sérieux de le garder, car il n'y a pas pire ennui en Chine que les domestiques malades qui estiment qu'on leur doit quelque chose pour la famille. Si nous nous en débarrassons rapidement, il n'aura pas le loisir de raisonner ainsi. Son conseil est certainement sensé, mais j'éprouve déjà une sorte d'affection pour Yao. Les gâteaux n'étaient pas fameux et Marie a posé des questions sur notre cuisinier. Il a fallu que je lui dise que je n'avais pratiquement jamais eu à faire avec lui et n'étais allée à la cuisine que deux fois, et pour regarder de la porte seulement. J'ai été assez surprise de voir qu'elle n'approuvait pas. L'ayant vue dans son boudoir, j'aurais pensé que les cuisines auraient été la dernière chose à l'intéresser, mais ce doit être son instinct français, car elle insiste pour préparer elle-même à la cuisine certaines sauces et même quelques plats selon des recettes familiales qu'elle se refuse à donner à un quelconque cuisinier, qui n'a même pas le droit de regarder quand c'est elle qui cuisine. Elle lui a par contre appris à faire du bon pain. Elle ne supportait pas ce qu'elle appelle « le pain de Pékin » du genre de celui que je mangeais chez les Harding ou ici et qui a un goût curieux, comme si la pâte avait fermenté artificiellement au cours du pétrissage. Il y avait une bonne boulangerie française à Pékin avant la Révolte des Boxers, mais elle n'a pas rouvert. Marie dit également que je dois veiller tout particulièrement à ce que toute salade ou légume cru soit bien mis à tremper dans une solution de permanganate de potassium avant d'être servi, ce qui ne sera fait dans une cuisine tenue par des Chinois que s'il est manifeste que tout manquement à cette règle sera immédiatement suivi d'un renvoi. Consommer des légumes crus non traités peut vous faire attraper le choléra, ou des vers intestinaux, entre autres.

Après le thé, dont elle a bu plusieurs tasses, elle s'est excusée et j'ai dû l'emmener au petit coin au fond du couloir, ainsi qu'à notre salle de bains tout à côté, que j'avais négligé de lui montrer lors de la visite de la maison. Elle est revenue en arborant un air qui laissait clairement entendre qu'elle n'avait guère apprécié l'expérience, ce qui ne m'a pas étonnée, mais je ne pensais pas qu'elle ferait des commentaires.

Elle a quand même dit tout de suite que nos sanitaires étaient une horreur, ce à quoi j'ai répondu que j'en étais bien consciente, mais que ce n'était pas mieux chez les Harding, et que je ne m'attendais pas à autre chose en Chine. Marie a rétorqué qu'on pouvait s'attendre à autre chose même en Chine, contrairement à ce qu'on pourrait croire, et que Edith Harding, comme tous les gens vraiment riches, était d'une avarice sordide, même quand il s'agissait de choses essentielles. Si Richard et moi devions commencer à recevoir, ce qui serait bientôt le cas, il était impensable de conduire nos invités dans de tels lieux. En tout premier, il fallait absolument installer un cabinet chimique, du genre de celui qui était chez elle, et que l'on pouvait commander dans un magasin à Tientsin. Elle a ajouté que de faire chauffer l'eau dans un calorifère situé *à l'extérieur* de la maison datait du XVIIIe siècle, et que même à Pékin on pouvait avoir des lavabos avec des robinets, et un poêle à pétrole.

Je commençais à en avoir assez des améliorations suggérées par Marie et je lui ai dit que nous n'avions pas l'intention de faire trop de changements dans la maison, puisque nous ne savions pas combien de temps nous resterions à Pékin. Sa réponse a été que l'on doit vivre décemment et de manière civilisée où que l'on soit, et que je n'avais qu'à faire comme elle et demander à mon mari de prélever l'argent nécessaire pour l'aménagement et l'ameublement de notre premier foyer sur la somme que j'avais apportée en dot. C'est une erreur de laisser un nouvel époux croire que l'argent lui appartient pour en faire ce qu'il veut, quand il a été versé par les parents de sa femme pour assurer à leur fille une vie confortable.

J'ai dû la regarder avec des yeux ronds, parce qu'elle m'a demandé ce qui n'allait pas.

Je lui ai donné une réponse plutôt empêtrée, quelque chose du genre que la pratique des dots était plus ou moins passée de mode en Angleterre. Elle s'est mise à me regarder avec des yeux ronds à son tour, avant d'éclater de rire. D'après ce qu'elle dit être absolument certain, il n'y a aucun homme dans toute la légation britannique à Pékin — à part peut-être Sir Claude lui-même — qui ne se soit pas marié sans tenir le plus grand compte des questions d'argent. Marie a dit qu'il était bien possible que ces mariages soient établis chez nous avec des règles moins sévères qu'en France, mais qu'il ne fallait pas croire pour autant qu'il n'y avait pas d'arrangements, et que cette pratique était absolument vitale pour tous les jeunes gens faisant carrière dans la diplomatie, étant donné qu'ils étaient à peu près tous des cadets de bonnes familles, qui n'avaient sur terre que leur nom, mais aucun appui financier. M. Harding en était un bon exemple : venant d'une famille distinguée de l'Essex, un frère baron, mais sans un sou. Il avait donc été obligé de se débrouiller par lui-même et avait déniché Edith. Qui aurait voulu d'Edith, si elle avait été sans fortune ? Mme Harding pouvait bien se donner de grands airs maintenant qu'elle était en route pour devenir une Lady, puisque son mari allait être anobli en fin de carrière, mais il n'empêchait qu'elle n'était rien d'autre que la fille d'un fabricant de boulons des Midlands, sans aucun statut digne de ce nom dans la bonne société anglaise.

Je me suis sentie toute chaude, et je savais que j'étais en train de rougir comme cela m'était déjà arrivé sur le *Mooldera*. Marie s'en était rendu compte, évidemment, et son ton a changé, pour devenir plus calme, comme si elle s'était subitement fait du souci : « Mais enfin *ma chère** votre mère a certainement abordé ces questions-là quand votre mariage avec Richard a été décidé ? », a-t-elle demandé. J'ai répondu que le mariage n'avait pas été arrangé, et qu'il n'y avait pas eu de discussion sur la dot, dont il n'était pas question parce que ma famille était pauvre.

* En français dans le texte.

Marie a eu l'air tout à fait stupéfaite, ayant visiblement du mal à trouver quelque chose à dire, et pourtant ce qu'elle a fini par répondre a été un grand choc pour moi :

« Mais enfin, Mary, et la fabrique familiale ? »

J'ai dû respirer à fond. Je savais parfaitement que je n'avais rien dit de cette fabrique ni à elle ni à qui que ce soit à Pékin. La seule personne qui avait pu en parler était Richard lui-même. Après avoir eu si chaud aux joues, j'ai tout à coup eu l'impression d'avoir une boule de glace sur l'estomac.

J'avais vraiment envie qu'elle s'en aille et elle s'en est rendu compte car elle s'est levée et nous avons parlé de choses et d'autres en attendant que Yao lui apporte son manteau. Elle a dit que depuis notre première rencontre elle avait vraiment souhaité que nous soyons comme deux sœurs, tant elle éprouvait de sympathie pour moi, et qu'en plus nos noms étaient presque les mêmes. On lui a apporté son manteau et je l'ai aidée à le mettre : un manteau superbe en léopard qui lui arrive aux chevilles, avec du renard argenté aux poignets, au bas et à l'encolure. Son chapeau, qu'elle n'avait pas ôté, était une calotte en léopard également, qu'elle portait penché sur le front. Malgré le malaise que je ressentais, je ne pouvais m'empêcher d'apprécier son élégance constante, aussi coûteuse qu'elle soit. Sa garde-robe est peut-être aussi prise sur sa dot ?

Marie s'est arrêtée près de la porte pour prendre en main la coupe violette que Richard dit avoir trouvée dans un bazar, qui est translucide comme un pain de savon de chez Pear's, et dont un dragon fait le tour en se lovant. J'ai dit qu'il faudrait l'enlever si nous adoptions l'idée de redécorer la pièce en vert, et Marie a dit que cette coupe n'avait pas de prix. Je ne voyais pas bien comment cela était possible, puisqu'elle avait été achetée dans un bazar et je le lui ai dit. Elle m'a regardée, d'un air qui m'a semblé plutôt froid, et a répliqué que cette sorte de coupe n'était fabriquée que sur ordre impérial, ou bien, par une faveur spéciale, pour les familles princières du rang le plus élevé. Je lui ai alors demandé comment elle pensait que Richard avait bien pu entrer en possession d'une pièce pareille et elle a répondu : « Le sac du Palais d'Hiver ! » puis elle a ajouté en riant : « Il a dû la gagner aux cartes, d'un autre officier, qui avait participé au pillage de Pékin, Richard est très fort aux cartes, vous ne le saviez pas ? »

Marie a été très gentille avec moi, mais après l'avoir reconduite au portail je suis revenue avec l'impression d'avoir été aussi malmenée qu'un objet dans une vente de charité.

La maison du mur au dragon
Le 5 avril 1903

Je pensais voir quelques signes printaniers en avril, mais il a neigé toute la nuit et il neige encore, et la gelée a durci. Tout est si calme que l'on se croirait à la campagne, aucun son ne se faisant entendre dans notre ruelle. Jusqu'à tout à l'heure on pouvait quand même entendre notre homme de peine qui balayait la neige de l'allée au portail. Il l'entassait au pied de ces pierres qui sont supposées ornementer la cour, avec une pelle et un balai mais il ne travaillait pas très dur et s'arrêtait souvent pour souffler dans ses mains, qui étaient nues, bien que le reste de son corps ait été emmitouflé dans une longue robe ouatée, et qu'il ait sur la tête une toque aux oreillettes abaissées. Il pelletait la neige quand il a brusquement relevé la tête et m'a vue dans l'encadrement de la fenêtre du salon. Je lui ai fait une sorte de petit signe de la main, mais il a dû prendre cela pour un ordre de s'en aller, car il a aussitôt ramassé ses outils pour disparaître derrière le mur au dragon, au-delà duquel se trouve l'entrée de la cour des domestiques.

La seule chose que je sache de lui, c'est qu'il se nomme Ching Hen. Je n'ai même pas eu l'occasion de voir Mme Ching Hen, parce que le mur du dragon escamote toutes les allées et venues entre le côté des serviteurs et la ruelle. Je commence à me rendre compte que toute cette pierre n'a pas pour seul effet d'éloigner les démons.

J'écris à côté du poêle qui crépite. Bien que je ne puisse l'entendre il doit y avoir du vent, car il y a un appel d'air terrible dans le conduit en fonte, qui est incandescent à la sortie du poêle. Je regarde souvent ce tuyau et me prends à penser qu'il pourrait très facilement rougeoyer ainsi jusqu'en haut et mettre le feu au plafond en bois.

Derrière les hauts murs qui l'entourent, cette maison brûlerait probablement comme du papier et du petit bois dans une cheminée, à la minute même où on y mettrait le feu.

Richard n'aime guère me voir au petit déjeuner, c'est pourquoi Yao m'apporte un plateau dans ma chambre. Nous faisons en sorte de ne pas nous rencontrer avant que Richard ne parte pour la légation, même si cela m'est parfois pénible quand il part plus tard que d'habitude et reste trop longtemps dans la salle de bains. Richard a une nature qui se déride au fur et à mesure que la journée avance, mais qui est très sombre le matin. L'ennui, c'est que je suis généralement de très bonne humeur au réveil, et que je me levais souvent très tôt à Édimbourg, parfois en même temps que les domestiques que j'aidais alors dans les tâches ménagères. Ici, je ne suis pas censée faire quoi que ce soit, en tout cas pas tant que Richard est là, donc je range ma chambre. Ce n'est pas une chambre que je puisse jamais aimer, même si on dépensait beaucoup d'argent pour la rendre agréable. Les deux fenêtres donnent sur un mur en briques à trois mètres de distance, et la seule lumière qui pénètre, du moins en hiver, vient du corridor qui longe la cour et dont les fenêtres vont jusqu'au sol. Ce sera sans doute bien plus agréable quand il y aura des fleurs, mais je me demande si j'arriverai à me débarrasser de l'impression que cette maison est une prison, ou tout au moins un fort en territoire ennemi.

Si je me suis attachée à quelque chose dans cette maison, c'est à cet immense poêle si vilain. Il y a une vitre en mica sur la porte, ce qui met une tache de couleur sur le tapis laissé par les Allemands, et quand on ouvre cette porte pour mettre du charbon, le poêle entier rugit : « C'est ça, donnez-moi à manger et je ferai mon travail ! » Il le fait, d'ailleurs. A peine une heure après la mise en marche des ventilateurs, le matin, cette grande pièce est chaude.

J'ai réfléchi sur l'amitié, qui est le plus souvent due au hasard. Marie est en train de devenir mon amie, parce que nous nous trouvons toutes les deux ici à Pékin et que la plupart des dames des légations s'en méfient un peu. Je pense que c'est en partie parce qu'elle est trop fine pour elles, mais principalement parce qu'elle plaît beaucoup à leurs maris. Quant à elle, elle se tourne vers moi parce qu'elle ne peut pas être tout le temps en compagnie masculine. Si son mari et elle avaient habité Londres et que nous nous y soyons rencontrées elle ne m'aurait probablement pas adressé deux regards de suite, dans un endroit où abondent les distractions de qualité. Je me demande si Richard n'a guère envie de me voir le matin parce qu'il ne tient pas à se souvenir de la nuit et de sa visite dans ma chambre. Je ne tiens pas non plus à me le rappeler.

Lettre de Mary Mackenzie à sa mère

La maison du mur au dragon
157 Feng-Huang Hutung
Pékin — Chine
Le 17 avril 1903

Très chère maman,

Je sais que cela fait terriblement longtemps depuis ma dernière lettre et que j'ai fort peu d'excuses, mais je pense si fréquemment à vous, à ce que vous êtes précisément en train de faire au même moment et que j'essaie d'imaginer : que vous vous installez à côté du feu pour prendre votre thé, par exemple, ou bien que par une journée d'avril à d'Édimbourg vous rendez visite à vos amies. Tout à coup, alors que je commençais à me sentir enfermée derrière ces murs comme une épouse chinoise, il a commencé à se passer des choses. Tout d'abord, c'est le printemps. Nous avons eu de la neige au tout début de ce mois, mais les arbres fruitiers sont en fleurs dans les jardins à présent — même s'il n'y en a pas dans le nôtre — et nous pouvons sortir en pousse-pousse sans nous emmitoufler dans ces couvertures de fourrure qui sentent si mauvais. Toute la neige a fondu, et la ville est toute propre, comme lavée de frais, mais je crains que cela ne dure pas bien longtemps ainsi. Je me rends compte que je vois maintenant des centaines de choses auxquelles je n'avais pas prêté attention tant que nous étions dans l'étau de l'hiver. La façon dont les extrémités de nombreux toits en tuiles ont des petites figurines animales, par exemple, qui sont en procession l'une derrière l'autre jusqu'à la plus grande, tout au rebord du toit, qui représente le plus souvent un oiseau portant un démon sur son dos. On les appelle des bongs. Même en allant au bout de notre ruelle, dont le sol est parfois tout à fait dégoûtant, il suffit de regarder en l'air pour admirer de superbes toits ornés, et des bois sculptés, même si je suis parfois un peu lassée de ces dragons que l'on voit partout. On pourrait croire que tous les Chinois ont eu le même cauchemar.

Un jour, mon amie Mme de Chamonpierre a emprunté la voiture de l'ambassadeur de France et est venue me chercher dans l'après-midi. Nous nous sommes rendues hors de la ville par une porte, à l'est, au Temple du Ciel où, dans les grandes occasions, l'empereur vient faire ses dévotions. Je ne suis pas très sûre du genre de dévotions qu'il pratique ni à qui elles s'adressent et Marie n'était pas mieux renseignée. Il n'y avait aucun moyen d'en savoir plus car nous n'avions pas de guide, et le cocher ne comprend que « plus vite » ou « moins vite » en français. Toujours est-il que nous sommes descendues et que nous avons marché assez longtemps sur une allée dallée où poussaient entre les jointures de grandes touffes de mauvaises herbes, jusqu'à ce qui, d'après Marie, était l'Autel du Ciel, auquel on parvient par une porte sur le haut de laquelle on a l'impression que sont fixées des ailes de pierre. Ensuite, on gravissait des marches avec trois paliers successifs, jusqu'à une esplanade circulaire d'où on avait en contrebas une vue sur le temple proprement dit, entouré d'un rideau d'arbres en bourgeons. Nous n'avons pas vu âme qui vive sur toute cette immense étendue, à part des pigeons, ce qui donnait un peu le frisson. On aurait pensé que dans un lieu de culte où l'empereur vient de temps en temps il aurait dû y avoir au moins quelques prêtres dans les parages, ou à la rigueur quelqu'un pour arracher les mauvaises herbes, mais non. Marie n'a pas voulu que nous nous rendions au temple lui-même, parce que ce qu'elle considère comme ce qu'il y a de plus effrayant en Chine — un silence total soudain, quand le bruit est normalement permanent — lui rappelait la Révolte des Boxers. Il est vrai que le silence était total au Temple du Ciel, et nous n'avons pas été fâchées de remonter en voiture et d'entendre le cliquètement des sabots des chevaux.

Je suis allée à la légation russe, mais pas pour rencontrer leur ambassadeur qui est en ce moment à Vladivostok. Notre hôte était le premier secrétaire, un comte qui porte assez de médailles pour avoir fait dix guerres, même s'il n'a pas l'air d'être le genre à avoir jamais pris part à un combat. Comme Marie m'en avait prévenue, la conversation a été parfaitement inintéressante et les hommes ont bu trop de vodka, qui est leur whisky, mais semble insipide. J'étais en train de me demander quel intérêt il pouvait bien y avoir à en boire, quand Richard m'a emmenée très subitement, parce que, comme Marie me l'a expliqué par la suite, nos collègues russes étaient tout à coup un peu trop détendus.

Il y a eu aussi un dîner très élégant chez les Chamonpierre, de douze convives. Mon voisin de table était un comte, mais un comte japonais cette fois-là. C'est l'attaché militaire de leur légation ici, qui est devenu l'un des héros de la défense pendant la Révolte des Boxers, en menant un bataillon de marins japonais à travers les rues de la ville chinoise grouillantes de Boxers, au secours d'une mission catholique. Sept des vingt hommes qu'il avait avec lui ont été tués, et le capitaine comte Kurihama a été blessé à la jambe, et a gardé une cicatrice sur la tempe, à l'endroit où une balle a effleuré sa chevelure. Il aurait certainement été quelqu'un de très intéressant avec qui converser, mais j'ai eu bien du mal à lui faire dire trois mots. Marie m'a expliqué ensuite que l'éducation des Japonais veut qu'ils ne prennent jamais leurs repas avec les femmes de la maisonnée, et qu'il leur est impossible de s'habituer à s'asseoir autour d'une table avec des femmes. Marie dit qu'il lui est très souvent arrivé, au cours de dîners officiels qu'elle donnait chez elle, d'avoir l'impression que le comte Kurihama était sur le point de lui ordonner de retourner à sa place, à la cuisine, pour laisser les hommes entre eux à la besogne sérieuse de boire et manger. Il est évident qu'elle m'avait placée à côté de lui à table pour voir si une jeune Écossaise pouvait obtenir une réaction quelconque d'un comte japonais, mais j'ai échoué. Le summum de notre conversation a été atteint quand je lui ai demandé si Kurihama était un nom de lieu, comme tel est le cas chez nous pour l'aristocratie, ou un nom de famille. Il a réfléchi cinq bonnes minutes pour lâcher ensuite un seul mot « famille ». Pas le plus brillant des voisins de table. J'ai eu l'intuition qu'il comprenait tout à fait bien l'anglais, mais qu'il considérait cela comme une sorte de secret diplomatique.

Il va falloir que je songe bientôt à donner ma première réception, à la maison du mur au dragon, et je peux vous assurer, très chère maman, que cette idée me terrorise. N'auriez-vous pas quelque recette écossaise qui donnerait au poulet un goût différent ? Je suis persuadée que le bœuf que nous avons ici n'en est pas vraiment, même pas du vieux bœuf, mais plutôt du chameau. Notre cuisinier le sert en une sorte de ragoût qui a visiblement mijoté pendant des heures, mais qui vous donne quand même la fâcheuse impression d'être en train de mâcher de la ficelle. Pékin est supposé être un paradis pour la cuisine, et c'est peut-être vrai pour certains restaurants chinois, seulement bien peu des habitants des légations y retournent et Richard ne m'y a jamais emmenée. Croyez-vous qu'il soit possible de faire faire à un cuisinier chinois un bon repas écossais avec des recettes faciles ? une épicerie européenne correcte a rouvert à présent, où l'on trouve la plupart des produits nécessaires en y mettant le prix, c'est pourquoi si vous avez des idées, je vous remercie de me les envoyer. Votre dernière lettre, qui est passée par le Transsibérien, m'est arrivée en moins d'un mois, ce qui nous laisse du temps car je ne commencerai pas à recevoir avant que Richard ne revienne de mission.

Il doit partir pour Chinwangtao à la fin de ce mois, pour faire un rapport à l'amiral de la flotte britannique en Chine. J'ignore de quoi il s'agit. Richard dit que cela fait partie des relations de routine entre les services, mais Marie a l'air d'en faire des mystères. J'aimerais tant lui faire de l'effet avec ce repas écossais, car elle semble persuadée que nous nous nourrissons de porridge trois fois par jour en semaine et de hachis le dimanche. Elle dit qu'elle a eu une nurse écossaise qui disait que nous vivions comme ça « dans le nord glacial ». Marie vous amuserait je pense, elle est si brillante et enjouée.

Je vous embrasse tendrement, très chère maman.

Mary

La maison du mur au dragon,
Le 23 avril 1903

Edith Harding est venue prendre le thé avec moi hier. J'étais absolument honteuse, après sa longue hospitalité et le fait qu'elle ait été dame d'honneur à notre mariage, de ne pas lui avoir encore montré la maison. Je suppose que j'avais dans l'idée de l'arranger un peu avant de l'inviter, mais je n'ai rien fait d'autre que de déplacer les meubles. En plus, je suis parfaitement sûre que Marie aura fait en sorte qu'Edith sache qu'elle était déjà venue deux fois me voir. Ce n'est pas tant qu'elles se battent pour moi, ni qu'elles éprouvent un intérêt particulier pour ma personne, mais seulement que je suis une nouveauté ici. Je suppose que je resterai jusqu'à ma mort la première jeune mariée après la Révolte des Boxers, et qu'on se souviendra de ce haut fait quand on aura oublié jusqu'à mon nom.

Edith est arrivée vêtue d'une de ces malheureuses robes marron qu'elle affectionne tant. Quelqu'un devrait vraiment lui dire que quand on est aussi chétive on devrait éviter le marron qui n'est pas flatteur. La méchante Marie a dit une fois, en voyant Edith — qui est très maigre — arriver à une réception dans un fourreau du soir brun-gris, qu'on croirait voir un gros ver de terre venir du jardin. Il faut absolument que je sache ce que Marie dit de moi derrière mon dos, et je suis bien sûre qu'Edith se fera un plaisir de me le répéter.

Elle a eu l'air assez étonnée de me trouver en aussi bonne santé, et la raison de son étonnement m'est apparue à sa seconde tasse de thé, quand elle a dit qu'elle avait trouvé sa propre lune de miel assez bouleversante, mais que de gagner directement sa nouvelle maison était sans doute bien mieux. M. Harding et elle sont allés dans un hôtel à Torqay, au mois de juin, et il n'a pas cessé de pleuvoir de toute la semaine. J'ai dit qu'il avait neigé la plupart du temps pendant les deux premières semaines de ma vie conjugale, ce à quoi elle a répondu que lorsque les conditions climatiques n'étaient pas favorables, on faisait bien plus rapidement connaissance avec son mari que si le temps avait été plus propice à des activités à l'extérieur. Je me suis demandé un instant si elle n'était pas en train de faire une plaisanterie un peu douteuse, mais elle était parfaitement sérieuse. Edith ne fait de plaisanterie d'aucune sorte. Je l'ai mal jugée en ce sens que je la croyais plutôt froide. Elle a toujours été assez cérémonieuse à mon égard, comme si l'intimité n'était concevable que dans certaines limites avec une jeune fiancée recueillie sous son toit. Je me rends clairement compte, à présent, que je suis sous le toit de mon mari, qu'elle se sent plus libre de me faire une proposition pour renforcer notre amitié, pour aller peut-être jusqu'à un degré d'intimité dont je n'ai pour ma part nulle envie. Il y a eu quelques tentatives, présentées certes très délicatement, pour discuter certains aspects de la vie conjugale que je ne pourrais jamais aborder avec personne, sauf peut-être avec Mme Brinkhill qui donnait l'impression de traverser ce monde avec des trésors de sagesse qu'elle aurait volontiers partagés avec qui pourrait en avoir besoin.

Je n'ai pas eu à rembarrer Edith en quoi que ce soit, sa curiosité envers Richard et moi étant enfouie sous plusieurs épaisseurs. Elle n'a soulevé qu'un petit coin de voile, pour changer immédiatement de sujet quand elle a vu ma réaction.

Ce qu'il y a d'étrange, et bien que je n'aurais jamais imaginé avoir ce sentiment ne serait-ce que quelques semaines plus tôt, c'est qu'il y a effectivement certains sujets dont j'aimerais peut-être parler avec quelqu'un en qui j'ai *réellement* confiance. Tout ce qui a été écrit en prose et en poésie sur l'amour ne peut certainement pas ne mener qu'à ce qui vient de m'arriver ? Je commence à avoir une sorte de curiosité, qui me semble malsaine, une manière de m'interroger sur les autres femmes et leurs maris et de les observer, pour savoir s'il existe une sorte de bonheur caché entre eux. Si tel est le cas, ils n'en laissent apparaître aucun signe à mes yeux.

Il va falloir que je prenne garde à garder mes cahiers dans un lieu secret, ce serait affreux si Richard en trouvait un. Je ne le connais pas encore assez pour savoir s'il se conduirait alors en gentleman et refuserait de lire ce qui n'était pas destiné à ses yeux, mais j'ai le sentiment qu'il n'aurait pas ce tact. Il va falloir que je me procure un coffret qui ferme à clé. Ne croirait-on pas une sottise d'écolière ? Il faudrait que je perde cette manie de mettre par écrit tout ce qui m'arrive, mais je crois que ce serait comme de renoncer à l'opium. Aurai-je envie quand j'aurai trente ans de relire les folies de mes vingt ans ? Et si j'ai des enfants, aurai-je un jour envie qu'ils ouvrent ce coffret pour savoir ce qu'était leur mère, à leur grande honte peut-être ?

Edith s'est probablement rendu compte que nous n'avions pas de grands moyens, ou que les questions financières n'ont pas encore été clairement résolues depuis notre mariage, mais elle a commencé à suggérer des améliorations très économiques que nous pourrions apporter à notre salon. Quand je lui ai rapporté les idées extravagantes de Mme de Chamonpierre sur le même sujet, elle a rétorqué qu'elle avait été une enfant gâtée, qui s'était transformée en une femme gâtée, et que la façon dont elle prenait des airs de reine à ses propres dîners la rendait positivement malade.

En pensant aux grands airs de Marie, je me suis souvenue surtout d'un regard que M. de Chamonpierre avait un soir lancé à sa femme devant tous ses invités, et qui semblait dire que les autres femmes autour de la table lassaient sa vue, que seule Marie pouvait le réconforter. Le message m'a paru tellement limpide que j'ai tourné la tête pour voir comment Marie allait lui répondre, mais elle l'a ignoré. Elle était en train de faire du charme au premier secrétaire de la légation allemande, et de lui tapoter le poignet. Elle m'a dit qu'elle ne pouvait pas le souffrir. Il est peut-être préférable de n'avoir aucune tentation de lancer de telles œillades, que de le faire sans susciter la moindre réaction.

Avant de repartir, Edith a promis de m'envoyer sa couturière, qui est très douée pour le capitonnage, ce qui est tout à fait inhabituel en Chine où les autochtones s'asseyent tous sur des sièges en bois qui sont durs. Edith est vraiment très gentille avec moi, il faudrait que je me force à l'aimer un peu plus. Je me demande si j'arriverais à la persuader de renoncer au marron quand elle choisit le tissu de ses robes. Elle est venue en manteau de fourrure, malgré le beau soleil. Pas sa zibeline, mais du renard de Mongolie qui pourrait bien être une sorte de lapin à poils longs, sans doute une des bonnes affaires dont elle est si fière. Je suis bien sûre que d'être du genre à dépenser joyeusement son argent, si on en avait, veut dire que l'on ne fera jamais fortune. Ce sont les riches qui se rengorgent de leurs bonnes affaires. Le manteau d'Edith est une faute de goût terrible : il n'est ni noir ni blanc mais presque pie, et ne lui va pas du tout, ce qui veut dire que d'un peu loin on ne sait pas trop où le manteau finit et où elle commence !

La maison du mur au dragon
Pékin
Le 3 mai 1903

Je lui ai demandé de rester hier soir, quand il est venu me rendre visite, et au lieu de retourner immédiatement dans sa chambre, il m'a tenu compagnie pendant une petite demi-heure. Il y avait de la tendresse entre nous. Puis, quand il est parti, je me suis mise à pleurer très doucement. Je me demande ce qui m'arrive.

Il est à Chinwangtao à présent. Il est parti en civil voir un amiral, ce qui m'a paru curieux, mais il a dit que ce n'était pas une visite protocolaire. Son costume ressemblait beaucoup à celui qu'il portait quand je l'ai vu pour la première fois revenant des landes écossaises, c'était peut-être bien le même. J'ai eu brusquement envie de l'accompagner à la gare et j'ai proposé que Yao aille me chercher un autre pousse-pousse tout de suite et que j'attrape mon manteau dans le hall. Il m'a dit de ne pas faire la sotte.

Je suis restée devant notre portail rouge, à voir l'arrière de son pousse-pousse qui bondissait vers l'endroit où notre ruelle tourne, et je ne m'attendais pas à ce qu'il se retourne pour me regarder, mais il l'a fait en agitant la main et mon cœur a sauté dans ma poitrine. Je me suis tout à coup rendu compte que les Chinois qui passaient devant moi me regardaient avec curiosité, ce qui est inhabituel car je suis vraiment accoutumée à ne pas être dévisagée dans cette ville. Puisque nous habitons dans cette ruelle, il est possible que les gens du voisinage nous aient acceptés à présent, et quand j'ai franchi le portail en passant par la petite porte, taillée dans le battant, j'ai pensé en voyant le mur au dragon que la sculpture ne me paraissait plus étrange mais assez familière, comme si elle luttait à présent pour éloigner de moi tous ces démons. Et puis je me suis souvenue qu'elle n'avait pas réussi à éloigner les démons du mandarin à qui on a coupé la tête.

La maison du mur au dragon,
Pékin
Le 5 mai 1903

J'ai fait quelque chose ce matin qui n'aurait pas plu à Richard. J'ai appelé Yao vers dix heures et demie, et je lui ai joué une petite scène comme une actrice, prétendant que j'étais au marché à choisir des légumes et autres, dans le but de lui faire comprendre que je voulais l'accompagner la prochaine fois qu'il irait au marché. Il m'a observée avec un air presque paniqué pendant quelque temps, comme si j'étais devenue folle pour avoir été privée de mon mari pendant seulement deux nuits, et tout à coup, quand il a commencé à comprendre, il s'est produit une chose étrange : il a éclaté de rire. Je ne sais pas ce qu'a été la vie de Yao jusqu'ici, mais quelque chose sur sa figure montre bien qu'il n'a pas eu souvent l'occasion de rire, et même si je ne me fais pas d'illusions sur mes talents d'actrice, je suis assez fière de moi d'avoir provoqué ce rire. Au bout de quelques instants nous riions l'un comme l'autre, un domestique fou et sa maîtresse tout aussi folle, certainement pas le genre d'attitudes que l'on approuverait à Édimbourg ou dans le quartier des légations. Cela m'est bien égal. J'étais heureuse de pouvoir rire avec Yao, même si Ching Hen était en train de balayer la cour à ce moment-là, auquel cas il y a maintenant un scandale dans les cuisines.

Il va falloir que je fasse attention à *ne pas* faire rire Yao quand Richard est dans la maison. Vais-je devenir une de ces femmes trop familières avec leurs domestiques, et qui ne s'attirent que leur mépris ?

Toujours est-il que nous sommes allés au marché, Yao et moi, au bout de la ruelle de l'oiseau fabuleux, une Écossaise et son domestique portant chacun un panier. La question s'est posée de savoir comment nous allions marcher dans la ruelle, et nous avons commencé comme des enfants qui jouent aux Indiens, avec moi devant, ce qui était assez ridicule et j'ai préféré l'attendre. Nous avons marché côte à côte, ce qui l'a rendu très nerveux, probablement parce qu'il se faisait du souci que cette familiarité ne revienne aux oreilles de Mme Yao. Je n'aurais peut-être pas dû insister là-dessus, mais j'ai toujours détesté voir les chiens dressés à rester au pied, et l'idée que ce soit un serviteur est pire encore.

Une chose à laquelle je ne suis pas encore vraiment habituée, c'est l'odeur de Pékin. Elle vous suit partout, comme si elle était contenue à l'intérieur des murs de la ville. Ce n'est pas du tout une de ces odeurs épicées qu'on pense être la caractéristique de l'Orient, mais cela fait plutôt penser à du beurre rance qu'on aurait un peu fait chauffer dans une poêle. L'odeur semble surgir de partout, mais elle s'échappe d'une manière particulièrement tenace des couvertures de fourrure que l'on vous met sur les genoux dans les pousse-pousse. C'est comme si la ville entière avait été plongée dans une substance qui dégagerait cette odeur nauséabonde, plus faible à certains endroits et très tenace ailleurs. Je l'ai sentie quand Richard et moi sommes allés sur la Colline de Charbon le jour où il faisait si froid, mais il n'y en avait pas trace au Temple du Ciel qui est en dehors des murailles.

Nous avons marché Yao et moi pendant un demi-mile environ avant d'arriver au marché, disposé d'une façon assez rudimentaire sur ce qui m'a semblé être un terrain vague, mais avec une sorte de porte faite avec des poteaux en bois dressés, avec une enseigne et des bannières pendantes, sur lesquelles étaient écrits d'immenses caractères chinois. Derrière se trouvaient les étals, tous portables, et l'on pouvait voir à l'arrière-plan les charrettes qui avaient servi au transport. Ici, le boucher travaille en plein air, détaillant et coupant sa viande sur un gros billot de bois, avec des nuées de mouches qui s'envolent au moindre de ses mouvements. On aurait dit que les mouches formaient une croûte sur les morceaux de viande qui étaient suspendus derrière lui. C'était pareil chez le poissonnier, les mouches grouillant sur une énorme morue, même quand on était en train de la préparer pour en faire des filets. Les entrailles n'étaient pas placées dans un seau pour être jetées, mais dans un récipient sur l'étal. Pendant que je regardais, une vieille femme a lancé une pièce et a obtenu en échange des entrailles de poisson, dans une jarre qu'elle avait apportée. Je mourais d'envie de savoir quel bon petit plat elle allait bien pouvoir faire avec son emplette ! J'aurais cru que les étalages de légumes auraient moins intéressé les mouches, mais non, il y en avait des milliers là aussi. J'ai évidemment vu tout de suite la nécessité de ce trempage dans du permanganate de potassium, et je suis un peu dégoûtée des salades en tous genres, surtout depuis que j'ai appris comment on fertilisait les champs, avec ce dont on ne doit pas parler déposé directement au pied des plantes pendant leur croissance. Il est possible que nous fassions trop de manières en Occident pour bien des choses, car rien ne montre que les Chinois périssent parce qu'ils s'empoisonnent avec ces méthodes. Marie pense que d'ici la fin du siècle ils auront submergé le monde, même les Russes, car elle prétend qu'il naît deux Chinois pour une autre personne ailleurs dans le monde. Je ne sais pas d'où elle tient ses statistiques, et je suis un peu sceptique.

Toute mon attention était concentrée sur les étals et leurs vendeurs, ce qui fait que je n'ai pas remarqué tout de suite l'intérêt que j'éveillais, et cela en partie parce que j'ai tellement pris l'habitude qu'on ne me regarde pas, ou en tout cas pas de façon ostentatoire, ce qui me donnait jusqu'ici le sentiment de pouvoir aller partout en étant invisible. Mais pas au marché. La foule n'était pas grande, je suppose que la plupart des maîtresses de maison et des domestiques avaient fait leurs courses plus tôt, et il n'y avait pas non plus que des femmes, mais aussi des hommes vêtus de très belles robes, ce qui m'a autant étonnée que si j'avais vu un gentleman dans une épicerie à Édimbourg. L'un de ces messieurs était visiblement en train de questionner Yao sur l'étrangère, tout en me dévisageant tant et plus, ce qui embarrassait beaucoup Yao. Il n'y avait aucune réaction hostile, mais à cause de cette curiosité je me suis raidie tout à coup alors que j'étais très détendue, et je me suis rendu compte de ce que j'étais, surtout avec le genre de vêtements que je portais.

J'avais mis une robe toute simple avec un manteau léger, mes cheveux rassemblés sous un chapeau de feutre et sans ombrelle, j'avais quitté la maison avec l'idée que j'étais assez terne dans mon accoutrement pour n'éveiller aucune curiosité. Mais là, sur ce marché, j'ai bien senti que ce que je portais était ridicule. Tous ces gens, qui étaient loin d'être dans leurs plus beaux habits, avaient une sorte d'élégance, les hommes en robes longues fendues seulement aux chevilles, les femmes en longues tuniques trois quarts par-dessus des pantalons, la tête nue, la coiffure assez simple, avec pour seuls bijoux des boucles d'oreilles, mais ni broches ni autres ornements clinquants. Je me sentais fagotée dans mes vêtements, avec mes jupes bien trop longues, même si nous les faisons raccourcir de quelques centimètres pour ne pas en balayer le sol de ces ruelles sales. Il m'est apparu tout à coup que nous devions leur sembler bien étranges, avec leur style si dépouillé, nous qui ne sommes que chichis et falbalas ! Nous devrions nous vêtir à la chinoise, en Chine, comme le font certains missionnaires dans les provinces, mais j'imagine très bien ce que serait la réaction dans les grands dîners des légations, si on suggérait pareille chose ! J'ai eu subitement envie de leur dire de me regarder tant qu'ils le voudraient, car j'étais effectivement un objet de curiosité.

Je dois commencer à être atteinte par l'enchinoisement. C'est une maladie qui frappe les Européens dans ce pays, et dont le seul résultat est qu'on les renvoie d'Extrême-Orient et qu'on ne les laisse jamais y revenir. Si tel est le cas, Richard va être tristement désappointé, et j'ai réfléchi qu'il aurait été parfaitement furieux s'il avait pu me voir dans un endroit pareil avec mon panier au bras, tandis que Yao, tout en me surveillant d'un œil, louchait de l'autre sur un morceau de bœuf couvert de mouches.

Chez les Chamonpierre
Quartier des légations
Pékin, le 6 mai 1903

J'écris au lit. Je vis ici dans le grand luxe, avec mon petit déjeuner servi au lit sur un plateau, et de la superbe porcelaine de Limoges, si fine que j'ai craint que le café brûlant ne la fasse craqueler. J'aurais préféré du thé, mais dans une maison française le thé n'est rien d'autre qu'une bonne plaisanterie anglaise réservée au milieu de l'après-midi. Marie est venue m'enlever chez moi, après m'avoir prévenue d'un petit billet, elle est arrivée essoufflée en disant que j'étais son seul espoir d'avoir le nombre correct de convives au dîner qu'elle donnait hier soir, et dont les invités étaient assez hétéroclites, ce qui fait que seule la petite Écossaise, comme Armand m'appelle, pouvait sauver la situation. Tout ceci n'a pas le sens commun, bien sûr, ce ne sont que flatteries à la française, comme il leur est très naturel d'en dire quand cela leur semble utile, mais qui sont cependant agréables à entendre. Je pense que Marie a beaucoup de chance d'avoir Armand, et je me demande si elle l'apprécie réellement. On dit que les Français sont libertins, mais je serais fort surprise qu'Armand s'intéresse à une autre de ces dames du quartier des légations. La rumeur dit aussi que les célibataires des légations fréquentent des femmes chinoises, mais ce n'est pas un sujet que j'aime aborder, car cela me met toujours mal à l'aise d'être en compagnie de quelqu'un que je sais avoir une mauvaise conduite. J'ai toujours beaucoup de mal à les regarder tout en devisant de choses parfaitement banales, je sais que c'est très sot de ma part, et que je perdrai forcément bientôt cette puérile habitude. En tout cas, je n'arrive pas à imaginer Armand avec une femme chinoise et refuse de m'attarder à cette idée.

Je n'ai pas eu l'impression que ma contribution au succès du dîner des Chamonpierre était si décisive que cela quand j'ai réalisé que ma tâche était à nouveau d'essayer de tirer quelques mots du comte Kurihama à table. Il était manifeste qu'il n'en avait aucune envie, et je ne suis pas parvenue à un grand résultat. Je lui ai dit que j'avais vu des représentations du mont Fuji, qui est très beau, et que j'espérais bien avoir un jour l'occasion de le voir en vrai, et il a répondu : « Ah. » Je lui ai demandé s'il avait déjà fait l'ascension de cette célèbre montagne et il a dit « Non. » Je lui ai dit que je trouvais cela étonnant et il a répondu « trop occupé devenir soldat ». Je suis persuadée qu'il fait exprès de parler aussi mal anglais, parce qu'il doit penser que c'est de cette façon que les Anglais s'attendent à voir s'exprimer un Japonais, et subitement, à mon propre étonnement, je le lui ai dit tout de go tel quel. Il m'a regardée droit dans les yeux pour la première fois, il me semble, et puis il a éclaté de rire. C'était un peu comme lorsque j'avais fait rire Yao, la figure du comte a été complètement transformée pendant trente secondes ou plutôt trois secondes, lui donnant presque l'air d'un gamin. Il doit quitter Pékin la semaine prochaine pour retourner au Japon dans le service actif, ce n'est pas lui qui me l'a dit mais Marie, un peu plus tard. Elle est sûre que dans cette guerre qui est sur le point d'éclater entre la Russie et le Japon le comte Kurihama va se distinguer. Je me demande pourquoi elle est tellement obsédée par l'idée de cette guerre, où elle pense que la France et l'Angleterre devraient se joindre aux côtés du Japon contre ce qu'elle nomme « l'ours sauvage ». Elle a été au Japon en vacances et dit que c'est un paradis. On m'a donné un roman qui s'y passe, *Madame Chrysanthème*, de Pierre Loti. J'ai commencé à le lire hier soir avant de m'endormir. C'est très français, en ce sens que l'héroïne est une femme de douteuse vertu.

Comme il avait été forcé de subir ma compagnie pendant tout le dîner, j'aurais cru que le comte Kurihama m'aurait ignorée au salon, et j'ai donc été fort étonnée quand il est venu se placer tout à côté de moi, quand les messieurs sont venus nous rejoindre, en donnant bel et bien l'impression qu'il désirait qu'il en soit ainsi. Il a bu son café et dégusté son cognac, assis droit comme un *i* sur son siège, avec une raideur toute militaire et dans un silence tout à fait japonais, à fixer un des rares feux de cheminées de Pékin. J'ai ainsi eu l'occasion de contempler sa tête à loisir et de remarquer la rougeur qui colorait ses joues à cause de l'alcool qu'il venait de boire. J'ai respecté son silence, en notant que Marie m'observait de l'autre bout de la pièce, en se demandant peut-être si elle devait venir à mon secours et m'entraîner vers un autre groupe, mais cela n'a pas été nécessaire, car après avoir fini son café et son cognac, le comte a tourné la tête vers moi, et m'a demandé dans un anglais qui aurait été parfait s'il n'avait pas prononcé tous les *l* comme des *r :* « S'ir vous prait, parrez-moi de r'Écosse. » C'était à peu près un ordre, mais j'ai commencé par lui raconter que nous avions une montagne sacrée, nous aussi, le Ben Nevis, dont le sommet est souvent enneigé. Il a eu l'air relativement intéressé, et m'a demandé si c'était un volcan. Je lui ai répondu que tous nos volcans étaient en sommeil depuis des millions d'années, ce dont nous nous félicitions, mais que nous avions de temps en temps des tremblements de terre dans un endroit nommé Comrie, et que j'avais eu cette expérience-là une fois où j'étais avec ma mère dans un hôtel des environs. Le comte a dit que chez lui, à Tokyo, il y avait un tremblement de terre tous les dix jours environ, un petit tremblement de terre, mais que les gens devenaient nerveux si un ou deux mois passaient sans que rien ne se produise, parce qu'ils avaient peur que ce soit un grand. Je lui ai demandé ce qui se passait pendant les grands tremblements de terre, et il m'a répondu que les gens étaient renversés, et que les tuiles étaient arrachées des toits. Cela avait l'air plutôt terrifiant, et je lui ai demandé si les tremblements de terre étaient dus à une activité volcanique, mais il a dit que non, que le Japon chevauchait un gigantesque dragon qui faisait souvent des cauchemars. J'ai pensé que c'était une plaisanterie, mais comme il n'a pas ri, je n'ai pas osé rire non plus. C'est vraiment un homme étrange. J'avais envie de le faire sourire à nouveau, mais je n'ai pas réussi.

Marie vient de me quitter, après être venue me voir au moment précis où j'allais me lever pour utiliser sa salle de bains civilisée. Elle portait un peignoir couleur abricot, avec beaucoup de dentelles, et elle s'est assise sur mon lit pour me suggérer de ne pas retourner chez moi mais de rester chez eux jusqu'au retour de Richard. J'ai dit que je l'attendais demain, mais elle a pris un petit air entendu pour me dire que j'aurais bien de la chance si je le revoyais dans dix jours, parce que, comme tout le monde le savait bien dans le quartier des légations, il n'était pas allé à Chinwuangtao, mais y était passé en route pour Moukden, où sa mission était de rendre compte des activités russes en Mandchourie, par un rapport qu'on enverrait à Londres par valise diplomatique. Il ne fallait pas que je me formalise de ce qu'il ne m'ait pas prévenue de cette mission, puisqu'il avait des ordres de n'en rien dire à personne. J'ai dit que ce n'était pas vraiment un secret d'État si tout le quartier des légations était au courant, et si c'était vrai, les Russes devaient le savoir aussi. Marie s'est mise à rire et a dit que les Russes savaient évidemment ce qu'il préparait, et l'attendraient à Moukden, mais que le territoire étant encore officiellement chinois, ils ne pouvaient rien faire pour l'empêcher de mener sa mission, et devraient se contenter de le surveiller depuis sa descente du train. Il s'attendait à être espionné, mais cela ne l'empêcherait pas de réunir les informations dont il aurait besoin pour son rapport. Bien entendu, j'ai été assez contrariée d'entendre tout cela, j'ai donc dit à Marie que je préférais ne pas rester chez eux, et mettre à profit l'absence de Richard pour faire avancer certains travaux dans la maison. C'était une erreur tactique, car Marie a aussitôt proposé de venir me donner des conseils, mais elle s'est heureusement souvenue juste à temps d'avoir un calendrier absolument rempli pour les quelques jours à venir. J'aimerais bien ne pas avoir autant le sentiment qu'elle m'a « prise en charge ». Je suis sûre que de me croire sous sa coupe éloigne de moi plusieurs des dames des légations, ce qui ne me plaît guère, ni pour moi ni pour Richard. Je ne suis pas encore experte dans l'art de me débrouiller avec les personnes ou les situations.

5

Lettre de Mary Mackenzie à sa mère

157 Feng-Huang Hutung
Pékin — Chine
Le 19 mai 1903

Très chère maman,

J'ai des nouvelles très excitantes à vous donner, ou qui le sont en tout cas pour moi ! Richard qui s'était absenté de Pékin pour raison militaire était revenu depuis peu quand il est rentré un soir à la maison en m'annonçant que l'Impératrice douairière Tseu Hsi (cela se prononce en mettant le bout de la langue presque tout contre les dents du haut) avait transmis aux légations son désir de rencontrer quelques-unes des épouses étrangères les plus jeunes. Cela fait déjà quelque temps à présent que Sa Majesté reçoit des femmes de diplomates européens pour le thé, afin d'effacer les mauvais souvenirs de la Révolte des Boxers, mais il ne s'agissait jusqu'alors que de personnes de haut rang, comme les épouses des ambassadeurs ou des premiers secrétaires. Le nombre en était immuable, comme si quelques étrangères seulement pouvaient pénétrer sans risque au Palais d'Hiver au même moment. Une demi-douzaine de dames se rendaient habituellement à cette invitation, ce qui n'allait pas sans causer quelque ressentiment parmi les autres, qui pouvaient avoir la désagréable impression qu'il s'agissait là d'un privilège réservé aux couches les plus hautes de la société. L'Impératrice de toute la Chine — qui règne réellement sur le pays puisque l'Empereur n'est rien du tout — est peut-être lassée de voir toujours les mêmes têtes à ses réceptions, car si elle ne me mentionnait pas nommément, sa dernière invitation disait qu'elle avait entendu parler d'un mariage célébré récemment dans le quartier des légations et qu'elle aurait souhaité voir la mariée, ainsi que toute autre dame du même âge. Il y a une certaine pénurie de dames de mon âge ! Il y a bien à la légation d'Allemagne une épouse de vingt-six ans et une autre de vingt-sept à la légation d'Italie, mais c'est bien tout. Edith Harding, l'amie chez qui j'ai habité à mon arrivée ici, a donc fait partie de la délégation, bien qu'elle ait trente-trois ou trente-quatre ans et deux fils en pension en Angleterre. Mon amie française Marie, qui est en fait assez jeune, s'est déjà débrouillée pour se faire inviter à l'un de ces thés, c'est pourquoi elle ne pouvait prétendre y aller cette fois-ci et l'on a finalement décidé de n'envoyer que nous quatre au Palais, au lieu des six habituelles.

Le grand jour est fixé à demain. L'audience n'aura pas lieu au Palais d'Hiver, à l'intérieur des murailles de la cité, mais au Palais d'Été qui est situé à quelque distance de là, et que l'Impératrice elle-même a fait construire il y a une quinzaine d'années à très grand prix, en utilisant selon certaines rumeurs l'argent destiné à renflouer la flotte chinoise. On raconte que lorsque Sir Robert Hart, le contrôleur britannique des douanes chinoises, a demandé à Sa Majesté quels nouveaux bateaux avaient été construits avec l'argent levé, l'Impératrice avait pointé du doigt vers un bateau de marbre au bord d'un lac artificiel et lui avait demandé s'il ne trouvait pas que c'était là un beau bateau de guerre.

Cette dame Tseu Hsi est certainement un souverain peu ordinaire. Ne la soupçonne-t-on pas entre autres d'user sans scrupules du poison pour consolider sa position quand elle le juge nécessaire ? La première épouse du précédent empereur, qui était corégente, est morte subitement en laissant tout le pouvoir aux mains de Tseu Hsi, qui garde paraît-il son propre fils virtuellement prisonnier. Elle était aussi à l'origine du projet des Boxers d'exterminer tous les étrangers en Chine, il n'y a pas l'ombre d'un doute là-dessus ! Je me souviens que lorsque nous avons étudié la Grande Catherine en histoire à l'école, j'avais cru que c'était la femme la plus impitoyable de tous les temps, mais je me demande si ce titre ne revient pas de droit à la dame avec qui je dois prendre le thé — du thé vert, probablement — demain. Aucune de nous deux n'aurait pu prévoir, même avec une imagination débordante, quand vous m'avez acheté cette robe bleue à Édimbourg, que je la mettrais *pour une telle occasion !* Elle est sûrement trop habillée pour le thé, mais il semble que la coutume soit de mettre une tenue de soirée pour ces audiences car Sa Majesté aime voir ses hôtes européens parés le plus richement possible ! Elle sera probablement assez désappointée à cet égard en ce qui me concerne...

Nous allons quitter le quartier des légations toutes les quatre à deux heures dans la voiture de l'ambassadeur. Nous serons escortées jusqu'à la porte Hatamen par les gardes de la légation, et au-delà par une troupe de la cavalerie impériale. Vous pouvez vous douter de mon état d'excitation ! C'est probablement la seule occasion que j'aurai dans la vie d'approcher des têtes couronnées de si près, à moins que Richard ne soit un jour anobli à Buckingham mais j'ai un pressentiment qu'il n'en sera rien.

Le 20 mai

J'étais si exténuée hier soir en rentrant que je n'ai même pas dîné, je n'en avais pas la force, et encore moins celle de vous écrire, maman, mais le souvenir est très vivace aujourd'hui et je vais essayer de vous raconter le plus exactement possible ce qui s'est passé.

Il y a d'abord eu un peu de flottement. La garde des légations jusqu'à la porte Hatamen n'était composée que de deux soldats qui se tenaient derrière nous comme des postillons et qui croyaient apparemment que tout ce qu'ils disaient et le langage qu'ils employaient étaient inintelligibles pour les dames assises devant eux, ce qui n'était malheureusement pas le cas. Puis, quand nous avons atteint Hatamen et franchi la massive voûte de pierre, nous avons trouvé la garde impériale, que je me représentais avec des costumes somptueux et des bannières flottantes accrochées à leurs lances, mais ce n'était que deux hommes plutôt âgés sur des chevaux au regard triste. C'est souvent comme cela en Chine, on espère de grandes pompes et de belles manifestations pour n'en trouver aucune, et quand on s'y attend le moins il y a un déploiement de magnificence qui semble disproportionné avec l'occasion. Par exemple pour les funérailles : il n'y a aucune dignité dans ces cérémonies, mais de grands étalages de vulgarité, comme si l'important était de bien montrer toute la richesse du défunt, à grand renfort de clinquant, de dorures et de douzaines de pleureurs que l'on a engagés pour hurler leur douleur moyennant finances.

Le trajet s'est effectué sur des routes terriblement cahoteuses, et nous avons bien failli toutes les quatre nous cogner la tête en étant projetées les unes contre les autres, ce qui aurait été un désastre pour nos chapeaux ! L'étiquette réclame en effet, d'une façon bien curieuse, que nous portions des chapeaux avec nos robes du soir, et j'avais mis celui que vous aviez trouvé trop effronté dans la boutique et auriez préféré que je n'achète pas, mais s'il faut absolument porter un chapeau avec une robe du soir, il paraît sensé qu'il soit le plus petit possible.

Les autres dames n'avaient pas eu cette impression, car Mme Harding arborait toute une plate-bande sur son chapeau et les deux autres en face de nous étaient en grandes capelines à bords très lâches, qui se transforment en voilures incontrôlables dès que surgit une forte brise.

Après les premiers kilomètres nous avons dû faire arrêter la voiture de l'ambassadeur pour en relever la capote, ce qui nous a valu d'étouffer pendant le restant du chemin et nous a empêchées d'apprécier le paysage, que l'on apercevait à peine à travers deux minuscules fenêtres à demi obstruées.

Ne pas pouvoir jouir de la vue ne me dérangeait pas outre mesure, car d'après ce que j'ai pu en juger les alentours de Pékin sont plutôt mornes, et tout ce qui pourrait ressembler à un arbre a été coupé ou dégarni pour le bois de chauffage en hiver.

Nous n'avions aucune consigne quant à l'étiquette qu'il

convenait d'observer à la cour impériale en Chine, et tout ce que nous savions c'est qu'il fallait suivre les instructions du prince Tai, un chambellan de la cour, qui est allé deux fois en Europe sur mission de l'Impératrice, avant la Révolte des Boxers, à laquelle il était fortement opposé, ce qui a failli lui coûter la tête. Heureusement pour l'Impératrice qu'elle n'avait pas signé le décret pour le faire décapiter, car il a été par la suite l'intermédiaire principal dans les négociations avec les Alliés après la prise de Pékin. Cette idée de convier les épouses à des thés pour améliorer les relations avec les étrangers serait apparemment la sienne.

Nous étions les premières à être invitées pour le thé au Palais d'Été, les autres réceptions ayant eu lieu dans les appartements d'hiver de l'Impératrice, à l'intérieur de la Cité, et j'ai eu le sentiment pendant le trajet que ceux qui avaient arrangé cette affaire avaient été quelque peu insouciants. Le chemin passait en effet par une zone infestée de bandits et de bandes de Boxers que l'on signale de temps à autre, et je n'avais vraiment pas l'impression que notre escorte âgée avec ses fusils en bandoulière serait d'une quelconque utilité en cas d'attaque. Je n'ai bien sûr pas fait état de mes préoccupations aux autres, mais je pense que Edith Harding devait avoir les mêmes soucis car elle se pressait de temps en temps sur les lèvres un mouchoir fortement parfumé à l'eau de Cologne.

Toujours est-il que nous sommes arrivées saines et sauves, en passant en dessous de ce qui ressemblait à un arc de triomphe, une sorte d'arche qui n'était reliée à aucun mur, mais érigée isolément, avec un lac gorgé de lotus qui n'avaient pas encore fleuri. Ce que j'ai tout de suite remarqué en descendant de voiture c'est la parfaite symétrie du paysage : au premier plan un bateau en marbre blanc, aux courbes douces, puis des marches de marbre menant à une autre porte aux tuiles du jaune impérial, et le toit de la seconde porte se profilant au-delà de la première. Une pagode de cinq étages sur une large dalle de pierre surplombait le tout, d'une colline, flanquée de deux petits pavillons chacun sur son tertre et tout à fait identiques, qui ressemblaient à deux kiosques fantastiques. Tout allait par paires de cette façon, les arbres de chaque côté de l'allée qui menait au bateau en marbre, des pins de taille et de forme parfaitement semblables. Le soleil brillait et tout était coloré, non pas à cause de massifs de fleurs mais des toits et des colonnes, en une sorte de gaieté sauvage à laquelle l'équilibre qui se dégageait de l'ensemble maintenait cependant une certaine dignité.

On a vraiment l'impression qu'un millier d'artistes a été réuni pour réaliser, au moyen d'une discipline très sévère, un miracle d'harmonie.

Quand on parle d'un palais, on pense aussitôt à un bâtiment, mais là, il s'agit d'une cité entière au bord d'un lac et à flanc de colline, qui comprend tout un ensemble de pagodes, de temples, de forêts qui vont parfaitement les unes avec les autres, si bien que rien ne vient heurter la vue.

Je n'ai pu m'empêcher de ressentir, malgré ma nervosité, une sorte de ravissement total devant tant de charme, en posant le pied sur ce pont brillant qui semblait d'albâtre.

Peut-être l'Impératrice aurait-elle mieux fait avec cet argent-là de faire construire à Glasgow des navires pour sa flotte, mais — et quelle que soit l'opinion de Richard qui me désapprouverait forcément —, je ne puis m'empêcher de me demander si elle n'a pas eu raison de dilapider de telles sommes pour tant de beauté. Des navires sont tôt ou tard hors d'usage et mis au rancart, mais un Palais d'Été flottant sur sa colline va durer éternellement.

En vérité, maman, je voudrais être poète pour chanter cet endroit, car je reste sur cette impression en évoquant ce souvenir, et je suis persuadée que ce sera toujours le cas dans quarante ans, si je suis toujours en vie. La musique le décrirait peut-être mieux ? Haendel que vous aimez tant a une façon — vous en souvenez-vous ? — de prolonger le thème avec des phrases qu'il répète sans cesse et qui sont si bien reprises des précédentes que l'on sait pratiquement ce qui va suivre, ou que l'on croit savoir, ce qui fait que l'on ressent une sorte de satisfaction quand cela se produit, puisque l'on a à moitié reconnu le thème musical, même s'il reste une part de découverte qui vous transporte. Eh bien, le Palais d'Été donne la même impression. On n'est jamais tout à fait surpris, une fois que l'on en a bien compris la conception, car lorsqu'on tourne la tête on est à la fois saisi par l'étonnement tout en étant quand même en terrain connu. Je m'exprime bien mal mais j'ai tout à coup réalisé sur ce pont comment certaines personnes pouvaient être gagnées par une espèce de folie de la Chine qui leur rend par la suite intolérable le fait d'en être éloigné.

La pauvreté est effrayante, et la souffrance qu'il m'arrive de rencontrer, même dans cette existence si protégée qui est la mienne, est inimaginable. Richard dit que je ne dois pas penser à des choses pareilles, mais je ne peux pas m'en empêcher et la vue d'un mendiant aux membres rongés et couverts de haillons, qui marmonne sans que les passants indifférents n'accordent la moindre attention à sa rengaine, me transperce le cœur. La toux de mon tireur de pousse m'inquiète tout autant quand il m'attend quelque part et je me demande s'il mange jamais à sa faim ou s'il a assez chaud l'hiver. Ce ne sont que deux exemples des misères qui m'entourent. Et pourtant, malgré cela il semble qu'il y ait des moments privilégiés, pas seulement lorsqu'il s'agit de quelque chose d'aussi extraordinaire que le Palais d'Été, où tout ce qui vous entoure paraît soudain parfait, comme un tableau dont chaque détail serait exquis, mais à la différence que ce tableau-là est vivant, animé et accompagné d'une sorte d'étrange musique. Vous allez penser que je suis en proie à une regrettable fantaisie et vous devez vous demander ce qui a bien pu arriver à votre fille, mais je n'en suis pas bien sûre moi-même, si ce n'est que je suis peut-être tout bonnement en train d'aimer ce pays, même après si peu de temps. J'ai hâte d'être capable de pouvoir m'entretenir avec ses habitants et d'apprendre avec un professeur à parler leur langue, mais Richard dit que c'est tout à fait inutile pour moi et refuse d'en entendre parler. Je suis sûre que vous êtes agacée par ma lenteur à parler de l'Impératrice, mais nous avons effectivement mis un certain temps pour parvenir jusqu'à elle depuis le pont d'albâtre.

Quatre dames se sont avancées, escortées par quatre Chinois en longues robes de soie, qui pouvaient être des fonctionnaires impériaux de bas rang ou encore des serviteurs haut placés. Ils ne se parlaient pas entre eux et ne nous ont pas non plus adressé la parole, et j'ai eu l'impression qu'ils n'appréciaient guère la tâche qui leur avait été confiée. Ils portaient tous une petite calotte noire sur la tête, et deux d'entre eux seulement avaient une natte, symbole passé de mode de la Chine ancienne, peut-être parce que la plupart des têtes tranchées pendant la Révolte des Boxers et exhibées avaient des nattes. Notre escorte nous menait plus qu'elle ne nous guidait, et j'ai remarqué que les autres dames en étaient un peu énervées. Pour ma part j'étais bien loin de faire attention à mes nerfs, captivée par la scène que j'apercevais à chaque tournant : une autre vue sur un jardin avec un pavillon dans un angle, une porte en forme de lune ou encore une longue longue galerie aux colonnades peintes, avec de fines sculptures au haut des piliers, sans aucun ornement par contre sur le bas. Dans les cours et parfois dans les jardins se trouvaient d'énormes animaux en bronze, des lampes et ce qui m'a semblé être de gigantesques brûle-parfums.

Le prince Tai nous attendait sur une petite esplanade devant un bâtiment aux toits impressionnants, comme si toutes ces tuiles étaient sur le point de l'écraser sous leur poids. De toute l'enceinte du Palais, c'était la seule chose qui n'avait l'air ni gaie ni légère. Je pensais que le prince porterait une robe chinoise magnifique, mais il était en costume occidental, probablement en notre honneur. C'est un homme assez petit, avec des jambes très courtes, dont Richard n'aurait sûrement pas loué le tailleur. Il s'exprimait dans un anglais parfait, mais avec un débit très lent, ce qui est étrange pour un Chinois car on a toujours l'impression qu'ils jacassent dans leur langue à la vitesse d'un tramway électrique. Il nous a dit que Sa Majesté nous attendait et que nous devions le suivre, mais sans nous donner le moindre détail quant au protocole à observer, sans doute parce qu'il n'y a pas d'instructions précises pour un cas aussi saugrenu que des dames étrangères sur le point d'approcher le trône sacré des Mandchous. Il a ouvert lui-même un des battants d'une immense porte laquée, au-delà de laquelle je supposais qu'il y avait une autre antichambre et que cela continuait ainsi, mais non, nous nous sommes retrouvées dans la salle d'audience proprement dite.

C'était une pièce toute en longueur. Je ne suis pas très forte en mesures, mais ce devait être à peu près aussi long que notre église à Morningside, avec des ailes sur le côté de la même façon, derrière des colonnes en bois laquées d'un rouge vif. La partie centrale du hall n'était pas meublée du tout, et se résumait à une grande étendue de parquet de bois ciré avec un dais élevé à l'extrémité que surmontait le trône du dragon, ou l'un d'eux. En l'occurrence, il s'agissait d'un fauteuil noir en ébène sculpté. La seule silhouette assise était entourée d'une quinzaine au moins de dames de cour vêtues de tuniques chatoyantes, qui se tenaient toutes debout, parfaitement immobiles. Le personnage sur le fauteuil, qui portait des vêtements plus sombres, ne bougeait pas plus.

A mesure que nous approchions, des lattes craquaient sous nos pas. On dit qu'elles sont destinées à prévenir de l'approche d'éventuels assassins, et le bruit en était certainement assez fort, le seul que l'on entendît jusqu'au moment où un bruit plus fort a résonné, venant d'un orchestre de flûtes, de violons et de claquettes en bois à demi caché dans une des ailes, sur le côté. Quatre fauteuils en rotin de Hong Kong avaient été disposés à deux mètres environ de l'estrade et en demi-cercle, chacun avec une petite table à côté, sur laquelle se trouvaient gâteaux et friandises. Les fauteuils me rappelaient la palmeraie à Peebles Hydro où nous avons passé nos vacances il y a trois ans. Les tables étaient également mises pour le thé et les mêmes fauteuils attendaient, avec de la musique qui s'échappait derrière un écran de verdure. Il y avait cette dame prussienne si aristocratique, la baronne von quelque chose, qui se comportait avec une hauteur toute princière, des sièges réservés pour son entourage et elle-même, et tout le monde lui faisant des courbettes à chaque fois qu'elle s'approchait de son trône. Voilà, bizarrement, ce qui me traversait l'esprit alors que j'allais approcher une impératrice, et contrairement à mon attente je ne me suis pas trouvée toute tremblante d'émotion devant elle.

Edith Harding a dû remarquer un signal du prince Tai que je n'ai pas aperçu juste avant que nous n'atteignions ces fauteuils car elle a plongé dans une révérence très profonde aussitôt imitée par les deux autres, tandis que la mienne suivait avec un peu de retard. Personne n'a bougé sur l'estrade, comme si tout le monde faisait partie d'un tableau vivant et attendait que le rideau tombe pour reprendre une respiration normale, à la seule différence qu'il n'y avait pas de rideau. Au milieu de toute cette immobilité figée, le geste de Sa Majesté nous a fait sursauter, une main levée de ses genoux.

Ce n'était pas une main ordinaire, mais un éblouissement de griffes en or. J'avais entendu parler de ces étuis à ongles mais les voir pour la première fois m'a quand même donné un choc. Ils avaient au moins trente centimètres de long, sinon plus, sur les doigts principaux, et même si l'or en était aussi fin que possible, ces étuis protégeant des ongles qui n'ont jamais été coupés devaient être affreusement lourds. L'Impératrice ne peut rien faire toute seule à cause d'eux. Elle doit être nourrie, habillée, servie en tout et en permanence par les dames de cour ; elle doit même se coucher sans ôter ses étuis à ongles. Je suis restée une minute ou deux à me poser des questions à leur propos, les yeux rivés sur ces mains qui reposaient à nouveau sur ses genoux, comme les nervures repliées d'un éventail. Chacune des bouchées qu'elle avale doit être mise dans sa bouche par quelqu'un, et l'Impératrice qui règne sur le plus grand nombre de sujets sur terre après le roi Édouard est aussi dépendante qu'un infirme sans bras. Il ne faut donc sans doute pas s'étonner qu'elle se conduise de temps à autre comme une démente.

L'orchestre qui s'était mis à jouer si brusquement s'est arrêté tout aussi soudainement, et le prince Tai nous a ordonné de nous asseoir. Les quatre dames européennes se sont assises sur des fauteuils qui craquaient presque autant que venaient de le faire les lattes du plancher. Nous n'avions pas été averties qu'il ne convenait pas de dévisager l'impératrice Tseu Hsi, je l'ai donc fait, et j'en ai retiré l'impression d'un corps très frêle engoncé dans des robes couvertes de broderies. Son visage était très blanc, vraisemblablement à cause du maquillage, et il se dégageait de cette pâleur extrême, où même les lèvres semblaient grises, quelque chose de surnaturel. Ses cheveux noirs, qui semblaient fins, étaient ramenés en un chignon sur la nuque, découvrant des oreilles plutôt grandes pour une tête aussi petite, avec des boucles qui m'ont paru être en opale. Je n'ai jamais vu de dames chinoises portant des diamants, peut-être parce qu'on n'en trouve pas dans ce pays.

Il a rapidement été manifeste que l'une des choses que l'on ne sait pas faire à la cour impériale est de se conduire simplement et sans faire de cérémonies. Tout est réglementé dans le moindre détail dans leur vie, mais cette réception sortait tout à fait de leurs usages habituels et de ces règles protocolaires qu'on leur a serinées, et je suppose que s'ils restaient aussi compassés, c'était tout bonnement parce qu'ils étaient terrifiés à l'idée de faire quoi que ce soit.

De même, un petit manquement à l'étiquette ou une entorse dans le déroulement du programme, qui serait négligé ou ne donnerait lieu qu'à une faible réprimande dans notre famille royale, pourrait donner lieu en Chine à un bannisssement de la cour et à la disgrâce complète pour la famille de la dame de cour concernée. Une tasse de thé empoisonné pourrait bien surgir aussi, avec la réputation de Tseu Hsi !

J'aurais pensé que la cérémonie se déroulerait dans tous les cas en commençant par un discours du prince Tai et vous pouvez imaginer ma surprise quand ont retenti au milieu du silence une série de couinements comme pourrait en faire une grosse souris. L'Impératrice parlait sur le trône du dragon, mais si je voyais ces lèvres grises remuer, j'avais cependant presque l'impression que le son provenait de quelque part sur le côté. Son message était assez long et nous l'avons écouté sans en comprendre un traître mot puis, aussi abruptement qu'ils avaient commencé, les couinements ont cessé. Le prince Tai qui se tenait sur le côté pendant ce temps-là avec la contenance d'un ordonnateur de pompes funèbres, a fait un pas en avant et s'est mis à traduire. Il a dit que l'Impératrice nous souhaitait la bienvenue de tout son cœur et qu'elle n'éprouvait que de bons sentiments envers nos pays et les gens qui en venaient pour vivre dans la capitale céleste. Le vœu impérial était que nous vivions éternellement en parfaite harmonie et en grande affection avec ses sujets et que les erreurs du passé soient effacées.

Sa Majesté impériale avait fait placarder aux quatre coins de l'empire des édits signifiant au peuple qu'il devait désormais éprouver ces sentiments.

Il y en eut assez long sur ce ton, puis le prince a annoncé que le thé allait être servi, et qu'une discussion informelle suivrait. Le thé a consisté en ce que toute la cour nous regarde siroter avec des tasses trop grandes et sans anses. Il est sûr qu'avec ses étuis à ongles l'Impératrice ne pourrait jamais prendre un quelconque rafraîchissement en public, ses dames de cour ne sont donc probablement pas autorisées non plus à le faire. J'étais vraiment désolée pour toutes ces dames qui étaient transformées en autant de statues vivantes dans ce groupe composé avec soin autour du fauteuil d'une vieille dame. Le prince Tai non plus n'a pas eu de thé, ni de siège.

La discussion informelle n'a pas très bien commencé, une des raisons en étant que l'épouse allemande parle un tout petit peu anglais et l'italienne pas du tout, et quand le prince Tai a essayé de leur parler en français, elles se sont inclinées toutes les deux sur leurs sièges comme si elles avaient effectivement compris, mais aucune des deux n'a prononcé le moindre mot. Edith Harding, qui domine généralement très bien la situation, n'était pas très bavarde non plus et semblait avoir du mal à trouver d'autre sujet de conversation que le temps, ce qui n'avait rien de bien intéressant. Tout cela m'avait ôté tous mes moyens à peu près autant qu'Edith mais tout à coup mon ange gardien, si j'en ai un, est venu à mon secours avec un sujet qui devait intéresser quelqu'un qui y avait mis autant d'argent : le Palais d'Été. J'avais été tellement impressionnée que j'ai dû paraître très convaincante, et tandis que la traduction du prince Tai s'acheminait vers le trône du dragon, j'ai pu sentir très distinctement l'œil de Tseu Hsi fixé sur moi, même si sa tête n'avait pas bougé.

Quand j'ai eu fini avec les beautés de sa résidence et que le prince Tai eut terminé sa traduction, la voix de souris a retenti à nouveau, mais cette fois-ci les mots crépitaient, des ordres manifestement. Il fallait que je monte sur l'estrade et m'approche de Sa Majesté impériale, ce que j'ai fait, assez peu à mon aise tout à coup, au moyen de trois marches sur le côté et avec le prince Tai comme escorte. Sans que l'on m'en ait donné l'ordre j'ai fait cette révérence très profonde qui demande en réalité un entraînement particulier que je n'ai pas eu, mais je ne sais pourquoi je n'avais pas envie de m'incliner, surtout de cette inclinaison qui aurait été ici de circonstance et qui vous fait courber pratiquement jusqu'au sol. Quand je me suis redressée je suis restée là où j'étais, à moins de deux mètres du trône et dans une position qui a forcé l'Impératrice à tourner la tête pour me regarder, ce qu'elle a fait. Moi, j'ai regardé ses mains. L'un des étuis à ongles a bougé, comme si le propriétaire de cet éventail avait été sur le point de l'ouvrir mais s'était subitement ravisé.

Le prince Tai a dit que Sa Majesté avait un cadeau pour moi, et un serviteur a apporté un écrin d'une quinzaine de centimètres de long recouvert de soie noire molletonnée. Le prince m'a dit de l'ouvrir, sans doute parce que Tseu Hsi souhaitait voir ma réaction devant son cadeau, c'est pourquoi j'ai soulevé le couvercle. Sur un lit de soie également molletonnée reposait une paire de boucles d'oreilles d'or et de jade. Le jade est apparemment de la meilleure qualité, en longs pendants, d'une forme très semblable à ces breloques que tante Elsie porte toujours pour aller avec ses robes à haut col baleiné, et qui auraient l'air plus laides encore sur moi. J'ai fait de mon mieux pour avoir l'air ravie et j'ai dit que ces boucles seraient un trésor dans ma famille pour toujours, et l'Impératrice me fixait pendant que je disais tout cela.

Je pense qu'elle a de l'émail sur la figure qui tend ses rides et la laisse sans aucune expression, et que ses yeux paraissent terriblement vivants dans ce masque, des yeux qui n'ont rien de vieux mais qui sont pleins d'une sorte d'énergie terrible et d'arrière-pensées. C'est peut-être ridicule, mais j'ai eu l'impression qu'elle me regardait avec une telle avidité parce que je suis jeune et qu'elle se disait qu'elle pourrait faire tant de choses si elle avait ma jeunesse; et qu'elle était fâchée parce qu'il n'y a aucun moyen, même pour une Impératrice, qu'elle puisse me dérober à son propre usage les années que j'ai en face de moi. Je pense que je commence à comprendre pourquoi elle garde l'Empereur prisonnier et en fait un pantin, c'est parce qu'il est jeune, lui aussi. Elle ne supporte pas l'idée d'un monde dont la mort l'aurait chassée.

Richard vient d'arriver, je peux l'entendre parler dans la cour principale au domestique. Cette lettre a été beaucoup trop longue déjà et je vais la clore et je demeure

Votre fille affectionnée,

Mary

157 Feng-Huang Hutung
Pékin
Le 12 juillet 1903

Quand j'ai eu fini cette lettre à maman à propos de ma visite à la cour impériale et après l'avoir postée, je me suis rendu compte que j'avais dit dedans des choses dont je n'aurais jamais dû parler. Cela m'a été confirmé aujourd'hui par la réponse de maman qui est arrivée par le courrier rapide transsibérien, et dans laquelle elle dit être fâchée et déçue par ce changement qu'elle semble déceler en moi. On pourrait croire que je suis tout à coup devenue dure et bassement matérielle, que je m'adonne au plaisir de critiquer d'une façon que je crois astucieuse les travers des autres, ce qui ne fait que mettre en avant les défauts de mon propre caractère. Je devrais à mon âge faire preuve de plus de respect envers ceux qui sont plus âgés que moi et qui sont par là même plus avisés que moi.

Je suis folle d'avoir ainsi écrit à maman comme si c'était une amie, et non maman. C'est tout à fait comme si j'avais oublié, en six mois, ce qu'elle est réellement et comment elle a toujours vécu. Heureusement, le courrier est passé comme d'habitude après le départ de Richard pour la légation. Il lit toutes mes lettres, comme un droit naturel de mari, mais il ne lira pas celle-ci. J'ai frotté une allumette et je l'ai regardée brûler dans le poêle vide du salon. Je serai à l'avenir une fille respectueuse et j'écrirai à maman à propos du temps qu'il fait et de la charmante soirée que nous avons passée à la légation italienne. Il est peut-être aussi bien que j'aie été rappelée à l'ordre ainsi, car si je n'avais pas fait cela, maman aurait rapidement pu lire entre les lignes que je ne considère pas que ce mariage avec Richard soit vraiment ce que j'avais espéré en venant en Chine. Là aussi j'ai été folle. Pourquoi faut-il que nous prenions des décisions aussi graves pour notre vie entière quand nous sommes trop jeunes pour savoir ce que nous faisons ? Les grandes fautes vous pèsent sur la nuque et on doit les supporter pour toujours.

157 Feng-Huang Hutung
Pékin
Le 17 juillet 1903

J'ai changé d'avis et je suis allée consulter le Dr Zimmerman, l'Américain qui remplace le Dr Hotchkiss pendant ses vacances au Japon. Il a été tout à fait gentil et a confirmé ce dont je me doutais. J'attends un enfant. Je le dirai à Richard ce soir. Peut-être cela mettra-t-il un terme à ce que je ne souhaite pas. Je n'ai pas osé demander au docteur si c'était nécessaire. Marie, qui n'a pas d'enfants, ne peut pas m'aider à présent, quant à Edith elle ne m'aiderait que trop. Ah ! Cette maison, avec ces hauts murs qui retiennent la chaleur de l'été !

6

Au temple de l'Ultime Paix
Collines de l'Ouest — Chine
Le 9 août 1904

En dépit de son nom ronflant, il y a des rats dans ce bâtiment, et qui doivent être énormes si l'on en juge par le bruit qu'ils font dans les solives. En dessous des rats, nous vivons presque dans le luxe, comme on peut s'y attendre généralement avec Armand et Marie, avec quatre serviteurs qui viennent de leur maison de Pékin et la nourrice de Jane. Les meubles de camping, ou tout au moins ce qu'Armand appelle des meubles de camping, sont très confortables : toutes sortes de chaises en rotin et en osier, des tables pliantes, des matelas que l'on gonfle avec des pompes à bicyclette et jusqu'à des tapis sur les planchers vermoulus. Les provisions de bouche nous arrivent à dos de mule de Pékin tous les deux ou trois jours et nous buvons la seule chose qui convienne selon Armand par un climat aussi chaud : du champagne. Il a conçu tout un système pour le tenir au frais dans un petit torrent qui descend la colline au milieu des rochers derrière nous.

Je commence à présent à apprécier le charme des Collines de l'Ouest, qui ne m'attiraient pourtant pas au début, quand je me demandais pourquoi on en faisait tant de cas, à part le fait que c'est un moyen d'échapper à ce sentiment d'enfermement que nous ressentons tous à Pékin. J'ai une certaine habitude des collines nues d'Écosse, mais elles sont vertes tandis que celles-là quand on s'en approche sont d'une couleur jaune qui tire sur le brun brûlé, et semblent faire partie intégrante d'un paysage voué aux tempêtes de poussière du désert de Gobi. Ce n'est qu'une fois qu'on y est que l'on découvre des vallons presque dissimulés, où la nature a échappé aux redoutables bûcherons chinois. De grands bosquets de bambous poussent à une hauteur de cinq ou six mètres, ainsi que des rhododendrons et des magnolias aussi hauts que des arbres et qui doivent être superbes quand ils sont en fleur. Le jardin du temple était autrefois cultivé, mais il y a longtemps qu'on l'a laissé à l'abandon, et Armand y a trouvé un arbre qui d'après lui pourrait bien être un gingko. Il est assez botaniste et a pressé des feuilles pour les faire identifier. Le gingko est paraît-il un arbre qui vient d'une autre ère géologique et qui a disparu depuis longtemps à part en Chine. Il serait à mi-chemin entre les conifères et les fougères. Armand dit qu'on a trouvé des feuilles fossilisées de gingko dans l'île de Mull en Écosse. C'est un homme qui a ainsi de curieuses facettes de connaissances dont on se rend compte tout à coup, mais Marie n'a jamais l'air de prêter la moindre attention à son savoir. Peut-être est-il justement si gentil avec moi parce que je remarque ses talents ? Par contre, pour être tout à fait juste avec Marie, elle voit certains traits chez Richard et moi non, sans doute parce qu'il est sûrement bien plus gai en sa compagnie qu'il ne l'est jamais avec moi. C'est peut-être parce que leurs milieux sont les mêmes et qu'ils viennent tous les deux de vieilles familles, même s'il s'agit de pays différents. Les Mackenzie du sud d'Édimbourg auraient bien du mal par contre à citer un arrière-grand-père, ni même à en connaître le nom. Voilà quelque chose que Richard ne comprendra jamais chez moi, que je vive ainsi sans ancêtres, tandis que sa vie à Mannington s'est déroulée au milieu de ces innombrables générations de Collingworth, dont les sombres portraits le regardaient monter les escaliers quand il était petit, pour aller au lit.

C'est sans doute quelque chose de particulièrement affreux de vivre en Extrême-Orient sans ancêtres, mais très franchement je ne peux pas dire qu'ils me manquent beaucoup.

Ces vacances sont un peu tristes, car ce sont les premières

et probablement les dernières que je passerai jamais avec les Chamonpierre qui partent pour Washington à la fin du mois de septembre. C'est une vraie promotion pour Armand, car il s'agit d'une ambassade et non d'une simple légation, et Marie se voit déjà maîtresse de maison en Amérique, épatant la capitale avec ses réceptions splendides et sa cuisine de gourmet, ce qui crispe un peu Armand. Bien qu'ils semblent être tout à fait aisés, il me paraît enclin à se faire du souci pour la dépense.

En tout cas, Armand dépense à sa façon, et vient d'annoncer que son premier achat en Amérique serait une automobile. Marie a aussitôt déclaré qu'elle n'avait jamais utilisé un de ces affreux engins nauséabonds et qu'elle n'avait aucune intention de le faire, ce qui signifie qu'il faudra qu'ils aient aussi une voiture et deux chevaux. Si Marie et moi avons chacune nos petites réserves l'une vis-à-vis de l'autre, j'ai beaucoup d'amitié pour ce couple et Pékin va être bien triste sans eux. Marie dit qu'avec le temps Richard sera probablement envoyé à Washington aussi et qu'à ce moment-là nous nous y retrouverons. Elle dit qu'elle le souhaite ardemment, et que tout ce qu'elle a ardemment souhaité dans sa vie a fini par arriver. Voilà un talent qu'il doit être agréable d'avoir. Je ne le possède pas, et je n'ai pas grand espoir qu'un attaché militaire britannique soit envoyé en Amérique pour surveiller ce qu'y fait l'armée, et ce tout simplement parce qu'elle n'a pas fait beaucoup parler d'elle depuis la guerre hispano-américaine, quand les Philippines sont devenues sa première colonie. J'ai l'impression qu'en tant que peuple il est hautement improbable qu'ils se mêlent de guerres à l'étranger de nos jours, ayant assez à faire dans cet immense pays qui est le leur. Enfin, on ne sait jamais, après tout Marie avait bien raison à propos de la guerre russo-japonaise et nous sommes à présent au beau milieu d'un des conflits les plus meurtriers de l'histoire humaine entre ces deux puissances.

La dernière lettre de Richard venait d'un des quartiers généraux russes, dans un endroit nommé Anping. Bien qu'il donne l'impression que les Russes vont finir par gagner, je pense qu'il préférerait sans doute observer cette guerre du côté japonais car la plupart du temps ce sont eux qui attaquent et les Russes ne font que défendre leurs positions. Il a l'air d'avoir une bien piètre opinion du vice-roi du Tsar en Extrême-Orient, l'amiral Alexeiev, même s'il estime un peu plus Kuropatkin qui, d'après lui, ne cherche qu'à gagner du temps en faisant venir des renforts russes par le chemin de fer transsibérien. La puissance même de la Russie fera qu'elle triomphera forcément à la fin, car comme le disait Armand l'autre jour, le Tsar a en temps de paix une armée de plus d'un million d'hommes, sans même faire appel aux réservistes, alors que l'on dit que les Japonais manquent déjà désespérément d'hommes. Je ne vois pas comment la galanterie seule leur donnerait la victoire.

Marie a découvert par la légation japonaise que le comte Kurihama a de nouveau été blessé à la bataille de Yalu. Je suis navrée de l'apprendre, car je me souviens qu'il avait dit, le visage tout triste, que le Japon chevauchait un dragon sujet à de mauvais rêves. Le comte a apparemment été promu au rang de colonel et a reçu une décoration de son empereur, que je suis persuadée qu'il mérite. Marie est sûre qu'il sera bientôt général.

C'est vraiment étrange d'être en Chine pendant cette guerre dont le but est de décider qui prendra le contrôle de la Mandchourie, tandis que les Chinois, alors que les combats font rage sur leur territoire, n'ont absolument pas leur mot à dire dans cette histoire. C'est humiliant pour eux de devoir rester passifs pendant que l'on dévaste leur propre pays, d'autant plus qu'ils ont eux-mêmes subi une défaite il y a quelques années seulement devant les Japonais. L'impératrice douairière et ses conseillers restent tout à fait silencieux sur ce chapitre, comme si cela ne se passait pas au nord d'ici, pas si loin que cela. Elle a de nouveau déplacé toute sa cour, ce qui revient à déplacer une ville, au Palais d'Été, que l'on aperçoit des sentiers les plus escarpés au milieu des temples. La seule chose qui nous affecte vraiment ici est la lenteur du courrier de chez nous, maintenant que le transsibérien a été réquisitionné pour usage militaire exclusivement. Tout ce qui nous est destiné doit venir par la mer via Suez, où du retard doit être pris aussi car la dernière lettre de maman datait de deux mois plus tôt. Tout ceci rend la maison très lointaine, et je ne suis pas sûre d'y penser encore en tant que telle. J'ai parfois l'impression, après un an et demi en Chine, que cela fait au moins dix ans que j'ai quitté l'Écosse. Rien n'a changé là-bas, si j'en juge par les lettres de maman. Le changement est tout entier en moi.

Le temple de la Paix Ultime
Collines de l'Ouest — Chine
Le 10 août 1904

Je crois que j'ai de nouveau le mal de l'écriture, sans doute parce que je me réveille très tôt alors que Marie est vraiment lève-tard ! Armand se lève tôt lui aussi, mais part aussitôt pour de longues promenades où j'ai parfois eu envie de l'accompagner, mais n'en ai jamais fait la suggestion de crainte que cette idée ne plaise pas à Marie. Je me suis aussi mis en tête de superviser la préparation par Meng du premier repas de Jane, ce que je n'ai en fait aucun réel besoin de faire tant la nourrice est dévouée au bébé. A vrai dire, Jane prend enfin rapidement du poids, l'air plus frais que nous avons ici lui convient certainement beaucoup mieux et elle n'a plus cet air « maigriot » comme on dit en Écosse. Je dis à Meng de ne pas protéger continuellement le bébé du soleil, dont quelques rayons ne lui feraient pas de mal, mais Meng continue à la laisser à l'ombre continuellement. J'ai peut-être tort d'avoir autant confiance en Meng, mais Marie dit que c'est toujours ainsi avec les nourrices chinoises et que les bébés s'en portent très bien. Ce n'est pas que Marie connaisse quoi que ce soit à la manière d'élever les enfants ! Je n'ai pas l'impression qu'elle se soucie le moins du monde de devenir mère, même si je n'ai aucune idée de ce que pense Armand du fait que les Chamonpierre n'aient pas d'héritier. C'est sans doute un sujet d'inquiétude pour l'homme dans la famille. Je sais combien Richard a été déçu que Jane soit une fille, et on pourrait croire que le bébé ne le reconnaît pas comme son père. Elle ne rit jamais quand il s'approche d'elle, comme elle le fait parfois avec moi, et encore plus souvent avec Meng. Dans les rares occasions où il la prend dans ses bras, elle se met le plus souvent à pleurer et je suis persuadée qu'il s'en rend compte. J'ai toujours cru que les petites filles avaient un sentiment particulier pour leur père, même quand elles sont bébés. Je me souviens bien, dans ma propre enfance, de cela, même si papa est mort quand j'étais toute petite. Je me sentais en sécurité avec lui pour bien des choses, même pour les punitions car il n'a jamais levé la main sur moi, laissant ce soin à maman.

Je me sens toujours coupable de ne pas pouvoir nourrir Jane au sein. Je crois que cela fâche Richard qu'une fille Collingsworth soit obligée de téter une nourrice chinoise, comme si ce pouvait être la source d'une bizarre maladie contagieuse. Je sais qu'Edith n'approuvait pas cela non plus, et voulait que j'emploie des aliments pour bébé que l'on peut se procurer de nos jours à Tientsin, mais la nourrice était une femme joviale et de bonne nature et je suis sûre que son lait ne faisait aucun mal à Jane. C'est lorsque nous avons commencé, trop tôt, à la nourrir avec des aliments artificiels, sur les ordres de Richard, qu'elle a cessé de prendre du poids.

Le temple de la Paix Ultime
Collines de Charbon — Chine
Le 18 août 1904

Il n'y a absolument rien à faire ici. Même si quelques temples dans les environs sont occupés par d'autres membres des légations nous n'avons aucun contact avec nos voisins, peut-être parce que nous sommes assez à l'écart. Il y a des rumeurs de réceptions qui se donneraient ailleurs. C'est terrible à dire, mais les nouvelles de la guerre, avec ces milliers de morts, nous parviennent d'une façon presque irréelle, et l'on a peine à y croire. Armand revient de ses excursions botaniques comme d'une expédition aussi secrète qu'excitante, et se lance, quand je l'y pousse, dans de grandes diatribes sur la réserve incroyable de plantes rares, sinon uniques, qu'est la Chine, ce qu'on a parfois peine à croire quand on regarde ces collines qui à première vue ne sont couvertes que d'herbes roussies par le soleil.

Il y a eu l'autre jour une légère tempête de sable venant du désert de Gobi, mais qui n'a fait que nous effleurer et n'était pas aussi mauvaise que celles que nous avons eues l'an dernier à Pékin.

En tout cas, bien que nous ayons eu la chance d'être éloignés, ces temples ne pouvant être fermés d'aucune manière efficace — même si les volets ont été rabattus et toutes les mesures possibles prises —, nous avons quand même mangé du sable avec notre salade et tout était recouvert d'une couche plus compacte que de la poussière. J'ai recouvert le berceau et la moustiquaire de Jane de linges mouillés pour retenir le sable et l'empêcher d'entrer dans la literie, et pendant tout le temps qu'a duré la tempête de sable, environ deux heures, Meng a insisté pour porter Jane en bougeant sans cesse, comme si le mouvement était une sorte de protection contre les attaques de ces démons du désert.

Je lis vraiment beaucoup, d'une manière plus régulière que je ne l'ai jamais fait, et comme si elle en avait eu l'intuition Marie a apporté ici presque tous ses livres sur ce qu'Armand appelle sa littérature pour rêver du Japon, mais plus de Pierre Loti, heureusement, que j'aurais dû batailler pour lire en français. Mieux que Pierre Loti, d'après Marie, il y a Lafcadio Hearn qui écrit en anglais à propos de son pays d'adoption, et c'est vrai que ses descriptions le présentent comme quelque chose qui ressemble fort à un paradis pour Marie. Il y avait pourtant dans un de ses livres, *Kokoro*, des aspects qui m'ont troublée et continuent à le faire. Nous en avons discuté un soir, après le dîner, d'une manière assez générale, bien qu'Armand n'ait lu que la moitié d'un livre de M. Hearn, car il préfère les plantes aux contes de fées. C'est de réincarnation que nous discutions.

Peut-être est-ce à cause de mon éducation écossaise, mais je n'en avais jamais entendu parler jusqu'ici : de cette théorie selon laquelle nous avons tous plusieurs vies et revenons dans une nouvelle existence dans une condition qui reflète d'une certaine manière ce que nous étions et ce que nous avons accompli dans la précédente. C'est une doctrine qui est parfaitement non chrétienne bien entendu, et je la croyais telle jusqu'à ce qu'Armand mentionne que cela n'avait pas toujours été ainsi, et que certaines sectes l'avaient inclue dans leur enseignement chrétien, jusqu'à ce qu'elle soit rejetée par un concile de l'Église comme doctrine scabreuse.

Je dois avouer que cette idée m'attire assez, que les erreurs que nous commettons dans une vie, ou bien le gâchis total que l'on en a fait à première vue, ne sont pas irrémédiables et que nous pouvons mettre à profit ces erreurs quand nous revenons sur terre, et par une sorte d'instinct qui se transmettrait d'une vie à l'autre, ne pas recommencer les mêmes fautes. L'idée plaît également à Marie, mais Armand dit que cela ne tient aucun compte de l'accroissement naturel, et qu'avec l'augmentation continuelle de la population dans le monde, il doit y avoir quelque part une usine occupée à fabriquer de nouvelles âmes pour en expédier sur terre en plus des anciennes qui y retournent. Marie a rétorqué qu'il disait n'importe quoi, que les nouvelles âmes pouvaient très bien ne pas être neuves du tout, mais être tout simplement des âmes anciennes venant d'autres planètes et allant sur terre pour la première fois. A ce stade, Armand a dit que si nous voulions bien l'excuser il allait se coucher, ce qu'il a fait après nous avoir rappelé de ne pas oublier d'éteindre toutes les lampes, et Marie et moi avons continué à discuter réincarnation jusqu'à ce que je me mette subitement à penser à maman, venant d'une autre vie pour affronter celle-ci, et je me demandais ce qu'elle avait bien pu faire et de quoi elle était récompensée, ou peut-être punie, en m'ayant eue. Marie m'a harcelée pour savoir à quoi je pensais jusqu'à ce que je lui dise ce qui m'avait traversé l'esprit à propos de maman, dont je lui ai un peu fait le portrait et nous nous sommes mises toutes les deux à pouffer de rire. Nous avons ensuite joué à deviner ce que plusieurs personnes des légations avaient bien pu être dans leur vie antérieure, et ce qui pouvait bien les attendre dans la prochaine. Nous nous sommes bientôt retrouvées à rire tellement fort qu'Armand est revenu en robe de chambre et que Jane s'est réveillée et s'est mise à hurler.

Marie a dit que de jouer aux vies antérieures et futures est sans nul doute le jeu de société le plus intelligent qu'on puisse trouver, et qu'elle est bien décidée à y jouer la prochaine fois qu'elle donnera un dîner officiel en l'honneur de l'ambassadeur d'Allemagne, un Prussien raide comme un piquet.

Elle veut aussi essayer avec les Russes, pensant que ce doit être aussi efficace que le navire brise-glace dont ils se sont servis sur le lac Baïkal en Sibérie pour faire passer les trains en hiver.

Dans l'un des livres de Marie sur le Japon, il y avait une histoire horrible mais fascinante : il s'agissait d'un couple tellement pauvre qu'ils n'avaient pratiquement rien à manger et quand ils avaient eu un bébé, plutôt que de le voir lentement mourir de faim le père était allé noyer le nouveau-né dans le fleuve. Leur pauvreté continuait à rendre la famine menaçante et l'homme fut obligé de noyer les deux bébés suivants. Puis les choses s'améliorèrent, et la femme mit au monde un quatrième enfant, qu'ils gardèrent, qui grandit bien et devint gros. Les deux parents adoraient ce fils qu'ils avaient enfin pu conserver, et un jour où le père jouait à la balle avec son fils, il fut tellement submergé par l'amour paternel qu'il s'arrêta de jouer pour remercier tout haut les dieux de lui avoir enfin envoyé un présent aussi merveilleux que cet enfant. Le petit leva la tête et dit nettement : « Je suis bien heureux que vous ayez aujourd'hui un tel sentiment, père, car j'ai essayé trois fois auparavant de vous arriver, à mère et à vous, mais vous m'avez noyé chaque fois. » Le père partit en courant, saisi de folie.

Maman penserait que je suis folle, moi aussi, d'avoir seulement des idées pareilles.

Les collines de l'Ouest
Le 7 septembre 1904

Armand vient de revenir de Pékin où il a passé les dix derniers jours. Il a rapporté la nouvelle d'une grande victoire japonaise sur les Russes dans un endroit appelé Liao-yang, dont le résultat a été la retraite des armées du Tsar à Moukden. Il n'y avait pas de message de Richard à la légation britannique et je n'ai pas eu de lettre depuis trois semaines, mais je ne me fais pas de souci car il semble que la retraite russe au nord soit en bon ordre, et Richard est bien entendu dans les quartiers généraux et non pas sur les lieux mêmes des combats. Il y a apparemment une grande excitation et une certaine agitation à Pékin, à cause du triomphe japonais car l'impératrice douairière préférerait de beaucoup que les Russes dominent en Mandchourie. Elle déteste les Japonais. Certaines têtes brûlées, à la cour, voudraient voir la Chine entrer dans le conflit aux côtés des Russes pour bouter les Japonais hors de Mandchourie, et Armand pense que la vieille dame les a écoutés et qu'elle est assez tentée par cette idée. Il pense également que ce ne serait pas raisonnable d'envisager un retour à Pékin en ce moment, car on y sait que les Anglais et les Français sont pour les Japonais, et qu'il y a certaines manifestations d'hostilité à notre égard à cause de l'attitude de la cité impériale. Quand nous retournerons là-bas, Jane, sa nourrice et moi, resterons dans le quartier des légations chez les Chamonpierre, jusqu'au retour de Richard. Ça ne sera pas très pratique pour Marie qui a son déménagement à préparer avant la fin du mois. Nous avons décidé de demeurer ici encore une semaine ou une dizaine de jours, Armand restant avec nous. Marie m'a dit ensuite qu'il avait apporté un fusil et qu'il en avait également donné aux autres membres des légations qui sont dans les temples voisins. Je suis assez indifférente à tout cela, car je n'arrive pas à croire que quelque chose de mal puisse nous arriver dans ces collines, mais je me fais un peu de souci pour Jane. Richard étant loin, elle est entièrement sous ma responsabilité.

Les collines de l'Ouest
Le 11 septembre 1904

Il ne s'est rien passé, le soleil brille, il fait chaud vers midi et cela se rafraîchit brusquement à la tombée du jour. Aucune autre rumeur ni nouvelle de la guerre ne nous est parvenue, et pourtant j'ai en permanence le curieux pressentiment que quelque chose va arriver, de forcément mauvais. Je me demande si Marie et Armand ont la même impression. Ils ne le montrent pas du tout, et tout a l'air parfaitement normal. J'oublie cette sensation pendant plusieurs heures d'affilée, et puis tout d'un coup j'ai cette boule de plomb sur l'estomac. Ce sont peut-être les nerfs. Édith m'a dit, avec son réconfort habituel, de m'attendre à être déprimée assez longtemps après la naissance de mon bébé, et qu'il lui avait fallu une année pour se remettre de la naissance de ses deux fils. Je suis sûre que les médecins ne prendraient pas cela au sérieux, et que ce n'est pas du tout mon cas. Il est pourtant vrai que j'ai passé de mauvais moments avec Jane. En me mettant mon bébé pour la première fois dans les bras, l'infirmière anglaise de l'hôpital des légations m'a dit : « Eh bien, Mme Collingsworth, me voilà soulagée, moi aussi, qu'elle soit enfin avec nous. Je commençais à croire qu'elle n'avait pas envie de venir. »

J'ai souvent pensé à cela. Et si c'était justement possible que Jane ait décidé qu'elle ne voulait pas nous arriver, à Richard et moi ? C'est encore une de ces idées folles venant d'un des livres de Marie, et pourtant je ne pourrais pas blâmer cette pauvre petite si elle avait voulu changer d'avis.

Les collines de l'Ouest
Le 12 septembre 1904

Je me suis levée ce matin avant l'aube, après une nuit d'un sommeil haché, ce qui ne m'arrive pas souvent. Je suis navrée de ne pas toujours me réveiller quand Jane pleure, mais c'est possible que ce soit parce que je sais que Meng est là pour s'occuper de tout. Je suppose que nous avons de la chance d'avoir ces fidèles nourrices sur le pont pratiquement sans arrêt, mais je me demande parfois si c'est tellement bon pour la mère et son enfant.

Je me suis coiffée presque dans l'obscurité, et j'ai mis une jupe que je porte souvent ici, dans un tissu japonais fleuri que maman trouverait bien trop voyant pour une dame. Comme il faisait froid dans la chambre et probablement encore plus dehors, j'ai ajouté un cardigan en shetland gris, que maman m'a acheté chez Jenner's à Prince Street à Noël dernier, par-dessus un corsage blanc, l'ensemble donnant une tenue que Marie n'aurait guère appréciée, car elle pense qu'une certaine élégance n'est pas de trop même dans les vêtements les plus ordinaires. Je ne pense pas qu'elle aime vraiment la campagne, même si elle le prétend, car elle est bien trop à son aise en ville. Une des choses qui me plaisent dans ce semi-camping dans un temple est qu'il n'y a pas de miroirs pour juger de la tête affreuse que l'on a. Je suis sûre que ses miroirs manquent à Marie, car il y en a partout chez elle, surtout dans le salon où l'un renvoie le reflet de l'autre, et où l'on se tourne pour voir au moins cinquante images de soi-même qui se projettent à distance. Cela va très bien quand on est en beauté et dans une tenue élégante, mais ne remonte pas le moral quand on n'est pas dans un bon jour.

Un temple est un endroit dont on peut sortir facilement sans bruit, et il est tout aussi facile pour un intrus d'y pénétrer, c'est ce que je me disais en descendant les trois marches qui mènent au jardin. Nous sommes vraiment très isolés dans ces collines, très loin du plus proche village et très certainement d'un secours quelconque s'il s'avérait que la région n'est pas débarrassée de brigands ou de bandes d'anciens Boxers. Pour autant que je sache deux ou trois temples seulement sont occupés par des Européens, qui sont retournés en ville pour la plupart. Je crois que je vais suggérer à Richard, une autre année, d'aller en vacances à Wei Hai Wei, sous le drapeau britannique, car cela avait l'air vraiment d'un endroit charmant, vu du bateau.

Peut-être est-ce de me sentir responsable de Jane qui me rend plus nerveuse que je ne devrais l'être, mais je commence à être un peu fatiguée de cet endroit, même s'il était merveilleux de pouvoir y rester avec Armand et Marie.

Il a plu pendant la nuit, peu, mais assez pour fixer la poussière et rendre les chemins fermes. Je n'ai pas beaucoup marché depuis que nous sommes là et ne sais pas vraiment où conduisent les sentiers, mais j'ai choisi celui qui grimpe tout droit au milieu d'un énorme bosquet de bambous, ce qui, dans cette lumière, donne l'impression de traverser un tunnel. Lorsque j'en suis sortie de l'autre côté, le sentier était bien plus raide et le soleil apparaissait tout juste à l'est, au-dessus de la crête en dents de scie des collines, dans une clarté soudaine un peu grisante. Les oiseaux, et surtout une sorte particulière qu'Armand dit être une espèce chinoise de martins-pêcheurs, se sont mis à piailler de toutes parts, comme s'ils avaient tous fait la grasse matinée et se le reprochaient l'un à l'autre. Je me suis alors dirigée vers un sentier qui grimpait à travers des massifs d'énormes rhododendrons, au-dessus desquels se trouvait cette sorte de chêne qui pousse sur les versants ombragés de ces vallons. Je me suis arrêtée, restant aussi immobile que possible, quand s'est produit un bruissement et qu'un long serpent vert est apparu en ondulant sur le sentier, sans prendre la moindre garde à ma présence et en se déplaçant lentement. Il s'est arrêté aussi, comme s'il avait voulu se réchauffer un peu au soleil, mais ce n'était pas à cause de la chaleur soudaine qu'il se sentait un peu léthargique : bien plus bas que la tête angulaire il y avait un renflement qui ne pouvait être qu'un crapaud ou peut-être l'un de ces rats qu'on trouve dans les temples. Le serpent digérait son petit déjeuner, et cela durerait probablement un certain temps. On ne sait jamais si ces créatures sont venimeuses ou non, ou tout au moins pas moi, même si je me suis bien rendu compte que ce serpent était bien trop grand pour être un genre quelconque de vipère. Je n'ai pas vraiment peur des serpents uniquement parce que ce sont des serpents, mais en même temps je n'avais pas envie de me mesurer à celui-ci, même s'il avait déjà mangé, et j'étais sur le point de rebrousser chemin dans le massif de bambous quand j'ai remarqué un son parmi les chants d'oiseaux, qui n'était audible que parce qu'il était continu : une voix humaine à coup sûr, qui chantait une sorte de psalmodie sans même donner l'impression de s'arrêter pour reprendre sa respiration. Cela me rappelait les complaintes ininterrompues des mendiants de Pékin, à part que celle-ci était sur un ton bien plus bas, d'une voix de baryton. Le son venait de quelque part au-dessus de moi, bien qu'il soit difficile de s'orienter avec toute cette végétation touffue qui m'entourait. Le reptile qui me barrait le chemin a eu l'air dérangé par cette voix aussi, et en dardant une langue fourchue sa tête verte s'est frayé un chemin dans l'herbe pour haler lentement un long corps, jusqu'à ce qu'il disparaisse de ma vue en me laissant libre de continuer mon chemin si je le souhaitais.

Cette incantation au soleil levant commençait vraiment à m'intriguer. Peut-être était-ce un des prêtres chassés de leurs temples qui campaient dans les bois en attendant que les diables étrangers retournent à la ville pour pouvoir à nouveau réciter leurs prières sous un toit ? J'ai avancé tout doucement, sans heurter de pierres, et la psalmodie s'amplifiait à mesure que s'éteignaient les premières chansons des oiseaux. Le chemin s'est aplani, avec un petit sentier qui s'en détachait et qui conduisait à un autre temple peint comme le nôtre, à part qu'il était plus petit et que ce qui avait autrefois été un jardin était encore plus à l'abandon.

Sur une avancée rocheuse, bien cachée du chemin, plus bas, et que je ne pouvais apercevoir qu'en faisant quelques pas sur le sentier où j'étais, se trouvait celui qui rendait ainsi grâce au soleil.

Il faisait face au levant et n'avait pas remarqué ma présence sur le sentier. Un homme à la tête rasée comme un bonze, vêtu d'une robe blanche, couleur que l'on ne porte habituellement en Chine que pour les deuils. J'ai reconnu la posture bouddhiste pour les prières, assis sur une feuille de lotus, les jambes croisées en tailleur, les mains paumes jointes devant à hauteur de la taille, et la psalmodie que n'interrompaient pas des inclinaisons régulières et assez basses. Quelque chose était posé à côté de lui, sur une natte de paille, que j'ai eu du mal à distinguer avant de monter un peu plus haut sur le sentier : c'était une béquille. J'ai soudainement cru comprendre le pourquoi de cette béquille : ce devait être un lépreux. Il portait ce blanc mortuaire pour présenter une prière sans espoir qu'une journée nouvelle lui apporte un peu de soulagement. La lèpre me fait toujours un effet terrible, malgré tout ce que l'on peut entendre sur la lenteur de la contagion. Ce qu'il y a de plus affreux avec cette maladie, c'est cette destruction lente et inexorable du corps alors que l'esprit reste intact. Il m'est venu la pensée terrifiante que les visiteurs estivaux de ces temples pouvaient bien venir dans une colonie secrète de lépreux, et que ce n'étaient pas des bonzes qui déménageaient provisoirement pour que les temples servent de villégiatures.

L'homme a bougé, abandonnant tout à coup sa posture de prière. Je l'ai regardé, complètement paralysée, tandis qu'il attrapait sa béquille d'une main, en me souvenant de l'étonnante rapidité avec laquelle ces infirmes arrivent parfois à se déplacer. Il circule une histoire épouvantable à propos d'un mendiant lépreux qui se lève et poursuit une femme européenne, qui lui saisit le bras avec sa main valide, et qui rit férocement en frottant les restes atrocement déformés de ce qui avait été son autre main contre le bras nu de cette infortunée. J'éprouvais le sentiment que l'on a dans certains cauchemars, d'avoir envie de s'échapper d'une situation horrible mais d'être incapable de faire un mouvement, et tandis que je restais là, pétrifiée, l'homme en blanc a réussi à se mettre debout, et s'est appuyé sur sa béquille pour se baisser et rouler la natte de paille. On aurait presque dit un exercice, comme s'il avait pratiqué les mouvements nécessaires pour n'en faire aucun de superflu, et c'est seulement lorsqu'il s'est redressé, la natte de paille roulée sous le bras, que j'ai remarqué qu'il portait un kimono japonais. Le soleil a pris dans un rayon une cicatrice sur sa tempe. C'était le comte Kurihama. Je suis sûre qu'il ne m'a pas vue, il s'est éloigné en clopinant vers le petit temple. Il n'a pas lancé un regard dans ma direction.

Je n'ai dit ni à Marie ni à Armand que l'un des héros de la guerre russo-japonaise vivait dans une colline juste audessus de nous. Je ne sais pas vraiment pourquoi je garde cela secret. Peut-être est-ce parce que j'ai senti que cet homme en robe blanche n'aurait pas envie de venir à un pique-nique donné en son honneur. En revenant d'une de ses expéditions botaniques Armand pourrait bien rencontrer le comte, auquel cas son intimité prendrait fin, mais je ne ferai rien pour. J'étais de retour ici, étendue sur mon lit de camp, quand j'ai entendu Armand se mettre en route pour l'une de ses promenades au petit matin. Les rats cessent généralement de faire du bruit quand le jour se lève, mais ce matin on les entendait mener grand train, avec force piaillements. Je suis toujours inquiète à l'idée que l'un d'eux pourrait toucher à Jane, à travers la moustiquaire fixée au-dessus de son berceau, et je me suis relevée pour y jeter un coup d'œil, en poussant doucement la porte coulissante. Meng dormait dans un coin, entre deux couvertures ouatées, mais je pouvais voir les yeux ouverts de Jane, même au travers du maillage serré de la moustiquaire. Il lui arrive de se réveiller ainsi, et au lieu de se mettre à pleurer pour avoir son biberon, elle reste parfaitement immobile à regarder le plafond. Il est possible que ce soit les rats qui l'aient réveillée, mais si elle avait eu peur elle aurait pleuré. Il y avait beaucoup de lumière, et Jane a dû me voir se pencher sur son berceau, mais j'ai eu l'impression qu'elle n'avait pas envie d'être prise dans les bras, n'avait ni faim ni besoin d'être cajolée. Certaines fois, comme celle-ci, Jane ne fait vraiment pas penser à un nourrisson sans défense. Il y a seulement quelques jours, Marie a dit une phrase qui m'a troublée : « Tu sais, je viens de voir ton bébé qui riait dans son berceau de ses propres plaisanteries. » Ce sont peut-être des plaisanteries Collingsworth. Jane va être aussi blonde que Richard.

Les collines de l'Ouest
Le 13 septembre 1904

Pendant tout notre séjour ici Armand et Marie ont insisté pour parler anglais, tout au moins en ma présence, ce qui veut dire la plus grande partie de la journée. Ils disent qu'ils s'exercent pour Washington. Son accent est moins prononcé que celui de Marie et on dirait qu'il s'est entraîné aussi pour arriver à penser en anglais. Avec Marie, il faut attendre un peu pendant qu'elle réfléchit au mot exact pour traduire celui qu'elle a en français à l'esprit. Armand dit qu'après les Britanniques les Français sont le peuple le plus arrogant du monde quand il s'agit d'apprendre d'autres langues. D'après lui, la véritable raison pour laquelle Napoléon voulait nous conquérir, c'est qu'il croyait dur comme fer que Dieu parlait français et qu'il était intolérable pour lui de penser qu'en passant la Manche qui ne fait qu'une vingtaine de miles on tombait sur les Anglais qui n'avaient aucun doute pour leur part que le Tout-Puissant avait toujours utilisé l'anglais pour communiquer avec l'homme, même quand il dictait les Tables de la Loi à Moïse.

Je trouve Armand de très agréable compagnie, bien plus que Marie. Il ne se bat jamais pour mener la conversation, comme sa femme, mais attend le moment approprié pour placer son mot, le plus souvent avec des traits d'esprits. Maman serait offensée par presque tout ce que dit Armand, et moi aussi, au début, j'étais choquée de temps en temps. Plus maintenant ! Il a très bon cœur. Je crois qu'il me trouve reposante, sans doute parce que je ne me mets pas en avant. Je n'ai rien en fait à mettre en avant.

Ils sont en train de se disputer en français. C'est assez bruyant, mais je suis sûre que la colère de chacun d'eux n'est pas bien grande. Quand Richard et moi ne sommes pas d'accord, nous ne disons pas grand-chose, mais il y a un mur de froideur en moi, et en lui aussi car je le perçois nettement.

Le soir

Il y a quelque chose qui ne va pas avec la mèche de cette lampe, elle n'arrête pas de fumer et de noircir la cheminée. J'ai fait ma promenade. Le temple du comte Kurihama avait l'air vide quand je suis passée devant, c'est le plus haut de tous, le dernier bâtiment de la colline. Les vents d'hiver ont noué les arbres et j'ai vu un pin dont les branches étaient courbées jusqu'à terre, comme des bras tendus appelant au secours. Il faisait très chaud cet après-midi mais j'ai continué à grimper pour profiter de la vue sur Pékin au-delà des vallées, parce que j'ai entendu dire qu'on voit parfois le couchant se réfléchir de telle façon qu'on a l'impression que la ville est en feu. Les mouches me tenaient compagnie, ainsi qu'un horrible insecte beaucoup plus gros, qui n'arrêtait pas de foncer sur moi comme un faucon sur sa proie, et qui devait être un parent de ce que nous appelons un taon en Écosse, mais en plus vicieux. Je portais un chapeau en toile blanche à grands bords, mais j'aurais volontiers apprécié d'être plus abritée de la luminosité qui semblait jaillir des feuilles ou de la terre nue du chemin. J'ai renoncé à prendre une ombrelle en Chine. Elles sont parfois utiles, mais j'ai toujours le sentiment que nous sommes parfaitement ridicules avec ces petites choses à franges au-dessus de nos têtes, surtout quand nous sommes en pousse-pousse, et qu'ils dépassent dans les rues chinoises encombrées, comme autant de drapeaux pour nous faire remarquer.

J'ai pris une des cannes d'Armand parce que je n'ai pas l'intention de me retrouver face à face avec un autre serpent sans avoir de quoi me défendre.

La lisière du bois et l'endroit d'où je pouvais avoir la vue que je voulais était probablement à quelques centaines de mètres au-delà du dernier temple, mais cela m'a semblé plus long à cause de la chaleur et de la raideur de la pente. J'ai contourné un bosquet de rhododendrons tout aplatis par le vent et je suis tombée sur le comte Kurihama, à moitié adossé à une avancée rocheuse, comme s'il y prenait le moins d'appui possible. Sa béquille était posée à côté de lui, mais il n'y touchait pas. Il m'avait entendue approcher depuis quelques minutes.

Je n'avais pas besoin de me demander de quoi j'avais l'air, avec mon visage en sueur, et pas seulement le visage ! Cela faisait manifestement un certain temps qu'il se tenait là dans la brise, sans chapeau, la figure très brune à l'exception de cette cicatrice blanche. Sa tenue était presque d'apparat, un costume en pongé blanc, assez léger, mais boutonné presque jusqu'au cou, ce qui lui donnait l'air d'un uniforme. La seule chose un peu plus relâchée dans son apparence était ses chaussures en toile blanche à semelles de caoutchouc. Je me suis rendu compte que tout son poids portait sur une jambe, même si l'autre était fermement posée sur le sol.

J'aurais pu prétendre que c'était une surprise totale de le rencontrer là, au beau milieu des collines de l'Ouest, mais je n'ai aucune confiance dans mes talents de comédienne, donc tout ce qui s'est produit a été un échange poli de salutations, comme si nous avions été des voisins et que nous nous étions rencontrés alors que l'un de nous sortait poster une lettre. J'ai ensuite dit qu'il faisait très chaud, et me suis abritée à l'ombre du rocher, en m'essuyant le front et les joues. La vue que j'étais venue admirer était cachée par la brume. Ce fut un choc quand le comte m'a présenté ses excuses pour avoir dit ses prières si près du sentier, et m'avoir ainsi dérangée dans ma promenade matinale. Il n'aurait pas pensé que les dames européennes sortaient ainsi toutes seules pour voir le soleil se lever. Je me demande s'il ne se moquait pas de moi. J'ai dit que nous avions entendu dire qu'il avait été blessé, et que j'espérais que ça ne l'handicaperait pas trop. Il a dit que non, ce n'était rien. J'ai demandé, sans le regarder, où il avait été blessé. La blessure est sur sa cuisse, causée par un éclat de shrapnel, mais tout ce qu'il lui fallait à présent pour se remettre était de l'exercice. Il a ajouté que c'était honteux pour un soldat de vivre dans l'oisiveté pendant que d'autres combattaient pour leur empereur. J'ai voulu savoir pourquoi il était venu en Chine plutôt que d'aller en convalescence au Japon, et il a répondu qu'il détestait les hôpitaux et le repos à la maison. Il a ajouté qu'il voulait rester tout seul quelque temps, pour pouvoir offrir des prières de contrition aux hommes qui étaient morts sous ses ordres. Peut-être auraient-ils été moins nombreux à mourir s'il avait donné de meilleurs ordres. Pendant toute cette conversation nous n'avons pas levé le regard l'un sur l'autre, ou tout au moins je ne l'ai pas regardé, et je suis bien sûre que lui aussi gardait son regard fixé sur la plaine. Je n'ai jamais entendu parler d'un soldat qui enverrait des messages aux esprits de ceux qui ont été tués sous ses ordres, pour leur demander pardon de ses erreurs en tant que chef. C'était étrange et un peu fou pour moi, mais cela suggérait aussi une sorte de fraternité tout à fait différente de la façon dont j'ai pu entendre Richard parler des hommes qu'il commandait, quand il était avec son régiment.

C'est peut-être là le secret de la victoire japonaise sur les Russes, que le rang militaire n'empêche pas un soldat de rejoindre en esprit tous ceux qui servent la même cause. Nous nous sommes alors mis à parler de la guerre, ou plutôt j'ai posé des questions auxquelles il répondait. Il n'a absolument aucun doute que, en dépit du nombre impressionnant d'hommes que les Russes expédient à l'est via le

Transsibérien, la retraite de Moukden montre clairement qu'ils seront bientôt complètement battus. Il dit qu'une guerre défensive est toujours une guerre perdue et que toute ligne tracée pour maintenir l'avance ennemie signifie immanquablement que l'ennemi la percera un jour. Il n'a que mépris pour la façon dont la flotte russe a refusé le combat en restant la plupart du temps cachée à Port-Arthur. Les rumeurs d'une énorme flotte fraîche que les Russes enverraient d'Europe ne l'impressionnent pas non plus, car il dit que même s'ils arrivaient dans ces eaux, l'amiral Togo coulerait tous leurs navires. L'arrogance de ce discours contrastait singulièrement avec l'humilité qu'il montrait envers les hommes qui étaient morts sous ses ordres.

J'étais sûre que sa jambe lui faisait mal, mais qu'il ne voudrait jamais le laisser paraître devant moi. J'ai pensé au rude chemin qui l'attendait pour retourner à son temple, mais savais pertinemment ce qu'il dirait si je lui proposais de l'aider à y redescendre. J'ai dit qu'il fallait que je rentre et que j'étais avec Armand et Marie. Il n'a pas eu l'air de se soucier d'eux du tout. Je ne pensais pas non plus qu'il s'intéressait à moi jusqu'à ce que je lui aie dit au revoir et aie commencé à descendre le sentier, en lui tournant le dos. Alors il s'est mis à crier :

« Venez prendre le thé avec moi demain après-midi, Mme Collingsworth, je vous en prie ! »

Il n'aurait jamais adressé pareille invitation à une épouse japonaise. Peut-être pensent-ils que nous sommes toutes, au fond, des femmes légères.

Collines de l'Ouest
Le 14 septembre

Que Dieu me pardonne, je suis allée le rejoindre. Je n'ai absolument aucune excuse. Il ne cessait de répéter : « C'est bien ? c'est bien ? » et c'était une question. Je n'ai pas vraiment répondu, mais j'en avais envie. La seule chose à laquelle je pense dans cette folie qui s'est emparée de moi, c'est son corps. Armand et Marie ignorent toujours qu'il est là. Je ne leur dirai pas. Je ne le dirai jamais à personne. Nous avons encore cinq jours. Il s'appelle Kentaro.

Les collines de l'Ouest
Le 17 septembre

Je suis restée trop longtemps aujourd'hui. Je suis sûre qu'Armand commence à se poser des questions à propos de mes promenades dans la chaleur de l'après-midi. Et s'il avait tout à coup l'envie d'aller jeter un coup d'œil sur le temple inoccupé au-dessus du nôtre, au cas où il y aurait des plantes intéressantes dans son vieux jardin ? Il aurait bien pu le faire. Nous ne nous en serions pas rendu compte.

Les collines de l'Ouest
Le 18 septembre

Je crois qu'Armand est au courant. Il a vraiment pu s'en rendre compte de plusieurs manières. Kentaro ne se fait porter des provisions qu'une fois par semaine, mais une mule chargée est montée hier, en passant près de notre temple. Armand, qui était dehors à ce moment-là, a très bien pu la croiser sur son chemin. Je n'arrive pas à le regarder. Je ne pense pas qu'il en ait parlé à Marie. Je ne vais sûrement pas habiter chez eux à Pékin, je ne pourrais pas. Je suis bien contente qu'ils partent bientôt pour l'Amérique. Kentaro et moi n'avons plus qu'un jour devant nous. Il nous sera impossible de nous rencontrer à Pékin, où il ne va rester que très peu de temps avant de retourner en poste à son quartier général en Corée, jusqu'à ce qu'il soit en état de retourner au front. Je ne peux que prier que la guerre soit finie avant cela. Sa jambe lui fait encore très mal. Il ne m'a jamais laissé voir sa blessure, qui est toujours recouverte d'un pansement frais quand je viens. Je ne sais pas si c'est de l'amour. Je ne sais pas.

Les collines de l'Ouest
Le 19 septembre

C'était notre dernier jour. Cela m'était égal de rester trop longtemps. Cela m'était égal qu'Armand me regarde curieusement à mon retour, ou Marie. Kentaro était assis dans la véranda, un simple morceau de tissu autour des reins, et sa jambe bandée étendue devant lui. Après quelque temps, j'ai mis le kimono de coton qu'il m'a donné et je suis allée le rejoindre. Il avait étalé une feuille de papier blanc sur les planches et traçait d'un mouvement de balancier avec un pinceau plongé dans de l'encre noire des caractères chinois. Quand je lui ai demandé ce qu'il écrivait là, il a répondu « un poème ». Quand il a eu visiblement fini, je lui ai demandé de me le traduire. Il a dit que ce n'était pas le genre de poème qu'il aurait dû écrire dans un endroit pareil. Je lui ai demandé ce qu'il entendait par là, et il m'a répondu qu'il était venu là pour se préparer à assumer son devoir. Il avait brisé sa solitude. Je lui ai demandé s'il en avait honte, et il a répondu que non, pas autant qu'il aurait dû. C'était tout à fait comme si j'obtenais des énigmes plutôt que des réponses.

J'ai à nouveau demandé une traduction du poème, et d'une écriture méticuleuse, comme s'il avait eu besoin de cela pour l'aider, il a écrit les mots japonais en lettres anglaises. Ensuite, et cela a pris un certain temps, il a repris son pinceau pour écrire les mots anglais :

Kono yama no ura ni	Derrière la montagne
Uguwisu no uta	Le chant du rossignol
Myonichi hidoi kaze	Ne restera-t-il demain
Narimasho ?	Que le vent violent ?

Je me suis mise à pleurer. Il m'a prise dans ses bras et m'a dit :

« Ne pleurez pas, Mary. » Je ne peux pas croire que nous ne nous reverrons jamais. Je ne peux pas croire qu'aujourd'hui est ainsi et que demain ne sera rien. Cela ne doit pas se passer comme cela. Que pouvons-nous faire ?

J'ai redescendu la colline avec son poème roulé. Il ne m'a pas suivie du regard, étant rentré dans le temple. Le soleil était presque couché. Les arbres emplissaient déjà d'ombre la véranda quand je suis revenue ici, mais je pouvais distinguer la lueur de la cigarette de Marie sur un des fauteuils. Personne ne m'a appelée.

Je suis allée dans ma chambre par une entrée sur le côté, et me suis assise sur mon lit de camp en fixant le mur. Meng chantait une petite chanson à Jane dans la pièce à côté, d'une voix rauque, comme si toutes ses cordes vocales avaient été usées à un moment donné, mais que le bébé semblait aimer. La chanson s'est faite plus douce quand Jane a donné des signes d'endormissement. J'attendais que Marie vienne me dire combien je les dégoûtais, mais elle n'en a rien fait. C'est Armand qui m'a appelée pour le dîner. Nous l'avons pris sur la table de bridge, avec les bougies habituelles fichées dans des bouteilles, qui plaisent plus à Marie que la lampe qui nous éblouit. Armand a remué la salade et fait la sauce aussi délicatement que d'habitude. Je n'ai pas tenté d'expliquer pourquoi j'étais partie de deux à quasiment six heures, et je n'ai presque rien dit. Leur conversation se faisait en français, avec Marie qui parlait essentiellement de ce qu'ils emmèneraient et n'emmèneraient pas à Washington. Je devrais les supplier de ne rien dire sur mon compte dans le quartier des légations avant leur départ. Je ne crois pas qu'ils le feront, mais j'ai gâché une amitié. S'il y avait une explication à donner, je le ferais volontiers, mais je n'en ai aucune à me fournir à moi-même.

J'ai peur d'éteindre cette lumière et de rester étendue dans le noir. Si seulement on pouvait faire quelque chose pour cesser de penser !

Nous n'avons pas bu de vin au dîner, le champagne est fini. Je veux m'en aller de ces collines. Je n'y reviendrai jamais. Je dois effacer de ma mémoire l'image d'un sentier qui grimpe à travers un bosquet de bambous. Je ne dois jamais prononcer un nom. Je ne dois jamais en parler. Je ne regarderai pas le poème.

7

157 Feng-Huang Hutung
Pékin — Chine
Le 27 novembre 1904

Le Dr Hotchkiss a l'air d'avoir bien besoin d'un autre long congé pour retourner en Angleterre car il est trop vieux pour continuer à exercer en Extrême-Orient, mais pas pour être pratiquement certain de mon état. Je vais avoir un autre enfant. Le docteur m'a dit que cela allait sûrement être une grande joie pour mon mari, et que nous aurions peut-être un garçon cette fois-ci. Il a demandé quand Richard allait revenir de son service auprès des forces russes et je lui ai dit que mon mari était en ce moment bloqué à Port-Arthur que les Japonais assiègent. Il a dit que c'était bien dommage, mais que je trouverais bien un moyen de lui faire parvenir la nouvelle, qui devrait lui faire très plaisir.

Quelques démons rôdaient ces temps-ci autour de notre mur de pierre, et l'un d'eux a probablement dû m'accompagner jusqu'à la clinique. J'ai dit que je doutais que la nouvelle fasse très plaisir à Richard, parce que je ne l'avais pas vu depuis le mois de juillet. Le docteur Hotchkiss me tournait le dos quand je lui ai dit cela, il s'est immobilisé mais ne s'est pas retourné pour me regarder. Il n'avait vraiment pas besoin de se livrer à de l'arithmétique mentale : la femme qui était assise sur son sofa de cuir n'était certes pas enceinte de cinq mois. Quand je l'ai vu se diriger lentement vers son lavabo, j'étais malade de honte. Il s'est lavé les mains, puis est retourné à son bureau où il a longuement rédigé une prescription, en m'expliquant d'une voix qu'il voulait habituelle, que je pouvais la faire exécuter à la nouvelle pharmacie qui venait d'ouvrir. Ses quarante années ou presque d'exercice de la médecine ne l'ont pas empêché de rester un homme simple, pour qui les lois de l'existence sont nettes et répertoriées, si bien qu'il suffit de regarder, quelle que soit la situation à laquelle on est confronté, la réglementation qui correspond et de l'appliquer. Ce que je n'ai pas fait.

Je pensais tout en m'habillant à la réaction de maman, quand elle apprendrait, ce qui se fera forcément un jour ou l'autre, que son second petit-enfant était à moitié Japonais et né en dehors du mariage. Je n'arrivais pas à me représenter ce qu'elle ferait, dans cette maison dont toutes les fenêtres ont des rideaux de dentelle pour déjouer les regards inquisiteurs, et où l'on surveille ses moindres paroles — tout au moins maman — afin de ne pas donner la moindre prise aux commentaires des langues acerbes. Elle va probablement me détester. Je ne crois pas qu'elle puisse avoir d'autre sentiment qu'une colère profonde. J'espère me tromper.

Le Dr Hotchkiss a fait de grands efforts pour se montrer gentil. Sans me rappeler précisément que son cabinet est aussi sacré que le confessionnal que Marie utilise si allègrement, il a dit qu'il m'aiderait autant qu'il le pourrait, et m'a demandé si j'avais quelque chose de particulier à lui dire ? J'ai secoué la tête. Je suis persuadée qu'il était soulagé de ce que je ne l'ai pas chargé plus encore du fardeau de mes confidences.

157 Feng-Huang Hutung
Pékin
Le 13 décembre 1904

J'ai reçu une lettre de maman, répondant à celle que je lui avais envoyée des collines de l'Ouest, et dans laquelle elle me dit avoir été plutôt choquée de ce que j'aie emmené Jane dans un endroit aussi dangereux, et qu'est-ce que Richard en aurait pensé ? Elle se demandait aussi s'il était vraiment sage de devenir aussi intime avec un couple *français* alors qu'il y avait sûrement beaucoup de Britanniques dans les environs. Elle dit aussi qu'elle perd le sommeil à l'idée que nous sommes si près de cette affreuse guerre en Mandchourie et qu'en dépit de ce qu'en disent certaines personnes en Angleterre, elle n'éprouve absolument aucune sympathie pour les Japonais. Après tout, la famille du Tsar est cousine de notre propre famille royale, et les Japonais se sont montrés plutôt agressifs ces dernières années et trop sûrs d'eux, ce qui pourrait être de mauvais augure pour l'avenir.

Chaque mot écrit par maman me paraît aujourd'hui venir d'une planète à mille années-lumière de l'endroit où je me trouve. Je suppose que si l'on regarde une carte, la guerre en Mandchourie doit effectivement sembler se passer très près de nous, mais tout est tranquille à nouveau à Pékin, l'Impératrice douairière ayant décidé de ne pas écouter les insensés qui la poussaient à l'action. Elle est à présent de retour dans la cité, après avoir prolongé son séjour au Palais d'Été, peut-être parce qu'elle y réfléchissait avant de décider s'il fallait ou non entraîner la Chine dans une guerre.

J'ai des nouvelles par Edith Harding, qui vient régulièrement me voir ici. Elle ne viendrait sûrement pas si Marie lui avait dit quoi que ce soit, ou avait parlé à quelqu'un d'autre de ce qui s'est passé aux collines de l'Ouest. Je ne suis allée à aucune des soirées données pour le départ des Chamonpierre, même celle chez Edith, mes excuses étant assez plausibles : l'une était qu'avec ces rumeurs d'insécurité dans la ville je n'avais pas envie de laisser Jane seule le soir ici, et l'autre qu'en allant au quartier des légations le soir, j'obligeais un mari peu enthousiasmé à me raccompagner ensuite. Personne n'avait à ce point envie de m'avoir comme invitée pour lutter contre ces raisons.

Je sais bien que je ne devrais pas rester calfeutrée dans cette maison comme je le fais, je suis allée quelques fois faire une petite promenade en pousse-pousse, mais je me suis sentie mal à l'aise tant que je n'avais pas à nouveau franchi le portail de la maison. Ce n'est pas qu'elle me plaise tellement, et je n'ai même pas essayé d'y faire les quelques aménagements que j'aurais pu entreprendre pendant l'absence de Richard, mais c'est mon seul refuge. Pour combien de temps, je me demande ?

Quand je me risque à penser à l'avenir, je ne vois rien. Cela n'avait encore jamais été le cas, même lorsque je ne savais pas ce qui allait m'arriver, je pouvais au moins supposer quelque chose. Je pouvais imaginer un tableau quelconque pour occuper cet espace vide sur le mur que j'avais devant moi, mais là, je n'y arrive pas. Ce mur reste désespérément vierge. J'ai rêvé que je me dirigeais vers lui, que je le touchais et qu'il se dissolvait comme la vapeur qui s'échappe d'une bouilloire fumante, mais devant moi j'avais toujours un autre mur blanc et vide qui m'attendait, et je savais pertinemment que si je m'en approchais et le touchais, il allait s'évaporer, lui aussi.

Ce doit être que pour chacun de nous il doit y avoir une excuse disponible, à laquelle nous pouvons nous raccrocher quoi que nous fassions. Je ne me soucie pas tellement d'une excuse vis-à-vis des autres, mon orgueil m'en empêche sans doute, mais il faut bien en avoir une vis-à-vis de soi-même, pour pouvoir se dire : « Eh bien oui, j'ai fait cela, *mais.* » Et si l'on ne peut mettre ce « mais » après ce que l'on a fait, on est en quelque sorte perdu. Il n'y a pas de « mais » je ne me rendais pas compte de ce que je faisais, le jour où j'ai grimpé ce sentier pour aller prendre le thé avec Kentaro. J'y suis allée en sachant très bien ce qu'il penserait d'une femme qui acceptait une invitation faite dans ces conditions-là. A ses yeux, elle était là pour être utilisée. Et puis, je ne suis pas sûre que je voulais vraiment ce qui est arrivé, car je n'avais aucune idée de ce que cela allait signifier pour moi. Je voulais mettre un terme à ce que j'avais, à Richard, à ma vie ici à Pékin, au quartier des légations, au fait de vieillir ainsi dans une ornière étriquée qui pouvait bien me conduire un jour à rester dans une demeure comme Mannington, tout comme le fait sa mère, entourée de quelques personnes dont elle accepte la compagnie parce qu'elles sont nées dans un endroit donné et dans des circonstances données, et dans un monde au-delà duquel elle ignore tout. On embrasse ses cousins, et l'on ne se plaint jamais de l'arthrose qui vous rend infirme. Voilà ce que Richard désire pour moi. Son problème, c'est que je ne me comporte pas comme devrait le faire sa femme, et qu'il me faudra du temps pour apprendre.

Il aurait été bien avisé d'épouser une femme déjà entraînée à tenir ce rôle. Il ne s'est jamais vraiment senti à l'aise avec moi, même brièvement, ni moi avec lui. C'est peut-être pour cela qu'il a toujours attendu qu'il fasse nuit noire pour traverser le corridor et venir dans mon lit. La lampe était éteinte et il n'a jamais voulu me laisser allumer la moindre bougie. Il venait quand il le devait, et peut-être me détestait-il un peu parce qu'il ressentait ce besoin comme une faiblesse. Mon Dieu ! Je ne le déteste pas ! Je n'avais pas l'intention de lui faire du mal en agissant ainsi, ce n'était pas par colère contre Richard, c'était la faute de ce piège dans lequel nous étions pris tous les deux. Je voulais le briser. Voilà, c'est fait. Et je suis à présent au milieu de ce désastre que j'ai causé, à attendre. Je ne peux rien faire d'autre que d'attendre. Que pourrais-je faire d'autre ? Dois-je prendre Jane et m'enfuir, pour avoir mon bébé à demi japonais en Écosse, dans la maison de ma mère ?

157 Feng-Huang Hutung
Pékin
Le 15 décembre 1904

Yao est au courant. Je ne crois pas que ce soit parce que cela commence à se voir, car je fais très attention à mes tenues. Il y a une gentillesse presque surhumaine chez lui à laquelle on ne s'attendrait vraiment pas d'un homme aussi décharné, avec une figure aussi déconcertante. Marie n'a jamais pu le supporter. Elle disait qu'il lui donnait le frisson, rien qu'en lui ouvrant le battant du portail, et ses yeux divergents sont certainement assez inquiétants quand ils vous scrutent par la petite fente du portail. Il tremble beaucoup moins ces jours-ci. Mes quelques mots de chinois et son peu d'anglais font que nous ne pourrons jamais nous dire vraiment quoi que ce soit, même pas ce que doit transmettre une maîtresse de maison à son serviteur, mais les mots sont en quelque sorte superflus. J'ai su qu'il était mon ami depuis le jour où je l'ai fait rire. Je n'ai toujours pas beaucoup de contacts avec les autres, Yao s'occupe de tout et dirige la maisonnée en l'absence de Richard et pendant les longues soirées où il devrait être chez lui dans ses quartiers, il vient faire de petites visites au salon pour voir si je ne manque de rien. Il surveille aussi ce que je mange maintenant, et si j'aime visiblement un plat, on me le ressert tout le temps, trop souvent. J'ai un excellent appétit. Je ne suis pas malade, comme c'était le cas dès le début pour Jane. Cela va peut-être venir.

Jane continue à prendre du poids. Il y a un poêle dans la nurserie qui y maintient une bonne chaleur, mais je fais installer son parc dans le salon tous les après-midi, et j'insiste pour que Meng prenne quelques heures de congé et laisse la petite avec moi. Jane a l'air très heureuse de cet arrangement, elle pleure très peu ces temps-ci, et je me surprends à mener des conversations qui ne sont que des monologues avec elle. C'est probablement très stupide, mais cela n'a pas l'air de la gêner. Nous devrions sortir plus souvent, mais c'est très difficile de tenir ici un rythme comme on le fait en Europe pour un bébé. D'abord, nous n'avons pas de landau et il ne nous serait d'aucune utilité, avec cette allée toute bosselée et aucun parc où l'emmener promener. Nous l'avons bien mise un peu dans le jardin pendant l'été, mais en ce moment, même si le soleil hivernal est suffisamment brillant, il fait constamment en dessous de zéro et l'air, qui est merveilleusement sec, reste quand même glacé. Nous hibernons donc, Jane et moi. Il n'y a qu'Edith qui vienne nous voir du quartier des légations. Les autres ont probablement oublié mon existence, et je n'ai aucune envie de faire quoi que ce soit pour me rappeler à leur souvenir. Depuis qu'Armand et Marie sont partis je suis sûre que toutes les réceptions dans les légations se ressemblent parfaitement. Edith m'a dit que les successeurs des Chamonpierre sont arrivés mais qu'elle ne pense pas qu'ils seront aussi populaires qu'eux. Il m'arrive de regarder Edith, quand elle vient me voir, et de me demander ce qu'elle va dire sur mon compte dans quelques mois. Pourrais-je me réfugier chez eux, en cas de besoin ? J'en doute fort.

157 Feng-Huang Hutung
Pékin
Le 17 décembre 1904

Une lettre de Marie écrite à bord du S.S. *Impératrice du Japon* faisant voiles vers Vancouver a mis un certain temps avant de me parvenir. Il y a quatre bonnes pages du bavardage de Marie, qui n'est pas aussi éloquente par écrit qu'oralement, mais le but de sa lettre est tout à fait évident : elle a écrit pour me rassurer, sans faire référence une seule fois à notre séjour aux collines de l'Ouest, pour que je sache bien que ni elle ni Armand ne feront jamais la moindre allusion à ce qui s'y est passé. C'est très gentil de sa part, mais je me rends compte à présent qu'elle avait sans doute ses propres raisons pour être d'une grande discrétion à ce sujet tant qu'elle était à Pékin. Je manque peut-être de générosité envers une bonne amie, mais je n'éprouve guère de générosité envers qui que ce soit en ce moment.

Cela fait presque exactement deux ans que j'ai emprunté la passerelle du S.S. *Mooldera* à Tilbury. Cette jeune fille que j'étais aurait été horrifiée à l'idée de partager une cabine avec la femme que je suis devenue.

157 Feng-Huang Hutung
Pékin
Le 19 décembre 1904

Toujours pas de lettre de Richard et le quartier n'a pas eu de nouvelles non plus. J'avais envoyé un petit mot pour demander que l'on me prévienne dès que l'on saurait quelque chose à son sujet, et j'ai eu une réponse de Sir Claude lui-même, me disant avec une grande gentillesse que s'ils avaient eu la moindre information fiable, ils m'en auraient bien évidemment avertie aussitôt, mais qu'ils n'avaient vraiment aucune nouvelle de lui. Les mines qui ont sauté au large de Port-Arthur ont endommagé les câbles sous-marins qui ne marchent plus, et les lignes de télégraphe terrestres ont bien entendu été coupées, ce qui fait que les seules nouvelles qui parviennent sont apportées par des courriers épisodiques qui réussissent à passer, sans compter les histoires colportées par les très nombreux Chinois réfugiés des zones de combat. Les rapports officiels viennent tous du camp japonais et font état de grands massacres, tant dans leurs rangs que chez les Russes. Apparemment, après avoir été repoussés de plusieurs endroits autour des défenses avancées de Port-Arthur les Japonais se sont à présent mis à poser des mines, et ont ainsi fait sauter plusieurs forts. Comme le dit Sir Claude, ce conflit est en train de se transformer en une des guerres les plus sauvages et les plus sanglantes de l'histoire humaine. Il m'assure que la légation est très consciente du fait que je vive toute seule dans la cité chinoise et que si cela ne me satisfait pas pour une raison ou une autre, il faut que je le lui dise immédiatement et on me logera dans le quartier des légations. Je vais le remercier pour sa très réelle gentillesse, mais ce qu'il propose est la dernière chose dont j'ai envie en ce moment.

Sir Claude n'avait pas l'air d'être réellement très inquiet pour Richard et je ne le suis pas non plus. J'évite de me poser trop de questions à son sujet, car quand je le fais, une sorte de terreur me saisit. Je n'ai pas réussi à ôter Kentaro de mon esprit. Sa blessure étant guérie, il aura sûrement demandé à retourner avec son régiment en service actif, et même s'il n'est pas tué nous ne nous reverrons jamais. Je ne peux attendre aucune aide de ce côté-là.

Je ne rêve pas de lui, mais il m'arrive très souvent, tout éveillée, la nuit, de céder à la tentation de retourner dans ce temple isolé au-dessus des autres. Nous sommes étendus l'un à côté de l'autre à nous reposer de la chaleur de l'après-midi, sans nous toucher, seule ma main est très légèrement posée sur la sienne. Derrière nous, par-delà une persienne à demi close, une cigale fait entendre son crissement rauque.

157 Feng-Huang Hutung
Pékin
Le 21 décembre 1904

Un petit mot d'Edith Harding me prie de venir absolument passer Noël chez eux, étant donné qu'il n'y a maintenant aucun espoir que Richard soit à la maison en temps voulu. Ils vont s'arranger pour faire une place à Meng dans les chambres des domestiques, afin que Jane soit bien soignée pendant mon séjour chez eux. Edith est vraiment douée pour donner à sa prose le ton de la parfaite charité chrétienne, tout en laissant clairement transparaître qu'elle ne le fait que par devoir et qu'elle s'en passerait volontiers si elle le pouvait. J'ai renvoyé son serviteur avec le message qu'une telle gentillesse de sa part n'était pas faite pour m'étonner, mais que je souffrais de maux d'estomac qui, sans être vraiment sérieux, m'obligeaient, pour être raisonnable, à rester le plus au calme possible pendant les fêtes. Le plum-pudding Harding ne pouvait pas être écarté d'une façon plus polie, et une demi-heure après que son serviteur fut parti d'ici j'ai senti comme par télépathie le soupir de soulagement d'Edith. Je suis sûre que sa prochaine visite va être remise au début de la nouvelle année à présent ; cette idée ne me plaît pas car mon état commence à se voir malgré des ceintures un peu lâches et des jupes très amples, et je peux fort bien imaginer la réaction qui sera la sienne.

Pour autant que je puisse faire des projets, et ce n'est pas vraiment le cas, je pense quand même que Richard devrait être le premier à savoir. Je n'ai d'une certaine façon pas envie qu'il revienne au milieu d'un quartier des légations tout bruissant de cette nouvelle, dont ces femmes qui s'ennuient en jouant au Mah Jong vont se saisir avec délectation.

157 Feng-Huang Hutung
Pékin
Le 22 décembre 1904

La légation, à qui ma note a rappelé mon existence, m'a envoyé un énorme ballot des journaux que Richard avait l'habitude de rapporter à la maison, dont le plus récent date d'il y a trois mois. Dans l'un des vieux *Times* de Londres il y avait un récit détaillé de leur correspondant auprès des forces japonaises de la bataille de Liao-yang à laquelle Kentaro a été blessé. La liste des pertes qui n'était, durant l'été et l'automne dernier, qu'une lecture de petit déjeuner, est tout à coup devenue quelque chose de très réel pour moi. Je me souviens d'avoir vu deux fois le sang sourdre à travers ces bandages couvrant une blessure qui refusait de cicatriser, peut-être parce qu'il se forçait à marcher avec cette jambe. J'ai lu ces noms de villages dans lesquels il était probablement entré avec ses hommes, An-Ping, Hsiao Tuntzu, comme s'il s'était agi de gares sur une ligne de chemin de fer que j'aurais souvent empruntée, mais ces noms n'évoquaient pour moi que du sang et des ruines. C'est la deuxième guerre de Kentaro en l'espace de quelques années seulement. Il dit qu'il est un soldat et non un poète, et pourtant il a écrit ce poème sur lequel je n'ose pas jeter les yeux.

157 Feng-Huang Hutung
Pékin
Le 27 décembre 1904

Jane a été malade. Je me suis souvenue qu'Édith a dit un jour que les médecins d'ici avaient trop souvent l'occasion de voir leurs petits patients européens enterrés dans nos cimetières d'Extrême-Orient si loin de tout, et j'ai tout à coup été terrifiée à l'idée que j'allais recevoir un châtiment en la personne de Jane.

Le Dr Hotchkiss est venu deux fois, dont l'une le jour de Noël. Il ne semblait pas très inquiet sur le sort de Jane, et il est possible qu'il ait cherché à en savoir plus sur mon état. Je n'avais rien à signaler, à part quelques légères nausées le matin, très passagères. Il a commencé à me dire que j'avais bien de la chance cette fois-ci, et puis il s'est arrêté net. Jane va mieux, mais elle ne quitte pas sa chambre, et je reste assise ici toute seule, à réfléchir à ce que j'ai fait à Jane et à Richard, à moi-même et aux autres. Je me demande à quoi le bébé que je porte va ressembler. Je suis sûre que c'est un garçon.

Je me suis forcée cet après-midi à écrire à maman. Ma lettre était pleine de mensonges, de descriptions d'une vie que je ne mène absolument pas. Ensuite je me suis souvenue qu'une camarade de classe que nous pensions un peu folle de religion disait que lorsqu'on avait besoin d'être guidée, il fallait fermer les yeux, ouvrir la Bible, et qu'en plaçant au hasard son doigt sur une page on y trouverait un message. J'ai placé un doigt et ouvert les yeux pour lire : *Mon bien-aimé est en moi comme un bouquet de myrrhe gisant entre mes seins. Mon bien-aimé est en moi comme une grappe de henné en fleurs dans les vignes d'En-Gedi.* On se moquait de moi.

157 Feng-Huang Hutung
Pékin
Le 3 janvier 1905

Edith est venue me voir en fin d'après-midi, vers cinq heures et demie, à un moment où je n'aurais jamais pensé qu'elle sorte seule en ville dans son pousse-pousse. Je donnais son bain à Jane dans la nurserie. Bien que ce ne soit pas nécessaire, j'ai souvent envie de m'en occuper. Meng n'aime pas cela. Elle ne m'aime pas. Elle a vu mon état. Les domestiques vont jaser, sauf en présence de Yao, qui ne le tolérerait pas. Il est possible que la nouvelle soit parvenue au quartier des légations par le canal des domestiques, qui ont un réseau entre eux, et quand j'ai vu Edith j'ai tout de suite pensé qu'elle était venue vérifier par elle-même si la rumeur était fondée.

Le général Stessel, le Russe qui commande Port-Arthur, a rendu la ville. C'est arrivé après que les Japonais eurent fait sauter les principaux forts, en tuant quasiment tout le monde. Edith a dit qu'elle avait aussitôt accouru, parce qu'elle craignait qu'en apprenant cette nouvelle je n'aille imaginer que Richard ait été dans un fort comme observateur. La légation pense que c'est très improbable car il était à un poste au quartier général. Il faut donc s'attendre à le voir revenir chez lui dans quelques jours, au plus tard vers le milieu de ce mois.

Je me suis mise à penser à ce que signifierait pour moi que Richard ait été tué, et comment j'aurais pu ainsi m'en sortir en ayant mon bébé secrètement dans un endroit comme Hong Kong où personne ne me connaissait et où cela ne ferait pas scandale. Et puis j'ai été dégoûtée d'avoir espéré sa mort tout simplement parce que cela m'arrangeait.

Edith a eu l'air inquiète. Elle m'a fait asseoir et prendre un peu de sherry, la seule boisson que nous ayons à la maison. Je portais un tablier sur ma robe pour donner son bain à Jane et j'ai scruté le visage d'Edith pour voir si elle m'étudiait. Je ne pense pas qu'elle l'ait fait. Dans ma propre lâcheté, je commence à suspecter tout le monde. Je ne vais pas pouvoir continuer à me cacher ici bien longtemps.

8

Grand Hôtel de Pékin
Pékin
Le 2 février 1905

J'ai été chassée de la maison. Richard va payer ma chambre jusqu'à ce que j'aie une place de Tientsin à Shanghai et de là en Angleterre sur un navire de P & O. Il a dit que je ne méritais même pas l'entrepont, mais qu'il me renverrait en seconde. Il m'a traitée de putain, et c'était son droit. Je ne reverrai jamais Jane. Il a dit qu'aucun tribunal au monde ne manquerait de lui donner le droit de protéger sa fille d'une mère dépravée. Il n'a pas voulu m'autoriser à entrer dans la nurserie une dernière fois pour la voir. Je l'ai supplié de me laisser la regarder au moins de la porte, mais il n'a pas voulu non plus, et s'est mis en travers pour m'en empêcher.

Le mois qui vient de s'écouler a été affreux. J'attendais tous les jours son retour, mais il est allé de Port-Arthur à Wei Hai Wei et s'est installé dans un hôtel pour y rédiger son rapport pour le ministère de la Guerre. Comme c'était hautement confidentiel, il n'a même pas informé la légation de l'endroit où il se trouvait, sans même parler de moi. Il est arrivé vers six heures ce soir, sans avoir prévenu de son retour. Meng venait de prendre Jane dans son parc à côté du poêle du salon pour la ramener dans la nurserie, et je me suis levée quand il est entré. Nous n'avons pas échangé une parole et sommes restés debout à nous dévisager. J'étais trop terrifiée pour parler.

Il n'était au courant de rien, c'est ainsi que je le souhaitais. Il a tout le temps de se demander comment il va affronter le monde. Personne ne le blâmera. Un mariage malheureux, le mari au loin en service et la femme, d'une condition sociale inférieure, se comportant comme on pourrait réellement supposer qu'une telle femme le ferait. Je me demande s'ils vont bientôt se mettre à cancaner sur le fait que j'ai refusé de dire les mots qu'il fallait pour être mariée par un évêque.

J'ai cru qu'il allait me frapper quand j'ai refusé de lui dire qui était l'homme. Il a commencé à me lancer à la tête des noms d'hommes du quartier des légations, probablement de ceux qui sont connus pour courir les femmes chinoises, mais dont il pensait sans doute qu'ils avaient dû trouver plus pratique de venir me trouver pendant son absence. Je n'avais même pas adressé la parole à la plupart d'entre eux. Je me suis rendu compte des complications qu'il allait créer pour lui comme pour les autres, et je lui ai dit la vérité. Il est resté pétrifié à me regarder pendant un moment qui m'a paru très long, puis il s'est dirigé vers la porte qui mène au corridor entre nos chambres et aussitôt après je l'ai entendu vomir.

Que va-t-il faire de Jane ? la renvoyer à Mannington ? Va-t-elle être élevée dans cette maison au milieu de ces sombres portraits ? Je suis persuadée qu'il a raison pour ce qui est du droit, surtout en Angleterre, et que les Collingsworth pourront parfaitement m'empêcher de revoir Jane, au moins jusqu'à ce qu'elle soit en âge de décider elle-même de ce qu'elle veut, et à ce moment-là elle n'en aura probablement plus aucune envie. Quand je le suppliais à la porte de la nurserie de m'autoriser à lui jeter un dernier coup d'œil, il a dit que je pourrais bientôt voir autant que j'en aurais envie mon bâtard à moitié jap. Je suis alors allée dans ma chambre et j'ai commencé à faire mes valises. J'ai emporté tout ce que j'ai dans cette maison, y compris ma malle du bateau. Mes possessions sont bien maigres dans cette chambre d'hôtel : cette petite malle, une grosse valise et une petite. Il ne m'a pas donné d'argent du tout. Il me reste vingt-six livres sur la somme que maman m'avait remise il y a plus de deux ans. Il ne m'a jamais donné régulièrement d'argent et c'était lui qui payait toutes les factures pour la maison et les domestiques. Pourquoi écrire cela ? Je suis peut-être en train de me chercher des excuses, mais je n'en ai aucune. Et maintenant, me voilà assise ici, je me sens mal et j'aime Kentaro Kurihama que je ne reverrai jamais. Selon l'opinion générale, je suis une misérable à cause de cela, et ce doit être vrai. Un cortège de trois pousse-pousse m'a emmenée de la ruelle de l'Oiseau Fabuleux. J'étais dans le premier, mes bagages dans le second et Yao dans le troisième. Tant que Richard est responsable de moi, c'est-à-dire probablement tant que je suis dans cette ville, je n'ai pas le droit de sortir dans les rues de Pékin la nuit sans escorte. Yao a aidé les grooms de l'hôtel à porter mes bagages.

Je suis allée dans le hall où la pendule marquait huit heures vingt. On entendait beaucoup de bruit de la salle à manger voisine, où les gens devaient dîner. Le directeur adjoint m'a dit que je pouvais prendre mon repas avec les autres ou dans ma chambre, comme je le souhaitais. Ma voix était presque normale quand je lui ai répondu que je ne voulais rien, et pourtant j'ai eu l'impression qu'elle provenait d'un bloc de glace. Yao m'attendait à la porte de ma chambre. Il s'est incliné, et quand il a relevé la tête, j'ai vu que l'œil qui était fixé sur moi était plein de larmes. Je n'aurais jamais pensé voir un jour un Chinois pleurer à cause de moi. Ses deux mains étaient croisées devant sa poitrine. J'ai posé mes mains sur les siennes et les y ai laissées un bon moment, mais je ne pouvais rien lui dire. Il sait que je connais très peu de mots en chinois.

Il est près de minuit à présent. Je ne descendrai pas demain. J'espère bien ne rencontrer personne avant le départ de mon train pour Tientsin même si je dois attendre plusieurs jours un bateau pour Shanghai. Jane ne pleure presque plus la nuit maintenant, mais Meng est trop loin pour l'entendre, si cela arrivait. Peut-être que Richard va faire en sorte qu'elle dorme dans la nurserie désormais ? J'espère qu'il ne va pas penser qu'il doit changer de nourrice parce que Meng a vu et entendu trop de choses. Jane a besoin de quelqu'un qu'elle connaît. Je voudrais pouvoir prier, mais Il n'écouterait sûrement pas ma prière.

9

Lettre de Mary Mackenzie à Mme de Chamonpierre
à Washington D.C.-USA

13 Tsukiji San Chome
Tokyo — Japon
Le 8 avril 1905

Chère Marie,

Je n'ai jamais été aussi heureuse de ma vie de recevoir une lettre. Elle est arrivée il y a environ une semaine, et je l'ai relue plusieurs fois par jour depuis. Je me doutais bien que vous auriez appris de Pékin ce qui m'était arrivé, mais ce à quoi je m'attendais le moins était que vous prendriez ainsi la peine de m'écrire, pour me dire que vous vous faites continuellement du souci pour moi. Je ne mérite pas d'avoir des amis tels qu'Armand et vous-même, après ce que j'ai fait et je vous suis très reconnaissante à tous les deux de cette preuve d'amitié. Personne d'autre ne m'a écrit depuis que je suis ici, et comme je ne m'attendais pas à ce que quelqu'un le fasse, votre lettre était donc une sorte de petit miracle, qui signifiait que je n'avais pas été complètement rayée de l'esprit de tous ceux que j'avais connus auparavant. Si des passages de cette lettre vous semblent tant soit peu incohérents ou insensés, pardonnez-moi, en vous rappelant que je n'ai absolument personne à qui parler depuis mon arrivée ici, à part mes deux petites servantes avec qui je n'ai pas beaucoup de conversation puisqu'elles ne parlent pas un mot d'anglais. Le japonais a cependant l'air d'une langue bien plus simple que le chinois et j'essaie de l'apprendre. N'est-ce pas une décision raisonnable, quand je risque bien de passer le restant de mes jours dans ce pays ?

Même si vous ne me le dites pas, je suppose que c'est par Edith que vous avez eu de mes nouvelles. C'était très astucieux de votre part de m'écrire via la légation japonaise à Pékin. Si je n'ai rien fait d'autre, j'ai au moins donné un nouveau sujet de conversation au quartier des légations qui devrait m'en être reconnaissant ! Vous aurez sans doute appris que j'avais tout bonnement disparu de ma chambre d'hôtel avant même que Richard n'ait eu le temps de faire les démarches nécessaires pour me renvoyer chez ma mère en Écosse. Le lendemain matin du jour où j'avais été mise à la porte de la maison du mur au dragon, un jeune homme de la légation japonaise m'a rendu visite. J'ai refusé de descendre dans le hall et l'ai fait monter dans ma chambre, je n'avais plus à me soucier de respectabilité, car j'étais déjà au ban de la société : il était donc bien inutile de me poser ce genre de question ! Ce que ce jeune homme avait à me dire, c'était que le comte Kurihama n'était pas retourné en Corée en m'oubliant complètement. Je sais que vous l'avez toujours admiré, vous ne serez donc pas étonnée qu'il ait choisi d'agir dans ces circonstances de la manière qui lui semblait la plus honorable, c'est-à-dire en laissant des instructions que l'on ait l'œil sur moi — qu'on m'espionne presque, en vérité ! — et que l'on me vienne en aide si jamais cela tournait mal pour moi. J'ai eu tout loisir d'y penser depuis, et cela ne plaide vraiment pas en ma faveur qu'il ait pu supposer que si rien ne résultait de notre liaison qui puisse la rendre publique, j'allais tout simplement reprendre la vie commune avec Richard, en considérant les collines de l'Ouest comme un souvenir à oublier. L'opinion qu'il semble avoir de moi n'est apparemment guère meilleure que la mienne, car quand je suis vraiment honnête avec moi-même, je sais pertinemment que c'est exactement ce que j'aurais fait : garder le secret, et continuer à vivre comme la femme de Richard, avec la bonne excuse que Jane avait besoin de moi.

Marie, je ne crois pas que vous estimiez que je me consacrais à Jane comme il était du devoir d'une mère de le faire, et vous m'avez cherché des excuses en faisant observer que la petite semblait remarquablement indépendante, même pour un nouveau-né, et d'autres choses du genre. Je sais que je donne aujourd'hui l'impression de reconstruire le passé comme cela m'arrange, mais lorsque tout a été terminé avec Richard, ce qui m'a le plus préoccupée, c'était la pensée de ma fille qui allait rester avec lui, et dont j'allais être coupée à jamais. C'était presque une surprise de réaliser que c'était cela qui m'accablait et me désespérait, et non le fait d'être déshonorée à jamais devant le monde en tant qu'épouse.

Richard est déjà très loin pour moi à présent et cette maison du mur du dragon est comme un endroit où j'aurais vécu il y a très longtemps. C'est à Jane que je pense maintenant, et je me demande ce qui lui est arrivé, si Richard lui a fait quitter Pékin pour la conduire en Angleterre auprès de sa mère ?

Si vous pouviez vous renseigner, faites-le, je vous en prie. Je sais comme vous êtes douée pour obtenir ce que vous cherchez.

Vous vous demandez sûrement comment j'ai quitté Pékin. La légation japonaise a tout arrangé. Je ne suis restée qu'une seule nuit dans cet hôtel, et l'ai quitté sans avoir eu d'autres nouvelles de Richard. J'ai voyagé jusqu'à Tientsin avec une escorte qui n'appréciait visiblement pas la tâche qu'on lui avait confiée, le jeune homme considérant les femmes infidèles à leurs maris comme des créatures qui ne méritaient que de périr. Richard ne m'aurait sûrement pas souhaité meilleure compagnie pour le trajet ! Mon accompagnateur m'a laissée à Tientsin à bord d'un cargo japonais et m'a quittée, très heureux, pour retourner à des devoirs plus normaux. Il n'en a pas été autrement sur le bateau : je suis restée dans ma cabine la plupart du temps, mais si je rencontrais un quelconque membre de l'équipage, il se comportait avec une froide politesse, guère plus. Je me sentais comme une prisonnière, même si les clés ne tournaient pas dans les verrous derrière mon dos. Il est possible qu'une bonne part de tout ceci ne soit que le produit de mon imagination. A la vérité, je me faisais horreur à moi-même.

Quant à mes premières impressions de votre cher Japon,

j'en ai eu fort peu. Nous sommes tout d'abord arrivés à Shimonoseki très tard le soir, et mes premiers pas sur le sol nippon ont eu lieu sur un quai de gare en béton qui n'en finissait pas, en suivant le train le plus long que j'aie jamais vu, sur lequel des bandes rouges distinguaient les wagons de troisième classe, des bleues, les secondes, et des blanches, les premières. J'ai été installée dans un compartiment de première classe par un autre jeune homme qui était venu m'accueillir sur le bateau, et qui ne semblait pas mieux disposé envers les épouses dévoyées que son collègue de la légation. A l'aube, nous sommes passés devant d'interminables plantations de thé, ou du moins que je pensais être du thé, car les arbrisseaux ressemblaient à ceux que j'avais vus à l'école dans mon livre de géographie, dans les grandes propriétés de Ceylan. Puis tout à coup nous sommes arrivés dans une ville du nom de Nagoya et mon accompagnateur a brusquement surgi à la porte de mon compartiment avec des boîtes empilées contenant un repas qu'il avait dû acheter sur le quai. L'une d'elles était pleine de riz gluant froid, et l'autre d'un assez joli assortiment de poisson cru et de condiments très colorés, dont le goût était atroce, et pourtant j'avais très faim. Comme vous vous en doutez, j'ai tout le temps faim en ce moment, mais je trouve ici du pain, du beurre et du lait, même si le reste de ma nourriture est uniquement japonais, car mes deux servantes ne savent rien préparer d'autre et je ne me sens pas la force de leur apprendre quoi que ce soit en ce moment. Je laisse aller les choses. Voilà en réalité ce que j'ai fait depuis que je suis arrivée dans cette jolie petite maison : ne prendre aucune décision, laisser les événements suivre leur cours naturellement, même s'il ne se produit pas grand-chose. Ne pensez pas que je sois tout le temps démoralisée, ce n'est pas le cas, c'est seulement que j'ai l'impression que ma vie est suspendue, comme si les voiles du bateau avaient été abaissées et que je n'avais rien d'autre à faire que d'attendre le lendemain pour savoir si le vent va se lever.

Je sors parfois le soir à la nuit tombée, accompagnée de l'une de mes servantes du nom de Misao San, qui est très gentille, n'a pas vingt ans et gazouille sans cesse comme une hirondelle. Elle a l'air de croire que si elle n'arrête pas de me parler, je finirai bien par comprendre un jour et elle a peut-être raison car je reconnais déjà certains mots, dont j'espère bientôt faire des phrases. Je l'aurais déjà fait depuis longtemps si cette langueur ne m'avait pas envahi le corps et l'esprit.

Le fleuve Sumida n'est qu'à une rue derrière la maison, et à deux ou trois minutes de marche se trouve une sorte de bassin où viennent mouiller des navires assez grands. Il y a même des bateaux à vapeur, mais la plupart sont des corvettes à trois mâts qui font sans doute du commerce côtier. Tsukiji était autrefois une concession étrangère, mais les Japonais ne l'ont pas toléré longtemps, et il n'y reste plus aujourd'hui que quelques maisons de type occidental.

Je n'ai pas vu le comte Kurihama depuis que je suis ici. Je suppose qu'il se trouve toujours en Corée, et probablement sur le front, bien que je n'aie en fait absolument aucune nouvelle de lui.

Je suis énorme en ce moment, bien plus que je ne l'étais pour Jane, et je suis affreuse. Il n'y a pas de miroirs comme ceux que vous affectionnez dans cette maison, mais j'en ai un petit qui m'en dit bien assez ! Même ma figure est tout enflée.

Je vous entends me demander pourquoi j'ai fait cela, pourquoi je suis allée ainsi au Japon pour être la courtisane d'un homme marié qui a quatre enfants ? Mais je ne sais même pas en fait si tel est le sort qu'il me réserve. Il est bien possible que je ne sois dans cette maison qu'il a mise à ma disposition que le temps de mettre au monde mon bébé. L'hôpital Saint-Luke est tout près et c'est là que je devrai aller le moment venu. Cela vous fera sans doute rire d'apprendre qu'il est tenu par des presbytériens, même s'il s'agit de presbytériens américains, qui sont sans doute plus gentils avec les femmes déchues que ne le seraient des écossais. Un médecin japonais de cet hôpital est venu me voir trois fois, il est très doux et parle un peu d'anglais, mais j'ignore si c'est lui qui va m'accoucher. Je pourrais facilement le savoir, mais je n'ai pas posé la question. N'en poser aucune à personne fait partie de cette dérive dont je dois me remettre dès que le bébé sera né.

La seule personne à qui j'ai écrit à part vous est ma mère.

Il fallait que je lui dise que je me trouvais ici sous la protection d'un gentleman japonais. Elle me traitera sans doute du même nom que Richard, mais en esprit seulement car ce mot n'a jamais passé ses lèvres. Vous m'avez dit une fois que Bordeaux était vraiment une ville bourgeoise, mais je suis persuadée qu'Édimbourg l'est encore dix fois plus. Maman n'aura plus jamais rien à voir avec moi, je m'en rends bien compte. Je prie que ce qui s'est passé ne la rende pas sérieusement malade, afin que je n'aie pas en plus cela sur la conscience.

Je n'avais pas l'intention de geindre ainsi auprès de vous, et je ne vous ai pas encore dit pourquoi j'avais agi de cette façon. Richard voulait me renvoyer à Édimbourg, pour que je retourne chez maman. J'avais en tout et pour tout vingt-six livres d'argent à moi, et rien d'autre. J'ai bien pensé prendre un bateau pour rentrer à la maison, puis de le quitter à Hong Kong ou à Singapour, pour essayer d'y trouver du travail, mais quel travail ? Je n'ai aucune formation en quoi que ce soit. Je ne sais même pas faire convenablement la cuisine et ne pourrais donc même pas me placer comme domestique. Et qui voudrait d'une domestique européenne en Extrême-Orient ? Quand bien même je trouverais quelque chose que je puisse faire là-bas, qui voudrait d'une femme dans mon état ? Il n'y a rien de plus démuni dans un monde fait pour les hommes qu'une femme attendant un enfant qu'elle ne devrait pas avoir, Marie. Le comte m'a fourni une échappatoire et je l'ai saisie, voilà tout. Je sais que je devrai assurer moi-même mon avenir, mais je n'ai pour le moment pas la moindre idée de ce qu'il va être.

Vous ne devez pas penser que ce qui s'est passé dans ce temple avait quoi que ce soit à voir avec vous. Vous ne pouviez pas raisonnablement me protéger de quelque chose que vous n'avez su que lorsqu'il était déjà trop tard, ne vous faites pas de reproches pareils, mais écrivez-moi. Je vous promets que dans ma prochaine lettre j'aurai retrouvé quelque peu mon ancien caractère et que je ne serai plus aussi flottante et indécise. Je me suis mise hier soir à penser à Armand et vous dans ce temple sur les collines, je me suis souvenue de nos plaisanteries et de nos rires, et ce souvenir m'a fait pleurer.

Je suis si contente que Washington vous plaise et qu'Armand ait sa Pierce-Arrow, qui a l'air superbe. J'ai été très étonnée quand même que vous y preniez place, au lieu d'avoir une paire de chevaux ! Pensez-vous vraiment que les voitures à cheval soient condamnées, pour être remplacées par des engins de ce genre ? C'est difficile à croire et vingt-cinq miles à l'heure semblent une vitesse bien effrayante quand ce n'est pas sur rails. Je n'ai jamais entendu parler de ce coupé électrique qu'Armand souhaiterait vous acheter, mais si c'est moins rapide, c'est probablement moins dangereux aussi. Les dames s'en servent-elles elles-mêmes ou faut-il toujours un chauffeur ? Il doit y avoir des automobiles à Tokyo, mais je n'en ai jamais vu à Tsukiji. Il n'y a que des pousse-pousse et des charrettes à bras ici, avec des bœufs pour tirer les charges les plus lourdes. Tout semble bouger bien plus vite qu'en Chine ici. Les gens ont toujours l'air pressés d'aller quelque part. Vous serez heureuse d'apprendre que je lis bien plus que je ne le faisais. J'ai appris par le docteur qu'il y avait une bibliothèque anglaise à l'hôpital et j'ai envoyé un petit mot par Misao San pour demander ce que l'on y trouvait d'intéressant, et la servante est revenue chargée d'une bonne sélection. Je suis en train de lire un roman de Mme Humphrey Ward, qui est pour ses éditeurs la femme écrivain la plus célèbre du monde, même si dans mon ignorance je n'en avais jamais entendu parler.

Accordez-moi votre pardon, Marie, et écrivez-moi à nouveau, je vous en prie. Je ne mentionnerai jamais votre nom dans le monde, pour vous éviter l'embarras d'avoir à dire que vous m'avez connue autrefois. Mes salutations les plus sincères à ce cher et gentil Armand, et tous mes remerciements, vraiment.

Votre amie reconnaissante,

Mary

13 Tsukiji San Chome
Tokyo
Le 17 avril 1905

Mon bébé va naître dans moins de deux mois et si mon corps en a tout à fait conscience, mon esprit ne semble pas l'avoir réalisé. Il est difficile à n'importe quel Occidental de prendre la vie au sérieux en habitant dans une maison japonaise. Ma première impression du 13 Tsukiji n'a pas changé.

Ce n'est pas une maison du tout, en fait, mais une boîte précaire autour d'un jeu aux règles assez simplistes. La plupart du temps ce jeu est amusant, mais il peut devenir très ennuyeux, voire pire encore. Je vis complètement à la japonaise depuis mon arrivée ici, dormant la nuit entre deux couvertures ouatées, assise le jour sur des coussins disposés sur les nattes en paille du sol, mangeant sur une table à vingt centimètres du sol, et quand il fait plus froid, glacial même, réchauffant mes pieds glacés en me pelotonnant auprès d'un brasero au charbon, d'où s'échappent des vapeurs suffocantes. Chaque soir, au crépuscule, mes deux servantes Misao et Fukuda ferment pour la nuit les volets en bois qui éloignent de nous les redoutés *dorubos*. Je croyais tout d'abord qu'il s'agissait d'une sorte particulièrement crainte de démons, à la façon dont ce mot était très sérieusement prononcé au milieu de grands éclats de rire, mais mon lexique dit que ce sont des « voleurs ». Je ne vois vraiment pas ce qu'un voleur qui s'introduirait la nuit dans une de ces innombrables petites boîtes fermées pourrait bien espérer y voler, à part de l'argent évidemment, car elles sont pratiquement vides.

Je suis arrivée ici avec bien peu de choses, et pourtant le contenu d'une petite malle et de deux valises a causé des difficultés presque insurmontables de rangement. Cette maison a six pièces, y compris la cuisine, mais aucune ne contient un seul tiroir. Il y a bien des placards derrière les portes coulissantes, mais ils sont quasiment remplis pendant la journée par les couvertures ouatées qui nous servent la nuit de literie.

S'il y a quelque chose que les maisons japonaises ne considèrent pas, c'est un confort quelconque pour une femme enceinte, et je ne pense pas cela uniquement parce qu'il se trouve que je suis une femme occidentale qui attend un enfant. Il est impossible quand on est dans cet état de se laisser aller nonchalamment sur des coussins par terre, et si l'on essaie au moins de s'asseoir sur l'un d'eux, le dos ne tarde pas à protester à son tour. J'ai essayé d'expliquer à mes servantes qu'il me fallait une chaise, n'importe quelle sorte de chaise, mais le seul résultat de mes mimiques a été l'apparition d'une caisse qui avait auparavant contenu des pommes australiennes, avec un coussin par-dessus. Une fois de plus mon dos n'était pas soutenu. J'ai fini par faire appel au Dr Ikeda, et une chaise est arrivée, assez légère et un peu basse, en rotin avec un dosseret, mais qui convient parfaitement.

Dans la journée, avec cet agréable temps frais, j'installe ma chaise sur le plancher des étroites vérandas, mais c'est le soir qu'ont surgi les problèmes, quand il a fallu rentrer ma chaise, et que mon grand poids aidant, les quatre pieds ont creusé des trous dans les superbes nattes de paille qui couvrent le sol, ce qui a mené au bord des larmes mes petites servantes si joyeuses, comme si des trous dans les nattes de paille étaient leur seule cause réelle de chagrin dans la vie. Ce n'était pas de mon point de vue non plus une solution très satisfaisante, car je ne me sentais pas vraiment en sécurité, ainsi juchée sur ces quatre pieds instables en raison d'un sol si peu ferme. Nous avons fini par résoudre le problème en cassant la caisse de pommes et en utilisant les planches pour protéger la natte sous les pieds de la chaise. Cela convient à peu près, si ce n'est que je ne peux pas changer ma chaise de position du tout, et que Misao San en particulier se comporte comme si la chaise et les planches profanaient tout ce à quoi elle croit depuis sa tendre enfance. Il faut dire aussi que cela lui donne une tâche supplémentaire, même si elle n'était pas vraiment débordée. Quand les volets ont été ôtés de leurs glissières et rangés pour la journée dans leurs boîtes, Misao doit alors venir prendre ma chaise qui est bien légère, et la porter à deux mètres de là sur la véranda, après quoi elle va ranger les quatre planchettes dans la cuisine, dont elle revient avec une pelle et un balai pour balayer précautionneusement l'emplacement sur lequel était la chaise. Le reste de la pièce n'est balayé qu'une fois par semaine, mais les vérandas en bois sont cirées tous les jours avec des chiffons gras que je pense avoir servi juste avant à essuyer ma vaisselle. Je ne vais pas non plus dans ma cuisine de Tokyo, cela semble assez sage étant donné que je ne pourrais rien y faire de toute façon. Le sol est en terre battue, et plus bas de deux marches que le restant du rez-de-chaussée. Trois gros braseros au charbon de bois remplacent le fourneau, et la température de cuisson se contrôle avec un éventail de papier huilé que l'on agite vigoureusement pour tout ce qui doit être cuit rapidement, et pas du tout pour le mijotage. Toute forme de cuisson au four est inconnue mais Fukuda San fait d'excellentes fritures, tout particulièrement les beignets de poisson, dont j'ai vite appris le nom : « sakana tempura ». pour pouvoir en commander souvent. La citerne d'eau est reliée par une canalisation à un robinet sur l'évier en ciment, avec en dessous un tuyau d'écoulement que je soupçonne fort d'avoir de sérieuses fuites, qui provoquent des infiltrations dans notre bassin d'ornement. Les poissons rouges que Misao San rapporte le soir de la foire sont régulièrement repêchés morts.

La seule chose moderne dans cette cuisine et cette maison est la lumière électrique, ce qui a été une surprise totale pour moi après les lampes de Pékin et les appareils à gaz de ma mère à Édimbourg. Des quartiers entiers de Tokyo sont à présent éclairés de cette façon grâce à l'industrie allemande, et non anglaise. Il y a également un système de tramways électriques que l'on peut entendre dans les nuits calmes cliqueter au loin le long de Ginza, mais la ligne n'arrive pas encore jusqu'à Tsukiji. Les installations sanitaires peuvent être considérées comme un peu mieux qu'à Pékin, mais tout juste.

Il y a des moments où je me sens presque heureuse ici, ce dont je suppose que je devrais avoir honte. C'est comme si j'arrivais alors à clore toutes les portes dans mon esprit à part celle qui donne sur mon existence actuelle, et que je n'aie ainsi ni passé ni futur, avec la belle excuse de ma grossesse pour justifier une telle paresse intellectuelle.

La nuit, les vents du monde extérieur tentent parfois de se glisser par les fentes des volets bien fermés, mais Misao et Fukuda n'ont pas laissé d'espace entre eux et je suis bien à l'abri entre mes deux couvertures ouatées. Je ne pense même pas à Kentaro, qui a mis tout cela à ma disposition.

13 Tsukiji San Chome
Tokyo
Le 27 avril 1905

Le Dr Ikeda est venu trois fois cette semaine. Je suis sûre qu'il est bien payé pour s'occuper parfaitement de moi, mais cela me paraît un peu trop souvent. Je crois qu'il se fait du souci pour la position du bébé. Il m'interroge sur ce que je sens quand il se met à bouger, et je n'ai pas l'impression qu'il soit très satisfait de mes réponses. Ce doit être le médecin le plus calme du monde. Il parle assez bien anglais, mais ne dit jamais un mot de trop. Je n'ai aucune idée de ce qu'il pense de moi comme personne ou comme patiente, même si je suis ses conseils. Il me demandais de faire de l'exercice tous les jours, comme d'aller me promener jusqu'au Bund, mais il n'a plus l'air de souhaiter que je me déplace beaucoup à présent.

J'ai parfois de grandes frayeurs, plus me semble-t-il que je n'en avais pour Jane, mais on oublie ce genre de choses. Je ne suis pas sûre, à supposer qu'il le veuille bien, que j'aurais envie que le Dr Ikeda me dise franchement ce qui ne va pas. Je suis tellement poltronne !

Je lis beaucoup, mais pas toujours avec l'attention qu'il faudrait, et j'ai parfois l'impression de voir mes vies passées surgir au-delà des mots, d'abord avec maman à Édimbourg, puis avec Richard, et Jane étendue dans son berceau me fixant du regard, mais ce sont comme des images vues à travers une vitre poussiéreuse. Je fais des rêves étranges. L'autre nuit, je me promenais le long de Princes Street, vêtue de cette robe de soirée bleue que maman m'a achetée, et pourtant il faisait beau et c'était manifestement le matin. Quelqu'un m'accompagnait, mais je ne pouvais pas voir qui c'était, comme si j'avais été incapable de tourner la tête pour regarder. Ce que je voyais effectivement, c'était la foule élégante des samedis, les dames qui prétendaient faire des emplettes mais qui faisaient en fait étalage de leurs beaux atours, pour décider ensuite d'aller prendre un café avec leurs amis dans l'un des restaurants. Princes Street a cette sorte de montée à mi-chemin qui fait qu'à certains endroits on peut réellement voir tous ceux qui se promènent à cinq ou six cents mètres devant soi, et j'étais arrivée à l'un d'eux lorsque s'est tout à coup ouvert juste à mes pieds un trou noir béant. Il y avait au-delà des gens qui venaient vers moi, en discutant et en riant, et qui ne pouvaient pas avoir vu ce trou du tout, mais j'étais juste sur le bord qui était en train de se désagréger, et je savais pertinemment que j'allais tomber dedans et être engloutie. C'est à ce moment que je me suis réveillée trempée de sueur. Contrairement à la plupart des rêves je ne suis pas parvenue à oublier rapidement celui-là.

Il m'arrive parfois de penser à ces petits incidents qui semblent sans importance et qui ont changé le cours de ma vie, comme d'aller chez Margaret Blair et d'y avoir rencontré Richard, une chance sur dix mille, en réalité. Et puis il y a eu cette promenade matinale sur un sentier qui traversait un petit bosquet de bambous et menait à Kentaro. Que des événements aussi anodins puissent transformer aussi radicalement le cours de ma vie veut-il dire que je suis atteinte d'une espèce particulière de folie ? Les autres bâtissent-ils leur vie sur de tels incidents ? Je crois bien que ne réussissent vraiment dans la vie que les gens à qui il n'arrive rien, et qui planifient leurs jours comme la trajectoire d'un bateau sur une carte, sans jamais quitter leur boussole des yeux.

13 Tsukiji San Chome
Tokyo
Le 29 mai 1905

Je ne me sentais pas bien ces jours-ci. Beaucoup de vomissements. Le Dr Ikeda m'a fait garder le lit la semaine dernière. Aujourd'hui je me suis calée le dos avec une autre couverture ouatée roulée et j'ai lu les journaux.

Il y a un quotidien en anglais ici, contrairement à Pékin, le *Japan Advertiser* et je trouve cela étrange d'avoir des nouvelles du monde si peu de temps après que les événements se sont produits. Il y a eu hier une grande bataille entre la flotte russe qui venait d'Europe et la marine japonaise. Tout comme Kentaro l'avait prédit, l'amiral Togo a complètement battu les Russes et coulé la plupart de leurs bateaux. Ce que l'on pensait être l'invincible pouvoir du Tsar a été brisé, et, en Extrême-Orient tout au moins, apparemment détruit pour toujours. L'éditorial du journal dit que la guerre sur la terre ferme ne peut pas continuer bien longtemps non plus, ce qui veut dire que la victoire totale des Japonais est maintenant une certitude. Il faudra à l'avenir compter le Japon parmi les grandes puissances du monde.

Telle que je suis là, couchée dans ma maison de bois et de papier, servie par deux filles gentilles mais franchement très sottes, je me demande comment tout cela est possible. J'ai le sentiment que ce pays est très pauvre, même si ce n'est pas autant qu'en Chine. Il y a un pont que j'évite à présent et je fais tout un détour pour en prendre un autre quand je vais me promener sur le Bund, car un mendiant lépreux s'est installé à l'une des entrées, le même tas de haillons que j'ai si souvent vu à Pékin et la même psalmodie pour quémander de l'argent au passant. Ce lépreux a parfois un petit enfant avec lui, qui est également en haillons et entraîné à brailler, à moins qu'on ne le pince pour qu'il le fasse dès qu'un passant approche du pont. La maladie lui a presque entièrement rongé un des côtés du visage, on dirait que l'intérieur de sa bouche a été mis à l'extérieur. Chaque fois que nous sommes passées par là je lui ai donné de l'argent, bien que je n'en aie pas beaucoup, rien d'autre que mes vingt-six livres changées en deux cent cinquante yen. De toute façon, on ne donne à un mendiant que quelques sen. Misao trouve qu'il est parfaitement inutile de lui donner quoi que ce soit. Cette espèce de loque informe et elle sont aussi des éléments de ce peuple qui va bientôt avoir battu une des plus grandes nations de l'Occident. Je me mets alors à penser à Kentaro priant pour être pardonné des âmes des soldats morts sous son commandement. De penser que Dieu puisse être du côté d'un tel homme et de milliers d'autres du même genre est troublant.

13 Tsukiji San Chome
Tokyo
Le 4 juin 1905

J'ai mal dormi cette nuit et ne me suis endormie qu'après que Fukuda San se fut réveillée et eut commencé à s'agiter dans la cuisine. Une voix forte et pointue dans notre petit vestibule m'a réveillée. C'était une femme et on aurait presque dit qu'elle criait. Peu après, j'ai compris que même si elle s'exprimait en japonais, elle n'était pas du pays, c'était du japonais parlé avec un accent anglais prononcé. J'ai entendu Misao San tenter d'interrompre la voix, mais sans aucun succès et je me suis sentie subitement très mal à l'aise, parfaitement consciente qu'il n'y avait que l'épaisseur de deux fines portes en papier entre le hall d'entrée et moi. Je suis bien certaine que si cela avait été une maison occidentale cela n'aurait pas arrêté notre visiteuse, qui aurait pu surgir par la véranda dans la chambre où je suis étendue, mais le sol en nattes de paille empêche les attaques-surprise, la dame devant délacer ou déboutonner ses chaussures. J'ai entendu Misao dire « *Choto Maté kudasai* » (attendez un peu s'il vous plaît), une phrase que je sais déjà reconnaître pour l'avoir entendue très souvent, et quelques minutes après la servante a fait glisser la paroi, ce qui voulait dire que l'on pouvait parfaitement me voir du jardin. La visiteuse, embusquée à l'entrée, pouvait à tout moment faire son apparition par une des portes de la haie de bambous. Quelque chose dans la voix puissante et déterminée de cette femme me poussait à croire qu'elle serait très difficile à écarter.

Misao m'apportait une carte de visite qui disait : « Miss Alicia Basset-Hill », avec imprimé en petit dans un coin : « Société de Propagation des Évangiles. » TSVP était marqué au crayon. Le message de l'autre côté était aussi déterminé que la voix : « Voulais venir plus tôt, mais j'ai eu une pneumonie. »

Cette dame était certainement une voisine. Je savais qu'il y avait quelques étrangers résidant dans le quartier de Tsukiji, mais je n'en avais jamais aperçu dans mes courtes promenades, et la barrière du langage m'empêche d'obtenir des ragots de mes servantes. J'ai alors ressenti une frayeur intense. Je me disais que des dispositions avaient été prises pour m'espionner à Tokyo. Ma première pensée a été que cela venait de maman, puis j'ai été persuadée que c'était le fait de Richard. J'ai entendu parler quand j'étais à Pékin de ces soi-disant Britanniques indésirables dont les agissements ou le mode de vie sont source d'embarras, et qui sont tout simplement rapatriés par les gens du consulat, sur les consignes de l'ambassade. Je ne m'étais pas inscrite à l'ambassade à Tokyo, et m'étais comportée comme si je me cachais, ce qui est d'une certaine façon la vérité.

Je n'ai pas dit un mot à Misao qui attendait toujours, car je savais trop bien qu'un chuchotement s'entendrait parfaitement à travers des parois si minces, mais j'ai secoué violemment la tête et lui ai donné la carte en lui faisant comprendre qu'il fallait la rendre à la visiteuse. Mon agitation a paru effrayer Misao qui est redescendue sur la véranda. Peu de temps après j'ai de nouveau pu entendre la voix s'exprimer dans cet anglo-japonais, puis un martèlement sur les dalles de l'allée de devant, après quoi le portail a été ouvert puis refermé en coulissant bruyamment sur ses glissières métalliques. Misao San m'a apporté un cadeau de Miss Basset-Hill : une boîte de biscuits assortis de chez Huntley et Palmer's. Je crains bien qu'une rencontre avec cette femme ne soit inévitable.

10

Tsukiji — Tokyo
Le 16 juillet

Je suis tombée dans ce trou noir qui s'ouvrait à mes pieds dans mon rêve. Je me souviens du Dr Ikeda en train de plonger son regard au fond. Il me semblait très très loin au-dessus de moi, comme un visage à l'embouchure d'une grotte verticale. L'une des infirmières m'a dit qu'il venait tout le temps prendre de mes nouvelles après l'opération. Elle a à moitié reconnu qu'elle pensait que j'allais mourir. On a dû m'ouvrir le ventre pour sortir le bébé, c'était le seul moyen. Je souffre toujours près de quatre semaines après, mais j'ai quand même insisté pour nourrir mon enfant au sein dès que j'ai retrouvé mes esprits, après tous ces médicaments qu'on m'a fait ingurgiter. Mon bébé est un garçon, évidemment. Il a les cheveux noirs, une voix forte, et déjà deux esclaves, Misao et Fukuda, trois si l'on me compte. Il est évident que les servantes sont ravies que le bébé ait l'air japonais. Je passe mon temps à lui chercher un nom, mais sans succès à ce jour.

Je devrais peut-être le faire baptiser, même si je ne pense pas que les presbytériens soient censés croire que les nouveau-nés non baptisés vont en enfer s'ils meurent. En tout cas je ne le crois pas, moi, et c'est probablement une erreur ne serait-ce que d'envisager le baptême quand son père est d'une religion si différente.

Je n'ai écrit que deux fois à maman depuis que je suis au Japon, et n'ai pas reçu de réponse. Devrais-je lui apprendre qu'elle a un petit-fils, ou bien cette nouvelle va-t-elle choquer tout le monde dans la maison ? Miss Basset-Hill a fait porter un énorme filet d'oranges le lendemain du jour où je suis rentrée de l'hôpital. Elle devait bien savoir que j'étais revenue avec un bébé qui n'aurait pas dû naître de mon mariage, ce qui devrait la choquer en tant que missionnaire, et de célibataire missionnaire au surplus. Mais alors pourquoi ces oranges, à moins qu'elle n'ait été chargée par quelqu'un d'entrer en contact avec moi, quoi que je fasse ? Penser à elle me met mal à l'aise.

Tsukiji — Tokyo
Le 23 juillet

Un violent orage, qui semblait bien décidé à tournoyer sur le fleuve Sumida, juste au-dessus de nos têtes, a mis fin à la terrible chaleur de ces dix derniers jours. Le tonnerre donnait l'impression que le monde entier s'écroulait. Les servantes me tenaient compagnie, Misao poussant presque sans cesse de petits cris de terreur, mais le bébé a dormi profondément pendant tout l'orage, ce qui nous a sidérées toutes les trois. La lumière électrique a vacillé deux fois avant de s'éteindre, mais est revenue au bout de quelques instants à chaque fois. La pluie s'est mise à tomber en rafales. Le canal qui est de l'autre côté de la rue aurait dû suffire à écouler tant d'eau, au lieu de cela nous avons rapidement eu des geysers débordant par-dessus le rebord de la grille du jardin, jaillissant entre les lattes comme le trop-plein d'un réservoir. L'accès à la maison a été inondé en quelques minutes et le bassin à poissons s'est mis à déborder, mais ce qui avait bien l'air des prémices d'un désastre avait entièrement disparu au matin, l'air était frais et le soleil chauffait sans cette humidité oppressante que nous venions de supporter. J'étais assise sur ma chaise, dans la véranda, et Misao avait mis le bébé sur une natte dans le jardin, quand je l'ai entendue lui demander s'il était son ami : « *Anata boku no o-tomodachi desu ka ?* » Mon bébé a montré ses gencives en un grand sourire, et j'avais trouvé son nom : Tomo. Il plaît beaucoup aux servantes.

J'ai décidé cet après-midi que j'avais joué les invalides assez longtemps, et je suis partie faire une très grande promenade, descendant les marches de pierre jusqu'à la grille, traversant la route jusqu'aux berges du canal où je suis restée à regarder la vase découverte par la marée descendante. Je me suis alors dit que j'avais été assez loin comme cela. Une certaine agitation à notre grille ne m'a pas tout de suite fait rebrousser chemin, mais quand je l'ai fait, j'ai vu un pousse-pousse dont les mancherons étaient posés sur le sol et j'ai un instant cru que j'étais coincée et que Miss Basset-Hill était aux aguets derrière la capote, mais ce qui en est sorti n'était pas une personne mais un énorme paquet que Misao et Fukuda, visiblement tout excitées, ont porté à deux dans la maison. Le temps que je rejoigne mes servantes, le paquet trônait au milieu de la natte de paille du salon. Le bébé, pour le moment négligé, était encore dehors au soleil. Il était manifeste que le paquet en lui-même était l'objet d'un profond respect, proche de la vénération, et Misao et Fukuda étaient toutes les deux assises sur leurs talons à le contempler. Je me suis installée sur ma chaise et ai pratiquement dû les brusquer pour qu'elles se mettent à défaire la ficelle autour du papier marron, ce qui a été fait avec toute la solennité d'un rituel. On m'a d'abord tendu un papier blanc et rouge plié, symbole indiquant un cadeau, puis une étiquette sur laquelle il y avait un mot écrit en anglais : « Mary », avec l'adresse en japonais tracée au pinceau. Il y avait une deuxième couche de papier d'emballage, qui a fini par dévoiler un poisson en tissu rouge.

C'était un très grand poisson, d'environ un mètre de long et quarante centimètres de large, qui se tenait à cinquante centimètres de son socle en bois sculpté, avec des enjolivures d'un vert vif d'algues artificielles et de fougères aquatiques. Les nageoires et la queue étaient en tissu, les écailles et la tête étaient peintes à la main et stylisées. J'avais deviné que le poisson contenait quelque chose avant qu'il ne soit poussé vers moi sur la natte et que Misao ne m'ait montré comment on fouillait à l'intérieur, par une fente taillée sous la queue. J'ai mis ma main dedans et j'ai tiré. Des kilomètres de crêpe de soie épais sont sortis les uns après les autres, d'un ton gris assez doux pour le fond, avec comme motifs d'immenses pivoines, le tissu étant manifestement destiné à être transformé en un kimono des plus exotiques. Dans les derniers plis du tissu est apparu autre chose, une pochette en brocart d'or. Dedans, il y avait vingt billets tout neufs de cent yen.

Je savais, grâce aux livres de Marie que j'avais lus sur le Japon, que le poisson était le symbole d'un garçon. Je suis restée assise sur ma chaise de rotin, sur le plancher de la véranda et sous le regard attentif de mes deux servantes, à me demander si c'était là la façon de Kentaro de me récompenser pour la naissance d'un fils. Ce pouvait tout aussi bien être mon prix de prostituée, deux mille yen pour lui permettre de se laver les mains de mon sort et de celui de Tomo. J'ai de nouveau regardé la soie. Aucune femme respectable ne consentirait dans ce pays à être vue avec un tissu à fleurs aussi voyant. On ne pouvait en faire qu'un kimono de courtisane.

Tsukiji — Tokyo
Le 27 juillet

Je n'ai pas dormi du tout la nuit dernière. On dit cela très souvent pour dire que l'on a mal dormi, mais je n'ai vraiment pas fermé l'œil de la nuit. J'ai entendu toutes les heures le veilleur de nuit passer dans notre rue, en frappant ses claquettes de bois l'une contre l'autre et en criant qu'il était fort occupé à monter la garde contre les voleurs, mais qu'il n'y en avait pas dans les parages et que nous pouvions dormir tranquilles.

Je n'arrêtais pas de penser à ce que je pouvais faire avec deux mille yen. C'est exactement la somme d'argent que maman a insisté que j'emporte avec moi pour parcourir le monde en quittant Édimbourg. Voilà que je la possède à nouveau. Mille dollars est bien plus que ce que la plupart des émigrants d'Europe ne peuvent emporter avec eux pour aller dans un nouveau monde, mais j'ai entendu dire que les Américains étaient stricts et refusaient d'admettre ceux qu'ils considéraient comme moralement dépravés. Je suis sûre qu'ils me rangeraient dans cette catégorie-là si je me présentais à leur consul. Et puis, Tomo est Japonais de naissance, je ne pourrais pas l'emmener où bon me chante. D'autre part, ne serait-il pas mal d'élever en Occident un enfant à demi Oriental ? Mes pensées tournoyaient sans cesse, mais ne me menaient nulle part...

Je continue à nourrir Tomo au sein, mais n'ai pas l'intention de le faire aussi longtemps que les Japonaises, qui semblent allaiter des années. D'habitude, quand je le tiens dans mes bras, je suis heureuse de ne plus penser à rien, et j'attends ces minutes bénites. Il pleure rarement, sauf quand il a besoin de quelque chose, qu'il n'attend jamais longtemps avec trois femmes à son service. Je le regarde étendu sur la natte en train de gigoter comme s'il pédalait et je me souviens de Jane, qui n'était pas geignarde, et ne pleurait franchement pas souvent non plus, mais qui n'avait jamais cet air joyeux. On a l'impression que Tomo sait qu'il est né pour un bel avenir. Rien n'est moins certain dans son cas, mais il a vraiment l'air d'en être persuadé. J'ai de nouveau ce sentiment étrange que mon bébé sait des choses qui me sont cachées. Ce doit être évidemment mon imagination.

Tsukiji — Tokyo
Le 4 août 1905

La guerre en Mandchourie s'éternise, bien qu'on parle de négociations que mèneraient les Américains pour que les Russes et les Japonais fassent la paix. Je me suis réveillée en sursaut la nuit dernière en me demandant ce qu'il adviendrait de moi si Kentaro était tué. Comme je deviens égoïste ! Je me répète que c'est pour Tomo que j'ai peur, mais ce n'est pas vrai. Les femmes qui ont des enfants ont peut-être bien deux fois peur à cause d'eux, mais la moitié de leurs craintes est quand même pour leur propre sort.

Je suis allée hier avec Misao San en pousse-pousse dans un bureau de la banque de Yokohama, non loin de Ginza, où j'ai ouvert un compte avec mille huit cents yen, en en gardant deux cents que je compte dépenser à découvrir Tokyo et ma place dans cette ville, si jamais j'en ai une.

J'entrevois déjà un avenir possible, somme toute le plus agréable parmi les différents choix qui pourraient s'offrir, qui serait d'être la seconde femme de Kentaro. Il est tout à fait inutile ici pour un homme d'attendre que sa première épouse soit morte pour en choisir une autre, la concubine et ses enfants vivant dans une autre maison et ayant une place tout à fait reconnue dans la société. Le prince héritier actuel n'est pas le fils de l'impératrice, mais un fils de l'empereur Meiji et d'une dame de cour, et c'est un jeune homme qui ne pourrait prétendre au trône dans aucun autre pays que celui-ci. La plupart des concubines sont des geishas renommées qui se sont retirées de la profession pour vivre avec un protecteur. Les épouses en titre n'ont pas l'air de protester contre ce genre d'agissements.

Aucune vraie chrétienne ne pourrait décemment envisager le genre de vie que je suis prête à mener. On pourrait croire que j'ai perdu toute notion de honte. Cela veut-il dire que je vais lentement à ma destruction ?

Tsukiji — Tokyo
Le 9 août

Une chose que je redoutais est arrivée, un mot de Miss Basset-Hill m'invitant à déjeuner après-demain. Elle dit que comme on m'a vue à l'extérieur, elle espère que je suis parfaitement rétablie de mes couches et de la maladie qui a suivi. Le mot, qui m'a été remis en main propre, commence par « Chère Mme Collingsworth », ce qui prouve qu'elle sait tout sur moi, et donc qu'ils en savent certainement autant à l'ambassade de Grande-Bretagne. Pourquoi une missionnaire célibataire voudrait-elle entrer en contact avec quelqu'un qui a perdu sa réputation, si ce n'est pour l'espionner ? Ce ne peut être simplement de la gentillesse. L'ambassade lui a probablement donné des instructions pour en apprendre un maximum sur mon compte, afin de fournir aux autorités japonaises assez d'éléments pour me déporter. Richard pourrait bien être derrière tout ceci. J'ai bien envie de dire que je ne peux pas y aller, mais cela montrerait que j'ai peur, je suis donc obligée d'accepter, et il va falloir que je crâne, ce dont je n'ai pas vraiment l'habitude. Si je refuse cette fois-ci, elle se manifestera à nouveau.

Tsukiji — Tokyo
Le 11 août 1905

Je ne sais vraiment pas quoi penser de ce qui s'est passé aujourd'hui. La maison de Miss Basset-Hill est de style japonais, juste un peu plus grande que celle-ci, mais dans un jardin bien plus vaste, et elle est remplie de meubles venus d'Angleterre. D'épais tapis recouvrent partout les nattes de paille, mais l'on enlève quand même ses chaussures à l'entrée, et j'ai eu du mal à en croire mes yeux quand j'ai vu son salon : des bureaux, des bibliothèques, un sofa recouvert de velours et des chaises. La pièce en était bondée, mais tout avait l'air instable à cause du sol mou en dessous. Il y avait une grande bibliothèque qui tremblait dès que je remuais sur ma chaise, et j'avais l'impression que les légères parois allaient s'effondrer sur nous à cause du poids des portraits encadrés, Miss Basset-Hill ayant apparemment besoin de garder avec elle au fin fond de l'Orient tous ces souvenirs de ses ancêtres. Rien dans cette pièce à part son agencement et la menuiserie ne suggérait le Japon, jusqu'aux portières coulissantes en papier qui étaient vitrées pour donner l'impression de fenêtres à la française. A l'emplacement où devait être autrefois l'alcôve et sa décoration rituelle, se trouvait un secrétaire à abattant gigantesque, au-dessus duquel pendait une lampe électrique à l'abat-jour en perles vertes tressées.

Il m'a fallu quelques instants pour réaliser qu'il y avait une troisième personne dans la pièce, une femme assise dans un rocking-chair dont la partie supérieure seule bougeait grâce à des ressorts — la base étant fixe — qui se sont mis à grincer quand elle s'est levée. Cette dame portait un corsage blanc très simple et une jupe marron qui montrait ses chevilles, comme si trop de lavages l'avaient fait rétrécir. Ses cheveux noirs étaient tressés en macarons, comme je le faisais quand je suis partie pour la Chine. J'ai vite abandonné cette coiffure pour me faire un simple chignon sur la nuque.

L'autre invitée, si on pouvait l'appeler comme ça, devait avoir perdu quelques épingles à cheveux, car sa coiffure qui n'était pourtant pas très élaborée menaçait de s'effondrer d'une minute à l'autre, avec des mèches qui s'échappaient déjà dans tous les sens. Ce n'est que lorsque mes yeux se sont habitués à la pénombre, après la lumière intense de la véranda, que j'ai réalisé que la dame en question était japonaise. Notre hôtesse, tout de noir vêtue comme si elle portait le deuil de tous les péchés du monde, a fait les présentations.

« La baronne Sannotera, Mme Collingsworth. J'étais sûre que vous seriez ravies de vous rencontrer. Et maintenant, il faut que j'aille vérifier ce que mon épouvantable cuisinière a préparé pour le déjeuner. »

Puis elle a ajouté, de sa fine voix presque perçante : « La baronne est sortie de prison ces jours-ci. »

La chose dont j'ai été sûre à ce moment-là, c'est que ce déjeuner allait être très différent de tout ce que j'avais imaginé. Miss Basset-Hill a quitté la pièce et la baronne, qui n'avait pas l'air embarrassée du tout par cette introduction, s'est dirigée vers une petite table et s'est retournée pour me dire « Je suis sûre qu'Alicia voudrait que vous preniez un sherry ! »

J'en avais bien besoin. En revenant vers moi avec deux verres à la main, la baronne a ajouté, à nouveau dans un anglais parfait :

« Quand on fréquente d'anciens prisonniers, c'est toujours utile de savoir pour combien ils en ont pris. J'ai été condamnée à six mois, mais je n'en ai fait que trois, grâce à mes relations familiales, et malgré le fait que ce soit ma troisième condamnation. »

J'ai eu l'impression qu'elle souhaitait que je lui demande pourquoi elle avait été emprisonnée et je lui ai donc posé la question. La réponse a été immédiate :

« Pour avoir dévisagé l'empereur Meiji. »

Même après ses explications j'avais toujours du mal à y croire, mais il est apparemment absolument interdit par la loi de regarder l'Empereur en face, que l'on considère évidemment comme un dieu. Quand son carrosse passe dans les rues, les foules sont censées s'incliner très bas et rester dans cette position jusqu'à ce qu'il soit largement hors de vue. Toutes les fenêtres des étages supérieurs sont interdites, et pendant les grandes processions officielles la police fait face à la foule qu'elle scrute pour repérer quiconque enfreindrait cet édit. La baronne avait choisi un emplacement très en vue, près du pont qui franchit les douves du palais, et s'y était tenue bien droite, manifestement exprès, quand tout le monde autour s'inclinait le plus bas possible. Elle avait aussi crié à Sa Majesté que les femmes japonaises devaient être libérées de leur esclavage. Cela avait causé un grand scandale, lui avait valu un procès, et la baronne n'avait pas seulement reçu plusieurs menaces de mort, mais aussi quelques sabres courts de cérémonie en cadeau d'associations patriotiques, suggérant qu'elle mette fin à ses jours pour atténuer la honte qu'elle avait causée à sa famille et à son pays. Ses deux condamnations précédentes étaient dues à des manifestations devant les bureaux de l'un des quotidiens de Tokyo pendant une campagne pour le droit de vote des femmes, et une peine de trois mois de prison, qui avait été ramenée à deux, lui avait été infligée pour avoir dit dans une conférence que l'Empereur n'était pas divin et ne devait pas être adoré.

Je n'ai pas eu besoin de dire quoi que ce soit sur moi, Miss Basset-Hill lui avait déjà raconté tout ce qu'elle savait sur mon compte, manifestement pas mal de choses. La baronne a décrit de quelle façon elle avait rallié le mouvement des Suffragettes pendant son séjour en Angleterre alors qu'elle avait été témoin des festivités commémorant la reddition de Mafeking, une victoire dans une autre de ces guerres stupides qui n'aurait jamais été menée si les femmes avaient leur mot à dire dans la conduite du monde. Je me disais que cette dame avait sûrement d'autres peines de prison en perspective si elle continuait ainsi à exprimer ce qu'elle pensait du Japon, quand notre hôtesse nous a priées de passer dans la pièce à côté, et a ajouté :

« Les Français ont peut-être pris les Japonais en amitié, mais pas leurs vins. Je fondais de grands espoirs sur cette bouteille, mais je crains bien que ce ne soit une nouvelle déception ! »

Miss Basset-Hill n'est pas une sorte d'espionne au service

de l'ambassade ni de ma famille. C'est le Dr Ikeda à l'hôpital Saint-Luke qui lui a parlé de moi, car elle y fait du travail bénévole deux fois par semaine. C'était un déjeuner assez extraordinaire. Je me souviendrai toujours de cette silhouette toute droite, et vêtue de noir, qui présidait une table vacillant sur ses pieds à cause du sol mou, en train de nous raconter que certains missionnaires envoient chaque année des statistiques sur le nombre des convertis dans l'année, et ses commentaires sur ses propres résultats dans ce domaine.

« Je ne suis vraiment pas sûre, après trente années passées ici, de pouvoir me targuer d'avoir fait un seul converti. Les Japonais n'ont pas l'air très attirés par l'anglicanisme. Ils n'y comprennent probablement rien, et je ne suis pas sûre moi-même d'y comprendre quelque chose ! en plus de cela, je suis franchement plus proche de la Haute Église. »

Comme nous nous séparions à la grille et au moment de monter dans son pousse-pousse, la baronne s'est tournée vers moi :

« Deux femmes de mauvaise réputation comme nous devraient être amies, qu'en pensez-vous ? »

Je pense que oui. Nous allons ensemble au théâtre Kabuki la semaine prochaine.

Tsukiji — Tokyo
Le 16 août

Si Aiko Sannotera est un avant-goût de ce que seront les femmes japonaises au XXe siècle, les Japonais vont vivre une vraie révolution des mœurs. Elle représente pour moi une porte ouverte de nouveau sur le monde, après toute cette période où j'étais enfermée dans ma prison intérieure. Elle terrifie mes servantes. Une attitude aussi peu féminine serait à la limite acceptable dans leur esprit chez une étrangère, mais qu'une Japonaise, et baronne au demeurant, soit aussi émancipée les choque profondément. La petite-fille d'un ministre, qui devrait se comporter comme une grande dame, leur parle comme si elles étaient des égales au lieu d'utiliser le langage approprié pour des servantes, et cela aussi est totalement irritant.

Le mari d'Aiko a obtenu le divorce il y a six ans. Il était d'après elle remarquablement patient, mais a quand même fini par ne plus la supporter, comme épouse en tout cas, car ils sont restés amis et c'est grâce à son intervention que ses peines de prison ont été réduites. En plus de cela, les dieux ont puni la rebelle féminine en la rendant stérile, et bien que son mari ait été tout à fait d'accord pour adopter un héritier qui aurait continué la lignée des Sannotera, Aiko lui a suggéré d'essayer avec une autre femme et se réjouit qu'il ait eu plus de succès, car le baron a aujourd'hui deux fils et une fille.

Nous sommes allées au Kabuki hier soir; nous nous sommes assises sur des nattes dans un des petits boxes qui seraient considérés comme des loges de face en Europe, entourées de familles entassées dans d'autres boxes délimités par des balustrades. La plupart des spectateurs mangeaient solidement, ce qui est nécessaire pour se soutenir tout au long des huit heures que dure le spectacle, même si l'on peut perdre la scène des yeux et se changer les idées en discutant avec sa famille, ou quand il s'agit d'hommes d'affaires avec des geishas. J'ai vraiment beaucoup aimé ce théâtre, où, tandis qu'un acteur était sur le point de s'éventrer sur scène, avec à l'arrière-plan un décor en papier de cerisiers en fleur, les gens de la loge voisine pouvaient être complètement absorbés par la nécessité de faire passer le hoquet du grand-papa, visiblement dû à une trop grande consommation d'alcool de riz.

L'action devait rappeler à Aiko l'histoire de sa propre famille, car d'une voix assez forte pour que je puisse l'entendre malgré les glapissements de l'acteur à l'agonie, elle m'a raconté comment son grand-père, le ministre des Finances, avait été assassiné. Quatre spadassins se sont taillé à coups d'épée un chemin dans la maison familiale, tuant d'abord le portier, puis deux servantes, avant la grand-mère d'Aiko qui tentait de protéger son mari alité, pour arriver enfin jusqu'au chevet du vieillard qu'ils ont littéralement découpé en morceaux. Le crime qui lui avait valu cette mort était d'avoir résisté aux tentatives de l'Armée et de la Marine d'augmenter leur budget.

Il est facile de voir d'où Aiko tire son refus obstiné à se laisser intimider par le pouvoir en place. Je comprends bien également pourquoi elle pense que le Japon est mûr pour mille réformes qui tireraient le pays de ce qu'elle appelle un féodalisme avec des habits neufs. Ce n'est pas particulièrement une compagne reposante, l'esprit n'a pas le temps de se relâcher avec elle, mais c'est ce dont j'ai besoin. Je me suis trop reposée, et trop longtemps.

Tsukiji — Tokyo
Le 20 août

Aiko est venue cet après-midi. Elle est merveilleuse avec Tomo, alors que je ne m'attendais pas à ce qu'elle manifeste un quelconque sentiment maternel envers les bébés. Elle doit connaître Kentaro, car les classes supérieures japonaises semblent très liées, mais elle ne m'en a jamais parlé. Ce n'est pas tant pour éviter de me faire de la peine, elle n'est pas du genre à éviter de faire de la peine aux gens, mais parce qu'elle doit trouver proprement intolérable mon asservissement aux quatre volontés d'un Japonais. Ce qui lui plairait sans doute, c'est que j'enroule mon fils dans une couverture et que je disparaisse avec lui dans la nuit de Tokyo, en laissant derrière moi à jamais ma dépendance envers les hommes.

En tant que femme « moderne », il y a cependant une chose qu'Aiko oublie : étant née dans une famille aisée, et ayant épousé un riche mari, son idéalisme n'a jamais été menacé par la peur de ne pas avoir à manger le lendemain. Je ne dis pas ça pour la diminuer ou pour me chercher des excuses, elle mourrait volontiers pour une cause qui aurait de l'importance à ses yeux, mais elle ne verrait rien de bizarre à ce que son dernier repas avant l'exécution lui soit envoyé d'un restaurant très chic sur un plateau laqué d'or, le tout étant payé par son ex-mari. Je crois que nous sommes déjà très amies, et d'autant plus parce que chacune voit très bien ce qu'il y a d'absurde dans le comportement de l'autre. Nous sommes loin d'être d'accord sur tout, et ce ne sera jamais le cas, mais nous menons toutes les deux un peu le même combat. Je l'aiderai à devenir un adversaire plus fort et plus estimable, en fin de compte. Elle m'a réintroduite dans la réalité en dix jours seulement, et je lui en serai éternellement reconnaissante.

Tsukiji — Tokyo
Le 24 août 1905

La guerre russo-japonaise est finie, le traité de paix a été signé hier en Amérique, à Portsmouth, dans le New Hampshire. Kentaro va peut-être bientôt revenir à Tokyo. J'essaie de ne pas trop penser à ce que cela pourrait signifier pour Tomo et moi.

Je suis allée aujourd'hui toute seule pour la première fois à Ginza, et j'ai acheté des petits gâteaux comme on en ferait à la maison, chez Fugetsudo : de délicieux petits macarons faits avec de vraies amandes pilées. Je suis ensuite allée dans un grand magasin à quatre étages, Matsuzakara, où plusieurs rayons débordent de marchandises importées d'Europe et où des matrones richement parées semblent dépenser des petites fortunes. Ce sont sans doute les femmes de ces profiteurs de guerre à qui l'on a fait une mauvaise publicité dans les journaux ces temps derniers.

J'ai acheté chez Maruzen, le libraire, un exemplaire du livre de Basil Hall Chamberlain *A la Japonaise*, qu'Aiko m'avait recommandé, parce qu'on y trouve beaucoup de vérités élémentaires sur les habitants de ce pays. J'y ai aussi fait l'acquisition des œuvres complètes de Shakespeare, d'occasion, en un seul volume et imprimé avec des caractères bien trop petits, mais j'ai lu *Macbeth* hier soir d'une traite, sans pouvoir m'arrêter, tandis que Tomo poussait des petits grognements de chiot dans son sommeil, comme si la lumière le gênait.

Je ne pense pas qu'il nous soit demandé d'éprouver beaucoup de sympathie pour Macbeth, et pourtant j'en avais pour lui, car j'avais l'impression de comprendre parfaitement tout ce qui lui arrivait, depuis ces premières idées de meurtre en train de germer dans son cerveau — prémices de sa destruction. Ce qu'il y a de pire dans la pièce c'est cette idée du destin qui s'acharne, dont les sorcières sont l'instrument, et que l'on sait donc que Macbeth n'a aucune chance de s'en sortir, sa mort étant inéluctable. C'est un peu comme l'idée de Dieu que se font toujours les presbytériens stricts en Écosse, qu'Il a décidé pour vous si vous iriez en enfer ou au paradis avant votre naissance. C'est vraiment pernicieux d'attribuer à Dieu une idée pareille. Je ne peux pas croire au destin tel qu'il est dans *Macbeth*. Il n'était pas écrit que je gravirais le sentier d'une colline chinoise et que je laisserai un soldat japonais me faire un enfant. Ce que j'ai fait était de ma propre volonté. Je ne peux pas blâmer Dieu ou le destin, mais seulement moi-même. Et souvent, quand je regarde Tomo, je suis heureuse.

11

Lettre de Mary Mackenzie à Mme de Chamonpierre
à Washington D.C.-USA

13 Tsukiji San Chome
Tokyo — Japon
Le 16 septembre 1905

Chère Marie,
Quelle joie à nouveau de recevoir de vos nouvelles ! Je ne vous remercierai jamais assez d'avoir ainsi joué les détectives pour moi, ce qui a dû vous causer beaucoup de tracas, même si vous prétendez le contraire !

J'avais bien sûr deviné que Jane devait être à Mannington avec la mère de Richard, et tout ce que je peux souhaiter à présent c'est qu'elle ressemble assez à son père en grandissant pour que ce monde lui convienne parfaitement. C'est certainement suffisamment stable. J'espère, dans son propre intérêt, que Jane ne tiendra pas de moi, et je suis persuadée que Lady Collingsworth fera tout ce qui est en son pouvoir pour que cela ne se produise pas. Je suis contente aussi que Richard ne retourne pas en poste en Chine après son congé en Angleterre. Cela me désole de penser aux dommages que j'ai sans doute causés à sa carrière, mais on comprendra sûrement qu'il n'était absolument pas fautif. Je n'ai rien reçu quant à un éventuel divorce, mais je suppose qu'avec la loi anglaise, il pourrait être prononcé sans que cela me soit notifié.

Mon fils Tomo va très bien. Il est en bonne santé depuis sa

naissance, même si l'accouchement n'a pas été facile. Il avait une mauvaise position dans mon ventre, je n'ai pas encore très bien compris ce qui n'allait pas, mais les médecins de l'excellent hôpital ici ont dû pratiquer une opération juste avant le terme, ce qui signifie que je ne pourrai jamais plus avoir d'enfant. C'est probablement une bonne chose, maintenant que je vais faire partie de ce que vous nommeriez le *demi-monde* *. Cela ne me chagrine pas.

Avec Tomo, je cours le risque de devenir une mère par trop indulgente, et je dois veiller à cela. Mes deux servantes ont l'air de prendre très peu de choses vraiment au sérieux dans la vie, à part les bébés, surtout quand ce sont des garçons, et je peux laisser Tomo avec elles sans aucun danger, même si je vais devoir bientôt les empêcher de le gâter complètement. Il est déjà comme un petit prince qui n'a qu'à exprimer le moindre caprice pour le voir aussitôt satisfait. C'est tout à fait extraordinaire de voir comment des nouveau-nés prennent conscience de leur pouvoir et se mettent à en user.

Je ne suis plus aussi isolée dans cette maison que je l'étais quand je vous ai écrit ma première lettre, car j'ai à présent deux amies, une Anglaise et une Japonaise, qui est baronne et un personnage assez unique dans ce pays.

Elle m'a introduite dans le monde de Tokyo, et même au-delà puisque nous irons le mois prochain sur je ne sais quelle colline à la campagne, pour une cérémonie qui consiste à admirer les couleurs automnales des érables. La baronne s'habille à l'occidentale en permanence... si on peut dire... et nous devons former une étrange paire qui suscite bien des curiosités, comme j'ai déjà pu le constater lors de nos expéditions précédentes, et même au théâtre. Je ne vis donc pas repliée sur moi-même, comme vous supposiez sans doute que je l'aurais fait, puisque vous pensiez que je m'étais complètement coupée du monde dans cette maison à Pékin. Tokyo me plaît, ce n'est pas beau à proprement parler, avec cette succession sans fin de petites maisons grises en bois à deux étages, mais c'est très animé et on y

---

* En français dans le texte.

trouve bien plus de distractions populaires qu'en Chine, qui sont très bon marché quand ce n'est pas tout à fait gratuit. Je vais régulièrement dans les marchés de nuit, qui sont ouverts chaque soir le long de la rue principale, Ginza, avec des étals portables éclairés par des lampes à acétylène et offrant tout ce que l'on peut trouver sur cette planète. On a aussi l'impression qu'il y a un festival différent toutes les semaines, le plus souvent dans les temples mais qui sont très légers. J'ai comme l'impression que les Japonais sont assez désinvoltes pour ce qui touche à la religion, et ne croient pas à grand-chose à part aux fantômes.

C'est un grand pays pour les fantômes, tout est hanté, y compris les arbres !

Du comte Kurihama, je n'ai aucune nouvelle. Il est sûrement concerné par ce qui semble bien devenir une occupation japonaise permanente de la Corée, ce qui devrait vous plaire, puisque vous estimez qu'ils devraient gouverner l'Asie. Quant à moi, je n'en suis pas si sûre que cela, même si mon bébé est à moitié Japonais.

Vous ne me dites rien de la Pierce-Arrow d'Armand ? J'espère qu'il n'a pas eu de problèmes. D'après ce que j'ai pu lire ici dans les journaux, ces voitures sont de coûteux objets de luxe. Il y a toute une série de nouveaux riches japonais, des profiteurs de guerre essentiellement, que l'on nomme *narikin* et qui ont importé des automobiles, mais elles tombent tout le temps en panne ou glissent des pistes étroites dans les rizières, dont il faut ensuite les faire hisser par des bœufs. Je pense faire l'acquisition d'une bicyclette. Aiko, la baronne, vient d'en acheter une, un modèle pour femmes à trois vitesses, sur laquelle elle fonce maintenant dans les rues de Tokyo, un vrai danger public, pour les personnes comme pour les biens ! je crains qu'elle ne provoque très vite un accident assez grave.

Comme vous pouvez le constater, j'ai bien meilleur moral que la dernière fois que je vous ai écrit. L'automne est une saison très agréable ici, avec des jours ensoleillés et des nuits fraîches. Un voisin joue du *samisen* le soir, un instrument à cordes que les geishas manient avec talent, c'est pourquoi je devrais peut-être apprendre à m'en servir. Cela donne des notes claires et vibrantes qui sont d'une tristesse profonde, et n'ont rien de comparable avec ce que j'ai pu entendre en Chine. Il y a aussi une flûte de bambou, dont le son évoque un riche contralto.

Vous m'avez posé une question sur les tremblements de terre. Il y en a eu, mais petits pour la plupart, qui font surtout beaucoup de bruit sans provoquer de réelle secousse. Je n'étais pas effrayée du tout, dans ma légère petite maison en bois. Ce sont les grands feux, que l'on appelle les fleurs de Yedo qui sont terrifiants. Ils balaient des quartiers entiers de la ville et causent de terribles incendies. Six mille maisons ont été anéanties par le feu en une nuit dans le quartier de Uedo, depuis mon arrivée ici. Bien que Uedo soit à une distance considérable, le ciel au-dessus de nos têtes est resté d'un rouge sang toute la nuit. On dit que les canaux qui quadrillent le secteur sont une protection efficace, mais des braises incandescentes portées par le vent peuvent parcourir des kilomètres. Aiko dit qu'au cours des cinquante dernières années, en dehors de la partie centrale autour du palais impérial, presque toute la ville a été détruite par le feu et reconstruite à différentes époques. Il est donc bien naturel que les gens d'ici ne semblent pas très convaincus de la permanence des biens matériels, et lorsque l'on est citadin, les chances de perdre tout ce que l'on possède au moins une fois au cours de sa vie sont réellement très élevées. Bien des gens en font l'expérience deux ou trois fois.

La baronne doit être la seule Japonaise à penser que c'est une mauvaise chose que son pays ait battu la Russie. Elle dit que cela ne fait qu'aggraver leur suffisance déjà renforcée par la défaite de la Chine quelques années plus tôt. Elle m'a raconté qu'il y avait même certains exaltés chez les militaires qui prétendent que c'est la Grande-Bretagne qui va suivre, malgré le traité d'alliance et d'amitié. Je suis sûre, même si vous êtes Française, que vous conviendrez avec moi que si les Japonais tentent une chose pareille, ils se préparent à un choc terrible.

Merci mille fois de m'avoir écrit, et ne manquez pas de m'écrire à nouveau bientôt. Mieux encore, pourquoi ne reviendriez-vous pas au Japon que vous aimez tant, la prochaine fois que vous quitterez Washington ? Le voyage que cela représente n'est plus rien de nos jours : il ne faut que cinq jours de train de chez vous à Vancouver, et de là il n'en faut que douze pour arriver à Yokohama. Le monde devient bien trop rapide pour moi, car j'ai décidé que j'étais quelqu'un de lent, mais cela veut quand même dire que bien des choses qui paraissaient impossibles il y a quelques années encore sont devenues faciles de nos jours. Peut-être que dans cinquante ans on voyagera dans des machines volantes ? Je viens de lire dans notre journal en langue anglaise que deux Américains auraient volé en une demi-heure seulement sur une cinquantaine de kilomètres, sur un terrain d'essais tenu secret. Je dois dire que j'ai peine à y croire. On se demande ce qui va suivre !

Mes amicales pensées à Armand et vous-même

Mary

PS : Armand ne doit absolument pas vous faire courir de risques en faisant de la vitesse avec cette Pierce-Arrow. Les journaux disent aussi que l'automobile devient une vraie menace dans les rues américaines, et même sur les routes de campagne.

13 Tsukiji San Chome
Tokyo — Japon
Le 19 septembre 1905

Aiko est venue à bicyclette aujourd'hui après le déjeuner, pour m'apprendre à monter dessus. Le seul endroit possible pour cette leçon était la rue devant notre maison, qui à cette heure-là était tout à fait déserte. Misao et Fukuda sont sorties pour regarder le cirque. Elles n'arrivent toujours pas à s'habituer à Aiko. Qu'une étrangère se comporte comme si elle avait le cerveau dérangé, passe encore ! Mais c'est leur première expérience d'une Japonaise gagnée par l'aliénation mentale. En plus de cela, il y a aussi la voix d'Aiko, qui n'est pas vraiment féminine, selon les standards locaux. On peut l'entendre à l'autre bout de la pièce, quand elle croit qu'elle est en train de ne parler qu'à vous-même. Comme instructeur, elle hurlait littéralement. En fin de compte, en ignorant résolument tous les conseils qu'elle me prodiguait, j'ai réussi à rester en selle pendant trente bons mètres, et tout se passait très bien quand j'ai heurté une pierre qui a tordu la roue avant, en me laissant le choix entre me casser la figure ou foncer droit dans le canal. Je suis donc tombée par terre, et mes servantes sont venues à mon secours en faisant claquer leurs socques de bois et en criant « *Ara! Ara!* » tandis que cette vilaine Aiko restait près du portail à se tordre de rire.

Après cela, nous avons envoyé chercher deux pousse-pousse et après avoir laissé la bicyclette avec la roue arrière cadenassée, nous avons été jusqu'à Ginza, tirées par deux *kurumaya* qui nous prenaient certainement pour deux étrangères, et qui ont agrémenté le trajet — pour Aiko tout au moins — par une série d'échanges à tue-tête sur le degré de moralité supposé de leurs passagères, avec des conclusions qui n'étaient guère flatteuses pour nous. Aiko était furieuse mais s'est dominée jusqu'à ce que nous soyons arrivées aux grands magasins Matsuzakara, où elle a débité un torrent de ce qui ne devait pas être du japonais très chic, car ils en sont restés bouche bée. J'ai remarqué qu'elle ne leur avait pas donné de pourboire.

Nous sommes montées grâce au nouvel ascenseur américain qui faisait des bruits métalliques et me donnait l'impression qu'il allait se mettre en grève dans la seconde ou nous faire tomber d'un coup quatre étages plus bas dans la cave. Notre but était le rayon des vêtements pour dames, où d'après Aiko viennent s'habiller un certain nombre de dames de la cour, comme c'était son cas quand elle en faisait partie. Tout ce que je peux dire, c'est qu'on ne doit pas être très bien habillé à cette cour-là. Une série de modèles était présentée sur ces mannequins rembourrés et sans tête dont on se sert en couture, sans doute le fin du fin de la mode 1890, mais qui donnaient vraiment l'impression d'être là depuis cette époque, à ramasser la poussière. Aiko a vu ma réaction et m'a raconté qu'à une garden-party où elle avait été, la plupart des dames étaient habillées par ce grand magasin « à l'occidentale », et l'une d'elles arborait même un immense chapeau orné de plumes d'autruches. Malheureusement, les mites y avaient pris goût et à chaque courbette que cette dame faisait, une plume tombait. Le protocole à la cour est strict pour ces réceptions, et exige que l'on reste à la place assignée selon son rang. A la fin de la soirée, la dame de cour faisait toujours des courbettes, mais elle était entourée d'un cercle de plumes d'autruches et son chapeau ressemblait à celui des sorcières.

Aiko était à la recherche de ce qu'elle appelle un ensemble pratique, qu'elle pourrait porter pour monter à bicyclette, mais nous avons eu beau chercher partout, nous n'avons rien trouvé d'approchant. Je prenais la chose encore plus sérieusement qu'Aiko, parce qu'elle menaçait de scandaliser Tokyo en faisant venir de Londres ou de New York des culottes bouffantes, qui sont mode courante pour les femmes les plus audacieuses. Je suis persuadée que si elle tentait d'en mettre ici la police l'arrêterait en croyant avoir affaire à une anarchiste. Je me demande parfois si elle n'en est pas une au fin fond d'elle-même.

La vendeuse, qui portait pour sa part un sobre kimono noir tout à fait charmant, mais qui ne faisait guère de publicité à ce qu'elle était supposée vendre, a fini par nous emmener dans un petit bureau fermé par des rideaux pour nous y montrer des albums de modèles « à la mode », pour que nous puissions y choisir un style à faire exécuter sur mesure. Ces albums n'étaient pas datés, mais les modèles étaient du genre de ceux que maman pouvait bien commander à l'époque de ma naissance. Finalement nous avons quitté le rayon dans une profusion de courbettes, et même si Aiko n'avait pas vraiment progressé dans ses efforts pour renouveler les tweeds usés et rétrécis qu'elle avait rapportés d'Angleterre il y a plusieurs années, ses tenues étaient quand même plus à la page que ce qui était proposé chez Matsuzakara.

Tsukiji — Tokyo
Le 23 septembre

J'ai donné mon premier déjeuner, avec les mêmes convives que la seule fois où j'ai été invitée à Tokyo, c'est-à-dire Aiko et Miss Basset-Hill. Comme je n'ai pas de salle à manger, nous nous sommes installées à la japonaise, sur une table basse autour de laquelle nous nous sommes assises sur des coussins, et le repas fut un compromis entre mes ambitions et ce que Fukuda San pouvait raisonnablement espérer réussir : une de ses omelettes plates comme plat principal, qui était cette fois-ci encore plus plate que d'habitude et d'où pointaient des morceaux de poulet. On aurait cru qu'ils essayaient désespérément d'échapper au poids d'une couverture d'œufs. Comme entrée, nous avions quelque chose d'assez sûr : une boîte importée de consommé de Cross et Blackwell's, que j'avais trouvée moyennant forte finance au nouveau rayon de produits alimentaires de luxe chez Matsuzakara, et comme dessert de délicieux kakis qui sont de saison en ce moment, et très bon marché. J'en ai eu six pour dix sen, ce qui est bien trop cher payé d'après Fukuda. Le vin, je n'ai même pas essayé d'en offrir, certaine que Miss Basset-Hill serait déçue de toute façon, et je crois que j'ai bien fait car j'ai remarqué qu'elle faisait la grimace à sa première gorgée de sherry, ce qu'on importe de mieux ici pourtant.

Miss Basset-Hill voudrait que je l'appelle Alicia, non pas tellement pour marquer notre intimité grandissante mais parce que je la sens gênée d'avoir à appeler quelqu'un dans ma position *Mme* Collingsworth ou Mackenzie. Elle préférerait Mary. J'ai l'impression qu'elle est légèrement en conflit avec sa conscience quant au fait d'entretenir des relations avec quelqu'un qui fait fi d'engagements pris lors d'un service anglican, et avec la bénédiction d'un évêque. De toute façon, elle est bien incapable d'être vraiment sévère ou de jeter ne serait-ce qu'un petit caillou à des pécheurs endurcis — ce qui est d'ailleurs probablement la raison pour laquelle sa liste de convertis ne sera jamais bien longue. En dépit de son air lugubre et de sa silhouette toute noire, elle est adorable, et d'un naturel très gai. Son rire est d'autant plus contagieux qu'on s'y attend si peu de sa part. Je voudrais bien l'imiter sur plusieurs points, mais sans arborer comme elle ces signes distinctifs de la vieille fille, ce que je ne pourrais plus faire de toute façon. Alicia est ce qu'Aiko ne sera jamais : extrêmement civilisée.

Mes invitées ne sont parties qu'à quatre heures, après avoir refusé de prendre le thé, Aiko enfourchant ses deux roues.

12

13 Tsukiji San Chome
Tokyo
Le 26 septembre 1905

Kentaro est venu hier. J'étais dehors dans le jardin près du bassin à poissons, avec Tomo sur une couverture à côté de moi. Misao recousait les morceaux d'un kimono d'hiver qu'elle avait défait pour le laver, puis fait sécher sur une planche pour éviter d'avoir à le repasser. Nous avons entendu la grille grincer, mais pensions que c'était le marchand de caillé de soja. Fukuda l'a reçu dans le vestibule et lui a dit où j'étais. Il est apparu tout à coup au bout de la haie de bambous et est resté là à me regarder. Je ne l'avais jamais vu habillé tout à fait à la japonaise — à part en légers kimonos —, en *hakama* complet avec le vêtement de dessus, qui le rendait encore plus grand et en même temps presque carré. Ce qu'il portait était dans des tons éteints de brun et de gris, et le faisait ressembler à l'un des samurai que j'avais vus représentés au Kabuki, tout ce qui lui manquait pour cela était un chignon sur le haut du crâne et deux épées sortant de l'un des côtés de son *haori*.

Paniquée, Misao a ramassé sa couture et s'est précipitée entre Kentaro et moi, sur les marches qui mènent à la maison, en faisant des courbettes tous les deux pas. Elle a disparu en haut de la véranda. Kentaro s'est avancé lentement, les yeux fixés sur moi, presque comme s'il n'avait pas encore remarqué Tomo, car le bébé, assoupi dans les derniers rayons de soleil de l'après-midi, ne bougeait pas. Je me suis levée, en prenant appui sur un rocher ornemental. Ce que j'ai dit était en japonais, une phrase de bienvenue que j'ai très souvent entendu mes servantes utiliser : « *Dozo o-hairi nasai.* »

« Où donc m'invitez-vous, Mary ? Dans le bassin à poissons ? » a-t-il répondu en anglais et sans sourire.

Je crois que je lui ai tendu les mains, mais je ne sais plus. En tout cas, il a pris mes deux mains dans les siennes, ce qui me semble maintenant un geste curieux pour un Japonais car on ne les voit jamais toucher leurs femmes, à moins que ce ne soit pour les pousser, ou leur donner quelque chose à porter. Kentaro et moi sommes restés mains dans les mains à nous regarder. Ce que j'ai ressenti à ce moment-là était une sorte de faim, et je me suis souvenue d'avoir éprouvé la même sensation quand je grimpais sur ce sentier dans les collines de l'Ouest. Plus tard, c'est une des choses que j'ai essayé de m'ôter de l'esprit en premier, avant toutes les autres, qui devraient également disparaître si je voulais redevenir moi-même. Je ne le souhaite pas vraiment, et je n'ai plus besoin d'essayer non plus, à présent.

C'est moi qui ai regardé Tomo en premier. Kentaro a presque semblé le faire à contrecœur, lâchant ma main pour se retourner à demi. Il a dû le contempler pendant une bonne minute, puis a demandé : « *Yappari nihonjin desu ne ?* » Cette demi-question ne m'était pas vraiment destinée, mais j'y ai répondu : « Oui, c'est un Japonais. »

Kentaro a eu l'air saisi. Il est aussi possible qu'en commençant à apprendre sa langue, je lui aie donné l'impression d'envahir une partie de sa vie dont il préférerait me tenir à l'écart. Il m'a demandé si j'avais un professeur et j'ai répondu que j'avais appris ce que je savais avec les servantes, en prenant bien garde de ne pas parler d'Aiko. Ce n'est pas seulement mon instinct qui me suggère qu'il n'apprécierait guère la nouvelle que je me suis liée d'amitié avec cette baronne si peu conventionnelle.

Quand Kentaro a annoncé qu'il dînerait ici, j'ai compris qu'il avait l'intention de rester pour la nuit. J'ai porté Tomo à l'intérieur et l'ai installé sur une couverture dans la sorte de parc que j'ai fait faire par un menuisier local. Kentaro m'a suivie sur la natte de paille et s'est écrié d'une voix forte : « Mais qu'est-ce que c'est que ça ? » Je lui ai expliqué que c'était pour la sécurité du bébé, qui n'allait pas tarder à ramper partout et pouvait tomber de la véranda sur les dalles du jardin, à une bonne cinquantaine de centimètres en contrebas, et se faire mal.

Kentaro a dit sèchement et presque violemment : « Enlevez ça ! Mon fils ne doit pas être mis dans une cage. » Il a ajouté qu'il veillerait sur notre bébé pendant que j'allais aider les servantes à préparer le repas.

C'était un renvoi. Il voulait être tout seul avec l'enfant. Il n'avait pas demandé comment Tomo s'appelait, et je n'avais pas utilisé son nom devant lui. Peut-être que le prénom que j'avais choisi pour notre fils n'avait pas d'importance ?

J'ai quitté la pièce et suis restée dans l'étroit passage derrière le vestibule, ayant tout à coup très envie de pouvoir détester Kentaro. Il m'avait renvoyée à mon rôle de femme, qui laisse le maître de maison assis près du feu à fumer sa cigarette en paix. J'entendais bien les servantes jacasser d'excitation dans la cuisine, mais la dernière chose que je pouvais faire était de les y rejoindre, je n'avais absolument rien à faire dans la cuisine. Misao, qui est d'habitude une charmante enfant, peut aussi se mettre à bouder dramatiquement, et ce que ces deux-là souhaitaient, c'était de rester seules à faire ensemble leur travail, pour pouvoir faire tous les commérages qu'elles voulaient sur Kentaro. Toute suggestion de plat pour le dîner serait forcément malvenue. N'étaient-elles pas Japonaises et ne savaient-elles pas fort bien ce qui plairait à un Japonais pour son dîner ?

J'aurais pu sortir me promener, mais au lieu de cela j'ai grimpé l'escalier qui mène à la petite chambre où je me suis installée. Là, le *shoji* rabattu m'offrait ce que je considère à présent comme une vue japonaise : rien de dégagé, les enclaves régulières des toits de tuiles recourbées, avec en plus les frondaisons des arbres de notre jardinet et les jardins bien clos des voisins. Il aurait été possible d'avoir une vue assez étendue, avec le canal juste de l'autre côté de la rue, mais la maison a été construite presque face à l'Ouest et tout ce que je peux apercevoir sans me tordre pratiquement le cou, c'est le kiri sauvage de ma voisine la joueuse de *samisen,* dont les branches s'étendent en abritant dans leurs feuilles en forme d'oreille les nids de centaines d'hirondelles.

Je me suis assise à la japonaise, posture que j'ai pratiquée et qui n'est plus aussi douloureuse qu'avant, mes talons supportant mes fesses. On ne voit pas souvent d'hommes assis de cette façon et à vrai dire je n'en ai jamais vu. Ils ont probablement inventé cette attitude pour que l'inconfort permanent oblige leurs femmes à rester tranquilles. Ce qu'il y a d'étonnant, c'est que si une femme s'assied d'une autre manière dans ces maisons, elle a tout de suite l'air effroyable d'un garçon manqué qui se vautre, et qui détone autant avec ce qui l'entoure que ne le faisait ma chaise de grossesse, que l'on a mis maintenant le plus hors de vue possible au bout de l'une des vérandas. Je m'en sers parfois encore le soir, mais elle est toujours rangée loin des regards au matin, sans qu'aucune question ne soit posée pour savoir si par hasard j'aurais envie de m'en servir dans la journée. Ce que l'on tolérait quand j'attendais Tomo est maintenant un sujet de disputes entre les servantes, surtout Misao, et moi.

Les deux jeunes Japonaises sont tout aussi obstinées que moi dans cette petite guerre de volontés, et je sens que la maison m'est seulement prêtée, que j'y ai certes le droit de jouer à d'étranges jeux comme d'inviter deux amies à déjeuner, mais qu'en fait elle appartient de droit à Misao et Fukuda à cause de leur race. Une chose que je n'ai pas voulu faire, en dépit des suggestions de Misao dans ce langage à moitié mimé que nous avons établi, est de la laisser me tailler un kimono dans cette soie à grands ramages. Je n'ai aucune intention d'être vue, ni de laisser Kentaro me voir ainsi, parée du genre de vêtement avec lequel on associe les prostituées dans le théâtre Kabuki. Aucun son ne venait d'en dessous quand je me suis installée près de la fenêtre basse, qui donne sur un balcon miniature où Misao a disposé un pin nain dans un pot émaillé bleu, où il pourra profiter des pluies d'automne. Tomo ne protestait certainement pas d'être ainsi tout seul avec son père et je me suis presque demandé s'il n'y avait pas une forme mystérieuse de communication entre les hommes, et si le bébé n'était pas en train d'exprimer une sorte de soulagement d'être enfin tiré de la seule compagnie de femmes à sa dévotion. J'ai découvert il y a très peu de temps qu'il peut y avoir quelque chose d'un peu effrayant dans le fait d'avoir un enfant qui appartient à moitié à une autre race, comme si dès le début, presque quand ses yeux ont encore du mal à voir, on arrivait à ressentir les zones au-delà desquelles on plonge dans l'inconnu total, et qui subsisteront toujours. Avec Jane je m'imaginais qu'elle me regardait avec un savoir dans le regard qu'elle ne pouvait pas avoir acquis au cours de son expérience si ténue de la vie, mais ce n'est pas tant cela avec Tomo que quelque chose de douloureux, l'impression d'être inévitablement rejetée au-delà d'une porte close dans mon dos, exactement comme Kentaro vient de me renvoyer à mon rôle de femme. Mais je ne peux pas tenir mon rôle de femme ici, je ne peux pas faire la cuisine, frotter la maison et tout oublier.

Le crépuscule était superbe. Le bruit de la ville n'est jamais très fort, même si nous sommes assez près de Ginza et du centre d'affaires. Ce que l'on ressent par contre, c'est la proximité du fleuve, le mugissement des sirènes des petits bateaux à vapeur et des remorqueurs, auquel répond parfois le sobre tintement de la grosse cloche de bronze du temple de Hongwanji. Le *samisen* s'est mis à jouer dans la maison voisine, comme cela arrive souvent à cette heure mélancolique. Je n'ai jamais vu la musicienne, mais je me plais à imaginer que c'est une veuve âgée, et que ces notes qui s'égrènent lentement sont pour elle comme la chanson éternelle de la vie écoulée, que l'on ne regrette peut-être qu'à demi, tant il y avait de peines. Je suis restée assise à l'écouter, et ma rancœur s'est apaisée, comme si cette musique attirait mon attention sur son inanité. J'ai commencé à avoir des crampes au bout d'un moment, mais je n'ai pas bougé, ni délassé mes membres. La discipline de ce pays a déjà commencé à s'infiltrer en moi.

J'ai entendu Misao oser déranger le seigneur et maître à l'étage en dessous, en lui suggérant qu'il aimerait peut-être prendre son repas du soir. J'ai attendu jusqu'à ce que je sois sûre qu'elle ait eu le temps de mettre la table, et je suis descendue par l'escalier si étroit que c'est presque une échelle, sans avoir été appelée, pour trouver Kentaro assis en tailleur dans le coin de la pièce dévolu au bébé, en train de faire des origami, des jouets en papier plié, une petite procession de ceux qu'il avait déjà finis avançant vers la petite couverture. Mon cœur s'est presque arrêté de battre à ce spectacle.

Le samurai qui était soudainement venu nous voir avait enlevé son *haori*, que Misao avait dû ranger quelque part, et était tout à fait concentré sur ce qu'il faisait : amuser un bébé. Tomo était sur le ventre, une position dans laquelle il arrive rarement à se rouler, et je suis sûre que c'était la main paternelle qui l'avait retourné et mis ainsi. Tomo était tout à fait immobile, ses yeux noirs fixés sur les doigts en train de plier le papier. Je croyais que j'étais entrée sans bruit dans la pièce, mais Kentaro a tourné la tête, puis a souri. C'était le sourire dont j'avais gardé le souvenir dans ce temple, qui réduisait à néant toutes les vicissitudes de la vie militaire. Plus tard, nous avons fait tant de bruit dans cette petite chambre du haut que l'on aurait presque pu croire qu'il s'agissait d'un petit tremblement de terre. Tomo, laissé à l'étage en dessous, s'est réveillé et s'est mis à pleurer. J'ai voulu me lever pour aller m'en occuper, mais Kentaro m'a retenue. Peu de temps après nous avons entendu Misao sortir de la chambre des servantes, puis sa voix qui chantait le petit air qui lui est familier, et qui me semble toujours à mi-chemin entre une berceuse et une marche militaire.

Tsukiji — Tokyo
Le 9 octobre 1905

Je passe mes journées à attendre qu'il vienne. Il ne me dit jamais quand il compte venir, ne donne pas d'heure, ne fait pas de promesses. Il m'a apporté mardi ce qu'une Japonaise porterait probablement comme ornement de ceinture, une broche en or avec trois rubis. J'ai maintenant le sentiment que les servantes m'observent comme elles ne l'avaient encore jamais fait, il y a quelque chose d'intense dans leur curiosité à mon égard qui me rend mal à l'aise. Il n'y a aucun doute que Tomo reconnaît son père, l'intérêt du bébé étant manifeste quand il arrive.

J'ai tenté ce matin de reprendre un peu le contrôle de mes sentiments en écrivant à Marie, en essayant de prendre les choses légèrement, comme je le faisais facilement auparavant, mais je n'arrivais pas à trouver mes mots. Je n'ai aucune nouvelle d'Aiko et je suis sûre qu'elle se tient à distance parce qu'elle a appris que Kentaro était de retour et venait me voir. Je ne lui ai toujours pas parlé d'elle, nous n'avons pas eu l'occasion d'aborder ce sujet et il ne me pose jamais de question sur rien. S'il est presque toujours gentil avec moi, j'ai l'impression qu'il n'y a aucune place dans sa vie pour qu'il me prenne réellement en considération. Je suis peut-être injuste, mais il n'y a aucune compréhension entre nous de ce que peut penser l'autre. Il n'éprouve peut-être aucune envie de savoir ce qui se passe dans ma tête. La seconde femme est pour le délassement, on a un devoir envers elle, mais bien moins lourd qu'envers une première épouse. Peut-être que ma situation incertaine me donne ces idées, et cette incertitude vient du fait que même si je suis sûre à présent que Kentaro veillera toujours sur moi, je veux plus que ce que nous pouvons actuellement nous donner l'un à l'autre. Je ne sais pas vraiment ce que ce plus pourrait bien être, mais je veux davantage de toute façon.

Tsukiji — Tokyo
Le 11 octobre 1905

Je suis sûre que Kentaro sait que je ne peux plus avoir d'enfants et qu'il s'en réjouit. Il a dû voir le Dr Ikeda. Est-il possible que cela ait été délibéré, qu'il n'y ait pas moyen pour moi après Tomo d'en avoir d'autres ? Non, ce serait impensable, pas dans un hôpital comme Saint-Luke, et puis j'ai entendu dire que le Dr Ikeda était chrétien. Il ne faut pas que je me mette des idées pareilles en tête.

Kentaro m'a dit hier que Fukuda San partirait à la fin du mois. Sa mère est malade, chez eux, dans la préfecture de Sagami, et a besoin de ses soins. Je ne sais pas pourquoi j'ai l'impression que c'est un prétexte qui a déjà servi auparavant et je me pose des questions. Peut-être que Fukuda ne lui plaît pas ? Il m'a semblé qu'elle pleurait l'autre jour, mais c'est possible que ce soit le chagrin de savoir sa mère souffrante. Elle va me manquer. Elle est plus mûre que Misao, et même si celle-ci est réellement la nurse de Tomo, je suis bien plus tranquille quand je dois laisser le bébé si je sais que Fukuda sera là pour veiller sur lui. En fait je ne sors que si je suis sûre qu'elles seront toutes les deux à la maison, et même dans ces cas-là je suis parfois saisie lors de mes soirées avec Aiko de grandes bouffées d'angoisse à l'idée de tout ce qui pourrait arriver, y compris l'incendie, ce spectre qui épouvante tout Tokyo et qui a fini par me gagner. Les tremblements de terre ne sont pour moi que les soubresauts du dragon de Kentaro. Je serais peut-être affolée dans une maison en briques, mais on n'a pas peur de rester coincé quand il n'y a que du papier et de légères constructions en bois autour de soi.

Alicia dit que ce sont les toits aux lourdes tuiles qui constituent le vrai danger, car ils dégringolent parfois d'un seul coup sur les châssis effondrés des maisons, comme un couvercle sur une boîte.

Je ne suis pas allée une seule fois en ville depuis le retour de Kentaro, si ce n'est pour de petites promenades jusqu'à la rivière, parfois accompagnée de Misao, Tomo attaché sur son dos à la manière japonaise. Je n'approuve pas vraiment cette façon de promener les bébés, car je crois qu'Aiko a probablement raison et que ces petites jambes écartées dans le dos des femmes ont produit des générations entières de jambes arquées. Kentaro est légèrement ainsi lui aussi, malgré le dur entraînement auquel il a contraint son corps.

Je suis à nouveau une sorte de demi-prisonnière dans cette maison, après avoir été un certain temps libérée, car Kentaro ne propose jamais d'aller nulle part avec moi. Cela ne se fait vraiment pas pour les hommes de sa classe sociale d'être vus en public avec leurs femmes, quelle qu'en soit la catégorie, première ou seconde. On pourrait croire qu'après avoir établi à grands frais une femme dans une maison, ils s'attendent à l'y trouver à n'importe quelle heure du jour et de la nuit.

S'il y a bien une chose que je sois décidée à faire, que cela soit approuvé ou non, c'est d'apprendre vraiment la langue. Je ne peux pas continuer à vivre dans un pays dans lequel je suis incapable de communiquer avec les habitants. Il me faut un professeur, et j'apprendrais aussi à lire et à écrire, même avec tous ces milliers de caractères dont il faut se souvenir.

Tsukiji — Tokyo
Le 26 octobre 1905

Les nuits commencent à devenir vraiment fraîches à présent, et l'hiver où il va falloir se pelotonner autour des braseros à charbon de bois n'est plus très loin. Je ne vois pas pourquoi on n'installerait pas de poêle à bois ou à charbon dans ces maisons. On pourrait les poser sur une base en ciment, et même si ce n'est pas très joli, quel confort on aurait, quand la neige humide de Tokyo tomberait à l'extérieur! J'en parlerai à Kentaro quand il sera de meilleure humeur. Il est assez étrange en ce moment, ne vient parfois pas pendant deux jours, et même trois une fois, me parle très peu, comme s'il ne venait ici que pour oublier ce qui le tracasse, probablement un problème familial. Il faut que je fasse un effort pour ne pas oublier qu'il a un autre monde tout à fait différent dans son autre maison de Tokyo, et qu'avec quatre enfants il a surement des problèmes dont il ne me parlera jamais. Il n'a jamais mentionné son autre famille, et je suis certaine qu'il n'a jamais parlé de Tomo à sa femme. Bien entendu, elle est parfaitement au courant en ce qui nous concerne, le petit et moi, tout comme je connais son existence.

J'ai écrit une assez longue lettre à maman, à laquelle je ne recevrai pas de réponse, bien évidemment. Je n'ai jamais pu lui écrire de vraie lettre depuis que je suis arrivée au Japon, mais elle m'est subitement devenue très lointaine. Je ne me souviens de la vie à Édimbourg qu'à travers la brume de ce qui est arrivé depuis, et je suis soulagée de n'avoir à bavarder avec elle sur le papier que comme si nous n'étions que d'assez bonnes amies, au lieu d'être sa fille, perdue parce qu'elle a irrémédiablement sombré dans le péché.

J'étais en train de relire ma lettre quand m'est venue brusquement une idée affreuse : et si Tomo m'écrivait un jour de cette façon, avec la rassurante distance de l'étranger ? Les larmes me sont venues aux yeux, à moitié à cause de maman et à moitié pour moi-même. J'espère que je ne deviens pas trop émotive, cela ne plairait pas à Kentaro.

Tsukiji — Tokyo
Le 28 octobre

Bien que le soleil se fasse rare, il fait toujours bon dans ce jardin au début de l'après-midi, et je suis restée dehors à lire sur ma chaise en rotin des poèmes japonais, traduits en anglais par un professeur de littérature à l'Université de Tokyo, qui vient d'Oxford. D'après lui toute poésie doit rimer, mais j'ai l'impression qu'il a tourné les sentiments en rengaines. Kentaro est arrivé tout d'un coup, comme cela lui arrive souvent, m'a carrément pris le livre des mains, puis est resté debout plusieurs minutes à tourner les pages pour me rendre ensuite les poèmes avec pour tout commentaire un seul mot : *Kusai*. C'est le mot que Fukuda emploie chaque fois que je rapporte à la maison du fromage d'une boutique de Ginza, et cela veut dire : « Ça pue. » Je lui ai suggéré de m'écrire un autre poème, comme celui des collines de l'Ouest.

« Vous avez gardé cela, Mary ? » a-t-il demandé en me regardant avec curiosité. J'ai répondu qu'évidemment, et que si l'idée d'écrire des poèmes à froid ne lui disait rien, nous pourrions peut-être faire un petit concours, ce qui est après tout un des jeux préférés des Japonais. Cela lui est presque impossible de refuser l'idée d'une compétition directe, quelle qu'elle soit, et il s'est aussitôt assis en tailleur sur les dalles, après avoir accepté papier et crayon. L'inspiration m'est cependant arrivée en premier : un des poissons rouges de Misao était dans le bassin, empoisonné comme d'habitude et à moitié caché par des feuilles flottantes. J'ai écrit, en refusant de suivre le professeur d'Oxford pour la rime :

« Bassin sale
Poisson mort. »

J'ai tendu la feuille à Kentaro et l'ai regardé, tandis que sa figure se transformait complètement, que réapparaissait cet air de gamin, avant qu'il ne se mette à éclater de rire. Il se tordait de rire par terre, le corps tout secoué. Nous avons ri tous les deux, tellement que nous en pleurions presque. Rire ensemble peut être une preuve d'amour plus forte que n'importe quelle autre.

Tsukiji — Tokyo
Le 8 novembre 1905

Fukuda San est restée une semaine de plus, ce qui me porte à croire que la maladie de sa mère ne pouvait pas avoir été si sévère que cela, mais elle est partie à présent, après avoir fait ses courbettes d'adieu les yeux secs, pour s'en aller ensuite en pousse-pousse avec ses ballots, mais sans m'accorder un regard. Nous nous sommes séparées pour toujours sans que je sache même si elle m'aimait un petit peu. La seule chose dont je sois sûre, c'est qu'elle était dévouée à Tomo. Sa remplaçante est arrivé deux heures après que Fukuda eut disparu, une femme bien plus âgée, solennelle, et d'une correction totale, vêtue d'un kimono brun foncé avec un *haori* noir. J'ai bien vu que Misao l'avait détestée sur-le-champ, et j'ai tout de suite eu le sentiment qu'avec Okuma San dans la cuisine, l'atmosphère de cette petite maison allait être transformée, et sans doute pas pour le meilleur. Enfin, il faut quand même raisonnablement lui laisser une période d'essai avant de m'en plaindre. Kentaro dit que cette dame « comprend » la cuisine occidentale. Je ne sais pas très bien ce qu'on entend par là ici, mais il est sûr que je vais bientôt considérer Okuma San comme une perle si on m'apporte des soufflés réussis sur un brasero au charbon de bois !

J'ai demandé à Kentaro, quelques jours avant son départ, si je devais donner un pourboire à Fukuda, et il a répondu que ce n'était pas nécessaire, elle était bien traitée. J'ai alors ajouté que je lui donnerais un pourboire sur l'argent que j'avais apporté d'Écosse, et non sur celui du poisson, qui était à l'abri dans une banque et produisait des intérêts. Il a souri et m'a dit que je pouvais faire comme cela me plaisait. Kentaro n'est pas du tout avare. Je suppose qu'après Richard je m'attendais à ce que tous les hommes le soient, au moins un petit peu, mais Kentaro semble avoir tout le mépris d'un samurai pour les richesses. Il est bien sûr possible que ce ne soit que l'indifférence d'un homme riche envers quelque chose dont il n'a jamais eu à se soucier. J'ai donné vingt yen à Fukuda, et je suis sûre que c'est bien plus qu'elle n'en gagne en un mois. Elle a montré beaucoup de réticences à prendre cet argent, on aurait presque pu croire qu'elle ne voulait rien accepter de moi. Finalement, j'ai tout bonnement laissé l'enveloppe dans la cuisine et je suis partie. On ne me l'a pas rendue.

Je ne m'habituerai sans doute jamais au fait de partager ainsi une maison et un mode de vie avec certaines personnes, pendant assez longtemps, ce qui donne à croire qu'on les connaît bien, et subitement la porte claque ou la grille se ferme et on ne les revoit plus jamais, on n'y pense plus jamais non plus d'ailleurs. Je me souviens bien rarement de ce pauvre Yao avec ses yeux qui louchaient, qui avait pourtant pleuré quand nous nous étions quittés, et je suppose que lui aussi m'oublie. Et pourtant, il m'a été d'un réel secours quand tout allait mal, en me témoignant de la gentillesse à un moment où je n'avais aucun droit d'en attendre de qui que ce soit. Perdre les gens de cette façon me paraît un tel gâchis. Même ma fille Jane n'est plus pour moi qu'une silhouette derrière un écran, comme lorsque nous jouions au salon à tendre un drap entre deux murs pour faire des ombres chinoises. Je me demande parfois si sous ce masque que j'endosse pour me rendre supportable à moi-même, je ne suis pas réellement égoïste et dure, et si je ne poursuis pas mon but en écartant tout ce qui pourrait bien m'empêcher d'y parvenir. J'ai prétendu que ce qui était arrivé dans ce temple était presque un accident, qui m'était arrivé malgré moi. Mais était-il possible que j'aie désiré Kentaro depuis ce jour chez Marie, où il a dit qu'un dragon était tapi sous le Japon ? J'ai failli lui demander un soir, juste avant que le sommeil ne nous saisisse, ce qui l'avait intéressé chez moi au tout début, mais je ne lui ai pas posé la question, sans doute parce que je craignais d'entendre la réponse : qu'il m'avait remarquée quand j'étais devenue disponible. Il n'aurait pas tout à fait dit cela dans ces termes, mais sûrement quelque chose du genre.

13

Lettre de Mary Mackenzie à Sir Claude Macdonald, ambassadeur de Sa Majesté britannique à Tokyo

Hôpital Saint-Luke
Tsukiji — Tokyo
Le 11 janvier 1906

Cher Sir Claude,

Je n'aurais jamais pensé que j'aurais ainsi à faire appel à vous personnellement. Je n'oublierai jamais la grande gentillesse que vous m'avez témoignée à Pékin, lorsque j'ai épousé Richard, mais il est bien possible que ce que j'ai fait par la suite vous ait amené à regretter vos bontés. Je n'ai aucun droit de solliciter votre aide aujourd'hui, mais le désespoir m'y conduit car je n'ai personne d'autre vers qui me tourner.

Je ne sais pas ce que vous avez pu entendre dire sur mon compte et j'ignore ce que je suis censée avoir fait, mais quelles que soient les histoires que l'on colporte à mon propos, je ne suis pas folle, comme doivent le croire bien des gens. On a poliment appelé cela une dépression nerveuse. Je suis dans une chambre particulière et tout le monde est aimable avec moi, mais l'on me surveille. Si cette lettre vous parvient, ce sera parce que j'aurai réussi à soudoyer une des femmes de ménage pour qu'elle la poste. Les infirmières ou les médecins prendraient certainement les lettres que je leur donnerais, en promettant de les poster, mais n'en feraient rien. Je me trompe peut-être, mais je pense que non.

On a dit que j'avais essayé de tuer ma servante. Ce n'est pas vrai. Je vous supplie de me laisser vous expliquer dans quelles circonstances j'ai agi. C'était peut-être une crise passagère de folie, mais due à une semaine de souffrance si épouvantable que sans avoir subi quelque chose d'analogue on ne pourrait vraiment pas en mesurer l'horreur. On m'a pris mon fils. Je n'ai plus aucun doute que cela ait été délibéré, et mis au point depuis quelque temps. Plusieurs petits indices tendraient à le prouver, même si je n'en ai décelé aucun signe annonciateur dans les quelques jours qui ont précédé. A l'heure actuelle, près de trois semaines après, je n'ai toujours aucune idée de l'endroit où se trouve mon bébé, et ce qui est particulièrement affreux c'est que je suis persuadée que tous ceux avec qui j'ai été en contact, les médecins, les infirmières, ou même la police, en savent bien plus que moi sur ce qui est arrivé à mon fils, mais ont reçu l'ordre de ne rien me dire. Est-ce étonnant dans ces conditions, Sir Claude, que je me sois comportée comme si j'avais perdu l'esprit ?

Je vais vous raconter exactement comment les choses se sont produites, et c'est la vérité pure, quoi que vous ayez entendu dire par la police ou lu dans les journaux. Il tombait, le jour où on a enlevé Tomo, une pluie froide et la neige menaçait. J'attendais une visite de l'homme sous la protection duquel je suis venue à Tokyo. Je ne l'avais pas vu depuis trois jours, et j'étais persuadée qu'il me rendrait visite cet après-midi-là. Ma servante Misao, qui était aussi la nurse du bébé, a suggéré que Tomo n'étant pas sorti de la journée, elle allait l'emmener sur son dos faire une promenade au bord de la rivière avant que la nuit ne tombe. Je l'ai aidée à attacher mon bébé sur son dos et à le couvrir avec l'ample *haori* qu'elle portait, de façon à ce que seule sa tête dépasse. Je les ai accompagnés jusqu'à la grille et les ai regardés prendre la route qui descend vers le pont au-dessus du canal. C'est la dernière fois que j'ai vu Tomo.

Quand je ne les ai pas vus revenir au bout d'une heure, je suis partie à leur recherche, et j'ai marché un certain temps sur les berges du fleuve Sumida. Puis, comme Misao avait pu revenir par un autre chemin, je suis rentrée à la maison.

Ma nouvelle cuisinière était là, mais ni Misao ni le bébé. J'étais persuadée qu'un accident leur était arrivé, et j'ai demandé à la cuisinière d'appeler la police. Ils sont venus. C'était la première d'une innombrable série de visites. Un homme qui ne portait pas d'uniforme parlait convenablement l'anglais, mais semblait faire exprès de me mettre en contradiction dans ma déposition, sans chercher du tout à m'aider. Je leur ai demandé de se mettre en rapport avec mon protecteur, mais on m'a répondu qu'il avait quitté le pays la veille pour affaires militaires en Corée. Les seules vraies amies que j'ai à Tokyo sont une vieille dame anglaise que je ne pourrais pas accabler avec mes problèmes et une Japonaise qui a eu maille à partir avec la police à cause de ses opinions. Elle m'aurait aidée, et le lendemain je suis allée à l'hôtel où elle habite, mais elle était partie pour Osaka et n'avait pas laissé d'adresse, du moins c'est ce qu'on m'a dit. Je suis ensuite allée trouver le médecin qui m'a suivie depuis que je suis arrivée au Japon, et qui s'occupe toujours de moi. Il a gentiment promis de m'aider, mais son aide s'est limitée à quelques pilules pour me faire dormir. Elles ne m'ont fait aucun effet, je n'ai pas dormi. La police a dit qu'elle n'avait aucune trace de Misao, et qu'il n'y avait eu aucun rapport d'accident faisant état d'une servante avec un bébé sur le dos, ni aucun patient qui leur ressemble dans un hôpital de la ville.

Sir Claude, j'ai perdu ma fille à cause de ce que j'ai fait, et maintenant, voilà que j'ai aussi perdu mon fils. Vous pouvez imaginer les sentiments qui étaient les miens au cours de cette première semaine, qui me semble maintenant s'être passée il y a au moins cent ans, et hier seulement tout à la fois. J'ai parcouru la ville pour les chercher, avec l'espoir constant que quand je rentrerais je trouverais Tomo, revenu par miracle. Au lieu de cela, il n'y avait jamais que la maison vide et la cuisinière, qui n'a aucune gentillesse envers moi. Je sais à présent qu'elle a été soigneusement choisie pour remplacer la fille qui m'aurait aidée, mais que l'on a renvoyée. Dieu sait que je me suis souvent sentie seule depuis que j'ai quitté Édimbourg pour me rendre en Extrême-Orient, mais jamais de cette façon : une pauvre femme arpentant les rues de la ville en cherchant son fils, allant à la police sans cesse pour les supplier de faire quelque chose. Personne ne m'a aidée, à part la vieille dame anglaise qui m'a proposé d'habiter chez elle. Je pense maintenant qu'elle avait dû deviner ce qui était arrivé à Tomo, bien qu'elle ne l'ait pas reconnu quand elle est venue me voir ici, dans cette pièce où je suis prisonnière. Son invitation était très aimable, mais je ne pouvais pas accepter, au cas où Tomo serait miraculeusement revenu.

On a enlevé mon fils pour le donner à élever à quelqu'un d'autre. La vérité a commencé à se faire jour dans mon esprit à la fin de cette semaine, alors que j'étais couchée dans le noir. J'ai peut-être dormi un peu pendant ces premières nuits, mais je ne pense même pas. J'ai été malade à plusieurs reprises et je ne m'alimentais pratiquement pas, même si la cuisinière m'apportait sans cesse à manger, comme si c'était un devoir auquel elle ne devait pas manquer. Je reconnais que je la détestais. Je verrai jusqu'à la fin de mes jours son visage froid, tandis qu'elle m'apportait ces plateaux chargés de nourriture soi-disant occidentale, dont j'étais censée avoir envie.

Sir Claude, je suis navrée de vous écrire une si longue lettre, mais il faut que vous compreniez ce qui s'est vraiment passé, si vous devez m'aider. Les histoires que l'on a racontées sur moi ne sont pas vraies. Les faits sont les suivants : une nuit, vers une heure du matin, donc bien trop tard pour que ce soit la cuisinière revenant de l'établissement de bains, j'ai entendu s'ouvrir le portail du jardin. Je dormais en bas, je me suis levée et suis allée jusqu'à la porte de la cuisine, que j'ai ouverte tout doucement. La porte coulissante donnant sur la chambre des servantes était juste en face, et j'étais certaine d'entendre des chuchotements derrière les parois. J'ai traversé tout doucement la cuisine en prêtant l'oreille. On chuchotait et j'étais sûre que je reconnaissais *les deux* voix. J'ai brutalement ouvert la porte, et Misao était là, agenouillée sur la natte devant un panier d'osier, en train d'emballer ses affaires. Elle était revenue secrètement pour prendre ses paquets, elle n'avait jamais disparu.

C'est là qu'il paraît que je me suis comportée comme une démente. Misao a essayé de s'enfuir par la porte de sa chambre pour gagner l'entrée, mais je l'ai attrapée et je l'ai jetée sur la natte de paille. J'admets que je hurlais. J'ai crié le nom de mon fils en ajoutant : « *Doko ? Doko ? Doko ?* » Qui veut dire : « Où ? » comme vous le savez. Je suis bien sûre de n'avoir rien dit d'autre. Je sais que je n'ai jamais dit que j'allais la tuer. C'est vrai que je lui ai cogné la tête plusieurs fois, mais contre la natte de paille et non contre un pilier en bois, comme l'a dit ensuite la police. Elle n'a absolument pas été blessée. Je ne vois pas comment elle aurait pu l'être, car elle m'a échappé et s'est sauvée à travers la cuisine jusque dans le salon. Je l'ai *bien* suivie, mais je n'avais pas de couteau à la main, comme on l'a dit. Je n'ai *pas* saisi de couteau en courant à travers la cuisine, celui qu'on a trouvé avait dû être empoigné par Misao, qui voulait sans doute se défendre contre moi. J'ai cru qu'elle passerait par la pièce du rez-de-chaussée où j'avais dormi, mais au lieu de cela elle est montée au premier, se souvenant sans doute que les volets étaient plus faciles à ouvrir là-haut. J'étais encore en bas quand je les ai entendus glisser dans leurs rainures. J'ai sottement grimpé l'escalier, au lieu de sortir dans le jardin. Elle a sauté par la fenêtre. Le temps que j'arrive au portail, la rue était vide, mais j'ai couru au bout quand même, pour voir disparaître au tournant un pousse-pousse, avec lequel elle était venue pour emporter ses affaires. Je ne pouvais pas courir derrière. J'ai dû m'appuyer contre une haie pour reprendre mon souffle. Quand je suis revenue à la maison, un policier m'attendait, la cuisinière était allée au poste de police pendant que je poursuivais Misao. L'homme qui parlait anglais est arrivé peu après, et a recommencé à me questionner. Certaines de mes réponses ont dû lui sembler démentes, car on m'a gardée toute la nuit, et au matin, on m'a conduite ici. *Voilà la vérité !*

Sir Claude, je ne sais plus bien si après être venue de cette façon au Japon je suis toujours citoyenne britannique, mais je pense que si. J'ai, ou j'avais à la maison, si la police ne l'a pas pris, un passeport britannique à mon nom de jeune fille de Mackenzie, que je n'avais pas restitué quand j'ai épousé Richard et que l'on m'a inscrite sur son passeport comme son épouse. Si cela m'autorise à demander votre assistance, la seule chose que j'attends de vous est de découvrir ce qui est arrivé à Tomo. Je ne demande pas que l'ambassade tente de le reprendre pour moi car je me rends bien compte que ce serait difficile, étant donné que le père de Tomo est un Japonais et que mon bébé est né ici ; mais cela me soulagera un peu l'esprit de savoir où il est et comment on s'occupe de lui. Ne rien savoir est un cauchemar dont j'ai l'impression que je ne me réveillerai jamais. En tant qu'ambassadeur, les autorités japonaises vous donneront des informations, si vous leur en demandez. Je vous supplie de bien vouloir leur poser la question, et vous prie de croire, Monsieur l'ambassadeur, à l'assurance de ma très respectueuse considération.

Mary Mackenzie

Hôpital Saint-Luke
Tsukiji — Tokyo
Le 17 janvier 1906

Ils m'ont apporté le cahier et le stylographe que j'ai demandés, sans doute parce qu'ils sont curieux de voir ce qu'une folle va bien y écrire. J'espère que cela leur plaira de lire ce que je me raconte à moi-même sur le papier, puisque je n'ai personne d'autre à qui parler.

Alicia est venue hier. J'ai eu suffisamment de bon sens pour la tenir à l'écart des événements, dans son intérêt comme dans le mien. Elle est peut-être une stricte anglicane, mais une bonne part de sa personnalité est devenue japonaise, et c'est cette moitié-là qui considère mon cas en ce moment, et qui pense que malgré ma situation dramatique ce qui est arrivé est peut-être en fin de compte pour le mieux. Si je l'accusais de penser que Tomo sera plus heureux élevé par ceux à qui on l'a donné, elle serait probablement choquée, mais ce serait sa moitié anglaise qui réagirait ainsi. La moitié japonaise ne serait pas choquée du tout. Il n'y a rien d'étrange à cela. Je me suis surprise moi-même en très peu de temps à réagir à la façon japonaise pour certains modes de pensée et dans certains actes, et Alicia est là depuis trente ans, pendant lesquels elle n'est retournée que trois fois en Angleterre, sans aucun plaisir. Elle est donc essentiellement une stricte Anglicano-Japonaise, ce qui ne doit pas être loin de ce qu'elle serait si elle était stricte Shintoïste japonaise. Dans les deux cas, c'est le même culte des ancêtres.

Je dois aller mieux pour être capable d'écrire ainsi. J'arrive à me sentir mieux si je ne pense à Tomo que comme à mon bébé perdu, rien de plus et si je ne réfléchis pas plus avant. Mais dès que je vais un peu plus loin, et que je le revois sur sa couverture en train de remuer ses petites jambes, toutes les briques de l'échafaudage si patiemment réalisé de mon semblant d'énergie s'écroulent, et je replonge dans ma douleur, aussi vaine que désespérée.

Je n'ai pas reçu de réponse à ma lettre à Sir Claude. Elle n'est peut-être pas arrivée. Alicia dit qu'Aiko est toujours à Osaka, ou en dehors de Tokyo. Même si nous n'en n'avons parlé ni l'une ni l'autre, nous pensons toutes les deux qu'elle pourrait bien occuper une cellule d'une geôle dans le Sud, plus prisonnière encore que je ne le suis...

Le Dr Ikeda est resté plus longtemps que d'habitude avec moi ce matin, comme s'il y avait eu quelque chose dont il voulait me parler, mais n'y arrivait pas, parce qu'il n'a jamais eu la parole facile, ni en anglais ni dans sa propre langue. Quel que soit le rôle qu'il ait joué ces temps derniers, volontairement ou parce qu'il n'avait pas le choix, je crois sincèrement qu'il me veut du bien à présent, et peut-être même plus encore. Il y a une sorte de lien entre une femme et le médecin qui a mis son enfant au monde. Dans mon cas, la vie de Tomo était littéralement entre ses mains, puisque je ne pouvais rien faire.

Peut-être qu'il veut m'expliquer pourquoi on me garde dans cet hôpital, quand il n'y a visiblement aucune raison physiologique à cela ? Si c'est cela, il est inutile qu'il se fasse du souci, je suis parfaitement capable de le deviner toute seule. Je suis ici sur des ordres qui viennent de haut, pas seulement du chef de la police de Tokyo, mais bien au-dessus. Je sais à présent que Kentaro est membre de l'une des vieilles familles aristocratiques qui ont encore le pouvoir de faire quasiment tout ce qui leur plaît sans aucune contestation. Il ne souhaiterait sûrement pas que sa maîtresse soit mise en détention provisoire pour une inculpation de tentative d'homicide. Qui plus est, cette accusation aurait du mal à être justifiée devant n'importe quel tribunal honnête, car il n'y a que la parole de Misao contre la mienne. La cuisinière était partie en courant chercher la police, et il n'y a eu aucun témoin, sauf quand je tapais la tête de Misao sur la natte de paille. Je suis persuadée que cette femme n'hésiterait pas à mentir pour me charger, mais je suis convaincue à présent que le clan Kurihama souhaite éviter toute publicité sur cette affaire, de crainte que le vrai motif ne soit connu quant à ce qui s'est passé, car je ferais tout pour que cela se sache. Kentaro me connaît assez bien pour se douter de la manière dont je réagirais devant un tribunal. Et voilà pourquoi je suis « protégée » à l'hôpital, et libre de m'asseoir dans un fauteuil près de la fenêtre, pour regarder ce qui se passe dans cette cour qui tient lieu de jardin. Dans ce pays où il y a tant de jardins magnifiques, celui-ci est vraiment sinistre. Lorsque le temps le permet, les malades y font parfois de brèves promenades, en titubant comme des prisonniers dans une cour de récréation.

Hôpital Saint-Luke
Tokyo
Le 23 janvier 1906

Aiko n'était pas dans une prison d'Osaka, même si elle a risqué plusieurs fois de se faire arrêter en parlant des droits des femmes sous l'empereur Meiji devant des organisations féminines comme il en existe à Himeji et Hiroshima. Il semble qu'elles en aient quand même, mais que les hommes les leur ont bien cachés. Comme ange annonciateur Aiko est à la fois dangereuse et en danger, et le sait fort bien. Je l'admire. Elle est née pour cette sorte d'existence que j'aurais tout bonnement acceptée et aimée, mais accepter n'est pas dans sa nature. Il suffirait d'une centaine de femmes comme Aiko au Japon pour menacer ce monde masculin. Des détectives l'ont suivie partout dans le Sud, en civil, sans même se cacher, sempiternelles silhouettes au fond des salles, qui écoutaient et regardaient. Elle est persuadée qu'ils ont l'ordre de l'arrêter si elle tente seulement de prononcer le nom de l'empereur Meiji, ce qui l'oblige donc à limiter ses conférences à la constitution — qu'il est censé avoir donnée à son peuple — sans faire aucune allusion à lui. Maintenant que je sais pour en avoir fait l'expérience, ce qu'est la police japonaise, j'ai vraiment peur pour elle.

Nous sommes restées assez longtemps sans évoquer de choses personnelles, et la conversation s'est un peu enlisée. Il était clair qu'elle s'était plutôt forcée à venir me voir aujourd'hui, ce qui était entièrement de ma faute, car je n'avais fait aucun effort pour entrer en contact avec elle depuis le retour de Kentaro. J'ai recueilli son mépris en jouant les femmes qui attendent derrière une barrière de bois le bon plaisir de leur seigneur et maître. Elle sait aussi bien que moi que si on m'avait laissé Tomo, je serais toujours assise derrière cette barrière.

Nous étions en train de parler de tout et de rien, en fait de la nourriture de l'hôpital, il me semble, quand ce qui s'est passé m'a frappée à nouveau, comme cela se produit de temps en temps, même quand je crois que je suis bien aguerrie contre mes sentiments. Je veux seulement Tomo. J'ai lancé un cri, qui venait quasiment du plus profond de mon être : « Qu'ont-ils fait de mon bébé, Aiko ? »

Elle ne me regardait pas, mais a levé les yeux sur moi à ce moment précis, et j'ai cru y lire de la peur. Il lui a fallu un bon moment avant qu'elle ne me réponde :

« Kurihama ne vous a jamais laissé entendre ce qu'il comptait faire du petit ? »

J'ai secoué la tête, et lui ai dit que j'avais été très heureuse de voir qu'il aimait autant le bébé, et qu'il l'avait accepté.

Aiko a commencé à parler, les mots se bousculaient. C'est pour mon malheur que le comte avait accepté le fils qu'il avait eu avec moi, car cela signifiait qu'il acceptait Tomo dans le clan Kurihama. La légitimité n'a pas d'importance au Japon, mais ce qui aurait pu en avoir, c'est un fils aux traits occidentaux. Si j'avais eu les cheveux roux et les yeux verts et que Tomo en ait hérité, le comte ne l'aurait jamais reconnu comme faisant partie de la lignée Kurihama. J'avais perdu mon bébé parce qu'il avait tout à fait l'air d'un Japonais. Un fils reconnu du comte était un candidat à l'adoption dans une bonne famille, probablement loin de la capitale, à Kyoto ou à Osaka. Il deviendrait un *yoshi*, un fils adoptif, et à ce titre prendrait le nom de famille de ses parents adoptifs, et le moment voulu, épouserait leur fille. Aiko m'a raconté cela presque brutalement, confirmant ce que j'avais vaguement appris dans mes lectures, que les meilleures familles étaient toutes préparées à perpétuer leur nom de cette façon. Bien peu dans le pays auraient songé à refuser un bébé de sang Kurihama s'ils étaient en quête d'un héritier adoptif, même si la mère était occidentale.

Le malaise que j'ai ressenti à ce moment-là m'a forcée à protester d'une voix faible : « Les femmes n'ont-elles donc aucun droit dans ce pays ? »

La réponse d'Aiko fut dure : « Non, et pas plus dans votre pays. Vous avez perdu votre fille, n'est-ce pas ? »

Je n'ai pas souvent pleuré depuis qu'on a pris Tomo. Je me suis sans doute réveillée une ou deux fois les joues humides, mais la plupart du temps mes pensées étaient si sombres que je n'arrivais pas à verser une larme, et que ce réconfort-là ne m'était pas accordé. Mais là, avec Aiko assise en face de moi, je me suis mise à pleurer, doucement, sans grands sanglots ni hoquets, mais sans pouvoir m'arrêter. Elle s'est levée tout d'un coup pour venir s'agenouiller à côté de mon fauteuil, et comme j'étais penchée en avant, elle m'a passé le bras autour des épaules, en disant « Mary, Mary », puis, maladroitement, comme si elle n'avait jamais fait cela auparavant, elle a attiré ma tête sur son épaule. Et j'ai ainsi pleuré, pendant un long moment je crois, et ma peine en a été un peu soulagée.

Hôpital Saint-Luke,
Tokyo
Le 3 février 1906

L'ambassade de Grande-Bretagne a bien reçu ma lettre, et après avoir examiné son contenu pendant deux semaines me l'a retournée, dans une grande enveloppe à l'air très officiel. Je suis restée un certain temps à contempler l'effigie gravée du roi Édouard avant de l'ouvrir, et je me demandais si aucun de ses sujets s'était déjà autant éloigné que moi de lui, tant physiquement que moralement. Ces pages que j'avais écrites quand j'étais en pleine détresse, en sont tombées pour me reprocher d'avoir fait appel aux autorités sur un mode aussi personnel. Leur lettre n'a fait qu'aggraver ce sentiment. Elle n'était pas signée par Sir Claude, mais par le premier secrétaire de l'ambassade, qui me priait de bien vouloir trouver ci-joint mon courrier à Son Excellence, et continuait dans un style poli et formel à m'expliquer que l'ambassadeur plénipotentiaire de Sa Majesté britannique au Japon se lavait les mains de toute responsabilité en quoi que ce soit en ce qui concernait Mary Mackenzie, ou Mary Collingsworth, ou tout autre nom qu'elle pourrait avoir fantaisie de s'attribuer.

On me recommandait de prendre contact avec le consul britannique, qui est en position dans certaines circonstances de faire rapatrier les citoyens britanniques dans leur pays. On soulignait également le fait que mon fils est japonais de naissance, tout autant que par une paternité admise qui ne pouvait être contestée, et que dans ces circonstances la nationalité de la mère était sans importance, au regard du droit britannique comme du droit japonais. Mon fils n'avait pas disparu, aux yeux du premier secrétaire, mais avait été retiré à la garde de sa mère par une ou plusieurs personnes qui en avaient l'autorité. Je devais comprendre également le fait que la situation se compliquait en raison de l'illégitimité de l'enfant, qui ne pouvait être légitimé à une date ultérieure que s'il restait dans ce pays. Il était totalement hors de question pour l'ambassade de Grande-Bretagne d'interférer en quoi que ce soit dans cette affaire, comme le premier secrétaire ne doutait pas que je ne m'en rende compte à la réflexion. Puis il répétait sa suggestion première, que ma détresse actuelle pourrait être soulagée, au moins en partie, si je prenais contact avec le consul britannique.

Je note tout cela comme je m'en souviens, parce que j'ai été assez bête pour déchirer en mille morceaux la lettre du premier secrétaire aussitôt après l'avoir lue. Il mentionnait également que si par hasard je réussissais à retrouver mon fils et que j'essayais de lui faire quitter le territoire, ce serait un crime au regard de la loi japonaise. Tout cela pour dire que je ne compte pas sur l'ambassade pour m'envoyer des colis en prison.

Il y a seulement quinze jours cette lettre m'aurait jetée dans des affres insurmontables, mais aujourd'hui je m'y attendais presque. Tout le monde veut que je quitte le Japon au plus vite, même si c'est le malheureux contribuable britannique qui doit faire les frais de mon billet en seconde classe sur un navire de P & O ralliant Londres. *Mais je ne partirai pas.* Les Japonais peuvent essayer de m'expulser s'ils le veulent, mais quelque chose me dit qu'ils n'en feront rien, parce que je pourrais bien, comme expulsée, avoir quelques commentaires à faire au *Japan Advertiser*, dont l'éditeur est également le correspondant à Tokyo du *Times* londonien. Avec un peu de publicité, mon cas pourrait bien être un appendice parfaitement désagréable au traité d'alliance et d'amitié qui vient d'être si récemment signé entre la Grande-Bretagne et le Japon. Peut-être que je donne l'impression de trop croire en ma propre importance, mais il est quand même vrai que la dernière chose que Kentaro souhaite serait un éclairage brutal sur ses agissements et ceux du clan Kurihama. Cela peut sembler très cynique et calculateur, mais c'est ainsi que je dois raisonner dorénavant, si je veux survivre.

Je suis la seule pour l'instant à le savoir, mais je vais quitter l'hôpital Saint-Luke aujourd'hui même. Les vêtements que je portais lorsque l'on m'a emmenée ici sont dans la penderie, et je vais les mettre pendant l'heure tranquille qui suit le déjeuner, puis me diriger vers l'entrée où attendent toujours des pousse-pousse.

Hôtel Okatsu
Ekoro-Machi
Azabu-Ku — Tokyo
Le 4 février 1906

L'hôtel d'Aiko est minable, avec une odeur de friture qui vous saisit dès qu'on en franchit le seuil. La chambre d'où j'écris actuellement n'est pas sale à proprement parler, mais est très négligée, comme si les servantes n'avaient aucune idée de la manière dont on entretient des meubles « étrangers ». Je vais dormir, ce soir, dans mon premier lit depuis que je suis au Japon. Il a un matelas de crin et des ressorts affaissés. Les seules jolies choses sont le broc et la cuvette sur la table de toilette, qui sont en porcelaine hollandaise bleue et de forme gracieuse. Je me demande comment ils sont arrivés ici. Les cloisons sont en papier et très minces, et mon voisin a une vilaine toux de fumeur.

Aiko est à Sendai, comme je le savais déjà. L'employé à la réception était un peu mal à l'aise quand je lui ai demandé si elle serait de retour demain. Il le sera encore bien plus quand la police viendra l'interroger sur mon compte. Peut-être que le même détective qui surveille Aiko sera chargé de nous deux à l'avenir, encore qu'il n'y ait pas précisément de besoin pour les Japonais d'économiser le personnel.

Je devrais me sentir déprimée, à écrire ainsi dans mon cahier, sur une nappe en dentelle mécanique toute jaunie, mais ce n'est pas le cas. Je suis toujours en proie à cette excitation qui s'était emparée de moi quand je suis sortie de l'hôpital en cachette et que je suis retournée dans cette maison que Kentaro avait louée pour y installer sa femme étrangère. Cela me rappelle cette image que j'avais vue de nageurs hawaiiens debout sur des planches sur la crête de vagues énormes : il ne s'agit que d'une question d'équilibre, dont la moindre perte vous fait chavirer sans appel. J'ai la ferme intention de garder mon équilibre. Je vais aussi garder l'argent que Kentaro m'avait donné et m'en servir. Après tout, je l'ai gagné.

Comme je le pensais bien, Okuma San était dans la petite maison et la gardait, le choc et l'étonnement de me voir ont produit la seule réelle expression que j'ai eu l'occasion d'observer sur son visage. Je n'ai rien dit : je suis tout simplement entrée et je lui ai ordonné d'apporter dans la chambre du bas ma petite malle qui avait été rangée dans une dépendance. J'ai fait ma valise en haut et je l'ai descendue moi-même. Il y a eu un moment pénible lorsque j'ai décroché une peinture représentant des cigognes que j'avais achetée au marché de nuit : une des balles de Tomo est tombée d'une étagère et a roulé sur la natte de paille. Puis j'ai vu sur un rebord une rangée de ces origami que Kentaro avait faits pour son fils.

Okuma a apporté la malle en transpirant et soufflant, après quoi elle a détalé sans un mot. Peu de temps après j'ai entendu ses socques de bois claquer en traversant la cour et j'ai couru derrière elle sans chaussures. Elle essayait de renvoyer mon pousse-pousse. Je lui ai lancé les pires mots que je connaisse en japonais : « *Dame! Bakayaro! Ike!* » Elle s'est sauvée, sûrement pour courir au poste de police. Si elle est revenue avec un policier, elle aura trouvé la petite maison vide.

Bien entendu la police ne tardera pas à me trouver et l'employé à la réception a déjà dû signaler mon arrivée, mais je suis persuadée que la routine administrative va jouer en ma faveur. Avant qu'aucune mesure ne soit prise pour me garder à nouveau en semi-réclusion l'affaire devra être soumise à Kentaro, en Corée. Toute tentative pour me faire sortir de cet hôtel, même la nuit, pourrait être une cause de scandale. Qui plus est, on doit bien savoir que j'ai été en contact avec l'ambassade de Grande-Bretagne, même si cette démarche n'a pas abouti. Je pense que la police va recevoir des instructions de ne rien faire du tout jusque-là, si ce n'est me surveiller. Les armes dont je dispose sont bien fragiles, mais je pense que je suis en train d'apprendre à m'en servir. Je crois que je comprends Kentaro bien mieux qu'il ne me comprend. J'ai essayé de le détester pendant un moment, pour apaiser ma douleur, mais n'ai pas réussi. Il savait parfaitement qu'il ne m'aurait jamais fait accepter l'idée de faire adopter Tomo par une famille japonaise, donc il a de nouveau fait son devoir, et il est bien possible qu'il se soit arrangé pour en programmer la date juste avant de repartir en mission, parce qu'il ne pouvait pas supporter l'idée d'assister à cette souffrance qu'il lui fallait m'infliger. Je suis peut-être en train de m'imaginer qu'il se souciait de moi à ce point-là. Il est possible qu'il espère que je finirai avec le temps par comprendre pourquoi il a dû agir ainsi. Je le comprends dès à présent, mais ce que je ne peux admettre, et n'admettrai jamais, c'est que ce soit mieux ainsi. C'est la raison pour laquelle je ne peux pas continuer à vivre sous sa protection, et ne le ferai jamais plus.

J'ai recommencé à prier, non pour moi-même comme je le faisais sur ce bateau pendant le typhon, mais pour Tomo. Rien ne me dit que mes prières soient entendues. Quand j'y réfléchis, je ne me souviens pas d'avoir jamais prié pour Jane, même quand j'étais extrêmement malheureuse à cause d'elle. Peut-être était-ce parce que je me doutais qu'une personne sur laquelle veillaient les Collingsworth n'avait pas besoin en plus du secours de Dieu.

Hôtel Okatsu
Tokyo
Le 6 février

Aiko désapprouve tout à fait mes projets, on croirait entendre les objections de maman ! Aiko serait prête à mourir au nom de n'importe quel principe auquel elle est totalement dévouée, mais cet attachement s'appuie quand même très nettement sur tout un arrière-fond de liens familiaux et de position dans la société. Elle est restée *La* baronne Sannotera malgré son divorce, et considère visiblement la nouvelle baronne comme une femme sans intérêt, en dehors des enfants qu'elle est censée mettre au monde. Il y a derrière le zèle d'Aiko comme une sorte de charité, de bonnes œuvres d'une supérieure envers ses inférieurs. Je suis sûre qu'en privé aussi, elle considère la plupart des femmes japonaises comme des créatures stupides au comportement bovin, à cause de leur docilité envers l'homme. Elle voudrait les conduire en grandes processions avec des bannières flottantes, et au lieu de cela elles restent à la maison à coudre des kimonos et à balayer leurs nattes de paille, en refusant de manifester derrière qui que ce soit. Le peu de respect qu'elle m'accorde pour avoir eu le courage de quitter la protection de Kentaro disparaîtrait complètement si elle savait que c'est avec son argent que je vis, et que ce sera le cas tant que je n'aurai pas épuisé mon petit magot, car je n'ai l'intention de déclarer mon indépendance qu'en refusant d'accepter *à l'avenir* tout argent qu'il voudrait me donner. Si elle est d'accord pour que je cherche du travail et sois rémunérée, il faut néanmoins que cela reste convenable pour une femme de ma classe. Ce qu'elle n'a pas l'air de réaliser, c'est que si j'appartenais effectivement à une classe sociale, au sens où elle l'entend, j'en suis sans aucun doute sortie en devenant la maîtresse de Kentaro.

J'ai besoin de son aide pour mener à bien mon plan, car il va me falloir un interprète. Les nobles manières de la baronne me seront aussi utiles pour vaincre les réticences, qui vont être gigantesques, j'en suis certaine. Prendre de grands airs n'est pas encore dans mes habitudes, et je ne suis pas sûre d'y parvenir jamais, ce qui aurait été un vrai handicap pour une épouse Collingsworth. Toutes ces dames sur les portraits à Mannington donnaient l'impression qu'en vieillissant elles étaient toutes devenues des dragons, tapis derrière le rempart du service à thé ancestral en argent massif.

Si j'attire l'amitié, c'est parce que l'on me prend pour une bonne petite, qui ne risque en rien de nuire, d'empiéter sur le territoire des autres, ou de se battre pour sa position comme le voudrait l'usage. Je me rends bien compte aujourd'hui qu'il y avait de cela dans l'amitié que me portait Marie, et que je n'étais pas une bien grande menace pour la reine incontestée de la bonne société pékinoise aux yeux de tous les hommes, sinon des femmes. Il est si facile d'aimer ceux qui ne vous menaceront jamais ! Je pense à présent à cet épouvantable dîner dans ce temple, où Marie et Armand savaient très bien tous les deux que j'arrivais tout droit des bras de mon amant, et au silence de plomb de Marie pendant tout le repas, comme si je n'avais pas existé... Ce n'était pas tant mon manquement à la morale qui l'avait outrée que l'idée que quelqu'un à qui elle avait accordé son affection soit ainsi sorti du rôle qui lui avait été assigné. Je crois aussi qu'elle trouvait Kentaro assez séduisant, et ne comprenait pas ce qu'il pouvait bien me trouver. Peut-être m'a-t-elle pardonnée par la suite, quand elle a deviné ce qui était probablement la vérité, que le comte Kurihama avait simplement pris ce qu'on lui offrait. Mais tout de même, il a dû me trouver acceptable, car j'ai toujours son poème, même si j'ai perdu son fils.

Hôtel Okatsu
Tokyo
Le 10 février

J'étais épuisée quand nous sommes rentrées ici, après ce qui a manifestement été un triomphe d'Aiko sur des préjugés considérables. C'est quand je suis affaiblie que je veux qu'on me rende mon bébé, quel qu'en soit le prix pour moi. J'ai enlevé les vêtements que j'avais choisis si soigneusement pour notre rendez-vous avec les grands magasins Matsuzakara, et je me suis allongée sur mon lit. Je n'ai pas de photographie de mon fils, et je n'ai rien pris qui lui ait appartenu dans la maison. Je ne verrai jamais Tomo grandir, je ne verrai jamais son visage changer quand il passera de l'enfance à l'âge adulte, et déjà, c'est une autre qu'il reconnaît pour sa mère. Je hais Kentaro. *Je le hais !*

Il vaut mieux parfois laisser libre cours à ses sentiments, plutôt que d'essayer de les contrôler. D'écrire m'a un peu calmée. Je ne sais pas si je le hais réellement. Son devoir, une fois qu'il lui est apparu clairement, ou qu'il croit l'avoir compris, est ce qu'il considère de plus sacré au monde. Tout le reste doit y être sacrifié. Travailler tous les jours est ce dont j'ai besoin, pour rentrer chaque soir si vidée que je serais incapable de penser à quoi que ce soit.

Aiko ne veut pas me dire toutes les démarches qu'elle a dû faire pour obtenir le rendez-vous d'aujourd'hui à Matsuzakara, mais je pense qu'ayant finalement décidé de m'aider, elle s'est attaquée au problème d'une manière très différente de son approche habituelle, en mettant à profit des relations dont elle ferait fi normalement, au nombre desquelles figure sans doute son ex-mari.

L'ascenseur nous a conduites à deux heures dans le bureau personnel de M. Hiro Matsuzakara, et nous avons été reçues par son secrétaire dans une pièce qui, mis à part un bureau, quelques chaises et un plancher recouvert de parquet était entièrement japonaise, avec des panneaux de papier pour cacher les fenêtres d'un bâtiment moderne et un petit prunier en fleurs à l'endroit où l'on place traditionnellement les ornements décoratifs, ainsi qu'un rouleau de peinture représentant une chute d'eau.

Aiko a peut-être dû attendre dans des postes de police, mais elle n'a pas l'habitude de patienter dans les antichambres des nouveaux riches de Tokyo. J'avais le sentiment, que partageait sûrement le jeune secrétaire nerveux, qu'elle allait tout à coup se lever de sa chaise et se diriger tout droit vers la porte coulissante pour l'ouvrir d'un coup sec, avant qu'on nous ait priées de le faire. Elle effraie beaucoup les Japonais, et on a l'impression qu'ils comprennent immédiatement qu'il y a de grandes chances qu'elle fasse tout le contraire de ce qu'ils sont normalement en droit d'attendre de notre sexe. Il m'est très difficile de déterminer l'âge des Japonais, mais je dirai que M. Hiro Matsuzakara a une soixantaine d'années, avec une figure ronde, des cheveux très courts, et des lunettes qui agrandissent son regard sans chaleur. Il en savait long sur Aiko, et ils ne s'aimaient guère. Au lieu d'être perchée en équilibre instable sur le bord de sa chaise, comme doit l'être toute dame japonaise bien élevée, Aiko était carrée au fond de la sienne, les jambes fermement posées sur le sol, comme si cette posture l'aidait à faire parvenir ses paroles de l'autre côté de l'énorme bureau d'ébène, sur lequel il y avait fort peu d'objets, à part un petit vase qui contenait un unique iris de serre. Ils parlaient chacun à leur tour, très rapidement, en m'ignorant complètement, et je me sentais comme une écolière qu'on emmène visiter un nouvel établissement dont elle sait déjà qu'elle ne s'y plaira pas. Le directeur de l'école ne voulait pas de moi non plus, et le fait qu'il m'ait acceptée témoigne des pressions dont il a fait l'objet. Les anciens amis d'Aiko sont visiblement encore prêts à lui rendre service du moment qu'il ne s'agit pas d'un sujet controversé, pour trouver du travail à quelqu'un par exemple. La tête de M. Matsuzakara a subitement tourné sur son axe dans ma direction, et en contraste total avec le feu roulant précédent, les mots qui sortaient semblaient avoir été difficilement élaborés et articulés à grand-peine :

« Comment vendlez-vous lobes ? »

Il m'a bien fallu trente secondes pour réaliser qu'il me demandait comment j'avais l'intention de vendre ses robes. Il m'avait adressé ce message en anglais approximatif pour que je sache que je n'avais pas besoin de passer par mon interprète. Je n'avais absolument aucune idée de la façon dont j'aurais vendu quoi que ce soit, mais j'ai eu le bon sens de m'en tenir à l'aspect domestique au début, à la façon dont la marchandise était présentée au public, qui était vraiment très peu engageante, comparée à certains autres rayons du magasin. En partant de là, je me suis un peu animée pour dire que les robes elles-mêmes étaient à la mode d'il y a dix ou vingt ans, et que les modèles présentés sur les mannequins feraient le bonheur des costumiers de théâtre à Londres, mais qu'on n'en trouverait sûrement plus comme ça dans les magasins. Aiko a dû traduire « costumiers de théâtre », mais il n'y a pas eu d'autres interruptions, M. Matsuzakara me regardant droit dans les yeux en m'écoutant parler, un occasionnel reflet dans ses lunettes indiquant seulement que sa tête avait bougé un tant soit peu. Il n'était pas sans me rappeler ce crapaud sur une feuille de nénuphar qui est un sujet banal dans leur peinture, et qui est d'une immobilité parfaite jusqu'au moment où il se détend dans un bond aussi soudain que prodigieux. De penser que M. Matsuzakara allait sauter brusquement vers moi par-dessus son bureau aurait dû me décontenancer et me faire perdre le fil de mon discours, mais je ne sais pas pourquoi cela n'a pas été le cas. Il m'a écoutée, puis il y a eu une longue pause, le secrétaire a été appelé, et un certain Hinobe a été convoqué. M. Matsuzakara a expliqué qui allait se joindre à nous :

« Hinobe lesponsable lobes anglaises poul dames. »

Nous n'avons pas eu à attendre longtemps avant que le responsable du rayon de mode étrangère ne nous rejoigne. C'était un homme de quarante et quelques années, sinon cinquante, grisonnant malgré ses cheveux noirs, en costume occidental gris, à la peau grise, et un peu voûté. Il s'est redressé après avoir fait trois courbettes à son patron dès son entrée dans la pièce. Il y en a qui disent que les visages japonais sont parfaitement inexpressifs, mais ce n'est plus du tout mon opinion. En tout cas, M. Hinobe me regardait avec une haine profonde, dont je suis quasiment sûre qu'il ne se départira jamais.

14

Lettre de Mary Mackenzie à Mme de Chamonpierre
à Washington D.C.-USA

97 Nishi Kogura Machi
Otsuka — Tokyo
Le 3 décembre 1906

Ma très chère Marie,

Vous êtes vraiment une amie fidèle. Cela faisait bien un an que je ne vous avais pas écrit, mais dès l'instant où vous avez reçu ma lettre vous vous êtes mise à votre bureau pour me répondre, alors que vous devez être si occupée à Washington ! Je ne peux pas vous dire tout ce que cela signifie pour moi, avec la vie que je mène. Merci beaucoup également de ce que vous me dites à propos de Tomo, et de ce que vous n'avez pas dit aussi. Je sais qu'il y a bien des gens ici qui pensent que c'est mieux comme cela, même s'ils ne me le disent pas franchement en face. Je ne ferai pas semblant d'avoir surmonté ma douleur, mais je m'y suis habituée, et c'est déjà quelque chose je suppose.

Vous me dites que je ne vous ai pas raconté grand-chose de ma vie ici. Il n'y a rien de bien particulier à dire. Je vis dans une toute petite maison, dans une banlieue où personne d'autre ne veut habiter, et la maison est presque en train de s'écrouler, c'est pourquoi mon loyer est très faible. Je me lève le matin à sept heures et quitte la maison à huit, pour une heure de trajet en tramway jusqu'au centre de la ville. Mon travail à Matsuzakara signifie qu'à partir de neuf heures j'ai devant moi une longue journée d'essayages de vêtements européens sur des Japonaises, dont le corps n'a jamais été fait pour mettre en valeur notre mode. A une heure je vais déjeuner dans un petit restaurant derrière Ginza où la cuisine « étrangère » est tout juste mangeable. A cinq heures et demie ou six heures, je reprends le tram pour retourner à Otsuka, où ma bonne m'a préparé une sorte de dîner.

La maison se compose d'une pièce au premier et de deux au rez-de-chaussée, et comme la servante doit être logée en bas, je suis rarement séparée d'elle de plus de l'épaisseur d'une cloison de papier. Nous sommes physiquement si proches que je suis persuadée qu'il m'arrive de l'entendre *penser*.

Mes distractions ? Eh bien, je vous ai parlé de mon amie la baronne. Tous les trente-six du mois nous allons ensemble au théâtre, ce qui fait en quelque sorte partie de mes leçons de japonais. Et puis, il y a eu trois jours bénis au début de l'automne, où j'ai réclamé des vacances à mes peu enthousiastes patrons, et nous sommes allées toutes les deux dans la villa de l'ex-mari de la baronne à Kamakura. J'ai nagé tous les jours, et eu un avant-goût de la vie que mènent les riches Japonais, qui est très agréable, croyez-moi, sans être le moins du monde tapageuse. Leurs villas sont construites bien à l'abri derrière des barrières ternes et des portails modestes, de façon à ne pas irriter le prolétariat, composé de gens comme moi. Je n'ai aucune idée, mais je peux deviner, ce que la nouvelle baronne pense des relations aimables entre son mari et sa première épouse, qui vont jusqu'à lui prêter sa maison.

Je suis très pauvre. Ce qu'on me paie à Matsuzakara est considéré comme un salaire fantastique pour une femme, mais cela reste une misère. En tout cas je me débrouille, et la nourriture est bon marché. Je fais mes courses moi-même le dimanche, le magasin ayant adopté l'habitude européenne de fermer ce jour-là, alors que dans ma banlieue rien ne semble jamais fermer et si l'on décidait de faire son marché à dix heures du soir on trouverait encore beaucoup d'endroits ouverts. Je ne prends plus de pousse-pousse, seulement des tramways dont le réseau couvre à présent toute la ville et fonctionne très bien, même si c'est toujours bondé. Je suis presque toujours debout en allant à mon travail, et souvent aussi sur le chemin du retour, ce qui est un peu éprouvant après toute une journée debout.

Je lis beaucoup, tout ce que je peux trouver. J'ai mis la main sur six volumes de *l'Encyclopaedia Britannica*, dixième édition, de KYS à PAY, et je les lis sans sauter une ligne, ce qui fait que je serai un jour une des femmes les plus savantes au monde sur tous les sujets entre KYS et PAY. Six volumes sur vingt-huit, cela représente quand même une belle tranche de connaissances humaines ! Il y a aussi mes leçons de japonais, que je reçois en échange de leçons d'anglais, d'un étudiant à l'université Waseda, que j'ai « ramassé » comme on dirait de nos jours en Amérique, tout bonnement dans le tramway. Je devrais en avoir honte, mais une femme dans ma situation peut se conduire sans vergogne sans perdre le sommeil pour autant. Ce n'est en tout cas pas Akira Suzuki qui m'empêchera de dormir, car il a dix-neuf ans, est bien gentil, mais n'a vraiment pas appris à rire. Il est d'un sérieux mortel sur la philosophie et la morale allemande, et surtout sur un nommé Kant. Comme mon volume KYS a raté Kant d'une bonne longueur, je n'ai pas le bagage nécessaire pour en discuter avec Akira, ce dont il est très déçu. Au bout de la cinquième ou sixième séance, il a tout d'un coup déclaré qu'il pensait qu'une femme étrangère pourrait beaucoup l'aider dans sa carrière de professeur de philosophie européenne, et m'a demandé si je pourrais envisager de me marier avec lui. Il m'a été facile de résoudre ce petit problème en lui répondant que pour autant que je le sache j'étais toujours mariée. Il a alors attendu trois séances de plus avant de m'offrir ce que je pensais être un livre de reproductions en couleur, mais qui s'est révélé une série de planches assez particulières sur les relations physiques intimes entre hommes et femmes. Ma réaction à cette peu subtile suggestion a été d'envelopper le cadeau d'Akira dans un tissu de cérémonie appelé *furoshiki*, et de le lui rendre la semaine suivante avec un petit sac d'oranges. Il aime beaucoup ce fruit. J'attends maintenant, mais sans grande nervosité, sa prochaine initiative. Cela me paraît ridicule, alors que je n'ai même pas cinq ans de plus que ce garçon, d'avoir ainsi l'impression d'en être éloignée par l'expérience d'une vie entière.

La situation est assez étrange à mon travail. Il n'y a absolument aucun doute que depuis les dix mois que je suis là, les ventes du rayon ont beaucoup augmenté, en grande partie grâce à moi, non pas tellement à cause de mes talents de vendeuse, bien que je ne sois pas mauvaise, mais parce qu'une étrangère employée dans un grand magasin japonais suscite une intense curiosité. Un ou deux articles dans les journaux ont incité une quantité de femmes à venir me regarder en chair et en os, et j'ai réussi avec une férocité qui vous étonnerait, à en acculer certaines à acheter une robe. Les vêtements proposés étaient épouvantables quand je suis arrivée, mais sont nettement mieux maintenant. J'ai découvert que l'idée d'envoyer quelqu'un en Europe acheter la marchandise ne les avait jamais effleurés, et quand j'ai suggéré au propriétaire que cela vaudrait peut-être l'investissement, il a été horrifié, et a répondu que c'était à moi de produire des modèles qui pourraient être exécutés sur place par toute une équipe de femmes et de jeunes filles, qui les coudraient tant à la machine qu'à la main pendant de longues heures. C'est donc ce que je fais, même si la plupart de mes modèles viennent tout droit de patrons en papier fournis par les magazines anglais de couture pour femmes au foyer. Il m'arrive de tenter quelques créations personnelles, et je dois dire qu'un ou deux de mes « modèles » ont eu du succès. Le plus important est de dessiner en fonction de jambes courtes.

J'ai maintenant persuadé M. Matsuzakara d'ouvrir un rayon corsets à côté des « robes », ce à quoi personne n'avait pensé, et qui manquait particulièrement, croyez-moi ! La silhouette japonaise doit être brutalement contrainte à tenter de se rapprocher d'une forme occidentale, et nous avons commencé à faire fabriquer nos propres corsets.

Me voilà donc déjà vendeuse en chef, et modéliste occasionnelle, à la tête d'une équipe de deux assistantes, une jeune fille qui pourra un jour avoir quelques idées et une matrone effrayée, une veuve qui n'ose pas dire un mot plus haut que l'autre de peur de perdre son emploi. Je n'ai plus peur de perdre le mien, même si rien ne ferait plus plaisir au chef de rayon que de se débarrasser de moi. Mais il sait bien, et plus important encore M. Matsuzakara le sait aussi, que s'ils se débarrassaient de moi, je n'aurais qu'à traverser Ginza pour aller chez le concurrent, Mitsukoshi qui est bien plus grand, et m'a déjà approchée d'une manière aussi oblique qu'orientale. Le résultat de cette démarche a été une augmentation octroyée par M. Matsuzakara. J'ai maintenant droit à de considérables attentions de ce monsieur qui passe son temps à venir dans notre rayon, comme s'il l'intéressait bien plus que tous les autres, pour discuter avec moi dans son effroyable anglais, en ignorant la plupart du temps le chef de rayon, un certain M. Hinobe. D'après ce que je sais des Japonais, il est bien possible que ce vieillard songe à égayer ses dernières années en prenant une concubine, et qu'il me considère comme une candidate envisageable.

C'est vraiment assez extraordinaire que quelqu'un d'aussi paresseux que moi, qui n'avait même pas appris à faire la cuisine à Édimbourg et qui a été habituée pendant des années à ne pratiquement rien faire du tout, ait à présent découvert qu'elle aimait vraiment faire des affaires. Ce que je fais est dur pour mes pauvres pieds, mais je pense que j'ai une sorte de flair pour ce métier. Un des à-côtés de mon travail est que je suis vêtue assez correctement. Les petites mains de l'atelier semblent bien m'aimer, et bien sûr je dois être une bonne réclame pour le magasin. Quand vous viendrez en vacances au Japon, Marie, vous vous ferez faire une robe élégante en soie sauvage de Nagano, le tissu que je préfère.

Vous allez penser que j'ai des ambitions de *couturière ?* La maison Mackenzie juste derrière Ginza, peut-être ? Il y a certainement l'argent nécessaire pour une entreprise de ce genre dans ce pays, car il y a de plus en plus de Japonaises qui s'habillent à l'occidentale.

J'espère que cette longue lettre vous prouvera que ma vie à Tokyo ne manque pas d'intérêt, et qu'il m'y arrive même de temps en temps des choses relativement excitantes. Je n'ai aucune nouvelle de mon fils. L'idée est que je n'en obtienne jamais. La raison principale qui me pousse à rester dans ce pays aujourd'hui n'est plus que je redoute d'aller m'installer ailleurs, mais l'espoir permanent qu'un jour — et ici — Tomo me sera rendu. Il m'arrive encore d'être réveillée la nuit par les claquettes en bois du veilleur de nuit dans ses rondes, qui me sort d'un rêve où je joue avec mon bébé sur les nattes de paille. Dans ces moments-là, avec ma servante Hanako qui ronfle imperturbablement au rez-de-chaussée, je suis la femme la plus seule au monde. Mais j'ai de vrais amis, au nom desquels il m'arrive de remercier Dieu, s'il veille sur moi.

Mes très affectueuses pensées à Armand et vous-même.

Mary

97 Nisha Kogura Machi
Otsuka — Tokyo
Le 9 novembre 1907

Je suis encore en état de choc. Peut-être qu'en écrivant ce qui s'est passé je vais me rendre compte que ce n'est pas si grave que cela. Peut-être que j'aurais dû m'attendre à ce que cela arrive, mais l'idée ne m'en avait même pas effleurée !

La visiteuse de marque dans le petit bureau d'Hinobe, au fond du rayon, était vêtue du kimono sombre d'une femme respectable, avec une large ceinture foncée et un surtout presque noir, à part un filament blanc courant dans la soie. Ses cheveux n'étaient pas arrangés en une des coiffures traditionnelles, ni huilés mais ramenés en une sorte de chignon au bas de la nuque, un peu de la façon dont je coiffe les miens, mais qui n'est pas très flatteuse pour un visage assez rond. Elle était assise sur le bord de sa chaise, le dos très droit, mais non pas, comme c'est si souvent le cas, parce que le mobilier étranger la mettait mal à l'aise, mais parce que la dame faisait visiblement peu de cas de ce genre de soutien. Il y avait sur le bureau un plateau en laque avec deux tasses de thé vert et des biscuits. J'étais sûre que la dame avait poliment décliné de se servir, mais si Hinobe avait été humilié de ce refus il n'en montrait aucun signe, ses yeux brillant d'une excitation qu'il n'arrivait pas à cacher. Il m'a vue entrer, mais a décidé de ne pas en tenir compte avant une bonne minute, comme il le fait d'habitude, et de mon côté je me suis comportée comme toujours, c'est-à-dire en m'annonçant au bout de vingt secondes seulement. Il a fait semblant d'être surpris par mon arrivée, même s'il m'avait envoyée chercher, et s'est adressé à moi sur un ton froidement poli, mais dans la langue réservée aux inférieurs. Tout ceci pour bien marquer l'atmosphère de guerre presque continuelle entre nous. J'ai été priée de m'asseoir, mais comme cela aurait supposé d'aller chercher une chaise de l'autre côté de son bureau, je n'en ai rien fait. La visiteuse s'est levée très lentement, s'est tournée vers moi, et m'a regardée avant de me faire une courbette.

Je commence à en savoir long sur les courbettes japonaises. On pourrait écrire un livre sur l'art des courbettes, qui est soumis à des règles encore plus strictes que la composition florale. Il y a des courbettes pour ceux qui vous sont socialement égaux, selon les circonstances de la rencontre, il y en a pour les supérieurs, pour les domestiques, pour les commerçants et même pour les conducteurs de tramways. Il y a les courbettes des hommes aux femmes, toujours légères, et celles des femmes aux hommes, toujours très profondes, plus une collection impressionnante de courbettes aux femmes entre elles, qui sont un langage en elles-mêmes. Sans prononcer un seul mot, une dame peut vous placer exactement au rang qu'elle estime être le vôtre, et vous ridiculiser parfaitement si vous n'avez pas compris le statut qui vous était assigné, ce qui est généralement le cas pour les nouveaux venus dans ce pays qui est le plus poli au monde.

La courbette de la visiteuse était vraiment très généreuse, et me classifiait presque comme une grande dame, mais pas tout à fait. Hinobe a tout à coup jeté la bombe :

« L'honorable dame qui est à présent parmi nous n'est autre que la comtesse Kurihama. »

Hinobe, comme tous les autres employés du magasin, sans compter la plus grande part des gens qui viennent dans le rayon uniquement pour me contempler, sait parfaitement dans quelles circonstances je suis venue au Japon. On en a fait une discrète publicité sur les ordres de M. Hiro Matsuzakara, je suppose. Ne pouvant rien faire pour l'empêcher, je l'ai donc acceptée ; mais ce que je trouve intolérable, c'est la curiosité affichée de la comtesse, assez forte pour la pousser à venir au magasin uniquement pour voir à quoi je ressemblais. Rien d'étonnant à ce que j'aie presque eu droit au rang de dame sur l'échelle des courbettes ! Son geste vulgaire l'avait abaissée et elle en était tout à fait consciente.

De joie, la voix d'Hinobe a presque viré au falsetto :

« La comtesse Kurihama nous fait un grand honneur. Son mari, le colonel comte Kurihama, vient d'être nommé attaché militaire auprès de l'ambassade du Japon à Londres, et madame est très aimablement venue nous trouver pour se faire confectionner une garde-robe pour l'Angleterre. Vous avez compris ? »

Je n'avais que trop bien compris. Il allait falloir que je m'occupe de cette femme pendant des semaines, et lui fasse d'innombrables essayages, pour des corsets, des robes d'après-midi, de bal, des robes du soir, des chapeaux, et même des chaussures. Chaque fois que Kentaro sortirait à Londres avec sa femme, il pourrait contempler sur elle l'œuvre de sa maîtresse. Je ne pense pas que ce soit lui qui me l'ait envoyée, mais qu'elle est venue d'elle-même, plutôt que de s'adresser à la Russe qui vient de Harbin et fait le même travail, plutôt mal d'après ce qu'on raconte, à Mitsokushi. Nous avons importé de Londres des « formes » en fil de fer, conçues pour être modifiables selon les mesures exactes de la cliente. Je m'en sers pour toutes les créations originales ou semi-originales, et les cousettes de l'atelier s'y fient maintenant complètement. Les mesures sont très précises et j'ai formé une essayeuse à les prendre, mais Hinobe, comme s'il en avait reçu l'instruction par la comtesse, a insisté pour que je m'en occupe personnellement. Ce petit salon d'essayage, avec la femme de Kentaro en kimono de dessous, m'a mise dans un tel état de tension que j'ai cru que je ne le supporterais pas. Je n'arrivais tout simplement pas à endosser mon rôle professionnel. A un moment je me suis même mise à trembler, et je suis sûre qu'elle l'a remarqué.

Elle aurait pu me dire où est Tomo en ce moment, et comment mon bébé se porte, mais si je lui avais posé la question elle aurait nié avoir connaissance du fils que j'ai eu de son mari. Je n'ai pas réellement perçu de perfidie chez elle, mais je sentais bien quand même qu'elle éprouvait un certain plaisir à m'avoir ainsi agenouillée devant elle avec un mètre à la main. Elle me traitait comme j'ai appris à traiter les domestiques chinois. On accepte les services qu'ils vous rendent sans les considérer pour autant vraiment comme des personnes.

Quand je demandais à la comtesse de se tourner ou de lever un bras, elle le faisait, un léger sourire aux lèvres, mais sans dire un mot, en gardant les yeux fixés sur son image dans le miroir. Je suis persuadée qu'elle m'a regardée plusieurs fois, mais je ne l'ai jamais surprise en train de le faire.

97 Nishi Kogura Machi
Otsuka — Tokyo
Le 17 novembre

Hinobe s'est bien trompé aujourd'hui, et il reste encore à voir jusqu'à quel point. J'ai prétexté un léger refroidissement pour rester à l'écart lors du premier essayage de la comtesse Kurihama pour une robe de bal, et j'ai dépêché une des filles de l'atelier. Je n'ai aucun moyen de savoir si la comtesse s'en est plainte, mais j'ai été appelée dans le bureau d'Hinobe où je l'ai trouvé vert de rage. Pour qui me prenais-je donc pour oser envoyer une gamine faire l'essayage d'une cliente aussi importante que la comtesse Kurihama ? Il utilisait un vocabulaire qui aurait offensé une femme des rues, et hurlait. J'étais sur le point de quitter le bureau sans avoir rien répondu, quand Hiro Matsuzakara est entré, dans une fureur noire ce qui voulait dire qu'il avait tout entendu. Je n'ai pas attendu pour voir Hinobe se recroqueviller sous l'orage et je suis partie, mais pas pour rejoindre la comtesse au salon d'essayage.

97 Nishi Kogura Machi
Otsuka — Tokyo
Le 18 novembre

Il n'y avait pas d'Hinobe ce matin au rayon robes. A onze heures le haut-parleur m'a convoquée dans le bureau de M. Matsuzakara. Du thé m'attendait et des biscuits de riz. Je vais devenir la nouvelle directrice du rayon, avec un salaire de cent quatre-vingts yen par mois. C'est un salaire phénoménal pour une femme au Japon, le vieux monsieur a été assez bon pour me le dire, et ajouter qu'il aurait à lutter contre une grande opposition à son projet, mais qu'il était prêt à évoluer avec son temps et à me donner une chance de faire mes preuves. Il sait pertinemment que j'ai déjà fait mes preuves, car sinon il n'aurait pas songé un instant à évoluer avec son temps. Il sait fort bien également que si j'avais dû continuer longtemps à travailler sous les ordres d'Hinobe, j'aurais rapidement quitté le magasin, sans aucune angoisse à l'idée de me retrouver sans travail à Tokyo. Dans l'après-midi, je me suis rendu compte qu'Hinobe était à présent responsable du rayon jouets, au fond du premier étage. Nous n'aurons pas à nous voir trop souvent, et peut-être même jamais. Je crois que les filles de l'atelier sont heureuses de ce changement. Je leur dois beaucoup. Elles auraient pu si elles l'avaient voulu rendre impossibles tous mes projets.

Le 19 novembre

La comtesse Kurihama est venue pour un autre essayage. Je ne me suis pas occupée d'elle. Nous avons échangé des courbettes quand elle est partie, et je lui ai demandé dans mon meilleur japonais si elle était satisfaite pour l'instant de l'avancement de sa future garde-robe. Elle a répondu avec une grande douceur qu'elle l'était. Kipling a écrit quelques lignes à propos de Judy O'Grady et de la femme du colonel qui se considéraient comme des sœurs. Pour la comtesse et moi, ce n'est sûrement pas le cas.

15

97 Nishi Kogura Machi
Otsuka — Tokyo
Le 8 décembre 1907

Je ne dois pas laisser cette horrible histoire me hanter ainsi. Cette pauvre femme était déséquilibrée, ce qui n'a rien d'étonnant quand on pense qu'elle a été pendant vingt ans la femme de Hinobe. Je voudrais bien fermer l'œil. Mes cauchemars sont de ceux qui vous apparaissent quand on reste dans le noir les yeux grands ouverts. Une souris qui grignotait le cadre en bois de la natte de paille a failli me rendre folle hier soir. Elle cessait brièvement quand je donnais des coups sur la paille, pour recommencer aussitôt. Je ne crains pas les souris d'habitude, mais j'étais persuadée que celle-ci, dans sa détermination, allait finir par creuser un trou dans la natte et s'attaquer ensuite au rembourrage de mon édredon.

Je me suis rendu compte qu'il y avait quelque chose qui clochait chez cette femme plusieurs secondes avant d'avoir vu le couteau. Elle n'était tout simplement pas du genre de celles qui s'intéressent à notre rayon : minable, vêtue d'un kimono brun d'un style démodé, avec des manches bien plus longues que ce que l'on voit de nos jours : l'endroit idéal où dissimuler un couteau. Elle a dû me reconnaître d'après le portrait que Hinobe lui avait fait de moi, et me voir de face, les vêtements à l'européenne ne suffisant pas à m'identifier puisque toutes les vendeuses en portent maintenant. C'est cette façon de me dévisager qui m'a alertée, et son regard étrange quand elle s'est détournée en faisant semblant de s'intéresser à un manteau long d'hiver sur l'un de nos nouveaux mannequins de cire. Beaucoup de femmes viennent dans notre rayon simplement pour muser, sans la moindre intention d'acheter, et sont en fait si nombreuses qu'il a fallu que je mette au point une manœuvre à leur intention. A mon signal, ou de leur propre initiative, une des vendeuses attache ses pas à l'intruse et la reconduit doucement en dehors du rayon, exactement comme pourrait le faire un chien de berger écossais. La plus maligne de mes assistantes, Emburi San, était en train de s'en approcher quand la femme s'est jetée sur moi. La lame qu'elle avait à la main était d'une bonne quinzaine de centimètres, et elle la brandissait bien au-dessus de sa tête pour m'en poignarder d'un trait. Le comptoir des gants m'a sauvée. Je me suis réfugiée d'un bond derrière, et la femme a dû virer de bord dans un effort désespéré pour m'atteindre. Emburi San, en se mouvant comme un chat à l'affût d'un oiseau, a réussi d'un coup sec à lui faire lâcher le couteau.

J'ai ressenti une sorte de terreur pendant quelques instants, mais ce ne sont pas ces moments-là qui me hantent à présent, mais bien les circonstances épouvantables qui les ont entourés. Hinobe s'est tranché la gorge, et s'est vidé de son sang assis sous un pin dans la partie extérieure du parc du palais impérial ouverte au public. Un gardien l'y a trouvé au petit matin, ainsi que son dernier message, soigneusement enveloppé dans une toile cirée au cas où la pluie en aurait abîmé la calligraphie. Il allait rejoindre ses ancêtres, car il n'avait pas l'intention de continuer à vivre dans un Japon où un employé fidèle depuis de longues années pouvait être remplacé par une étrangère connue pour son immoralité.

Je ne lis pas encore assez bien le japonais pour comprendre les journaux et j'ai fait promettre à Aiko de me donner tout ce qui paraîtrait sur mon compte à Tokyo dans la presse, mais je suis persuadée qu'elle n'en fait rien. Ma servante Hanako prétend être à peu près illettrée, mais je l'ai déjà vue avec des journaux et je sais pertinemment qu'elle a des articles qui ne me parviennent pas par Aiko. La *Gazette du Japon* était encore assez discrète, me nommait

Mme Mary Mackenzie, sans insister sur le sensationnel, mais ce journal n'a pas un grand tirage, et d'après le peu qu'Aiko m'ait dit, je serais bien sotte de croire que les grands quotidiens n'en ont pas fait leurs manchettes, et en parlent encore dans les dernières pages. La presse japonaise n'utilise pas de photographie, ou du moins je n'en ai pas vu, et je ne pense pas que l'on m'ait prise en photo à mon insu, mais j'ai l'impression que l'on me dévisage comme on ne l'avait encore jamais fait. Je ne pense pas non plus que l'hostilité que je peux lire dans ces regards soit le pur effet de mon imagination.

Si je croyais au destin, ce qui n'est pas le cas, je pourrais très bien l'imaginer en train de se jouer de moi. D'abord, il me laisse trouver une niche bien tranquille et m'y installer, et tout à coup, sans le moindre avertissement, me jette dehors. Il me semble presque entendre son ricanement.

Hiro Matsuzakara a donné l'impression de se ranger noblement de mon côté durant toute cette période, au risque de se faire critiquer, lui et son magasin, par la presse pour avoir continué à employer une femme responsable de la mort d'un homme. Si je suis en fait toujours dans la maison, c'est pour une raison bien simple : le scandale a fait plus que d'augmenter le nombre des curieux pour me contempler, il a au moins doublé le nombre de nos clients, car une quantité de femmes de nouveaux riches à Tokyo ont soudain décidé que c'était tout à fait chic de se faire faire une garde-robe par une quasi-criminelle.

Le 14 décembre

Aiko vient de me quitter. Elle voulait me faire peur et a réussi. Elle veut que j'aille de nouveau vivre avec elle dans son hôtel, car elle ne me croit pas en sécurité ici. Elle a reconnu qu'elle ne m'avait pas montré la plupart des articles sur mon compte publiés dans la presse japonaise. Mon rôle dans le suicide de Hinobe a fait plus que de provoquer simplement une petite vague de sentiments anti-étrangers. Un des journaux en particulier s'est acharné à maintenir la pression en publiant des lettres, des articles et même des éditoriaux sur l'insidieuse et subtile influence occidentale en train de miner les fondations mêmes de la civilisation japonaise. Même si je n'en suis pas le sujet proprement dit, mon nom apparaît invariablement dans ces épîtres. Aiko prétend avoir entendu hier que l'ambassade de Grande-Bretagne avait hâte de se débarrasser de moi, qui ne lui occasionne que des ennuis ici. Ils auraient proposé de prendre toutes les dispositions nécessaires pour me faire quitter le pays, si j'étais officiellement bannie par le ministère japonais des Affaires étrangères. Je ne sais pas du tout s'il faut y croire ou non. La comtesse Kurihama a annulé hier la commande de sa garde-robe occidentale, en prenant deux des robes que nous avions achevées pour elle, mais en se tournant probablement vers la Russe de Mitukoshi pour le restant. M. Matsuzakara n'a pas eu l'air aussi soucieux de la perte de cette cliente que je l'aurais imaginé, mais pourquoi s'en ferait-il, avec toutes les autres commandes qui pleuvent ?

Je ne quitterai pas cette maison pour aller à l'hôtel. J'ai le sentiment que la meilleure chance que je puisse avoir de sortir rapidement de cette situation est de continuer comme si de rien n'était, d'aller travailler et de rentrer à la maison. D'une certaine façon, descendre du tram et emprunter l'allée qui mène chez moi est un peu comme de regagner un village. Les boutiques qui sont sur mon chemin, l'épicier, le poissonnier et les autres me connaissent, et je suis allée faire mes courses dimanche sans ressentir la moindre hostilité à mon égard. Il est possible que ce village qu'est mon allée ne soit pas à l'unisson avec le reste de Tokyo en ce qui me concerne, et soit prêt à le prouver en me montrant un peu de sympathie. Les chiens du voisinage n'aboient certes plus sur mon passage, et le gros chat des voisins me rend quand il fait beau des visites impromptues.

Le 19 décembre

Ma servante Hanako est partie. Elle a dû commencer à faire ses paquets ce matin, peu de temps après mon départ pour le magasin ; une honnête fille qui n'a pris que ce qui lui appartenait. Akira Suzuki ne s'est pas présenté depuis plus de deux semaines pour notre échange de leçons.

Aiko a déjeuné avec moi aujourd'hui, dans ce petit restaurant où je vais toujours, mais nous n'avions pas rendez-vous, elle est arrivée sans crier gare. Elle a une autre raison de se faire du souci à mon égard, car, pour des motifs qu'elle refuse de me donner, ce sont les sociétés secrètes, et notamment celle du Dragon Noir, qui refusent de laisser s'évanouir les échos de l'affaire Hinobe. D'après elle, la police est criblée de membres de ces sociétés, qui sont tous farouchement nationalistes et anti-étrangers, et dont certains pensent même que le Japon n'aurait jamais dû s'ouvrir en quoi que ce soit au monde extérieur. Il n'y a apparemment pas grande logique dans ce raisonnement, car ces sociétés soutiennent à présent les militaristes qui ont remporté tant de succès en dehors du Japon ces dernières années. Aiko se souvient, évidemment, de l'assassinat brutal de son grand-père, qui lui donne une vue assez extrémiste des choses, mais lorsque je lui ai demandé carrément si elle pensait que le Dragon Noir allait tenter de poursuivre la tâche entreprise par la femme de Hinobe, elle a esquivé une réponse directe pour souligner qu'il y aurait peut-être des tentatives de m'effrayer pour me forcer à quitter le Japon.

Après ce déjeuner, rentrer chez moi pour trouver Hanako envolée n'a pas été très bon pour mes nerfs, surtout après ma précédente expérience de disparition de servante. Mais je n'ai pas l'intention de passer un seul moment de ma vie cachée dans une chambre d'hôtel. Je n'ai aucune chance de trouver une autre servante, il va donc falloir que je rapporte le soir des choses simples pour le dîner, et que j'apprenne à allumer et à entretenir le brasero à charbon de bois.

Ne suis-je pas courageuse ? Je serai quand même probablement recroquevillée de terreur cette nuit, surtout si l'une des bourrasques soudaines de Tokyo fait trembler mes volets de bois...

Le 21 décembre

Je crois que je suis suivie. J'essaie de mettre cela sur le compte de l'imagination, car je n'ai pas réellement vu l'homme, si c'est bien d'un homme qu'il s'agit. C'est plutôt l'impression que quelqu'un marche à quelque distance derrière moi, même en plein centre ville et à l'heure du déjeuner. J'ai tenté d'attraper par la ruse celui qui me suivait, mais à part à Ginza, il n'y a pas de vitrines qui puissent servir de miroirs. Les échoppes des ruelles ont toutes leurs marchandises qui débordent sur la chaussée sous des auvents de toile, et il est difficile de se glisser à l'intérieur pour risquer un coup d'œil en arrière. Je devrais peut-être plutôt attribuer tout cela à ma tension nerveuse et aller consulter le Dr Ikeda pour qu'il me donne de quoi me calmer. Ou acheter une bouteille de whisky.

Les décorations pour le nouvel an vont durer toute la semaine prochaine, et l'on trouve des bambous et des branches de pin à chaque porte et à chaque boutique. J'aimerais bien faire comme tout le monde, mais je ne sais vraiment pas comment disposer tout cela sans une servante pour me donner des instructions. Chez Matsuzakara on présente cette année « Noël à l'anglaise », pour tenter de rendre indispensable aux Japonais une occasion supplémentaire d'échanger des cadeaux. Il doit même y avoir un sapin et un père Noël et l'on me demande sans arrêt des conseils sur des questions que je connais bien mal, Noël n'étant pas célébré avec faste en Écosse. Tout ce que maman faisait se limitait à aller à l'église le matin. Nous échangions bien de petits cadeaux, évidemment, mais il n'y avait ni sapin ni plum-pudding, car ce genre de chichis était encore considéré comme faisant part des pratiques papistes. La perspective de passer Noël toute seule ne m'attriste pas, mais je redoute l'idée d'une maison vide le jour du nouvel an.

Le 23 décembre

Il y a eu un tremblement de terre la nuit dernière. Le temps aurait dû m'alerter, car après la neige qui est tombée plus tôt ce mois-ci, il y a eu un redoux, presque chaud et humide, « un jour annonciateur de tremblement de terre » comme disaient mes servantes de Tsukiji. Il s'est produit vers une heure et demie la nuit, alors que j'étais couchée mais ne dormais pas. Il y a d'abord eu une accalmie, comme si tous les bruits nocturnes de la ville avaient été éteints, puis un grondement comme aurait pu en causer un train lourdement chargé passant sur un pont métallique. Dès que les secousses ont commencé, j'ai su que celui-ci allait être différent de tous les tremblements de terre que j'avais déjà subis. J'ai enfilé le kimono ouaté qui me sert de robe de chambre et je descendais le petit escalier raide quand cela s'est mis à cogner tant que l'on se serait cru dans un wagon de chemin de fer conduit par un mécanicien ivre. J'ai été projetée puis j'ai perdu l'équilibre et j'ai glissé sur une natte de paille où j'ai eu l'impression de rebondir dans une couverture. Je pouvais entendre, par-dessus les craquements et les grognements de ma maison les cris de mes voisins déjà sortis dans leurs jardins. Mon jardinet me faisait courir le risque de recevoir une tuile sur la tête, mais il fallait quand même que je m'y réfugie. Je me suis frayé un chemin par la porte coulissante de la cuisine dans un grand fracas d'objets tombant des étagères, avec une lumière que j'avais allumée en route et qui a éclairé le seul élément décoratif de mon jardin, un grand buisson de camélias, en train de danser la gigue comme s'il avait tout à coup été possédé par un démon qui serait passé par là et l'aurait agité d'un tremblement jusqu'à la pointe de ses feuilles lustrées qui persistent en hiver.

Ce n'était pas facile de rester debout, il fallait que j'écarte les jambes pour y parvenir, et me rendre à mi-chemin de la porte du jardin, où, avec un peu de chance les toits qui s'effondraient ne m'atteindraient pas. Derrière les barrières de bois qui m'entouraient comme un colis, des gens n'arrêtaient pas de crier et des lumières fusaient dans tous les sens, ce qui était assez réconfortant car cela voulait dire que les fils électriques n'avaient pas encore été rompus. Le tremblement a diminué en intensité avant que cela ne se produise. Je regardais la porte d'entrée quand une ombre a bougé juste à côté. La porte s'est ouverte pour laisser l'ombre passer dans l'allée, puis s'est refermée.

Je me dis que cela aurait bien pu être un des multiples cambrioleurs de Tokyo en maraude. Je devrais aller à la police, mais je ne leur fais pas plus confiance qu'Aiko, et de toute façon, que pourraient-ils faire ? Il y a des centaines de voleurs à l'ouvrage n'importe quel soir à Tokyo.

Le 25 décembre

Le Noël « anglais » de Matsuzakara a été un grand succès. La barbe du père Noël était un peu maigre, comme celle d'un sage chinois, et j'ai trouvé la musique inadéquate. Un phonographe Edison avait été installé dans le hall d'entrée, avec une employée chargée de remonter continuellement la manivelle. Il n'avait apparemment qu'un seul cylindre de cire approprié pour la saison, *les Clochettes tintinnabulent*. J'avais déjà eu l'occasion d'entendre ces machines en Écosse, un des amis de maman ayant été assez inconsidéré pour en acheter une. C'est peut-être une nouveauté intéressante, mais il est parfaitement inconcevable d'imaginer aucun véritable amateur de musique en train d'écouter bien longtemps ces grincements grêles. J'étais bien contente que le son n'ait pas été assez puissant pour monter jusqu'à notre rayon par la rotonde centrale, même si tout au long de la journée chaque fois que je me penchais pour voir ce qui se passait en bas, j'ai pu me rendre compte qu'une foule apparemment éberluée se pressait autour du pavillon. Si nous devons absolument avoir de nouvelles inventions, je suppose qu'il est préférable de produire des amusements de ce genre plutôt que de nouvelles armes de guerre, mais si jamais le phonographe devenait réellement populaire et largement répandu, ce pourrait bien devenir un vrai fléau. Le monde n'a pas besoin de plus de bruit, il y en a déjà trop aujourd'hui.

Le magasin a offert le dîner pour les employés qui restaient jusqu'à la fermeture tardive, c'est-à-dire tout le monde, car nous avions été « invités » par M. Matsuzakara en personne, et l'on ne refuse pas ses invitations. Notre repas nous a été apporté dans des boîtes, venant de ce qui devait être un restaurant très convenable car pour une fois les tentacules de pieuvre en tranches étaient mangeables, même si on ne pouvait franchement pas dire que c'était délicieux. Il semble que la cuisson à la vapeur les ait rendus plus tendres. D'habitude mes dents ne sont tout simplement pas assez pointues pour ronger ce qui ressemble à la languette en cuir de la galoche d'un employé de ferme écossais. Si les Japonais ont l'intention d'encourager les visiteurs étrangers à venir dans ce pays, il va falloir que leur cuisine fasse des progrès ! Les voyageurs occidentaux ne vont sûrement pas défaillir d'enthousiasme devant des bouchées de riz froid enveloppées dans des algues, aussi exquise en soit la présentation dans des bols en laque, et la garniture d'autres produits marins censés comestibles. Un très agréable coup d'œil à un repas peut causer de grandes déceptions !

Le fait d'être toute seule dans une petite maison japonaise le soir de Noël devrait sans doute me remplir de mélancolie, mais non ! Je suis au lit avec une boisson chaude à base de lait en poudre, et ce sont surtout mes pauvres pieds endoloris qui me causent du souci.

Le 27 décembre

On me suivait bien, et quelqu'un surveillait effectivement ma maison, mais ce n'était ni un policier en civil ni un homme de main de la société du Dragon Noir. Quand la peur vous a quittée, il est habituellement assez facile d'en rire, mais je n'en suis pas encore là.

Je suis rentrée à la maison épuisée, et je ne pensais vraiment à rien de particulier en ouvrant la porte du jardin, mais sans même avoir entendu ou vu quoi que ce soit d'inhabituel, j'ai su qu'il y avait quelqu'un dans les fourrés de mon jardinet. J'ai été à deux doigts de m'enfuir vers la sécurité des lumières et des magasins, mais j'ai été saisie à ce moment par un sentiment presque fataliste, que je devais tôt ou tard faire face à ce qui me hantait.

Mon portail est encastré dans un cadre assez bas, ce qui fait que l'on doit se baisser pour pénétrer dans le jardin. Il est en très mauvais état, et coulisse sur des glissières de fer rouillé, dont le battant sort et se bloque très aisément. J'ai franchi la porte, ai fait glisser les panneaux de bois pour la refermer, mais en les faisant d'une saccade sortir de leurs glissières. Puis je me suis avancée sur les dalles de pierre jusqu'à l'entrée de la maison, dont la porte ne peut être verrouillée que de l'extérieur avec un cadenas. Je n'arrivais pas à en trouver la clé, et je fourrageais dans mon sac pour la trouver, en m'attendant à chaque instant à entendre un pas derrière moi. J'ai ouvert la porte, et ai trébuché sur le sol en ciment du vestibule, en me souvenant comment sa lampe avait éclairé le camélia en train de danser pendant le tremblement de terre : si je laissais la porte grande ouverte, la lumière se projetterait jusqu'à la porte du jardin. J'ai mis la main sur l'interrupteur, et me suis retournée.

Il y avait de nouveau une silhouette près du portail, en train d'essayer de sortir du jardin. Je me suis emparée d'une ombrelle en bambou et papier huilé, et me suis précipitée en courant. L'homme me tournait le dos, tout à sa tentative de faire glisser les panneaux récalcitrants quand je l'ai frappé à la tête avec mon arme. C'était pure folie de ma part, car s'il avait eu un couteau il aurait facilement pu m'attaquer à ce moment-là. Mais Akira Suzuki n'avait rien sur lui. Il s'est retourné et m'a regardée comme si j'avais été une sorte de démon. J'ai pu voir les trois zébrures rouges laissées par les baleines de mon ombrelle sur une de ses joues.

Il ne voulait pas rentrer avec moi dans la maison, mais je l'ai forcé. Je l'ai emmené dans la cuisine, et lui ai demandé d'allumer un des braseros au charbon de bois en faisant usage de l'éventail. J'avais faim, et sans essayer de lui faire la conversation, j'ai préparé le poisson que j'avais rapporté à la maison pour le faire frire. Il y en avait bien assez pour deux, et je lui ai demandé s'il en voulait quand le poisson a été cuit, mais il a secoué la tête. J'ai mis la bouilloire sur le brasero, et il a continué à éventer pendant que je mangeais. La cuisine est l'endroit le plus froid de la maison, qui donne l'impression en hiver, quand il n'y a aucun chauffage dans la journée, de ne jamais pouvoir se réchauffer. Les braseros pour la cuisson des repas ne font pas grand-chose, à moins d'avoir fonctionné pendant des heures, ce qui n'est plus jamais le cas à présent. Akira grelottait. Je lui ai donné du thé et il a pris un biscuit. Je n'avais en fait pas grand-chose à lui demander. Tout ce dont j'avais besoin était quelques pièces supplémentaires du puzzle, qu'il m'a fournies. Akira se trouve être l'une des relations éloignées qui, dans la vie d'une famille japonaise, dépendent du noyau central, qui en l'occurrence était Kentaro. Ils étaient cousins issus de germains. De l'argent Kurihama payait ses études à l'Université Waseda. La rencontre dans le tramway n'avait pas été fortuite du tout, ce garçon étant le contact maintenu avec moi par Kentaro. Peu importe que je n'aie pas de contact avec lui. Les petits tests auxquels j'avais été soumise en dehors des leçons d'anglais et de japonais avaient été imaginés par le comte, mon ancien amant me tenant à l'œil en tentant de savoir ce que j'avais derrière la tête : au-delà des cours de langue, de la vente de robes et des retours dans une maison glacée, si par hasard je voudrais me remarier et si la chose s'avérait impossible, si je me laisserais tenter par un jeune amant disponible ? Je me demande si Kentaro avait choisi lui-même cet album de dessins grivois.

Le 27 janvier 1908

Une lettre recommandée est arrivée aujourd'hui à mon bureau chez Matsuzakara, qui contenait un petit livret portant mention d'une somme de cinq mille yen à mon crédit, à la succursale Nihonbashi de la banque de Yokohama. J'ai recacheté l'enveloppe et l'ai retournée à la banque par un des coursiers du magasin, avec une lettre au directeur disant que je souhaitais que l'argent soit viré sur un compte ouvert au nom du fils que j'avais du comte Kentaro Kurihama. Je regrettais de ne pouvoir leur donner le nom d'adoption de mon fils mais j'étais persuadée que s'ils s'en enquéraient auprès du comte, il serait en mesure de leur donner cette information, ainsi que l'adresse actuelle de mon enfant.

Le 8 février 1908

J'ai vingt-cinq ans. La *Gazette du Japon* indiquait dans un entrefilet que le colonel comte Kurihama et la comtesse, ainsi que deux de leurs quatre enfants, étaient montés à bord du *Haruna Maru* faisant route vers Londres, où le comte doit prendre son poste de premier attaché militaire auprès de l'ambassade du Japon.

16

97 Nishi Kogura Machi
Otsuka — Tokyo
Le 17 janvier 1909

Je n'aurais jamais imaginé que je serais heureuse de revenir dans cette affreuse petite maison, mais hier soir en rentrant de la gare centrale de Tokyo en pousse-pousse, mes bagages entassés dans un autre juste derrière, j'avais envie de chanter : l'air qui me trottait dans la tête était absurdement une ballade écossaise dont les méthodistes japonais ont fait un hymne, à ce que m'a dit un jour Alicia. Pour moi, c'était un hymne de louange pour être enfin de retour dans la capitale après une peine de sept mois de travaux forcés dans la succursale de Matsuzakara à Osaka. J'avais presque les larmes aux yeux quand nous avons tourné dans la ruelle, avec ses odeurs multiples, ses échoppes toujours ouvertes qui répandent leurs marchandises sur les rigoles recouvertes de planches, et ses hommes pratiquement nus, à part un cache-sexe, qui rentrent chez eux à moitié cuits de l'établissement de bains. J'étais chez moi. Même les chiens avaient l'air de se souvenir de moi et n'aboyaient pas. Après toute cette période où je me suis sentie un objet de suspicion, sinon de dérision, c'était presque le bonheur.

Ce matin, comme j'allais partir pour le magasin, le facteur qui faisait sa tournée m'a dit que j'étais honorablement revenue et a voulu savoir ce que j'avais pensé d'Osaka. J'ai répondu que j'avais trouvé la ville effroyable, il est alors reparti vers le portail du jardin en se tordant de rire. En le refermant, il m'a lancé : « Vous voilà une véritable fille de Yedo, madame ! » Je pense qu'il a sans doute raison.

C'est absurde de coller des étiquettes à une foule où que ce soit, mais c'est néanmoins ainsi que j'ai trouvé les gens à Osaka : coriaces, intéressés à faire fortune et apparemment exclusivement à cela ; la ville constituée d'un amas de maisons affreuses accolées les unes aux autres, sans aucun agrément qui la rendrait plus divertissante, à moins d'appeler un quartier de bordels deux fois plus grand que Yoshiwara à Tokyo un divertissement.

Comme je le lui ai dit tout de go ce matin, le vieux Hiro était fou de croire qu'un rayon de robes étrangères serait rentable dans sa succursale là-bas. Les hommes d'affaires d'Osaka ne souhaitent pas du tout que leurs femmes se déguisent à l'occidentale, ils les gardent chez eux à frotter, cuisiner et à produire un bébé par an, en ne gaspillant certes jamais un sou de l'argent de leurs maris dans des parures. Une petite enquête aurait au surplus facilement démontré que si par hasard une femme d'Osaka avait eu la permission de s'attifer d'oripeaux étrangers, elle n'aurait pu se pavaner avec nulle part...

Une ombre au tableau vient cependant gâcher ma joie d'être de retour à Tokyo, et plus d'une, même. La principale est que mes sept mois de travail à Osaka se sont avérés un échec total. Hiro va aller fermer mon rayon, pour y vendre à la place des costumes européens d'hommes d'affaires en serge foncée, dont la demande est grande. Même s'il a été parfaitement poli, tout ceci a certainement porté un sérieux coup au crédit de Mary Mackenzie, au chapitre de ses succès dans les affaires Matsuzakara.

Une deuxième ombre qui m'est apparue ce matin est due au fait que les affaires n'ont pas périclité du tout sous la gouverne de Emburi San. Elle est charmante, mais derrière ses formules de bienvenue, j'ai perçu dans son regard la lueur de celle qui sait maintenant qu'elle est parfaitement capable de faire marcher le rayon sans moi. Il est vraisemblable que Hiro aura été frappé lui aussi par le fait qu'une Japonaise, dont le salaire est à peu près la moitié du mien, a très bien réussi dans ma tâche pendant sept mois. D'autre part, je ne suis plus aussi intéressante comme attraction

« étrangère » qu'il y a quelques années. Le rayon pourrait voguer longtemps sur les idées que j'y ai lancées, et il est bien possible que Emburi San soit capable de nouvelles améliorations qui marcheraient tout aussi bien que les miennes. Je ne pense pas non plus que Mitsukoshi, un peu plus loin sur Ginza, soit prêt à me récupérer si l'on ne veut plus de moi ici. Même au cours de la brève période que j'ai vécue dans ce pays, j'ai remarqué un changement d'attitude manifeste à l'égard des choses étrangères, qui étaient autrefois presque l'objet d'une vénération tandis que le sentiment général à présent est que tout ce qui se fabrique à l'étranger pourrait l'être ici, et peut-être en mieux.

Jusqu'ici, ils n'ont pas vraiment montré leurs talents dans ce domaine. Nous avons bien une machine à coudre fabriquée localement, et qui vaut la moitié d'une importée, mais elle tombe en panne tout le temps et aucune des filles ne veut s'en servir. Je suis cependant persuadée que ces petits pépins de démarrage seront aplanis d'ici peu. Le monde commence à recevoir des marchandises japonaises, les cotonnades bon marché d'Osaka inondent l'Inde, en taillant de véritables croupières aux fabriques britanniques. C'est dans une ville industrielle comme Osaka que l'on perçoit réellement cette volonté intense et tenace de conquérir le monde, ce qui est sans doute une des raisons de mon manque d'attrait pour cette ville, sans parler de sa laideur totale. Dans le nouveau Japon qui se profile, les étrangers n'auront aucun rôle à jouer. Il n'y aura aucun besoin d'une Révolte des Boxers pour chasser les Occidentaux par la force : ils ne trouveront tout simplement aucun intérêt à y rester.

97 Nishi Kogura Machi
Otsuka — Tokyo
Le 23 janvier 1909

J'ai rendu visite à Alicia aujourd'hui, que je n'avais pas vue depuis neuf mois et que j'ai trouvée bien vieillie, même si elle pétille toujours autant d'esprit. Ce n'est certes pas une vieille fille desséchée et son problème en ce moment est de savoir quoi faire de ses nouveaux voisins américains qui, s'ils ne sont pas missionnaires eux-mêmes, louent une mission tout près de chez Alicia. Ses nouveaux voisins la considèrent apparemment comme une pitoyable vieille exilée, et elle passe un temps considérable à résister à leur hospitalité, ce qui m'a rappelé les efforts que j'avais faits autrefois pour résister à la sienne! Ils l'ont invitée à l'automne dernier à fêter *Thanksgiving*, qui consiste d'après Alicia en une cérémonie annuelle pour louer le Seigneur de les avoir délivrés des Anglais. Le rituel donne lieu à un repas plus conséquent encore que le Noël traditionnel anglais et la pauvre Alicia est retournée chez elle malade, et est restée faible une bonne semaine après. Elle dit qu'ils sont d'une incommensurable gentillesse, mais que s'il y a bien une chose dont elle n'a jamais eu besoin, c'est que l'on compatisse au fait qu'elle n'ait jamais eu de mari, ni connu le bonheur conjugal. Elle prétend ne plus savoir quel stratagème employer pour les repousser, surtout la femme qui passe son temps à lui apporter des biscuits de sa fabrication. Ce qui m'a aussi rappelé les premières attentions d'Alicia, et les grandes réticences que je manifestais.

Il va falloir que je l'aide à résoudre le problème de ces Dale en allant déjeuner chez elle avec eux la semaine prochaine. Nous avons discuté d'un menu convenable, Alicia se demande bien quoi leur servir à dîner, étant donné les goûts bizarres qu'ils affichent pour des mets qui n'ont jamais paru à sa table, comme du maïs bouilli dégoulinant de beurre que l'on ronge sur sa tige, ou de la purée de patates douces. Il m'était difficile de suggérer du rôti façon Yorkshire, car j'ai déjà eu droit à la recette de viande crue et croûte brûlée élaborée par la cuisinière d'Alicia, qui vaudrait très certainement aux Américains une bonne semaine d'indigestion. J'ai suggéré de la charcuterie venant de chez ce nouveau traiteur qui a ouvert boutique à Ginza, mais Alicia pensait que ce serait bizarre d'offrir de la nourriture juive dans un intérieur anglican à des gens qu'elle soupçonne d'être baptistes.

97 Nishi Kogura Machi
Otsuka — Tokyo,
Le 30 janvier 1909

J'ai rencontré les Dale. Chaque fois qu'Emma Lou ou Bob Dale appelait Alicia par son prénom, c'est-à-dire souvent, ses sourcils se haussaient jusqu'à la racine de ses cheveux, en protestation — passée inaperçue — contre cette manifestation d'intimité. Elle continuait à les appeler M. et Mme Dale, ce qui n'avait pas l'air de les freiner du tout dans leurs façons informelles. Emma Lou vient d'un endroit appelé Pasadena, en Californie, dont elle n'avait jamais eu la moindre intention de s'éloigner, et n'est pas encore revenue de s'être retrouvée à Tokyo. Lui vient du Nebraska, un État que les Californiens méprisent apparemment, car Emma Lou a fait plus d'une fois allusion au passé de garçon de ferme de son mari. Je n'ai pas saisi tout de suite qu'Hicksville était un terme générique s'appliquant à tout endroit analogue du Middle West des États-Unis, et non en fait le nom du village natal de Bob. Alicia ne s'en est jamais rendu compte, et a continué à poser des questions polies sur la population d'Hicksville et le temps qu'il y faisait. Emma Lou a répondu qu'il y avait tout le temps des tornades et que les gens descendaient dans leurs caves pendant que les maisons au-dessus de leurs têtes étaient emportées. Bob a répliqué que là-bas au moins il n'y avait pas de tremblements de terre, ce qui, quand on se souvient de ce qui s'est passé il y a deux ans seulement à San Francisco, a paru lui faire marquer un point.

Bob Dale est un banquier et un idéaliste, une combinaison à laquelle on ne peut probablement s'attendre qu'en provenance des États-Unis. Il nous a donné pendant le déjeuner un aperçu de sa philosophie des affaires, qui peut être résumée à l'honnêteté comme meilleure politique, et j'ai eu l'impression, même si je me suis bien gardée de le dire, qu'il risquait de la trouver un tantinet naïve comme principe de travail au Japon. Il dit ne boire que de l'eau, ce qui ne durera probablement pas bien longtemps ici non plus. Sa femme dit que c'est parce qu'il n'en est pas encore revenu d'avoir été acclamé sur le terrain de football de son université. Alicia a servi du sherry et du vin blanc. Emma Lou a pris des deux, en nous disant que les vins californiens étaient ces temps-ci meilleurs que les vins français ou allemands, et notre hôtesse a arboré une expression qui laissait entrevoir que quelques hérésies restaient l'anathème, même si elle s'était entraînée à accepter des opinions plus libérales que les siennes.

Alicia a dû faire preuve de sa candeur habituelle quand elle a parlé de moi aux Dale, et j'ai été présentée à une Emma Lou qui voulait assouvir sa curiosité à mon égard, et à un Bob plutôt mal à l'aise dans la compagnie d'une personne qui ne peut être étiquetée, même avec la plus grande charité chrétienne, que comme une femme de mauvaise vie. Il ne s'est détendu que lorsqu'il a été manifeste que je m'intéressais vraiment à sa carrière bancaire. A partir de ce moment-là, il s'est tout d'un coup souvenu que tout péché mérite miséricorde. C'est tout juste si je ne pouvais pas voir cette pensée inscrite sur son front, quand je le pressais de me raconter son entrevue au siège de sa banque à Kansas City pour obtenir ce poste à Tokyo.

J'ai ce soir un curieux pressentiment que les Dale vont prendre une grande place dans ma vie, un peu comme cela s'était produit avec Marie et Armand, à la première rencontre également, presque comme s'il y avait quelque chose audelà d'une rencontre purement accidentelle. Je ne peux pas croire raisonnablement que nos rencontres dans l'existence soient voulues par une volonté « extérieure », et en même temps je me retrouve à croire à des choses auxquelles je ne crois pas... Cela vient probablement du fait que je n'ai pas une personnalité bien forte, ou tout au moins que je puisse clairement me définir à moi-même. Quand je considère des gens comme Aiko, Alicia ou Kentaro, qui donnent l'impression d'avoir une identité parfaitement nette, je me demande vraiment si c'est le résultat fortuit des circonstances ou d'une volonté délibérée. Si Kentaro peut tirer sa ligne de conduite dans la vie d'un ensemble de règles strictes inculquées dès son plus jeune âge, Aiko a visiblement inventé les siennes, qui n'ont rien de commun avec le monde où elle est née. Le facteur héréditaire se limite peut-être au don d'un caractère affirmé, et de tels tempéraments apparaissent quand le genre de vie est gouverné par des règles fixes auxquelles on doit se conformer. Soit facilement fournies, soit laborieusement acquises, celles-ci deviennent aussi vitales pour ceux qui les appliquent que les Tables de la Loi pour les Hébreux. Ce sont des gens comme cela qui ont une réelle influence sur leur entourage, et les gens comme moi aucune. Je devrais avoir honte, mais ce n'est pas le cas.

4 Hongwanji Machi
Tsukiji — Tokyo
Le 19 avril 1909

Bien calée dans mon lit, sur un matelas importé, je recommence ce que je faisais à bord de ce bateau qui m'amenait en Orient : prétendre ne pas tenir un journal, dire des mensonges et affirmer que je rédige des notes sur mes affaires, afin qu'Emma Lou ne soit pas tentée de me demander ce que j'écris sous leur toit.

Je suis installée chez les Dale tout simplement parce que je ne suis pas organisée pour des urgences comme une double pneumonie, ayant tendance à croire que ce genre de choses n'arrive qu'aux autres.

Au début du mois de mars, je me traînais au magasin, où mon peu d'efficacité a dû grandement conforter le vieil Hiro dans son idée que je ne lui serai bientôt plus d'aucune utilité. Emburi San a fait de son mieux pour couvrir les maladresses que je commettais dans le rayon, ou le fait que je restais assise derrière mon bureau, incapable même de penser. Ce qu'elle n'a pas réussi à camoufler, était mon apparence, qui me faisait redouter les miroirs.

Je pensais tout simplement avoir attrapé un mauvais rhume qui ne voulait plus me quitter jusqu'à ce matin où mon réveil a sonné à sept heures moins le quart et où j'ai voulu repousser mon lourd édredon ouaté, sans y parvenir. J'ai quand même réussi à ramper jusqu'au vestibule au-devant du facteur, et c'est lui qui a prévenu de mon anéantissement quasi total dans une maisonnée sans servante. Avant midi le Dr Ikeda est arrivé pour s'occuper à nouveau de moi, et j'ai été ravie de le voir. Il m'a fait une piqûre puis est revenu vers deux heures pour m'emmener, boutonnée jusqu'au cou, dans un pousse-pousse à la capote relevée. La bâche de protection recouvrant mes jambes était bien la seule chose qui m'empêchait de dégringoler en avant sur la route entre les deux manches du pousse-pousse.

J'étais à demi inconsciente pendant tout le trajet jusqu'à l'hôpital Saint-Luke, à travers des quartiers entiers de Tokyo, et la seule chose dont je me souvienne est d'avoir entendu les excuses du Dr Ikeda quand nous sommes arrivés : « Vlaiment désolé, hôpital tlès plein, pas de chamble palticulièle. »

Cela m'était bien égal d'avoir une chambre particulière, tout ce que je voulais c'était un lit, et je l'ai eu, dans un service de soins post-opératoires, dont aucune malade pendant toute la durée de mon séjour ne s'est abaissée jusqu'à manifester le moins du monde les souffrances qu'elle endurait. Les Japonaises ajoutent tant de qualités à la gestion de l'existence que je comprends la frustration d'Aiko qui n'arrive pas à les stimuler pour qu'elles s'organisent dans la lutte contre leurs nettement moins admirables seigneurs et maîtres. Si les humbles héritent réellement de la terre, le Japon devrait revenir aux femmes, mais je n'ai pas l'impression qu'il en sera ainsi.

J'ai eu ensuite la possibilité d'obtenir une chambre particulière, mais je ne l'ai pas prise pour deux raisons : d'abord les autres patientes qui pouvaient se déplacer s'occupaient plutôt mieux de moi que les infirmières, et ensuite je ne suis plus financée par un membre de l'aristocratie japonaise. Comme visites, j'ai eu Aiko qui revenait d'une croisade à Sendai, Alicia qui m'a offert toutes sortes de petits cadeaux bien choisis comme de l'eau de lavande et des mouchoirs, et Emburi San qui m'apportait un présent du vieil Hiro, une boîte de gâteaux roses et blancs à la farine de riz, assez bon marché, avec un ruban de cérémonie rose et blanc, ainsi qu'un ananas formosan de sa part. Pas très facile à manger au lit, mais vraiment gentil. Emma Lou Dale est venue tous les jours, quand la crise a été finie, et me traitait plus comme une sœur aimée que comme quelqu'un qu'elle n'avait rencontré qu'une fois à un déjeuner.

J'ai vraiment été très étonnée quand elle a annoncé que j'allais en convalescence chez eux, et ma première réaction a été un refus catégorique et assez brutal, que je ne l'envisagerais en aucun cas, ce qui l'a visiblement vexée car elle n'est pas venue me voir pendant deux jours à la suite de cela. Mais Alicia l'a fait, elle, pour me dire qu'Emma Lou était enceinte et terrorisée. Avoir son premier bébé à Pasadena aurait été suffisamment affolant, même avec une famille attentionnée à ses côtés, mais l'idée que cela arrive à Tokyo, où à part Bob et une maison d'emprunt tout n'était qu'étrange, lui donnait toutes sortes de frayeurs, l'une débusquant l'autre. Alicia m'a dit que je *devais* aller me remettre d'aplomb chez les Dale, et qu'il fallait que je laisse Emma Lou me gâter un peu.

J'ai apprécié d'être choyée. Les Dale ont hérité des missionnaires une cuisinière et une servante, mais Emma Lou insiste pour porter les plateaux elle-même, et j'espère que mon séjour chez elle lui est d'une quelconque utilité car je ne vois pas du tout comment je pourrais lui rendre sa gentillesse. Je suis sûre que Bob a eu de sérieux scrupules à l'idée de me laisser occuper la chambre d'amis dans une maison de missionnaires, mais sa femme a dû couper court à toutes protestations. Je me suis laissée entièrement aller à cette chaleureuse protection, tout comme je l'avais fait dans cette petite maison non loin d'ici, quand j'attendais la naissance de Tomo. C'est une parenthèse loin de la vie réelle et je préfère ne pas penser à ce qui va se passer quand je retournerai chez Matsuzakara.

Jusqu'ici, Emma Lou n'a pas dit un mot de sa grossesse, même pas une légère allusion, et il m'est difficile d'aborder le sujet si elle ne le fait pas. Je me demande comment Alicia s'en est rendu compte. Par le Dr Ikeda à l'hôpital ? Elle a raté sa vocation, elle aurait dû être détective.

4 Hongwanji Machi
Tsukiji — Tokyo
Le 22 avril 1909

Je suis descendue pendant deux heures aujourd'hui, et quand je suis remontée dans ma chambre et me suis réinstallée dans ce lit accueillant, j'ai dit un mot à Emma Lou au sujet de la reconnaissance éternelle que j'aurai, et elle a répondu que nous étions là pour nous entraider, sans aucun doute, et là-dessus elle a fondu en larmes. Tout est sorti, sa grossesse qui datait de trois mois, et sa terreur non seulement de l'inconnu que cela représentait, mais de ce sentiment d'être étrangère à tout ce qui l'entourait, avec ces gens qui parlaient une langue qu'elle ne comprenait pas, et jusqu'à cette maison où elle devait s'asseoir sur des chaises qui ne lui appartenaient pas et se coucher dans des lits qui n'étaient pas les siens. Elle avait bien cherché une maison où déménager et dont elle aurait pu faire leur foyer, mais n'avait rien trouvé qui puisse s'approcher un tant soit peu de l'idée qu'elle s'en faisait. Est-ce que je m'étais déjà sentie chez moi dans une maison au Japon ? J'ai constaté qu'Alicia avait dû lui parler de la bicoque où j'habite, mais nous avons esquivé le sujet et je suis revenue à la maison que Kentaro avait louée pour moi. Les yeux d'Emma Lou s'écarquillaient pendant que je la décrivais, et je savais qu'elle avait entendu parler du kidnapping de mon bébé. Tout à coup, je suis arrivée au moment où je cognais la tête de Misao sur la natte de paille, et je me suis tue. Emma Lou a dit au bout d'un moment :

« Vous êtes courageuse, moi pas. Tout ce que je voulais c'était de rester à la maison, rien de plus. Je croyais que Bob se sentait bien en Californie. C'est en général ce qui se passe quand ils viennent du Middle West. Ils ne veulent plus aller ailleurs. Il ne m'a jamais dit qu'il voulait venir ici, en Orient. Vous savez, je n'aimais même pas aller au quartier chinois quand j'étais dans mon pays. Il y a quelque chose dans ces endroits qui m'effraie. »

Je me demande en quoi je peux réellement être utile à Emma Lou. Suis-je censée lui dire que d'avoir un bébé dans un endroit étranger n'a pas de quoi l'inquiéter ? Je ne vais pas lui mentir.

Takayama
Préfecture de Miyagi
Le 16 juillet 1909

Le dragon de Kentaro a encore remué, d'une manière qui était nouvelle pour moi cette fois-ci. La plage ici forme une crique entre deux falaises hautes chacune d'une trentaine de mètres, sur lesquelles des cabanons d'été sont disséminés entre d'antiques pins. Il y a plus d'une vingtaine de ces boîtes de bois grises et patinées, fermées en hiver par des volets qui les protègent contre les tempêtes du sud-est, qui amassent une force terrible en mer sur d'inimaginables distances. La sieste est générale après le déjeuner et toute activité s'arrête, ce que j'accepte volontiers même si je ne vais pas m'étendre sur mon lit de camp en toile, auquel je préfère un hamac entre deux arbres. J'ai enfreint la règle aujourd'hui, et peu après deux heures je suis allée me promener le long des maisons qui semblaient soudainement vidées, car parmi la centaine de vacanciers aucun n'était en vue, pas même les enfants, tenus de faire la sieste, après avoir abandonné leurs trottinettes dans l'herbe. Sur quelques vérandas des chiens privilégiés ont levé la tête pour me regarder passer mais aucun d'entre eux n'a rompu une paix intensifiée par la chaleur, ne serait-ce que pour me gratifier d'un grognement.

J'ai pris l'habitude japonaise estivale d'avoir toujours un éventail en papier sur moi, où que j'aille, qui donne une faible brise quand on s'est épuisé à la créer, mais à part cela je pense avoir l'air assez digne, et j'étouffe à moitié rien qu'à l'idée de la façon dont je dois m'habiller. J'ai pris deux corsages blancs à manches longues pour ces vacances, et en les lavant continuellement j'ai pu ne porter que ceux-là, me conformant ainsi à ce qui est considéré comme convenable à Takayama, car je crois que je dois le faire pour Emma Lou et Bob. Surtout pour Bob, à vrai dire. Je lui suis très utile ces jours-ci, surtout avec Emma Lou, et il m'en est assez reconnaissant, mais en même temps en venant dans un endroit dont la population est composée à 90 % de missionnaires, il a eu quelques accès d'angoisse à l'idée d'abriter sous son toit une femme avec un tel passé, ou plutôt d'être vu en sa compagnie, et c'est pour cela que je ne m'installe jamais dans mon hamac sans avoir vérifié que ma jupe recouvre bien mes chevilles. Il est impossible dans ce pays à un étranger d'arriver dans une communauté composée d'autres étrangers sans être précédé d'un rapport sur son compte. Les Dale n'ont pas été victimes d'ostracisme à cause du mien, mais il n'y a tout simplement pas eu de fraternisation. Aucune voisine n'est apparue sur la véranda avec une tarte au potiron sortant du four.

Quand je suis arrivée sur la plage elle était déserte, et la mer avait tout juste assez de force pour rouler des petits galets sur le front de l'eau. A quelques miles de là, on pouvait voir un sampan de mer d'assez bonne taille, apparemment immobile, dont les deux voiles nervurées avaient été hissées dans l'attente d'un vent probable. Des nuages gris obturaient le soleil, mais en laissaient passer la chaleur, et la mer était si plate qu'on aurait dit de l'étain poli, avec une visibilité jusqu'à l'horizon. J'étais assise sur une dune de sable en train de contempler l'eau quand cet horizon s'est soulevé. La ligne jusqu'alors parfaitement tracée où se rencontraient la mer grise et un ciel d'un gris plus clair était à présent dentelée, comme les dents de la lame d'une scie très fine, la pointe de quelques-unes de ces dents toute mouchetée de blanc. Cette chose qui venait vers moi avait une couleur bien à elle, du violet tirant vers le vert sous cette bordure irrégulière de blanc sur la crête, mais la mer qui nous séparait était encore plate et toujours lisse.

Je n'ai pas été pétrifiée de terreur. J'ai pu courir et j'avais déjà commencé à escalader le sentier de la falaise, quand le sampan de pêche s'est trouvé en haut du raz de marée, aspiré sur une crête où un torrent d'écume l'a submergé avant qu'il ne soit précipité au creux de la vague. Quand le sentier a tourné de nouveau du côté de la mer, quelques mètres plus haut, j'ai vu le *tsunami* s'enfler à nouveau pour attaquer la côte. Le sang me battait les tempes et m'avait empêchée de prêter attention au grondement que j'ai entendu à ce moment-là, on aurait presque cru un animal, comme un puissant mugissement continu.

La vague a frappé au moment où j'atteignais les premiers pins, provoquant un tremblement de terre. Je suis tombée. Je n'ai pas tourné la tête pour voir la mer envahir la terre, voulant seulement faire cesser le bruit, et j'ai continué à ramper plus haut, en m'attendant presque à ce qu'un tentacule d'eau ne vienne s'insinuer jusqu'à moi. Quand j'ai fini par regarder, la plage était submergée ainsi que les dunes couvertes d'iris à l'arrière-plan, tandis qu'un bosquet de jeunes mélèzes tremblait dans un lac d'eau salée tourbillonnante.

Je me suis relevée pour voir le reflux, comme un râteau immense entraînant arbres, herbes, filets de pêche et cabane en bois, creusant le sable et faisant rouler les rochers bien en deçà du point habituel à marée basse, en découvrant le lit creusé du fond de la mer. Et j'ai vu arriver une autre vague énorme.

Il y a eu deux autres *tsunami*, moins forts que les précédents, mais reproduisant le même schéma, comme s'ils avaient été envoyés pour tout détruire, la terre qui tremblait au moment du choc contre la falaise, puis ce fracas épouvantable de dissolution de la vague sur une plage qui ne résistait pas du tout, le reflux aplanissant ce qui avait été des petites dunes. La dernière vague a laissé derrière elle une mer de petits renflements étêtés qui aurait pu nous être envoyée par une tempête lointaine, mais il n'y avait toujours pas de vent, et le silence qui revenait était ponctué des hurlements des chiens.

J'ai passé le restant de la journée à redouter cette nuit, et ce qui pourrait se produire dans cette obscurité sans lune, consciente comme je ne l'avais jamais été jusque-là au Japon de l'insécurité physique presque totale dans laquelle chacun doit passer sa vie entière.

Une bonne part des désastres naturels ont leur propre personnalité, un peu comme si le démon du lieu adaptait ses œuvres pour provoquer périodiquement la terreur.

Ce ne sont pas dans ces îles les grands tremblements de terre ou les inondations gigantesques qui vous laissent en permanence une sorte de crainte, mais bien plus la menace de désastres mineurs qui se succèdent indéfiniment, comme les dix-sept typhons qui frappent tous les ans l'île de Kyushu, sans jamais oublier une année, ou le volcan dominant la paisible vallée, assoupi sous le soleil, qui envoie en l'air un innocent petit plumet de fumée blanche, pour tout à coup devenir une nuit une masse en éruption rougeoyante et bouillonnante, dont la lave n'atteindra pas forcément vos champs mais la cendre et les pierres ponces si, en étouffant les récoltes de riz.

Je ne pourrai plus jamais regarder un horizon marin sans me rappeler qu'il peut se soulever. Après ces vagues à Takayama, rien ne laissait deviner à la surface parfaitement plane de l'eau qu'il y ait jamais eu un sampan à deux voiles attendant que le vent se lève.

Takayama
Préfecture de Miyagi
Le 17 juillet 1909

Dans une communauté déstabilisée, Emma Lou est, ce qui n'a rien d'étonnant, plus déstabilisée que la plupart des gens. Elle est obsédée par l'idée que son bébé va être prématuré et que si l'accouchement survient quand nous sommes encore à Takayama, ils mourront tous les deux. Il est inutile de lui dire que nous avons justement choisi cette villégiature parce qu'elle est tout près de Sendai, où un ami du Dr Ikeda qui enseigne l'obstétrique a été prévenu de son cas. Si « cas » il y a, d'ailleurs, car aucune complication réelle n'est prévue, à part un bassin légèrement trop étroit qui est apparemment inhabituel ici et inquiète un peu les médecins je crois, mais Emma Lou elle-même n'en sait rien.

Je me souviens certes très bien de moments de dépression intense quand j'attendais Jane, mais ce n'était pas chronique, et je n'en étais pas submergée. Il me semble que sa grossesse a d'une certaine façon intensifié cette sensation d'irréalité de tout ce qui l'entoure chez Emma Lou, comme si elle n'arrivait pas à se faire à l'idée qu'elle se trouve dans cet étrange endroit qu'est le Japon, et que c'est à elle que tout cela arrive. Je ne crois pas me tromper en pensant qu'elle en rejette la faute sur Bob, non pour lui avoir donné un enfant, le reproche n'est pas là, mais pour l'avoir placée dans cet environnement où elle doit jouer un rôle pour lequel il n'y a pas eu de répétitions, et dans un décor qui lui est aussi incongru qu'énervant.

J'ai discuté avec Bob s'il valait mieux la ramener à Tokyo, mais la chaleur qu'il fait en ville la rendait folle. Il faudrait bien que je m'en aille, moi, je ne peux vraiment pas me permettre de rester aussi longtemps loin de Matsuzakara quand il plane un tel doute sur mon avenir au magasin, et en même temps je ne peux pas décemment laisser ces deux-là livrés à eux-mêmes. Je sens bien qu'Emma Lou a besoin de moi, comme jamais personne depuis que je suis venue en Orient. Les craintes de sa femme ont fini par envahir Bob à son tour, et là où nous sommes, comme il lui est impossible de s'échapper du bureau, il commence à endosser la culpabilité de l'homme à qui toute la faute incombe. C'est fou toutes les bêtises que l'on peut dire sur la joie d'avoir un premier bébé ! Cela peut être un véritable enfer pour tout le monde.

17

Lettre de Mary Mackenzie à Marie de Chamonpierre, à Rome

97 Nishi Kogura Machi
Otsuka — Tokyo
Le 19 février 1910

Chère Marie,

Je me rends compte avec horreur que cela fait cinq mois que j'ai reçu votre dernière lettre, sans aucune réaction de ce côté-ci. On a toujours de bonnes excuses, et la mienne est que je suis depuis l'automne dernier dans l'une de ces périodes de changement qui semblent me saisir dès qu'on pourrait croire que je m'installe bien confortablement quelque part. Ce n'était en fait pas franchement le cas cette fois-là, je voyais venir de loin ce qui allait se passer, mais je ne m'en suis tout bonnement pas souciée, avec mon caractère nonchalant. Le fait est que je ne suis plus une des reines de la mode à Tokyo (si je l'ai jamais été) car on m'a supprimé mon emploi au grand magasin à la fin septembre. D'une sorte de hauteur d'où je ne pouvais rien faire de mauvais, j'ai commencé à dégringoler au bas de la pente. On m'a envoyée à Osaka ouvrir un rayon dans la succursale de Matsuzakara, où j'ai détesté chaque moment. J'habitais un infâme hôtel à moitié étranger, où j'ai eu des indigestions continuelles dues à une nourriture à moitié occidentale — et absolument sans aucun ami. J'avais quelques introductions à Kobe, mais c'était trop loin pour s'y rendre, même pendant les week-ends, et durant sept mois je n'ai eu que mon travail, qui allait de mal en pis, et ma propre compagnie. Je ne peux pas les blâmer vraiment, chez Matsuzakara, de ce qui s'est passé. Quand je suis revenue à Tokyo, j'aurais dû consacrer tous mes efforts à regagner ma réputation au magasin, mais au lieu de cela, on aurait cru que tout mon entrain s'était envolé ! Là-dessus, j'ai été terrassée par une pneumonie, et le rayon a donc eu tout loisir de réaliser qu'il pouvait se passer de moi. Pour couronner le tout, j'ai pris de longues vacances d'été au bord de la mer avec des amis, il n'est donc pas vraiment étonnant que la patience du vieux Matsuzakara ait été à bout, et l'ait contraint au pénible devoir de se séparer de moi. J'en ai d'abord été absolument furieuse, mais, comme c'est souvent le cas pour tant de prétendues injustices dans ce monde, quand on juge la situation avec un peu de recul, on commence à se rendre compte que l'on n'est pas nécessairement la pauvre victime. Enfin, pour ne pas avoir l'air plus noble que je ne le suis, j'avoue que Hiro Matsuzakara ne sera jamais parmi ceux que je préfère dans ce pays d'hommes d'avenir et de femmes soumises.

Puisque je suis en train de parler de moi, comme 90 % du temps que je consacre à vous écrire, je vais en profiter pour faire un petit tour d'horizon de ce que je fais en ce moment et de l'endroit où je me trouve.

J'habite toujours dans ma petite maison japonaise, dans la banlieue d'Otsuka, qui n'a rien de chic. Elle est devenue si fragile avec l'âge que j'ai bien cru qu'elle allait s'effondrer entièrement sur ma tête lors du dernier tremblement de terre un peu sérieux. J'ai aussi un travail — si ce n'est plusieurs — obtenu grâce à des amis qui me sont devenus à Tokyo un peu ce qu'Armand et vous étiez pour moi à Pékin. Ils sont Américains, lui est banquier et connaît en conséquence beaucoup de missionnaires américains. Quand Bob a suggéré que je pourrais enseigner l'anglais dans les écoles des missions, j'ai été presque suffoquée, pour des raisons que vous entrevoyez aisément ! Les Dale connaissent mon histoire et j'aurais pensé que de me patronner parmi les plus rigides de leurs compatriotes aurait été leur dernier souhait... Je pense que c'est la femme qui a asticoté son mari pour qu'il le fasse. Il est possible aussi que ma vie manifestement irréprochable ces dernières années — je travaillais bien trop pour qu'il puisse en être autrement ! — me fasse accéder à la catégorie des pécheurs repentis, et si c'est le cas j'en suis bien heureuse parce que cela signifie que je vais pouvoir continuer à me nourrir.

Ne vous méprenez quand même pas, je ne suis pas un professeur pour de bon, qui façonne les destinées des jeunes filles et garçons japonais, loin de là ! Il s'agit plutôt de cours de rattrapage pour ceux qui sont en retard, et trop sots pour être affectés par la moralité, ou quoi que ce soit d'autre, de leur instructeur. J'ai découvert, après les premiers jours, que je faisais là un travail pour lequel on n'avait trouvé aucun candidat. Les horaires sont aussi très particuliers : en fin d'après-midi et jusqu'à neuf heures du soir. Cela ne me gêne pas du tout, les soirées dans ma petite maison n'étant pas réellement ce qu'il y a de plus gai ! Maintenant je rentre tard pour souper, tombe dans mon lit et m'endors d'un sommeil de plomb. Je n'ai pas de servante, mais la femme de l'épicier m'envoie sa fille pour le ménage et j'ai les matins et débuts d'après-midi libres pour faire mes courses, ce qui me plaît assez.

Après plusieurs années de guerre constante avec les braseros au charbon dans la cuisine, j'ai acheté un fourneau à pétrole, un modèle américain très grand, avec deux feux et un *vrai* four au lieu d'un petit portable en aluminium, et j'ai pris des habitudes de gourmet. Il me faut un solide repas de midi pour pouvoir affronter les visages tout à fait impavides de mes divers élèves. Le fourneau a l'avantage supplémentaire de réchauffer vraiment un endroit qui tenait plutôt jusqu'ici de l'intérieur d'une glacière, ce qui doit être la raison pour laquelle je suis devenue une vraie fille de cuisine ! Avant de me moderniser, quand je devais endurer des engelures tout l'hiver, je pensais parfois avec une nostalgie terrible à ce fantastique et hideux poêle à Pékin, ou à votre chauffage central.

Il m'arrive de rêver à ce merveilleux pays fleuri qu'évoquaient pour moi ces livres sur le Japon que vous me donniez à lire à Pékin. Je ne dis pas ça par méchanceté, Marie, mais vos voyages dans ce pays ont dû avoir lieu au moment de la floraison des cerisiers, et vos excursions partir des meilleurs hôtels. Je me souviens de votre extase à propos de Nikko, où je ne suis pas encore allée, mais il n'est pas possible que les villes vous aient paru belles. De mon point de vue qui est probablement partial, surtout quand je pense à Osaka, les villes japonaises sont les plus laides que je connaisse. Tokyo a du charme, mais à part le palais impérial avec ses grandes douves, il n'y a pas grand-chose à voir. De tous les côtés, en partant d'un centre aux magasins de briques rouges, s'étendent à perte de vue ce qui semble être des kilomètres (quand on est dans un tramway qui cahote) de petites maisons grises à deux étages, aux toits de tuiles grises, avec pour seule décoration d'énormes poteaux surchargés de fils électriques et téléphoniques. Les allées sont plus agréables, étroites et serpentantes, et j'aime assez la mienne, mais ce n'est franchement pas beau.

Depuis que vous êtes venue dans ce pays, il commence à donner des signes d'industrialisation. Je suis retournée à l'automne dernier avec la même amie dans cet endroit à l'extérieur de Tokyo où les paysages étaient magnifiques et où nous étions venues il y a quatre ans seulement. A l'époque, nous avions pris le train et pu admirer un paysage de rizières, avec des villages aux toits de chaume et des petits autels dissimulés dans des bosquets de grands arbres, tout ceci avec les collines à l'arrière-plan qui étaient notre objectif. Cette fois-ci nous y sommes allées avec un train électrifié, et la seule chose que j'ai en fait reconnue était ce fond de collines. Il y avait partout des usines avec de grandes cheminées métalliques, les rizières et les villages avaient été remplacés par des groupes de bicoques destinées à loger les ouvriers. Les autels étaient toujours enchâssés au milieu des arbres, mais donnaient l'impression qu'ils n'en avaient plus pour longtemps.

Tokyo est en train d'enfler. On s'est mis à récupérer dans la baie des terres sur la mer, et à placer des usines sur un terrain si instable que les bâtiments doivent être spécialement étayés contre les tremblements de terre. Saviez-vous que, si vous vouliez revenir ici pour ces vacances et preniez la route du Pacifique, les deux navires *les plus rapides* pour ce voyage sont japonais ? Ce sont le *Tenyo Maru* et le *Chiyo Maru*, construits ici tous les deux. Lorsque nous vivions à Pékin, il n'y avait guère de navire de ligne japonais d'une taille conséquente qui ne vienne d'Angleterre. Maintenant, ils n'utiliseront plus jamais de chantier naval britannique, sauf peut-être pour des navires de guerre. Apparemment ils n'ont pas encore acquis cette technique, mais cela ne tardera plus.

Je sais bien que vous allez protester et je peux vous entendre le faire, mais nous n'avons pas là des gens aimables et gentils vivant dans le passé. La plupart des femmes continuent à le faire, mais pratiquement aucun des hommes. Même parmi mes élèves masculins à l'intelligence plutôt faible, apprendre ne concerne que les choses pratiques, et rien d'autre, et par « pratiques » on entend fabriquer au Japon le moindre objet, depuis les taille-crayons jusqu'aux énormes paquebots, de façon à ne bientôt plus dépendre du monde extérieur, sauf pour les matières premières. Quand je suis entrée chez Matsuzakara, nous importions presque tout notre tissu d'Europe, et quand j'en suis partie, tout venait de fabriques locales, jusqu'à des imitations de tartans écossais ! C'est la vitesse à laquelle se fait ce changement qui est presque effrayante.

Peut-être qu'une partie de mon malaise à l'égard de tout cela provient du fait que j'avais vraiment l'impression de réaliser quelque chose dans ce pays que personne ne pouvait faire aussi bien, quand je travaillais au magasin, même si je n'avais pas eu de formation particulière pour ce travail. Je vis à présent dans une sorte de frange de la société, où je suis tolérée mais n'ai aucune importance, et ne suis même plus ces temps-ci l'objet d'une curiosité. En tenant compte de cela, je crois sincèrement que le changement d'esprit dans ce pays n'est pas que le produit de mon imagination ; il émerge actuellement un mépris de l'Occident, que les Japonais ont été capables en si peu de temps de copier, et pourraient bien rapidement dépasser.

Je lis assez bien la langue à présent pour comprendre le journal, et l'on trouve dans les articles et les éditoriaux une sorte d'arrogance exacerbée, qui fait immédiatement penser à ces bataillons de soldats marchant au pas de l'oie que l'on voit souvent dans les rues.

Ce que vous me dites du comte Kurihama en attaché militaire à Londres m'a intéressée. Ou bien ses manières en société ont fait de grands progrès depuis que je le connais, ou bien sa nature réservée plaît aux Anglais. Nous n'avons aucune communication. Je lui ai dit très nettement avant qu'il ne parte pour l'Angleterre que je ne souhaitais en avoir aucune à l'avenir. Je ne sais pas plus où se trouve mon fils que la dernière fois que je vous ai écrit. J'essaie parfois de suivre en esprit sa croissance et d'imaginer l'enfant qu'il est à présent, mais ce ne sont que des élucubrations. La vérité est sans doute que si je rencontrais mon Tomo dans la rue, un petit garçon la main dans celle d'une Japonaise, je ne le reconnaîtrais pas. Il m'arrive encore de me sentir tout à fait anéantie quand une telle pensée m'accable soudain, mais cela ne dure pas longtemps. Je n'en parle jamais, même à ceux qui m'ont connue quand j'avais mon enfant, sauf à vous. Je suis persuadée que mes amis américains trouvent qu'il n'est pas naturel que je ne mentionne jamais mes enfants. Jane aura bientôt six ans, et grandit sans moi. C'est mieux pour elle comme cela.

D'une certaine manière, je n'arrive pas à vous imaginer à Rome. A Washington, si : la Pierce-Arrow, la maison que vous décriviez avec ses pelouses qui vont jusqu'à la rue, la ville elle-même à la limite, j'arrivais à imaginer, mais Rome, pas du tout. Pour moi, Rome, ce sont des images dans mes livres de classe, des ruines, le Tibre, Romulus et Rémus bizarrement confondus avec Sa Sainteté le pape dans cette immense basilique. Je ne vois ni cuisines ni salons à Rome, surtout pas votre cuisine ni votre salon, et d'autant plus que vous avez avoué qu'Armand et vous aviez « pris » une aile de palais ! Cela doit être superbe ! Y a-t-il un grand escalier que vous descendez majestueusement, vêtue d'une de vos magnifiques robes, pour un dîner aux chandelles avec quarante convives dans un salon aux dalles de marbre ? Vous voyez, tout cela « dépasse ma science » comme on dit en Écosse. Dans mon petit monde, l'arrivée d'un nouveau poêle américain à deux feux (et un four) est le grand événement de l'année. Toutefois, même si nous sommes séparées de plusieurs façons, mon affection envers Armand et vous ne varie pas. Et j'apprécie tellement vos lettres.

Bien affectueusement à vous,

Mary

P-S : Vous êtes sûrement revenue à la voiture à chevaux, à Rome ? Ou Armand a-t-il fait envoyer sa Pierce-Arrow bien-aimée au-delà de l'Atlantique ? Quelqu'un m'a dit qu'à l'intérieur de ces automobiles, du côté des passagers, il y avait des poignées recouvertes d'or. Bob Dale, dont je vous ai parlé, veut importer un jour une Franklin à refroidissement par air. Il dit que ces voitures sont les meilleures au monde. Je lui rétorque que les pousse-pousse sont ce qui convient le mieux dans les rues boueuses de Tokyo mais il déteste en prendre et dit que les hommes n'ont jamais été censés faire le travail des chevaux. Je suis sûre que Bob pense que d'avoir vécu en Chine a détruit ma conscience et il a peut-être raison ; en tout cas je suis très morale ces temps-ci et ne prends pas de pousse-pousse. Je ne peux pas me le permettre. Pour moi, c'est le tramway !

97 Nishi Kogura Machi
Otsuka — Tokyo
Le 7 avril 1910

J'ai passé le premier samedi de printemps, vraiment superbe, avec Emma Lou et Bob, une de ces journées où Tokyo a l'air d'oublier qu'elle nous a valu un hiver enchifrené au froid glacial. J'ai fait un tour dans le parc Hibiya avant de gagner la nouvelle maison des Dale. Les premiers iris étaient sortis, et je me suis retrouvée au beau milieu d'une de ces cérémonies solennelles de contemplation des fleurs, qui ont presque un côté religieux : des familles entières aux enfants subjugués, qui ne s'écartent jamais des allées ou qui restent en grappes à certains endroits stratégiques. Voir la floraison des cerisiers est une bonne excuse pour s'enivrer, mais les iris plaisent apparemment à une autre espèce de citoyens, qui croit que l'arrivée du printemps doit être saluée avec un certain décorum. Le parc entier a un côté très digne, l'arrivée des beaux jours n'est pas saluée par une explosion de bulbes colorés, on n'aperçoit aucun crocus ni aucune jonquille, mais seulement ici et là une touche de violet qui tranche sur un fond de verdure persistante, disposée selon une méthode qui n'est jamais qu'une légère discipline imposée à la nature.

Je me souviens de ces parterres ovales ou carrés de fleurs serrées les unes contre les autres que l'on voyait dans les jardins de Princes Street à Édimbourg, dont l'arrangement faisait penser au dessin d'un tapis, et je me demande ce que les Japonais en penseraient. Ils en seraient probablement choqués, et considéreraient cette façon de faire comme une insulte à la nature.

Emma Lou est de nouveau enceinte. Elle me l'a dit hier après le déjeuner, pendant que Bob était dans le jardin, en train de réaliser un de ses projets car il n'arrive pas à obtenir ce qu'il souhaite du jardinier. J'avais le sentiment, avant qu'Emma Lou ne m'annonce la nouvelle, que quelque chose venait gâcher sa joie d'être mère du petit Bob, qu'elle appelle Junior. Peut-être est-ce l'idée d'affronter à nouveau ce qu'elle a enduré pour mettre Junior au monde ? Étant donné qu'il n'y a pas eu de complication au moment de la naissance, tout au moins dont il ait été averti, le nouveau père semble absolument ravi par la perspective de Dale supplémentaires venant remplir les grandes pièces et les longs couloirs de cette maison. Je ne serais pas étonnée s'il estimait qu'avec un premier succès à son compte, Emma Lou devrait à présent s'attaquer joyeusement à la mise en route d'une de ces gigantesques familles américaines, comme celles dont le *Saturday Evening Post* montre les photos lors du dîner de *Thanksgiving.* Emma Lou n'a pas l'air particulièrement convaincue d'avoir envie d'être le véhicule indispensable au maintien de cette grande tradition.

Je n'aime pas vraiment cette maison que Bob a achetée, sans réfléchir d'après moi. Elle a été construite par un Anglais en 1895, à la lointaine époque où il suffisait d'être un homme d'affaires britannique en Orient pour être considéré comme une sorte de messie du progrès, et pour vivre comme un prince. La maison est en briques épaisses, avec des fissures par endroits dues aux secousses, particulièrement sur les plafonds et je n'aurais guère envie de m'y trouver pendant un tremblement de terre vraiment sérieux.

Ils ont déjà dépensé beaucoup d'argent dans cette maison, et ce n'est qu'un début. La cuisine regorge de toutes les facilités les plus modernes, l'eau chaude et l'eau froide sur un évier étincelant de porcelaine blanche, une glacière électrique — la première que j'ai jamais vue —, qui est une espèce d'énorme chose blanche pourvue d'une sorte de roue imposante sur le haut. De temps en temps, elle se met à cliqueter de la plus inquiétante façon. Emma Lou est très fière de son monstre et m'assure qu'il est tout à fait impossible de conserver hygiéniquement de la nourriture si l'on n'en a pas ; je ne mangerai donc jamais de nourriture hygiénique dans ma propre maison. Je n'ai même pas demandé combien cela avait coûté d'importer cette glacière de Californie, mais je suppose que c'est plus que ce que je gagne en un an.

Les nouveaux serviteurs des Dale donnent l'impression d'être intimidés d'avoir à travailler parmi tant de splendeurs, convenant plutôt à des techniciens, qui sauraient non seulement comment utiliser la glacière mais aussi affronter une balayeuse électrique pour les tapis, si bruyante qu'on croirait un express lancé à toute vitesse traversant une gare.

Il est possible que ma réaction peu enthousiaste envers toutes ces facilités de la vie moderne vienne du fait que je ne peux m'en permettre aucune, mais que pourrais-je bien faire d'une balayeuse électrique quand tout ce que j'ai sous les pieds se borne à des nattes de paille ? En ce qui concerne la glacière, je crois que je serais terrorisée à l'idée qu'elle explose pendant la nuit et mette le feu à la maison. Même le gramophone des Dale, qui est censé rendre accessible la meilleure musique à domicile, n'est pour moi qu'une espèce d'horreur, avec ces filets de voix si peu naturels, tout juste audibles, sur un fond de crissement, comme pourraient en produire des ongles sur un tableau noir. Tant qu'on n'aura pas trouvé le moyen de se débarrasser de ce crissement, je me passerai aussi de gramophone.

Tout ceci fait une vertu de ce que je ne peux tout bonnement pas avoir. C'est une tendance assez écossaise, de sanctifier la pauvreté et de croire que le porridge salé et les galettes d'avoine combinés avec un régime mental de méditation profonde vous rapprochent bien plus du trône du Seigneur que n'y parviendra jamais un de ces Anglais par trop indulgents envers eux-mêmes. Je n'ai pas beaucoup d'efforts à faire pour trouver chez moi des traces d'une certaine arrogance puritaine, mais cela ne m'a pas été inutile, d'une certaine manière, dans la vie que je mène à Tokyo. J'ai quelque part dans l'esprit l'idée qu'il y a quelque chose de vertueux dans le fait de ne pas pouvoir entrer à sa guise dans un magasin de chaussures pour s'en acheter une paire quand on en a besoin, mais d'avoir à économiser pendant six mois pour se chausser de neuf, en se privant peut-être de viande une fois par semaine pour y arriver. Quelque part, d'une certaine façon, tout ceci est inscrit sur un gros registre en votre faveur, le crédit porté à l'encre noire, tandis que les riches de ce monde qui se vautrent dans la luxure ont des débits en rouge à chaque page, et se retrouveront dans l'autre monde avec de telles dettes qu'ils n'en viendront jamais à bout...

Bob Junior est un très beau bébé, aussi blond que ses parents, et je peux donc jouer avec lui sans penser aussitôt à Tomo. On le nourrit de lait en poudre importé, car Emma Lou a très peur que le lait frais soit infecté par le bacille de la tuberculose. Je ne suis pas persuadée de croire à cette fable, et je continue à me faire livrer ma bouteille de lait quotidienne. Si les microbes japonais devaient me tuer, il y a longtemps qu'ils l'auraient fait ! Comparé à la Chine, ce pays est un paradis pasteurisé.

97 Nishi Kogura Machi
Otsuka — Tokyo
Le 19 août 1910

Une journée extraordinaire, après cette lettre étrange reçue la semaine dernière de Bob Dale qui voulait me voir aujourd'hui à midi dans son bureau, pour une question aussi urgente que personnelle, et qui me priait, si je rencontrais Emma Lou avant ce rendez-vous, de ne pas lui en parler. J'ai fait ce qui était le plus raisonnable dans un cas comme celui-là, c'est-à-dire rien, ni lettre ni coup de téléphone, bien que Bob ait souligné en rouge le numéro de la banque. Je n'avais pas l'intention d'y aller en fait, et puis, comme je pouvais m'y attendre, la curiosité a été la plus forte et j'ai pris un tram pour le centre ville vers onze heures ce matin.

Les bureaux de la banque de garantie du Kansas et du Midwest à Tokyo ont une plaque en anglais et en japonais sur le mur en ciment de l'un des immeubles tout neufs de Nihonbashi. C'est au rez-de-chaussée, avec une entrée directe sur la rue, une installation assez spacieuse avec des piliers de marbre carrés qui se font face, et cet air un peu feutré que les meilleures banques veulent toujours se donner, pour que l'on sente bien que l'on est dans le sanctuaire d'un temple consacré aux vraies divinités de notre époque. Il y avait beaucoup d'acajou, un bois peu fréquent au Japon et qui devait donc avoir été importé, et sculpté selon un goût qui n'était certainement pas local. Une caissière japonaise était assise derrière une grille ornementale, avec un petit drapeau américain à ses côtés qu'agitait un ventilateur électrique, soit volontairement, soit par hasard. Le seul autre être humain visible était une dactylo, qui tapait à la machine avec deux doigts comme il m'arrivait parfois de le faire chez Matsuzakara pour les lettres destinées à l'étranger. A son rythme, j'aurais été bien étonnée qu'elle réussisse à produire deux lettres dans la matinée ! Bien qu'habillée à l'occidentale, y compris un chemisier blanc, c'était une Japonaise coiffée avec un chignon sur le haut de la tête.

Les employés de Bob dans ce bureau donnaient l'impression de ne pas savoir très bien ce qu'ils faisaient là, et j'ai cru un moment que la caissière allait crier au secours.

Bob devait guetter sa pendule et m'attendre, même si je n'avais pas confirmé que je venais. Une porte en acajou s'est ouverte et il est entré, un sourire professionnel aux lèvres qui lui donnait un air inhabituel. Si je ne l'avais pas connu, j'aurais pu me demander quelle était sa vie privée, comme c'est souvent le cas avec les directeurs d'entreprise.

Nous avons discuté pendant une heure, au bout de laquelle je n'étais toujours pas, comme dirait Bob, dans le tableau, dont je ne voyais d'ailleurs pas comment il pouvait me concerner ni de près ni de loin.

J'ai fini par comprendre que la banque de garantie du Kansas et du Midwest, grâce à son représentant local, avait lentement fait quelques progrès dans l'accomplissement de sa mission ici, à Tokyo, laquelle était de placer de bons dollars américains *dans* l'économie japonaise. L'investissement conséquent dans le marbre et l'acajou faisait partie de son pari de devenir la première banque prête à placer son argent dans le développement de l'industrie locale. Une évaluation de la situation avait démontré que de riches filons étaient exploitables par des mines financières, mais à la surprise peinée de Bob, ces études de marché avaient négligé un petit détail, lequel était tout simplement la réaction des Japonais à l'idée d'une montagne de dollars du Midwest venant à la rescousse. Celle-ci avait été parfaitement claire : tous nos remerciements, nous sommes très honorés, non merci. Bob n'arrivait pas à croire qu'ils étaient sincères et se demandait si son approche avait été mauvaise. Il avait donc changé son fusil d'épaule et tenté d'autres méthodes : publicité discrète, contacts personnels avec des introductions, et jusqu'au porte à porte sans introduction du tout, mais j'aurais pu lui dire que tout cela était parfaitement inutile dans ce pays. Il avait rencontré partout une politesse parfaite, et s'était vu répondre la phrase conventionnelle « *ah, so desuka ?* », qui peut signifier beaucoup de choses, mais en l'occurrence indique la plupart du temps que ce n'est pas la peine d'insister, et qu'il vaut mieux s'en tenir là. La touche finale avait été le message désabusé que les nouveaux industriels préféraient se financer eux-mêmes, et étaient tout à fait prêts à lutter avec un yen qui n'était pas encore une monnaie stable sur le plan international.

Je me faisais du souci pour les conséquences sur la vie d'Emma Lou et de Bob au Japon, mais ne voyais toujours pas bien en quoi j'étais concernée, ni pourquoi il fallait un rendez-vous solennel dans son bureau pour me le dire.

Enfin, depuis que j'ai pris l'habitude de faire du déjeuner mon repas principal, je commence à avoir faim à midi et demi. A une heure moins le quart j'avais réellement très faim, et je ne m'attendais pas à ce que Bob m'invite à partager son déjeuner à son restaurant habituel, celui de l'hôtel impérial, car nous pouvions facilement y rencontrer quelqu'un qui verrait ensuite Emma Lou au Club américain. A deux heures moins le quart, j'ai suggéré de continuer la discussion dans ce petit restaurant derrière Ginza, que je fréquentais quand j'étais chez Matsuzakara.

Tout en mâchonnant un morceau de bœuf que l'âge avait rendu coriace, j'ai tout à coup eu la brillante idée que la baronne Sannotera pourrait bien, par l'intermédiaire de son mari, être en mesure de fournir des contacts intéressants. Bob a été choqué. Il ne tenait pas du tout à ce que la baronne ait quoi que ce soit à faire avec sa banque, c'était une radicale qui avait été en prison pour avoir insulté l'Empereur. Au surplus, il n'était pas de bon ton pour moi d'être en contact avec quelqu'un de ce genre, surtout maintenant que je travaillais dans les écoles des missions. Je me raidissais contre cet avis quand il est entré tout à coup dans le vif du propos de cette rencontre.

L'idée de Bob est de me prêter de l'argent, *à moi*. Je suis restée là à le regarder avec des yeux ronds, tandis qu'il m'expliquait la nouvelle politique de la banque de garantie du Kansas et du Midwest : si les industriels locaux ne voulaient pas de ses dollars, il allait les employer pour financer des étrangers à extirper des yen des Japonais. Simple, comme idée ! Ses opérations bancaires allaient être adaptées au pays : faire fonction d'agence, s'occuper de distribution, d'entreposage et d'exposition, enfin servir de nourrice à de nouvelles entreprises venant de l'étranger, qui ne prendraient peut-être pas le risque de se lancer sur le marché japonais. Dans mon cas, le financement serait pour une boutique de mode occidentale, pouvant évoluer ensuite vers des collections bien meilleur marché, qui pourraient être exécutées en série et vendues dans les grands magasins, cette nouveauté qui commence à se répandre à travers tout le pays.

Il est apparu très clairement, tandis que j'écoutais sa proposition, que j'avais fait l'objet d'une « investigation » en tant que potentialité commerciale. Il en savait beaucoup plus que je ne lui avais jamais dit, à lui et à Emma Lou, de ce que j'avais fait chez Matsuzakara, comment j'avais commencé à adapter pour le marché local des vêtements d'après des journaux de mode occidentaux, et de là en étais venue à créer des modèles, avec succès. Ce qu'il ignorait, et qu'instinctivement j'ai cru préférable de ne pas lui révéler, c'était que je n'avais jamais dessiné les modèles moi-même, et que je travaillais directement avec le tissu sur l'un de nos mannequins importés, les croquis étant mis au point ensuite par Emburi San. C'était aussi mon assistante qui était responsable des patrons de papier envoyés aux couturières à l'atelier. Ce ne serait pas facile d'ouvrir une boutique sans l'aide de Emburi San ni celle de ces filles formées à la couture de ce type de vêtements. Je suis restée assise là, à songer à la possibilité de débaucher au vieil Hiro pratiquement tout un rayon de Matsuzakara, alors que Bob est totalement opposé à toute forme de soudoiement ou de corruption. Une bannière en lettres d'or ne le proclamait pas au mur de son bureau, mais de justesse!

Il a cessé de mâcher sa tourte et m'a regardée. Il m'a demandé à quoi je pensais. J'ai dit que cela tournait autour de problèmes de personnel. Il a saisi ma main au travers de la table, puis a retiré la sienne rapidement, en jetant de petits coups d'œil de côté dans la salle du restaurant.

97 Nishi Kogura Machi
Otsuka — Tokyo
Le 22 août 1910

J'ai passé les trois derniers jours pleine de doutes, à me méfier de ma première réaction à l'offre de Bob, hésitante non pas seulement à propos de mes capacités de réaliser ne serait-ce qu'en partie ce qu'il a en tête, mais aussi sur mon *envie* réelle de me lancer dans cette entreprise... J'ai pris de nouveau l'habitude de vivre sans grandes responsabilités, et si mon travail actuel est misérablement payé, sans avenir et parfois très fatigant — en grande partie parce que j'ai souvent l'impression de n'arriver à rien avec certains élèves —, je peux au moins aller me coucher sans m'inquiéter, à part les nuits oppressantes annonciatrices de tremblements de terre. Si je fais ce que Bob veut, il va falloir que je travaille encore et encore, sans avoir une minute pour la lecture qui est devenue un de mes plaisirs favoris, presque un vice à la limite ! Et tout ce travail pourrait mener de nouveau à un échec, à un autre Osaka.

Il y a eu un violent orage avant-hier, les éclairs avaient l'air de pourfendre mes volets bien clos, et je pensais, étendue dans mon lit, à ce typhon quand j'étais à bord du *Mooldera*, quand je priais pour ne pas mourir en route vers la Chine.

Je suis de nouveau saisie par le désir puéril de prier le Seigneur de m'envoyer un signe, que je sache si oui ou non je dois ouvrir dans l'ancienne capitale des Shogun une boutique Mary Mackenzie. Je suppose, si j'examine posément la situation, que je suis vraiment très seule. Le travail pourrait être un remède.

97 Nishi Kogura Machi
Otsuka — Tokyo
Le 23 août 1910

Peut-être est-ce parce que je suis troublée et indécise que je suis tout à coup envahie par Kentaro, tout comme je l'étais autrefois dans mon jardin, assise au bord du bassin à poissons rouges, attendant que le portail coulisse. Sa présence m'envahissait toujours avant nos rencontres, une perception intense de sa personne prenait possession de moi, et je savais qu'il ressentait quelque chose d'analogue, avec moins d'intensité sans doute. Je pouvais le lire dans ses yeux quand il venait vers moi, comme il le lisait certainement dans les miens. On aurait dit que par le simple fait de venir à moi, en ayant décidé du moment précis de sa visite, il fermait la porte donnant sur toutes les autres facettes de sa vie, et se rendait tout à fait disponible pendant une période précise. Ce qu'il m'accordait était limité par cette discipline qui le gouvernait et que j'ai toujours du mal à comprendre, même maintenant, après toutes ces années dans ce pays. Mais il y a une chose que je sais pertinemment : je n'étais pas seulement sa maîtresse étrangère, il ne s'agissait pas seulement du plaisir que nos corps se donnaient l'un à l'autre, il y avait également une harmonie spirituelle dans notre relation, aussi réelle pour lui que pour moi, même s'il l'a close comme il fermait la grille derrière lui en partant. Oh mon Dieu ! C'est ce sentiment-là que je n'ai plus jamais éprouvé depuis, et qui me manque autant que la sensation de son corps sur le mien.

Il fait si chaud ce soir que je me suis glissée hors de ma moustiquaire pour aller ouvrir un volet, au risque d'attirer un voleur. De toute façon, la moindre enquête sur mon compte dans l'allée établirait clairement que la maison de l'étrangère ne vaut pas qu'on prenne le risque d'y pénétrer. Cette lampe a attiré des centaines de moustiques qui viennent battre contre ma moustiquaire. Un train siffle et le gong d'un temple fait résonner son message au-dessus de la ville. Couchée dans mon lit, je ne crois pas que le fait de penser subitement autant à Kentaro signifie qu'il va venir me voir. C'est tout simplement que pour une raison quelconque, il a ouvert une porte, sur un endroit longtemps déserté, et s'est de nouveau rendu disponible.

97 Nishi Kogura Machi
Otsuka — Tokyo
Le 24 août 1910

Mon second rendez-vous « secret » avec Bob l'a laissé pantois, quand il a découvert la technique commerciale que j'avais apprise auprès d'Hiro Matsuzakara. Bob avait prévu de me prêter sept mille cinq cents dollars, soit quinze mille yen, pour le projet de boutique, ce qui était généreux à ses yeux. Je pensais que c'était loin d'être suffisant, car il fallait louer des locaux au centre ville, juste derrière Ginza de préférence. De même, il faudrait aussi engager une assistante vraiment compétente et lui donner un bon salaire. On aurait aussi besoin de six petites mains pour commencer, d'autant de machines à coudre et d'un endroit relativement confortable pour y installer l'atelier. En plus de tout cela, il fallait penser au stock, et il y en aurait bien pour trois mille yen sur les cintres et les rayonnages le jour de l'ouverture. Je n'avais pas l'intention de me mettre au travail sans un capital minimum de trente mille yen à ma disposition.

Bob m'a dévisagée, éberlué qu'une femme qu'il avait aidée à gagner son pain en lui trouvant quelques heures d'enseignement pour des enfants un peu retardés puisse se montrer aussi dure en affaires.

Il a dit que pour une mise de fonds de quinze mille dollars il faudrait qu'il consulte le siège de la banque à Kansas City par lettre, et non seulement par câble. J'ai répondu que cela me convenait parfaitement et que j'allais rentrer chez moi attendre la suite des événements, ce qui a révélé son bluff. Sans plus parler de consulter le siège, nous nous sommes mis à discuter des conditions du prêt de la banque de garantie du Kansas et du Midwest à la maison Mackenzie.

Les conditions étaient invraisemblables : la moitié de la somme m'était prêtée à titre personnel sur quinze ans, avec des intérêts de 4 %, ce qui était superbe. Ce qui l'était nettement moins, c'était que la moitié du capital investi par la banque dans mon affaire lui assurait le contrôle de 60 %, qui perdurerait même lorsque j'aurais fini de rembourser ma part. Qui plus est, pendant toutes ces années où j'allais trimer pour éponger ma dette, 40 % des profits iraient tout droit dans les coffres de la banque, et cela éternellement. Le fait de posséder 60 % de mon affaire faisait de la banque de Bob mon patron, qui pouvait me renvoyer à tout moment avec aussi peu de préavis que je n'en avais obtenu de Matsuzakara. Par contre, si nous faisions faillite, je restais leur devoir le montant du prêt personnel de sept mille cinq cents dollars, et je devrais probablement me remettre à enseigner l'anglais pour rembourser petit à petit.

Ma réaction a été de suggérer à Bob que si sa banque avait fonctionné à cette époque, ils auraient pu en remontrer à Shylock. J'ai ajouté qu'en aucun cas je ne m'associerai à un projet qui donnait à une banque 60 % de mon affaire, mais que je consentais à leur en laisser 40, et 20 % des bénéfices.

Bob a trouvé ma proposition inacceptable et nous sommes allés déjeuner chacun de notre côté. Je me suis rendue à mon petit restaurant derrière Ginza, où l'on sert du bœuf avec deux légumes. Mon appétit était moins bon que d'habitude et je n'ai pas pris de dessert. J'étais en train de boire une tasse de ce qui était censé être « du café américain », quand mon regard a été attiré par une Japonaise sur le point de quitter le restaurant. Elle était vêtue de façon soignée avec une jupe et un petit boléro de soie grise par-dessus un chemisier blanc, un ensemble peut-être un peu trop conventionnel pour ne pas être complété d'un chapeau. Il faisait très chaud dans le restaurant, mais elle avait l'air fraîche. Elle aurait dû gagner la porte sans que je puisse voir son visage de face, mais elle a tourné la tête, et quelques secondes après j'ai eu droit à un sourire timide. Je me suis sentie tout excitée. Le Seigneur dans Sa bonté *m'avait* envoyé un signe, car c'était Emburi San.

18

Résidence Sueyama
Surugadai — Tokyo
Le 14 septembre 1912

L'empereur Meiji, le dieu qu'invectivait Aiko, est mort. Comme les deux millions de personnes massées le long de la route, j'ai regardé hier soir le départ de son dernier voyage vers les tombeaux impériaux à Kyoto. C'était un spectacle pompeux comme on pouvait en voir il y a cinq cents ans, et toute la procession, parfaitement silencieuse, avait l'air formée de fantômes. Cette sensation d'irréalité persiste aujourd'hui, car tout est fermé dans la capitale, aucun tramway ne circule, aucune socque de bois ne résonne, et aucune sirène d'usine n'est là pour me réveiller.

La vue sur les toits que l'on a de mon nouvel appartement me fait penser à des vagues grises qui viendraient se briser sur la colline, et l'on pourrait prendre pour des poteaux surpris par la marée haute les cheminées noires des établissements de bains, dont aucune fumée ne s'échappe aujourd'hui. Il y a un côté surnaturel à ce prolongement dans la lumière du jour du calme sombre d'hier soir, et j'ai hâte que viennent me rassurer les bruits familiers, fussent-ils aussi simples que la corne du vendeur de caillé de soja, mais je n'entends vraiment rien.

Cela me rappelle d'une certaine façon la mort de la reine Victoria. J'avais dix-sept ans quand Édimbourg a pris le deuil pour un monarque qui avait régné plus qu'aucun autre dans l'histoire de l'Angleterre. Quand les femmes se sont mises en noir, la couleur s'est absentée soudain de ces rues de pierre, et l'on aurait cru que personne n'avait jamais réalisé qu'une vieille dame ne pouvait pas vivre indéfiniment. Pour tous ceux qui s'attendaient d'une manière ou d'une autre à passer leur vie entière bien bordés sous l'édredon protecteur de son règne, il était presque effrayant de lui avoir survécu. Maman était persuadée qu'une baisse certaine du niveau moral public et privé allait très vite apparaître sous la gouverne du frivole prince de Galles, dont la vie était sans nul doute dissolue. Les pleurs versés chez nous, comme dans tout le Royaume-Uni, témoignaient du regret d'une irremplaçable image maternelle. Pendant des mois, les prières dans les églises à l'intention du nouveau roi ont contenu la supplique à peine voilée que le Seigneur dans sa grande compassion ne nous abandonne pas, ni son Empire, en cette sinistre époque de décadence et d'effondrement. Il est fort probable que des prières de ce genre soient dites à présent dans les temples de Tokyo, dont les gongs sont aujourd'hui silencieux. Tout comme ces Victoriens subitement orphelins, les Japonais sont sous le coup du choc à la pensée que leur grand empereur, qui leur avait octroyé une nouvelle constitution et les avait guidés pendant des années de changements et de guerres étrangères, était maintenant remplacé par un fils dont la réputation était celle d'un demi-fou.

J'ai regardé la procession passer dans le luxe relatif d'une chaise pliante, à l'endroit réservé devant le parc Hibiya à l'ambassade des États-Unis et aux citoyens américains importants, dont Bob Dale fait partie. J'avais le billet d'Emma Lou, qui est trop près du terme de sa quatrième grossesse pour avoir envie d'assister à des funérailles, fussent-elles impériales. Début septembre il aurait dû faire bon, mais non, une brise plus automnale s'est levée après la pluie et à une heure du matin, alors que nous étions là depuis quatre heures, j'aurais volontiers mis mon manteau de fourrure pékinois, que j'ai toujours, et qu'Emburi San a horreur de me voir porter quand j'arrive à la boutique.

Bob est extrêmement gentil avec moi ces temps-ci, ce qui n'est pas sans rapport avec les courbes de bénéfices qu'il a récemment envoyées à Kansas City sur ce qu'il lui plaît de considérer comme une entreprise commune. Il est particulièrement content de ma dernière idée de changer la couleur du deuil au Japon de blanc à noir, au moins pour les femmes qui s'habillent à l'occidentale. C'est un vaste projet d'une certaine façon, car cela va à l'encontre d'une tradition qui remonte à quelques milliers d'années et puise ses racines en Chine, mais j'espère arriver à convaincre mes clientes, au risque de créer une panique totale dans les rayons de vêtements occidentaux des grands magasins comme Mitsukoshi ou Matsuzakara, qui ont maintenant tous leurs stocks en couleurs assorties pour la saison d'automne et d'hiver. Je reconnais que j'ai parié sur la mort prochaine de l'empereur Meiji, car quand on en a parlé d'une manière suffisamment plausible il y a quelques semaines, même les commandes en cours ont été mises de côté pour que tout l'atelier se concentre sur le noir : robes de cérémonie, vêtements d'extérieur, absolument tout. Nous avons mille preuves que nos deux modestes vitrines d'une petite rue de Tokyo sont déjà attentivement étudiées par tout ce qui suit la mode dans cette ville, et quand nous lèverons nos stores demain, ce sera sur une collection toute noire. Je n'ai pas pleuré l'empereur Meiji comme j'avais pleuré la reine Victoria, poussée par maman, mais je porterai le deuil en son honneur.

Un spectacle, quel qu'il soit, n'est jamais exécuté à la hâte au Japon, et les funérailles du Fils du Ciel ne l'étaient certes pas non plus : minuit était passé depuis longtemps avant que les lumières des rues, transformées en lanternes de cérémonie, ne s'éteignent, sans qu'une seule fenêtre éclairée ne subsiste nulle part. Le bruit a diminué puis s'est éteint, comme sur commande. La procession avait son propre éclairage, de pâles torches brûlant de la résine, portées par des hommes qui se suivaient tous les trente mètres environ. La procession se mouvait très lentement, le bruit des pas complètement étouffé par l'épaisse couche de sable argenté répandu sur toute la route du cortège. Il n'y eut aucun claquement de sabots quand est arrivée la cavalerie impériale, la bride des chevaux tenue court, mais sans qu'ils renâclent. Les fantassins semblaient vêtus comme pour une pièce de théâtre Nô, en robes médiévales dont la fluidité évoquait la Chine et non le Japon, et tout en blanc, à l'exception de quelques coiffures. Les bannières étaient couvertes de caractères noirs sur fond blanc, et liées en bas et en haut à des perches de bambou peintes en blanc. Même si l'ensemble était très élaboré, il n'y avait pas de grandes pompes : c'était tout à fait à l'opposé du cirque auquel donnent lieu des funérailles nationales en Occident, comme si le silence était un principe fondamental de l'apparat au Japon.

Et puis au loin le silence a été rompu. J'ai senti des picotements sur ma peau. Mi-grondement mi-gémissement, le son nous parvenait toutes les trente secondes environ et s'amplifiait à mesure qu'il se rapprochait de nous, en une sorte d'intrusion agressive de ce calme artificiel. Ces lamentations n'étaient pas le moins du monde plaintives : c'était la voix sinistre, inflexible et parfaitement reconnaissable de la Mort.

Un chariot en bois brut à deux roues, d'une conception très simple s'est avancé vers nous en gémissant. Le corps de l'Empereur était placé sous un dais recourbé, le cercueil abrité des regards par des rideaux de côté flottant doucement au vent. Pour le tirer, sept buffles blancs, l'un derrière l'autre, sept têtes hochées d'un côté à l'autre tandis que les lourdes pattes des buffles foulaient presque timidement le sable doux.

Après le chariot venaient les prêtres, dans un silence total — quand je m'attendais à entendre une quelconque mélopée —, suivis des militaires et des officiers de marine de haut rang, avançant par quatre, mais que le sable empêchait de défiler avec la prestance habituelle. Ils étaient tous en grand uniforme et devaient arborer toutes leurs médailles, mais on aurait pu croire qu'ils avaient été placés exprès hors du champ lumineux des torches, car ils étaient réduits à un cortège d'ombres.

Nous sommes restés une bonne demi-heure plongés dans l'obscurité quand le dernier porteur de torche a tourné le coin de la rue et cette inconfortable situation a duré jusqu'à ce que les grondements s'affaiblissent et s'éteignent progressivement. Les lanternes de la rue se sont rallumées, mais deux par deux et sans hâte, apparemment sans rapport avec la procession funèbre. Pendant un long moment la foule est restée quasiment immobile et personne n'a tenté de rompre les barrières de corde assez lâches. Quand on nous a autorisés à partir, il n'y a pas eu non plus de grandes conversations. Je suis persuadée que nulle part ailleurs au monde une telle foule ne s'en retournerait dans un calme pareil.

Résidence Sueyama
Surugadai — Tokyo
Le 15 septembre 1912

En arrivant à la boutique aujourd'hui, j'ai trouvé Emburi San en larmes, ce que je n'avais encore jamais vu. Elle m'a dit que le général Nogi, le duc de Wellington du Japon et le grand héros de toutes ses guerres continentales, s'était suicidé. Il a laissé une lettre expliquant que sa vie était finie, à présent qu'il ne pouvait plus être au service de son Meiji bien-aimé. Il y déplorait aussi la corruption et la dépravation morale qui s'étaient emparées du Japon ces dernières années, en partie à cause de la pernicieuse influence occidentale. Pour autant que je m'en rende compte, ceci est un appel à la caste militaire pour revenir aux vieilles disciplines du code guerrier, qui devrait avoir de grandes répercussions sur le pays. Je vois très bien Kentaro prenant à son compte ce message d'outre-tombe qui exige un nouveau dévouement, presque sans merci. Kentaro, tout comme Nogi, fait partie de la vieille aristocratie.

Les journaux d'ici s'attardent avec complaisance sur ce suicide, et décrivent la façon dont le général Nogi est rentré chez lui le soir précédant les funérailles de Meiji. Sa femme et lui ont pris un bain, puis revêtu leurs kimonos de cérémonie. Ensuite, ils se sont assis à l'endroit rituel dans leur salon, dont le seul ornement était un portrait du défunt empereur. Sa femme lui a tendu une coupe d'alcool de riz qu'il a bue, puis il a saisi un poignard et l'a frappée à mort, avant de s'ouvrir le ventre avec un sabre court. Les journaux rivalisent de grandes phrases sur Nogi, qui continue dans l'autre monde à servir l'Empereur qu'il aimait tant, et veille avec lui sur le sort futur du Japon.

Il y a dans tout ceci une sorte de fausse note hystérique qui m'effraie. J'ai un fils qui grandit quelque part dans ce pays, et qui a maintenant sept ans.

Résidence Sueyama
Surugadai — Tokyo
Le 18 octobre 1913

Ce que j'ai noté la dernière fois dans mon cahier donne une touche ironique à ce qui va suivre : nous sommes au beau milieu d'une vague d'émeutes à Tokyo, liées à des scènes terribles de députés à cause d'une effroyable corruption contre laquelle le général Nogi mettait précisément en garde ses compatriotes. Il est vraisemblable que le Premier ministre, l'amiral Yamamoto, va démissionner, ce qui ne sera pas une grande perte pour le pays, mais ce qui a vraiment secoué tout le monde est l'échelle à laquelle se passait cette corruption : Siemens tout d'abord, qui voulait vendre des équipements de T.S.F. à la Marine, et ensuite une alliance impie entre Vickers et la compagnie Mitsui, à propos d'un contrat de construction du croiseur *Kongo.* Le montant de ces enveloppes est hallucinant, un contre-amiral gratifié de plus de quatre cent mille yen, et un vice-amiral plus de trois cent cinquante mille ! Deux directeurs de la société Mitsui, deux Anglais et un Allemand vont bientôt être jugés ici à Tokyo, pour corruption.

Bob est assez insupportable sur ce sujet. Emma Lou dit qu'il souffre d'un préjugé typiquement Middle West envers tout ce qui vient d'Europe, et particulièrement de Grande-Bretagne, et je ne dois pas être tout à fait étrangère à ce dernier point ! J'ai renoncé à notre déjeuner hebdomadaire à l'Impérial car j'en avais assez de ses sempiternels commentaires sur ce thème, ou de ses variations sur les civilisations en train de glisser sur la mauvaise pente. Si l'on en croit Bob, l'Empire britannique est en train de se disloquer parce que nos entreprises se livrent à la corruption au lieu de se rendre vraiment là où sont les marchés, et d'y vendre de bons produits uniquement grâce à leurs qualités. J'ai tenté de suggérer que les compagnies pétrolières américaines en plein essor ne sont pas non plus des enfants de chœur en la matière, mais il m'a fait taire en criant que l'économie américaine repose sur de saines fondations : que l'on puisse être en même temps un bon homme d'affaires et un vrai baptiste. C'est bien possible, et je n'ai pas tenté d'argumenter du tout. Ce que je trouve un peu injuste est la manière dont il scrute les registres de la maison Mary Mackenzie toutes les semaines, pour s'assurer que la banque de garantie du Midwest touche bien ses 20 % de bénéfice, et non pas 18 % par un jeu falsifié d'écritures.

Je me fais du souci pour Emma Lou. Après quatre fils et une fille, alors qu'elle prend vraiment le chemin de représenter les familles épanouies du dîner de *Thanksgiving* dans les magazines, elle devrait arborer l'expression habituelle de la mère sur ce genre d'illustrations, le bon sens épanoui, mais pas du tout. Elle est devenue bien maigre, presque décharnée, et même si elle s'habille à grands frais dans notre boutique, elle porte ses vêtements comme si cela n'avait plus aucun sens pour elle. J'ai moi aussi des accès de ce genre, qui doivent se remarquer, mais qui sont toujours chez moi le symptôme d'un désir secret de laisser les choses aller, et de cesser de lutter. Je ne pense pas que cela soit le cas pour Emma Lou. On aurait plutôt l'impression qu'elle fait exprès de se négliger, et de perdre tout attrait. C'est extrêmement difficile pour elle comme pour moi de parler de quoi que ce soit de personnel, et les confidences sont aussi peu du genre d'Emma Lou que du mien : aucune de nous n'est vraiment capable d'étaler ce dont est faite sa vie privée. Il n'y a jamais eu la moindre tentative de sa part pour essayer de découvrir quel effet cela fait d'avoir un amant japonais, ou de vivre sans savoir ce qui arrive à votre fils, en n'ayant que de très rares nouvelles de votre fille. Un bon nombre des femmes que j'ai connues auraient pris un maillet et un burin contre la pierre de ma réserve, pour l'ébrécher jusqu'à ce qu'elle craque.

Elle m'a demandé de passer le mois d'août avec elle dans une maison qu'elle a louée à Karuizawa, et je pense que je devrai y aller, même si cela veut dire qu'il me faudra supporter les sermons de Bob sur l'imminence du déclin et de la chute de l'Empire britannique.

Résidence Sueyama
Surugadai — Tokyo
Le 9 janvier 1914

J'ai eu trente et un ans hier, et j'ai vécu onze ans en Extrême-Orient, ne dépendant que de moi-même la plupart du temps ce qui fait que je devrais à cet âge-là, forte de cette expérience, être une femme sensée et équilibrée, bientôt prête à voir apparaître ses premiers cheveux blancs. Au lieu de cela, quand je suis allée me coucher à une heure et demie ce matin, j'ai entendu les gongs du temple égrener les heures jusqu'à sept, sans même somnoler. Étendue sur mon lit, je pensais à un Norvégien de la troisième génération, né au Minnesota, et selon lui métamorphosé par Harvard en Bostonien. Il y a des gens qui semblent porter des noms taillés sur mesure pour eux et c'est le cas de John Hansen. Je ne lui ai pas demandé sa taille, mais il doit mesurer au moins 1,90 m. Il en est conscient et se tient légèrement voûté la plupart du temps, pour rester en contact avec le reste de l'humanité à l'étage en dessous.

Il est tellement blond que cela ne fera guère de différence quand il aura des cheveux blancs, avec une mince figure anguleuse et de longs doigts maigres. Je jurerais que son américain a une pointe d'accent norvégien, mais il dit que c'est parce que je n'avais encore jamais rencontré d'habitant cultivé de Nouvelle-Angleterre : sa manière de parler est ce qu'il y a de plus chic à Boston, et il a travaillé dur pendant cinq ans pour l'acquérir, car chez les correspondants de presse internationaux il n'y a pas de salut, à moins de venir de Boston !

Bob Dale nous a présentés il y a sept semaines, mais nous nous connaissons en fait depuis au moins trois cents ans, sous des formes variées, y compris un couple de ces insectes japonais appelés *semi*, en train de striduler sur la même branche, comme l'a suggéré John un soir où le whisky coulait à flots. Je ne chante jamais et lui non plus, mais il n'empêche que nous avons essayé tous les deux de chanter parmi les pins, sur l'un des monticules dans les jardins qui entourent le palais impérial, où le public n'est admis que s'il se conduit avec la dignité et le décorum qui s'imposent. Il ne devait pas y avoir de policiers de garde, sinon nous aurions été jetés dehors. Ce n'est pas de l'amour, c'est bien trop plaisant. Mais il m'arrive dans mon lit de psalmodier son nom sur le mode grégorien.

Nous n'avons l'un et l'autre aucun projet d'avenir : il a une femme et deux enfants, qui vivent dans un endroit appelé Waltham. Son nom est Elizabeth, et elle lui a dit il y a trois ans que s'il refusait de prendre enfin un travail stable et continuait à courir le monde pour écrire des articles pour le *Christian Science Monitor*, il pouvait considérer leur mariage comme rompu, mis à part le fait qu'elle s'attendait à recevoir la moitié des chèques qu'il encaisserait, et que ce n'était pas la peine qu'il tente de tricher, car elle connaissait quelqu'un de haut placé au journal et découvrirait facilement son salaire. Voilà pourquoi il dit qu'il sera éternellement pauvre, et cherche une femme gentille et chaleureuse, qui l'aiderait à vivre de la manière qu'il voudrait bien faire sienne sans poser de questions. Il ne me trouve pas encore assez riche, mais si je fais des efforts et ouvre une fabrique de corsets, je pourrais prétendre à la place.

Ce qui me manquait, c'était la joie, mais ensemble nous en éprouvons. Cela lui est égal pour Elizabeth, mais il aime ses enfants, un garçon et une fille, et c'est triste. Je n'ai jamais rien dit sur Tomo à qui que ce soit toutes ces années, mais j'en ai parlé à John. Tout ce qu'il a dit a été : « Ah ma pauvre fille ! » Après quoi il nous a commandé un autre verre.

Je bois trop, ce qui ne m'était encore jamais arrivé jusqu'ici. Cela se fait tout simplement, il faut croire, parce que j'essaie de lui emboîter le pas. Si je ne suis pas, il prétend voir une lueur presbytérienne écossaise dans mon regard, et dit avoir déjà été servi dans ce domaine, dans la version de Nouvelle-Angleterre.

Pour moi Tokyo a toujours été la ville de Kentaro, où je n'avais jamais eu droit à une place que par tolérance, mais à présent elle nous appartient, à John et à moi. Ce que nous possédons en ce moment n'est qu'un amas de neige à moitié fondue, et une couche de boue dans toutes les rues, mais lorsque le printemps reviendra nous aurons les pruniers en fleur, puis les cerisiers, et ensuite la plage de Kamakura pour la saison chaude. Il faudra qu'il aille à Shanghai en mars, mais seulement pendant deux semaines.

Résidence Sueyama
Surugudai — Tokyo
Le 2 février 1914

John voudrait venir vivre avec moi. Il ne l'a pas dit nettement, aucun de nous deux n'a parlé de cela, mais c'est ce qu'il souhaite. Je le voudrais aussi, mais j'y vois toutes sortes d'obstacles. L'extrême respectabilité de cette résidence n'en est pas un, car quelques-unes de mes voisines sont des « Japonaises modernes » installées là dans un style prétendument occidental par des hommes d'affaires, dont le foyer principal est quelque part ailleurs en ville. Cela n'aurait aucune importance de ce point de vue-là, mais pour moi si, d'une certaine façon. J'ai tenté de réfléchir à ce qui me gênait dans cette idée. Je suppose qu'en partie c'est toujours à cause de maman à Édimbourg, en dépit de ce que j'ai fait de ma vie depuis que je l'ai quittée, mais c'est aussi en raison de mon mode de vie depuis que je me suis dégagée de la protection de Kentaro. L'un des motifs pour lesquels j'ai supporté cette misérable petite maison japonaise, et me suis mise à donner ces leçons d'anglais et tout cela, était dû au sentiment peut-être ridicule qu'il fallait que je m'appartienne entièrement de nouveau, et qu'une forme de respectabilité aux yeux du monde découlait de ce principe. Je suis terrifiée à l'idée de la perdre avec John, en adoptant l'attitude qui aurait ce résultat, ou même en disant certaines paroles. Mais si j'ouvrais la porte et le laissais emménager chez moi, ce serait vivre de nouveau en défiant le monde qui m'entoure, et je sais que cela me poursuivrait pour le restant de mes jours.

Je ne peux pas me leurrer non plus, ce n'est pas avec John

que je trouverai la moindre sécurité, il n'a rien à m'offrir. Notre relation est déjà menacée par l'habitude. Hier, tandis que je l'attendais dans le hall de l'Hôtel impérial, il est entré, m'a vue, m'a fait un signe de la main puis s'est tourné vers un groupe de journalistes qu'il a éloignés du bar en leur racontant une histoire qui les a tous fait rire. Ce n'était rien du tout en fait, et pourtant cela ne serait pas arrivé il y a quinze jours.

Je me suis réveillée brusquement la nuit dernière en pensant que l'on devait savoir à Tokyo que je ne pourrai plus jamais avoir d'enfant. Les cancans étrangers vont bon train ici, en volutes qui s'élargissent et je ne devrais pas me rendre malade à l'idée de ce que John a pu entendre dans les bars sur mon compte avant notre rencontre. Je me demande quel effet cela ferait de vivre dans une société où l'on ne prendrait que ce qui vous plairait, sans se soucier le moins du monde des conséquences pour les autres ou soi-même. Serait-ce l'enfer ou la félicité ?

Résidence Sueyama
Surugadai — Tokyo
Le 9 juillet 1914

J'ai recommencé à voir les amis que je négligeais. Alicia, qui est devenue bien frêle, était assez distante, peut-être parce que nous ne nous voyons plus aussi souvent qu'autrefois, à moins qu'elle n'ait entendu parler de John Hansen, et se dise que je suis « retombée dans le péché » ? Elle voit beaucoup la femme de l'ambassadeur de Grande-Bretagne ces temps-ci, et l'ambassade semble l'avoir prise sous son aile, ce qui est assez naturel, je suppose : nous recherchons nos semblables en vieillissant, et sommes moins tentés par de nouvelles expériences.

Je suis allée voir Aiko. On raconte qu'elle a pour amant un leader radical japonais, mais si c'est vrai rien ne dénotait la présence d'un homme dans la petite maison où elle habite à présent, dans un décor que je ne peux qualifier que de sordide, son indifférence totale quant au confort minimum étant aussi prononcée que son manque d'intérêt complet à l'égard de ses vêtements. Elle n'a bien évidemment que du mépris pour mon entreprise, qu'elle considère comme une forme de proxénétisme pour dominer notre sexe, de participation au complot masculin pour contenter les femmes avec des frivolités, en repoussant comme un sophisme l'argument que j'avance : si les conventions et la plupart des climats exigent que l'on s'habille, ce n'est pas une mauvaise idée de mettre des vêtements aussi attrayants que possible, ou tout au moins nets et propres. J'ai comme l'idée sournoise qu'Aiko ne partage pas la croyance de son peuple, selon laquelle la propreté du corps est quasiment divine.

Emma Lou est certainement aujourd'hui l'amie avec laquelle je me sens le mieux, il ne subsiste rien de la fille hystérique qu'elle était à Takayama. Elle croyait autrefois que le monde, à travers Bob, allait tout lui offrir sur un plateau, mais a fini par se rendre compte que c'était une perte de temps que de s'encombrer la vie avec des espoirs de ce genre, et que la seule chose sensée est de faire avec ce que l'on a à sa portée, en regardant autour de soi combien plus mal lotis sont les autres. Cela ressemble un peu à la vieille méthode évangélique qui consiste à « compter ses bénédictions ». Il m'arrive de percevoir quelque chose d'explosif sous ce nouveau calme apparent. Elle est bien plus intelligente que je ne le croyais au début, et s'améliore sans cesse, tandis que Bob me semble sombrer de plus en plus profondément dans le gouffre béant de son dogmatisme. Je pense qu'il a vraiment fort bien réussi, en finançant toute une série de sociétés étrangères avec de bonnes chances de pénétrer le marché japonais, aucune d'entre elles réellement importante, mais en assez grand nombre au total pour qu'il ait l'impression d'avoir atteint une partie tout au moins de ce qu'il s'était fixé comme objectif dans ce pays.

Mardi dernier, tandis que je prenais une tasse de thé avec Emma Lou, comme je lui ai appris à le faire, j'ai été étonnée de l'entendre me demander subitement si John Hansen et moi nous écrivions. Je lui ai répondu que si trois lettres de ma part et une réponse de la sienne pouvaient compter comme correspondance, on pouvait dire que nous nous écrivions. J'ai ajouté spontanément qu'après ses quinze jours à Shanghai John était allé à Hong Kong, puis de là en

Indochine française, puis à Singapour et qu'il avait en projet pour le moment une série d'articles sur l'administration hollandaise en Indonésie qui devrait le conduire à Java. Emma Lou a peut-être saisi au ton de ma voix des implications que je n'avais pas l'intention d'y mettre, car elle m'a dit calmement : « Ne gâchez pas votre vie encore une fois, Mary. »

C'était sans doute un bon conseil, mais je ne savais pas comment le lui dire, je me suis donc contentée de reprendre une tasse de thé, et elle aussi. Puis les enfants ont fait irruption. Emma Lou est en train de former une nouvelle nourrice, une fille qui arrive tout droit de sa campagne et qui est visiblement terrorisée par les petits Américains, ce en quoi elle n'a pas tout à fait tort.

Résidence Sueyama,
Surugadai — Tokyo
Le 4 août 1914

John est à Yokohama, il est descendu au Grand Hôtel. Il n'a pas avoué qu'il était au Japon depuis deux jours déjà quand il m'a téléphoné, mais m'a dit qu'il était venu sur le *Porthos*, un navire français dont je connais la date d'arrivée parce que nous attendions une cargaison de dentelles de Belgique depuis très longtemps et qu'elle se trouvait à son bord. Il m'a invitée à déjeuner avec lui demain à l'Impérial. Quand on a décidé de s'attaquer fermement à un problème, le déjeuner est un moment approprié : pas de lumière tamisée, ni de musique, et un service franchement déficient.

Je n'ai aucune raison d'en ressentir de l'amertume, cet enflammement qui s'était emparé de nous venait sans doute de ma part d'une sorte de privation, je le voulais tellement que cela s'est produit. C'est humiliant d'avoir réalisé cela puis de devoir le rencontrer. D'un autre côté, je suis aussi curieuse de voir comment un homme comme John fait un paquet d'une relation comme la nôtre pour s'en débarrasser discrètement. Je sais ce que ferait un Japonais en pareil cas : rien. Il s'en irait tout simplement sans dire un mot. Mais voilà, dans la société américaine les femmes ont acquis le droit d'avoir leur opinion, et que leurs sentiments soient officiellement respectés. Il y a le beau fétiche de l'égalité, que j'ai même vu Bob admettre dans ses relations avec Emma Lou, et qui est probablement le résultat de son éducation dans une université mixte. Les Anglais, comme les Japonais, n'ont pas encore laissé une telle folie leur compliquer la vie.

Résidence Sueyama
Surugadai — Tokyo

Le déjeuner avec John a certainement été mémorable, mais pas pour les raisons que je croyais. J'avais presque une demi-heure de retard, retenue par l'essayage d'une de nos clientes les plus capricieuses, qui a réussi à lasser tout le monde, même Emburi San, habituellement si affable. John était déjà à table, et deux whiskies nous attendaient. Il s'est levé, est venu avancer ma chaise et m'a presque chuchoté à l'oreille : « Mary, l'Angleterre a déclaré la guerre à l'Allemagne hier soir à onze heures. Je reviens de l'agence de presse. Les télégrammes sont arrivés trop tard pour les journaux de ce matin. »

Je me suis assise sans franchement réagir, et n'ai commencé à comprendre réellement ce que cela signifiait que lorsque John s'est mis à en parler, tout en buvant son whisky. L'assassinat d'un archiduc dans les Balkans n'avait eu aucun sens pour moi, un entrefilet complètement occulté par un accident de train sur une petite ligne venant de Tokyo, qui avait fait deux morts et quatorze blessés. Voilà qui était bien réel pour moi, car j'avais pris cette ligne-là avec Aiko.

La politique européenne a été fort éloignée de mes préoccupations depuis une dizaine d'années, en fait, et j'ai eu bien du mal à croire que le meurtre d'un homme dont j'ignorais tout allait mener à la guerre l'Europe presque entière, et probablement aussi une bonne partie du monde. C'est ce qui va se produire selon John, mais je me demande s'il n'a pas adopté un point de vue américain sur ce nouvel embrasement européen, qui ne mènera pas forcément à un feu durable. Après tout, le Kaiser a agité son sabre suffisamment souvent, mais il n'en demeure pas moins qu'il est le cousin du roi George et le petit-fils bien-aimé de la reine Victoria, celui qui avait insisté pour prendre ses mesures lui-même, pour la taille de son cercueil.

John croit que le combat pourrait durer des années, et si c'est le cas cela va vraiment donner une chance au Japon de devenir la puissance dominante en Asie. Personne en Occident ne va s'intéresser le moins du monde à ce qui se passe ici, surtout en Chine continentale, sauf peut-être les États-Unis, mais leur attention sera surement accaparée de l'autre côté par l'Europe. John est plutôt cynique quant au Japon allié chevaleresque de la Grande-Bretagne et de la France, car il est persuadé que si son état-major entraîne ce pays dans la guerre, ce sera pour s'assurer que personne ne proteste contre l'expansion du Japon en Asie.

Je me suis sentie subitement très déprimée, alors que John était tout excité. Il se voit comme quelqu'un qui a un rôle à jouer tout au long d'une période de bouleversements et de changements, rôle qu'il s'est attribué tout seul. Il s'embarque mardi pour les États-Unis sur le *Mongolia,* sans prévenir Boston de son arrivée, en évitant ainsi de recevoir un télégramme lui ordonnant de rester pour couvrir les événements en Extrême-Orient. Il a l'intention de se rendre rapidement en Europe, pour le *Monitor* ou n'importe quel autre journal. Nous nous sommes dit au revoir dans le hall de l'hôtel et il a promis de m'écrire, mais il ne le fera pas, et moi non plus.

Résidence Sueyama
Surugadai — Tokyo
Le 17 septembre 1914

John avait raison, le Japon est entré dans la guerre aux côtés des Britanniques et des Français, après trois semaines d'apparente hésitation. Kentaro, qui est toujours à Londres, aurait-il joué un rôle dans tout cela, en réussissant à convaincre Tokyo par ses dépêches que les Alliés seraient capables de retenir les hordes du Kaiser ? En tout cas, le

Japon a frappé un premier coup contre l'Allemagne en prenant Ts'ing-tao.

J'en suis venue à détester cet appartement aux pièces comme des boîtes, d'où l'on a une vue sur les toits à l'infini. Je n'arrête pas de penser à une maison à Yokohama, de préférence sur la Falaise, d'où on peut voir aussi bien le mont Fuji que la mer. Cela supposerait de changer, mais les nouveaux trains électriques couvrent la distance entre les deux villes en moins de quarante minutes.

Je commence à me sentir comme un profiteur de guerre : tout montre qu'il n'y a pas la moindre austérité ici, bien au contraire, un enthousiasme pour tout ce qui est britannique est certain, y compris pour les vêtements vendus chez Mary Mackenzie. S'habiller à l'occidentale est tout à fait à la mode, mais je n'ai encore rien lu dans la presse suggérant qu'on organise un quelconque service auxiliaire pour les femmes qui nécessiterait des uniformes, ce qui me donnerait l'excuse parfaite de m'agrandir en ouvrant une petite fabrique.

Des réunions ont été organisées à l'ambassade de Grande-Bretagne pour transformer des draps en bandages. Alicia a décliné l'invitation sous prétexte qu'elle était trop vieille et je n'ai pas été priée. L'ambassadrice a la réputation de fumer ouvertement lors de ces réunions. Je me demande si Marie en fait autant, à présent ?

19

Résidence Sueyama
Surugadai — Tokyo
Le 28 mai 1915

Le naufrage du *Lusitania*, où tant d'Américains ont péri noyés, semble avoir drainé l'attention des États-Unis entiers vers l'Europe, tandis qu'ici les militaristes n'ont certainement pas perdu de temps pour tirer profit de la situation. Les vingt et une demandes du Japon à la Chine sont scandaleuses. Faites à n'importe quel autre pays cela aurait signifié la guerre, et pourtant cette preuve manifeste des intentions du Japon envers la Chine va sans doute passer quasiment inaperçue du reste du monde.

Ces exigences comprennent une prise de possession totale et perpétuelle de la péninsule de Chiaotcheou et de Ts'ingtao que les Japonais ont repris aux Allemands l'an dernier, le droit exclusif de coloniser le sud de la Mandchourie, avec la liberté totale d'exploiter en Mongolie intérieure les ressources minières qui pourraient bien s'y trouver. La péninsule de Port-Arthur, reprise aux Russes quand j'étais à Pékin mais qui fait encore partie intégrante du territoire chinois, doit être cédée au Japon, avec un bail de quatre-vingt-dix-neuf ans, et d'autres concessions d'exploitation minière doivent être accordées au centre de la Chine. Aucun port ni territoire ne pourra dorénavant être concédé à une autre puissance étrangère. Pour couronner le tout, en guise d'insulte suprême, il est suggéré que la Chine serait « avisée » d'accepter des conseillers japonais dans son gouvernement et son armée, avec pour cette dernière l'idée sous-jacente de forces militaires communes sino-japonaises, dans un avenir assez proche.

Si je suis particulièrement choquée de tout cela, et d'une façon peut-être excessive, c'est sans doute parce que je suis née dans un pays dont le roi était aussi empereur des Indes, et dont l'empire continuait à s'étendre quand j'étais écolière. Je me souviens de ce que me disait le capitaine de ce bateau le long des côtes chinoises à propos de la façon dont nous avions acquis Wei Hai Wei, sur lequel nous n'avions pas plus de droits que les Japonais sur Ts'ing-tao, et peut-être même moins puisque nous n'avions même pas livré bataille pour l'avoir. Si Kentaro devait défendre ces vingt et une demandes, ce qu'il n'aurait certainement jamais eu à faire avec moi, je vois très bien quels seraient ses arguments. Ils refléteraient tout simplement le point de vue de la caste dirigeante à laquelle il appartient, et je ne serais pas très étonnée d'apprendre qu'ils recueillent un écho assez favorable auprès de la caste équivalente en Angleterre. Le Japon avait la ferme intention d'être le protecteur de l'Asie, tout comme la Grande-Bretagne était celui de l'Inde et de la moitié de l'Afrique, du Cap jusqu'au Caire. Il pourrait aussi ajouter que l'expansion impérialiste japonaise ne survient jamais qu'un peu après celle des autres « grandes » puissances, mais ne peut guère être condamnée pour cela. Et je l'imagine très bien aussi, suggérant poliment, au moment des liqueurs dans une gentilhommière de week-end, que les Britanniques n'ont guère de leçons à donner à leurs alliés orientaux dans la guerre contre l'Allemagne pour avoir tenté, à une moindre échelle en Extrême-Orient, ce que la Grande-Bretagne a fait dans le monde entier et à grande ampleur.

Il me serait difficile de réfuter ces arguments, tout au moins du point de vue de quelqu'un qui voudrait défendre la politique britannique. Si je réagis aussi sentimentalement à ces vingt et une demandes, que je trouve si détestables, c'est sans doute que j'éprouve une sorte d'affection pour les Chinois que je ne ressens pas vraiment à l'égard des Japonais, ni ne ressentirai jamais. Je sais bien que cela n'est pas rationnel. Je ne parlais pas la langue quand j'étais à

Pékin, mes contacts en étaient donc très limités, et la plupart des étrangers qui s'y trouvaient venaient de risquer d'avoir la tête tranchée et exhibée au bout d'une pique. Ma vie personnelle n'avait rien de particulièrement exaltant non plus quand je me trouvais là-bas, et pourtant je suis persuadée que si je devais quitter cette région du monde pour le restant de mes jours, ce serait la Chine qui m'apparaîtrait en rêve : une procession de chameaux traversant Hatamen avec des tintements de grelots, une vieille dame avec des pendentifs aux oreilles souriant à une jeune mariée, le Palais d'Été flottant sur ses collines, une vieille femme perverse sur le trône du Dragon. Je dois admettre que les Chinois ont besoin de discipline que ce soit de l'extérieur ou de l'intérieur, mais je ne vois pas en quoi les Japonais sont les gens qu'il faut pour la leur administrer. Je crains que ce ne soit des conquérants au cœur de pierre, qui exigent une soumission totale de ceux qu'ils ont conquis. J'ai parfois le sentiment que les Japonais sont d'une dureté totale envers tout ce qui ne concerne pas leurs îles, ni leur fameux « nationalisme ».

Résidence Sueyama
Surugadai — Tokyo
Le 11 juin 1915

Je fais fortune et suis en train de chercher une maison, au beau milieu d'une guerre qui semble déchirer le monde. Je devrais me sentir coupable, et cela m'arrive parfois, mais le fait d'être en un sens en dehors de la société a grandement affaibli mon sens du devoir envers le pays où je suis née, ou tout autre. J'ai toujours un passeport britannique, mais je me sens apatride, et très loin en vérité de ces dames qui font de la charpie à l'ambassade.

Je suis allée à Yokohama à diverses occasions le mois dernier, simplement pour m'y promener toute seule. Il y a de nombreuses constructions nouvelles sur la Falaise qui était autrefois une quasi-concession étrangère, et où habitent toujours un grand nombre d'Européens et d'Américains, mais également des nouveaux riches japonais qui ne veulent plus vivre selon le style traditionnel et se font construire des maisons en béton pour ne pas déparer le voisinage. C'est à côté d'une de ces maisons en construction, les bétonnières en pleine action, que je suis tombée sur *ma* maison, une survivante d'une autre époque, modeste, cachée sous un épais toit de tuiles, au jardin cerné d'une barrière en bois affaissée et sur le point de s'effondrer par endroits.

Rien ne s'est opposé à mon intrusion, la barre du portail était pourrie. Je suis restée là à contempler ce qui allait me réconcilier pour toujours, j'en étais sûre, avec un pays dans lequel je vais passer le restant de mes jours, ce qui est beaucoup demander à une maison et un jardin. Je n'avais longé que des parterres de rosiers, devant les palaces de béton. Les roses résistent au climat et l'on arrive à en faire pousser, mais elles expriment clairement quand elles sont en fleur qu'elles détestent être là. J'avais devant moi des mauvaises herbes, un bassin à carpes vide, des dalles de pierre, et la seule couleur était le vert, ce qui était reposant pour les yeux. Il y avait aussi un très vieux pin qui perdait ses aiguilles pour avoir passé les hivers précédents sans ce manteau de paille dont les Japonais revêtent ces arbres à l'automne, pour les aider à survivre des siècles au-delà de leur longévité normale. La maison était bien plus grande et d'une conception bien plus agréable que cette bicoque à Otsuka que j'avais abandonnée sans un pleur, mais encore plus délabrée, avec des tuiles tombées d'un toit dont la courbure ne devait rien à un architecte mais plutôt à une charpente vermoulue.

Je ne sais pas pourquoi tout cela constitue typiquement le genre de défi auquel je n'arrive pas à résister, et je suis certainement folle de vouloir cet endroit. Rendre cette maison de nouveau habitable et restaurer le jardin va me ruiner, et ajouter à mes soucis professionnels tout un lot de problèmes domestiques.

Pour en savoir plus sur une propriété dont personne ne semblait vouloir, je me suis rendue au poste de police le plus proche. Le policier qui s'y trouvait était gras et content de lui, vêtu d'un uniforme blanc et assis sur une chaise en rotin qui avait l'air trop fragile pour continuer bien longtemps à supporter son poids. Il avait le crâne rasé, et son couvre-chef, paré pour l'été d'un surtout d'un blanc immaculé, était posé devant lui sur le bureau, ainsi que son sabre de service, couché à côté d'un nécessaire à écrire. Il a levé la tête vers moi, et j'ai aussitôt compris que sa vaste expérience des relations avec les étrangers dans ce quartier de la Falaise n'allait pas plaider en ma faveur. En plus de cela, j'étais une femme, à qui il était nécessaire de faire sentir où se situait sa place. Si Aiko m'avait accompagnée, il y aurait eu une jolie scène en moins de deux, mais l'envie brûlante que j'avais de cette maison m'avait rendue prudente. Après avoir fait une courbette et présenté des excuses pour l'avoir dérangé, je suis donc allée m'asseoir sur un banc pour y attendre son bon plaisir. On entendait le tic-tac d'un réveille-matin. Le policier a trempé un pinceau effilé dans de l'encre noire et a exécuté une petite calligraphie minutieuse, avant de me regarder à nouveau en disant : « *Nanni* ? »

C'était la manière la plus concise qu'on puisse trouver de me demander ce que je voulais, et son ton n'effleurait même pas la politesse la plus élémentaire. J'ai eu l'occasion de me familiariser réellement avec le langage réservé aux femmes chez Matsuzakara ou dans ma propre boutique, comme au contact des poissonniers, des policiers et des conducteurs de tramways, et je pense y être devenue vraiment bonne pour une étrangère. Cela commence avec les omissions, des mots qui ne doivent en aucun cas franchir vos lèvres, qui sont strictement réservés aux hommes, mais par contre vous donnent droit d'utiliser d'autres mots que la plupart des hommes préféreraient s'ouvrir le ventre plutôt que d'employer. Bien peu de femmes occidentales s'embarrassent de telles subtilités, mais je les ai offertes en allégeance à un gras serviteur de la loi, lui expliquant que j'étais une pitoyable femme venue de Tokyo qui n'avait d'autre choix que de se jeter humblement à ses pieds, en espérant qu'il daignerait résoudre son problème. Et cela a marché ! Cela a marché si vite, qu'en un rien de temps je me suis retrouvée avec une tasse de thé, que des vociférations vers ses quartiers d'habitation avaient fait surgir, apportée par une épouse qui ne devait pas adorer son seigneur autant que le voudrait la meilleure tradition. Jamais au cours de son service dans cette banlieue ce policier n'avait rencontré d'étranger qui comprenait, même de très loin, aussi bien que moi l'âme réelle du Japon.

Quand il a entendu ce que je souhaitais, à savoir préserver l'une des rares vraies maisons japonaises qui restaient dans les environs puis d'y habiter, l'artiste caché derrière son uniforme s'est révélé, en même temps que son obésité manifeste. Lui aussi, au cours de ses rondes, avait pu voir les ruines de ce qui avait été une maison d'une grande beauté, et il en avait ressenti une grande consternation.

La maison avait appartenu à un vieux couple dont les fils avaient été tous les deux tués au cours de la guerre russo-japonaise, et quand le vieil homme était mort à son tour, sa femme s'était ouvert les veines des poignets et s'était vidée de son sang plutôt que d'affronter seule le monde. L'endroit était donc forcément hanté et inlouable et n'avait pas tardé à se dégrader. L'héritier était un neveu qui dirigeait une fabrique de chemises à Omori, à mi-chemin sur la route de Tokyo, un homme moderne qui n'avait aucun usage d'une si vieille maison, de surcroît bien trop éloignée de son lieu de travail. La propriété lui était donc un fardeau. Toutefois, le terrain avait pris une valeur réelle avec le récent boom immobilier dû aux constructions neuves sur la Falaise, et le policier pensait que le prix que le propriétaire en demandait était ridicule, même si pour autant qu'il le sache aucune offre n'avait été acceptée jusqu'à présent.

J'ai quitté le poste de police en laissant derrière moi un allié, qui a promis, si je réussissais à acquérir la propriété Misune, de faire tout ce qu'il pourrait pour m'aider, avec son considérable pouvoir, à trouver d'honnêtes artisans pour la remettre en état.

Résidence Sueyama
Surugadai — Tokyo

Je ne sais pas grand-chose de cette nouvelle science populaire qu'est la psychologie, mais j'ai entendu parler de cette théorie comme quoi une femme qui vit aussi longtemps que moi sans homme a tendance, à mon âge, à devenir bizarre, d'une manière ou d'une autre. Mes amis ne m'ont pas fait la charité de me gratifier d'une bêtise pareille quand ils ont hurlé que je devenais folle, mais comme je m'attendais à une réaction de ce genre, j'ai attendu que les négociations pour cette maison complètement délabrée soient très avancées avant d'avertir la source dont l'argent devra bien venir.

Le lundi matin après ma rencontre de la veille avec le policier, je suis allée à Omori visiter la chemiserie Misune. Dans quelques années M. Yunkichi Misune sera certainement défendu par une armée de secrétaires entraînées à ne pas donner de rendez-vous, mais je l'ai surpris avec comme unique rempart contre le monde extérieur un petit commis qui zézayait.

Cette fois, je n'ai pas utilisé de langage typiquement féminin ni fait assaut d'humilité, il n'aurait pas apprécié la performance. C'était un homme d'une trentaine d'années, du genre que Bob appelle des arrivistes. Son arrivisme est tel qu'en moins de cinq minutes il m'avait déjà annoncé qu'il vendait ses chemises jusqu'en Birmanie. Qu'il ait réussi à gagner des marchés mondiaux en partant d'une fabrique installée dans ce qui ressemblait à une école désaffectée m'a semblé franchement étonnant jusqu'à ce qu'il m'ait fait visiter ses installations : ses machines étaient ce qu'il y a de plus moderne pour tailler les étoffes, un équipement neuf et étincelant qu'il avait importé d'Allemagne juste avant que la guerre n'éclate. On peut tailler vingt-cinq pièces d'un coup, grâce à un modèle sur lequel le patron est porté à la craie, avec une précision et une netteté parfaites. J'ai regardé cela avec fascination, des robes toutes simples Mary Mackenzie coupées en série n'étant pas complètement étrangères à cet intérêt. Le véritable but de ma présence l'a vite conduit à me considérer comme une âme sœur, et quand nous sommes retournés dans le placard qui lui servait de bureau directorial, l'inévitable thé vert qui nous attendait a été ignoré, une bouteille de whisky écossais fabriqué à Osaka est apparue à la place. Il n'aurait pas été diplomatique de refuser, et je me suis donc forcée à boire lentement cet atroce breuvage.

M. Misune avait déjà reçu une offre pour la propriété familiale sur la Falaise, ce qui était une mauvaise nouvelle. J'ai compris que cette offre était tout à fait correcte, mais qu'il avait décidé d'en attendre une meilleure, ce qui ne faisait pas mon affaire non plus. Il a d'emblée été évident qu'il considérait que la maison devait être rasée et ne pensait qu'à la valeur du terrain, j'ai donc fait extrêmement attention à ne pas faire la moindre allusion qui puisse lui laisser croire que j'espérais remettre cette ruine en état. J'ai aussi eu l'intuition qu'il n'appréciait pas la personne, quelle qu'elle soit, qui voulait acheter sa propriété, mais qu'il aimait bien cette étrangère qui s'intéressait tant à ses machines. Je lui ai demandé combien il voulait, et en me regardant à l'abri derrière les reflets de ses lunettes il m'a répondu six mille yen, ce qui était de toute évidence au moins mille yen de plus que n'en offrait mon rival. J'ai proposé cinq mille, et nous avons tranché à cinq mille cinq cents, après les joutes de rigueur.

J'ai mis Bob Dale au courant il y a trois jours. J'ai été obligée de le faire parce que je veux emprunter huit mille yen à la banque de garantie du Middle West, dont je vais avoir besoin en plus de mes économies qui se montent à trois mille yen, avant de pouvoir raisonnablement envisager de m'installer dans ma nouvelle maison. Bob est parfaitement abasourdi à l'idée que je veuille ajouter cette somme au prêt que j'ai déjà obtenu de sa banque, et il a demandé en caution une part de mes actions de la société Mary Mackenzie, qui lui donnera le contrôle total si jamais je ne peux faire face à mes échéances. Je n'aurais jamais cru, il y a seulement dix jours, que j'aurais envie d'une maison au point de prendre de tels risques.

Bob et moi sommes guidés au travers des méandres du droit japonais des sociétés par un avocat eurasien nommé Harry Nishimoto, qui s'est rendu à Yokohama pour voir ce que je comptais y faire, et en est revenu persuadé que j'étais folle. Cela m'a un peu ébranlée, mais je tiens bon et j'ai plus ou moins ordonné à Harry de poursuivre l'affaire selon l'arrangement conclu oralement avec M. Misune, ainsi que par un échange de lettres qui pourraient prouver notre mutuelle engagement. Je suis donc vraiment impliquée, et il ne m'est plus possible de me dédire. J'ai devant moi une bonne année d'horreur, au cours de laquelle les ouvriers vont sûrement constater que le gros œuvre de la maison que je veux restaurer n'est pas pourri par endroits, mais en totalité. En tout cas, j'affronterai les problèmes un par un, avec une force d'âme que j'espère inébranlable.

Résidence Sueyama
Surugadai — Tokyo
Le 23 juin 1915

Un prolongement très curieux dans l'affaire de la maison de Yokohama : j'étais dans mon bureau de l'arrière-boutique en train de voir les comptes, qui se portent toujours bien, mais peut-être pas tout à fait assez pour parer aux dépenses qui m'attendent, quand Emburi San est venue me dire qu'un monsieur qu'elle n'avait jamais vu demandait à me voir. Peu d'hommes entrent dans la boutique, quelques maris américains, un ou deux Français, aucun Anglais et certainement pas de Japonais, à part les livreurs.

J'ai tout d'abord cru que mon visiteur était espagnol, à cause de son teint franchement olivâtre, sombre, un peu luisant et son front si haut que ses sourcils semblaient presque à mi-chemin entre son menton et la racine de ses cheveux noirs et drus, qu'il portait plutôt longs et peignés en arrière sans raie au milieu. Il ne s'habillait ni à Tokyo ni à Londres, j'ai supposé que son costume venait de Paris taillé sur mesure pour sa fine silhouette. Il avait une canne, ce qui est assez inhabituel ici. C'est sans doute parce que je n'ai pas beaucoup de contacts avec les Eurasiens, à part Harry, que l'idée que cet homme avait du sang japonais ne m'a pas effleurée. Puis il s'est nommé : Peter Nasson, et j'ai su qui il était, le directeur de Nasson & Cie, des exportateurs de soie, l'une de ces quelques familles eurasiennes qui contrôlent presque entièrement ce commerce particulier sur lequel ont été bâties leurs fortunes, la famille Nasson étant bien la plus riche de toutes...

Il aurait pu être de ceux qui viennent accompagner leur épouse pour acheter des vêtements, et j'ai cherché du regard une femme en train de passer en revue le prêt-à-porter, mais nous étions seuls tous les deux, car Emburi San s'était brusquement rendue à l'atelier de couture, en faisant craquer les marches de l'escalier. M. Nasson a préféré ne pas s'asseoir dans mon bureau, mais moi si, en attendant qu'il m'annonce le but de sa visite. Il y est venu sans détour. J'avais acheté une propriété sur la Falaise alors qu'il était en pleine négociation pour l'acquérir dans le but d'agrandir le jardin de la maison qu'il faisait construire juste à côté. Il a insinué que la manière dont je m'étais glissée au beau milieu de sa négociation était loin d'être loyale, car je l'avais sapée avant même de lui avoir donné le temps ou l'occasion de faire une contre-proposition.

La température était déjà élevée pour un mois de juin, mais je me suis sentie tout à coup les joues en feu. Je lui ai dit que je cherchais une maison, que j'avais trouvé ce qui me convenait, et fait une offre en conséquence. Ses sourcils se sont haussés jusqu'à son front de penseur.

« Vous cherchiez une maison ? a-t-il demandé. Vous voulez dire que vous avez l'intention de la démolir et de reconstruire ? »

J'ai dit que je voulais la restaurer avec amour. Il a esquissé un sourire, comme sourirait le président d'une société pour ôter toute envie de rébellion à ses subalternes :

« Je vous offre six mille yen de ce terrain. »

« Non. »

« Six mille cinq cents. »

« Non plus. »

Il a respiré profondément, si fort que cela a tendu l'étoffe de son costume.

« Vous allez faire faillite à vouloir sauver cet endroit, et quand ce sera le cas, je déciderai peut-être de vous acheter ce terrain. Bonne journée, madame ! »

Je l'ai suivi dans la boutique :

« Vous voudriez abattre cette maison et détruire ce jardin ? »

Il était presque à la porte mais s'est retourné pour répondre :

« Évidemment. La maison est inutilisable, et les jardins japonais ne m'intéressent nullement. »

« Vous ne mettrez jamais la main sur ma maison ! » lui ai-je crié.

J'ai tiré quelque satisfaction de la surprise qui s'est peinte sur son visage. Il est parti calmement, en refermant précautionneusement la cloison de verre, un gentleman dont la bonne éducation contrastait nettement avec la furie hurlante qu'il quittait. Je suis restée là à écumer, et fermement décidée à planter des peupliers à croissance rapide entre ma maison et son horreur en ciment. J'ai quand même un peu honte, maintenant, de m'être livrée en spectacle mais un peu seulement.

Résidence Sueyama
Surugadai — Tokyo
Le 6 juillet 1915

Le dîner à l'Impérial fut agréable, il faisait très chaud, les ventilateurs au plafond déplaçaient un air moite, mais nous avons pris un consommé glacé rafraîchissant qui était une nouveauté pour moi. M. Nasson en a rapporté la recette de Suisse et l'a donnée au chef. C'était une entrée de choix pour un repas conçu à la perfection. Il n'a pas fait de scène à propos de la nourriture, mais je savais pertinemment que l'on se donnait un mal fou aux cuisines pour lui en ôter l'occasion. Tout était bien entendu commandé à l'avance et il n'était pas question que l'on me propose de choisir. Il est certainement de ceux qui, en Europe, renverraient un vin qui ne serait pas tout à fait à leur goût, mais il est parfaitement inutile d'essayer ici, m'a-t-il dit, parce que tous les vins sont déjà malades en arrivant dans ce pays et ne retrouvent jamais pleinement la santé. Tout ce que je sais des vins, c'est que je ne les supporte pas s'ils sont trop acides.

Aucune tentative n'a eu lieu pour dissimuler le fait que le but de ce repas ruineux, hier, à l'Impérial, était de réparer un premier contact malheureux, et de créer entre nous un climat qui permettrait de m'amener doucement à la raison. Je crois que ses manières distantes sont défensives, et proviennent de deux choses : premièrement il est eurasien et deuxièmement il a hérité de l'argent et d'une société, ce qui fait qu'il n'a nul besoin que d'être assez intelligent pour perpétuer l'affaire qu'on lui a donnée. Vendre de la soie sur des marchés mondiaux qui en réclament à grand fracas ne demande pas de grandes compétences, il faut dire.

Il n'a pas été question de ma maison ni du terrain pendant le dîner, mais cela viendra sans doute au cours de cette excursion à Miyanoshita qui devrait avoir lieu dans l'automobile que M. Nasson a importée d'Amérique. Il m'a dit que la route qui y menait était épouvantable, guère plus qu'un sentier de montagne, mais que la vue valait bien toutes les frayeurs du trajet.

Lettre de Mary Mackenzie à Marie de Chamonpierre à Rome

Hôtel Mampei
Karuizawa
Le 7 août 1916

Chère Marie,

Comme c'était aimable de votre part de trouver le temps de m'écrire ! Vous dites que vous n'êtes pas exactement sur le front à Rome, mais j'aurai tendance à croire que la moindre de vos pensées ou de vos actions est gouvernée d'une manière ou d'une autre par la guerre. Là où je suis, la vérité est qu'il pourrait bien ne pas y avoir de guerre du tout car, grâce aux nouveaux marchés conquis par le Japon en remplacement des marchandises britanniques qui ne peuvent plus être fournies, on note une nouvelle prospérité. J'ouvre parfois mon journal avec un sentiment de culpabilité, surtout après cet épouvantable été avec cet horrible massacre en France et l'échec de l'offensive de Sir Douglas Haig contre les armées allemandes. J'ai été vivement intéressée par l'opinion d'Armand selon laquelle une utilisation massive des chars dans les dernières batailles aurait facilement écrasé les Allemands. Il a sans doute raison quand il dit que les Alliés sont handicapés par leur conception démodée de l'art de la guerre, mais j'ai toujours eu le sentiment, d'après ce que j'ai lu, que M. Winston Churchill qui prônait l'usage de ces tanks, était un écervelé. Il est sûr que nos dirigeants donnent l'impression de ne pas vraiment savoir ce qu'ils font.

Vous demandez de mes nouvelles : à ma petite échelle, je peux être comptée dans ce « boom japonais », car je suis bien plus prospère financièrement que je ne l'aurais jamais cru possible il y a quelques années seulement. A part mes affaires, mon souci principal ces temps-ci a été les énormes réparations de cette maison sur la falaise de Yokohama où je vis à présent, et suis venue après le déménagement prendre deux semaines de vacances. Armand et vous devriez venir me rendre une longue visite. Dans l'ensemble, tout a été conservé en style japonais, quelques chaises ont été exécutées selon mes dessins par un menuisier local, et certaines commodités installées, comme des W-C à chasse d'eau (il y en a deux) et une cuisine moderne avec une glacière électrique. Je vous promets que vous serez confortablement installée, et charmée aussi, je suppose. Je vous attends donc de pied ferme, quand cette guerre sera terminée.

Je compte ouvrir l'année prochaine une succursale Mary Mackenzie dans la rue principale de Yokohama, Motomachi. Je suis persuadée qu'il y aura énormément de touristes au Japon dès que la guerre sera finie, surtout des Américains, et je suis en train de manigancer un joli piège pour y attirer leurs dollars. Il y aura un emporium où l'on trouvera les soies et brocarts les plus beaux, et des vêtements prêts à porter de plusieurs sortes en tissu japonais pour femmes (et peut-être pour hommes ?) l'idée étant de s'écarter de l'inévitable kimono. Ce projet est vraiment très différent de la boutique de Tokyo, et si je m'y prends bien, je ne vois pas comment cela pourrait échouer. Je vais peut-être même organiser une brigade spéciale parmi les tireurs de pousse-pousse qui attendent sur le débarcadère n° 1, là où accostent les paquebots : l'idée étant que les nouveaux arrivants soient pris quasiment à leur descente de passerelle pour être livrés à mes bons soins par des Orientaux à l'air sauvage qui ne parleront ni anglais, ni français ni rien. Les voyageurs seront tellement soulagés de trouver mes employés et moi-même, dont ils pourront se faire comprendre, qu'ils prendront tout leur temps pour déambuler autour de mes alléchants comptoirs, avec des portefeuilles encore très fournis...

Vous voyez quel horrible esprit mercantile s'est emparé de moi ? C'est un trait de caractère tapi profondément au tréfond de la plupart des Écossais, qui n'a besoin que de circonstances appropriées — le plus souvent loin de chez eux — pour se révéler au grand jour. Après tout, au moment de l'union des deux royaumes * des hordes d'Écossais sont descendus vers le sud avec le roi Jacques, et notre principal but était de piller Londres. Depuis lors, nous nous sommes accrochés à l'Empire britannique, dont de grands morceaux ont souvent été conquis grâce aux efforts des Écossais. A un certain moment vous autres Français avez vraiment tenté d'apporter une touche de civilisation à ces peuplades sauvages du nord, mais hélas, cela n'a jamais vraiment « pris » et nous sommes restés au fond de nous-mêmes des pillards, sujets à d'étranges contraintes que le reste du monde ne perçoit pas sans étonnement. En vieillissant, j'ai de plus en plus de sympathie pour mon mari anglais, avec qui je n'ai toujours aucun contact d'aucune sorte. Pour me rendre justice, il faut quand même reconnaître que je ne l'ai jamais blâmé en quoi que ce soit de ce qui était arrivé car je savais pertinemment que tout était de ma faute. D'ailleurs, vous le saviez aussi, puisque vous avez assisté à tout cela ! C'est un des petits miracles de l'existence qu'Armand et vous soyez restés mes amis.

Ce que vous dites du voyage en Europe que d'après vous je devrais envisager lorsque la guerre sera terminée m'a laissée songeuse. Il y a encore peu, j'aurais répondu que je n'avais pas assez d'argent, mais à présent que ce n'est plus le cas je crois que je ne quitterai jamais le Japon, tout au moins pour aller de l'autre côté du monde. Il y a plusieurs raisons à cela. Je ne pourrais pas en être si près et ne pas retourner en Écosse, mais personne ne m'y accueillerait. Non seulement je n'ai jamais eu le moindre mot de ma

* En 1603, lorsque l'Écosse s'unit à l'Angleterre sous le règne du roi Jacques VI (Jacques Ier en Angleterre).

mère, mais je n'ai même pas reçu une carte postale d'un quelconque autre parent : deux tantes, un oncle, des cousins qui semblent tous m'avoir rejetée dans les ténèbres, sans doute pour plaire à maman. J'ai écrit trois fois ces dernières années à son notaire pour savoir au moins si elle se portait bien, et trois fois on m'a répondu sèchement qu'elle était en bonne santé, et rien de plus.

Qu'une attitude aussi intraitable puisse faire partie de la vie de gens qui ont en eux des traces de sauvagerie vous étonnera peut-être, mais c'est justement parce qu'elles ont conscience de ces traces que nos classes moyennes sont si déterminées à préserver à tout prix leur respectabilité. Si je retournais à Édimbourg, ce serait peut-être en touriste, pour admirer les sites et rentrer le soir dans ma chambre d'hôtel les pieds moulus, pour contempler de ma fenêtre ce château sur son rocher. Non, le lit que je me suis fait est ici, au Japon, et la seule chose qui me reste à faire est de m'y coucher, d'autant plus que j'ai à présent les moyens de m'offrir un matelas très confortable. Je serai toujours une étrangère au Japon, bien sûr, et cela m'aurait inquiétée autrefois, mais ce n'est plus le cas. Lorsque j'étais la maîtresse de Kentaro, j'ai tenté de plier mon caractère obstiné pour le rendre conforme au mode de vie japonais, et je me prenais presque pour un sujet adoptif du Fils du Ciel, au risque de mortifier dans cette tentative tout ce qui faisait ma nature. Pure folie que tout cela ! Les Nippophiles — ces Occidentaux convertis au mode de vie japonais — ne font qu'amuser les autochtones, qui se cachent la bouche d'une main polie pour rire tout à leur aise. J'en ris aussi, à présent, mais sans mettre la main devant ma bouche.

Il faut venir me voir dans ce petit musée du Japon ancien dont je suis le conservateur étranger, et cela au beau milieu d'une banlieue qui regorge des plus affreux exemples de maisons de nouveaux riches qu'on puisse voir au monde.

En attendant l'heureux jour de nos retrouvailles sur le débarcadère n° 1 à Yokohama, je vous envoie ainsi qu'à Armand mes plus affectueuses pensées.

Mary

17 Ura Machi
La Falaise — Yokohama
Le 11 septembre 1917

Ce que j'ai appris d'Emma Lou hier m'a causé une espèce de choc. Je les voyais nettement moins souvent depuis que j'ai emménagé ici, et je ne suis pas allée avec eux à Karuizawa en juillet ni en août cette année, bien qu'ils me l'aient proposé, essentiellement parce que nous avons choisi la période de l'été où les affaires ralentissent pour faire de grands aménagements dans la boutique. Ma présence était nécessaire pour surveiller les travaux car les entrepreneurs japonais se livrent à des extravagances si l'on n'y veille pas.

Je me suis absentée une semaine au début du mois de septembre pour aller à l'hôtel Kamakura, sans avoir dit à qui que ce soit où j'étais, et j'ai passé mon temps sur cette merveilleuse plage. Il paraît qu'Emma Lou essayait de me joindre depuis son retour à Tokyo. Elle s'embarque sur *l'Impératrice de Russie* le seize, avec ses enfants mais sans Bob. Quelque chose de sibyllin dans ce message téléphonique m'a rendue mal à l'aise, et j'ai tenté de l'inviter à déjeuner demain en ville, mais elle était trop prise à faire ses malles et ce qu'elle appelait « les derniers arrangements » pour Bob. Elle m'a demandé de venir sur le bateau à dix heures et demie, le départ étant à midi. Tout cela ne lui ressemble pas du tout, mais il m'est difficile de téléphoner à Bob pour savoir ce qui se passe, et je me suis tout à coup rendu compte que cela faisait en fait longtemps que je ne l'avais pas vu, même brièvement, depuis la fin du mois de mai.

Dans ce pays il faut bien s'attendre à ce que des bouleversements surviennent dans ses amitiés, car les relations sont sans cesse ébranlées par les retours au pays, ou par des nominations à des milliers de kilomètres. Celui qui reviendrait au Japon après cinq ans d'absence aurait beaucoup de chance de trouver parmi les étrangers qui y résident ne serait-ce que quelques personnes rencontrées lors de son séjour précédent. Pour ma part, ma pérennité est celle d'une dalle de marbre dans un cimetière, mais il faut bien dire que fort peu de gens qui reviendraient ici se détourneraient de leur chemin pour venir me voir, même s'ils se sentaient seuls. D'une certaine manière j'avais toujours pensé que les Dale étaient immuables, eux aussi. Emma Lou avait cessé ces dernières années de parler de Pasadena, et au lieu de retourner aux États-Unis pour leurs derniers congés de longue durée, ils étaient tous allés aux Philippines grâce à un système d'échange de maison avec d'autres Américains. Je voudrais savoir ce qui se trame sans avoir l'air de me mêler de ce qui ne me regarde pas. Et je redoute un peu cette entrevue avant que l'*Impératrice de Russie* ne prenne la mer.

17 Ura Machi
La Falaise — Yokohama
Le 16 septembre 1917

Deux grands whiskies m'ont déprimée plus encore que je ne l'étais avant de les boire. J'aurais sans doute dû accompagner Bob au Grand Hôtel pour lui fournir mon assistance pendant ce rituel qui consiste à boire jusqu'à en perdre toute conscience, d'autant plus que je ne crois pas qu'il lui soit jamais arrivé de se soûler, même s'il ne s'abstient plus totalement de boire de l'alcool. Je n'ai tout simplement pas pu aller avec lui, même s'il me l'avait demandé, et je ne suis pas persuadée qu'il souhaitait vraiment que j'assiste à ce spectacle. Peut-être que sans témoins il ne le fera pas, mais même s'il s'enivre, ce dont l'hôtel a l'habitude, on le bordera dans un lit quand ce sera fini. Je ne lui ai pas suggéré de venir avec moi ici, il aurait certainement refusé, même dans son état d'esprit actuel. La femme perdue repentie est retombée dans le vice et je pense qu'il aurait été très malheureux que j'accepte de passer les vacances avec Emma Lou à Karuizawa. Mon amitié avec Emma Lou l'a toujours rendu secrètement mal à l'aise.

Pauvre Bob qui est en train de se soûler, et moi qui ai presque envie d'en faire autant. Je n'oublierai jamais le visage d'Emma Lou quand elle a refermé la porte de la cabine après avoir envoyé Bob faire une démarche quelconque et parqué les enfants dans leur cabine à quatre couchettes et un canapé de l'autre côté du couloir. Elle est restée là à me regarder un moment avant de dire :

« Eh bien, allons-y ! demandez-moi pourquoi j'ai fait cela ! »

Je lui ai répondu que je ne comprenais pas ce qu'elle voulait dire, est-ce qu'elle ne retournait pas simplement aux États-Unis pour les vacances ?

« Non, je ne retourne pas seulement en vacances aux États-Unis. Je vais à Pasadena pour m'y installer. Et la raison pour laquelle je fais cela, c'est que je ne veux plus d'autres enfants. Si je reste au Japon, j'en aurai forcément, que je le veuille ou non, c'est comme cela et je n'y puis rien. »

J'ai fini par dire qu'il devait quand même y avoir d'autres moyens, si elle ne voulait plus d'enfants, que d'aller vivre en Californie en laissant son mari à Tokyo. Sa réponse a été un cri, plus fort que je ne l'avais jamais entendue en pousser même avec les enfants : « Il n'y a pas d'autre solution ! pas avec Bob ! » puis elle a ajouté : « Je voulais que vous le sachiez. »

Ce qui me rend malade à présent, c'est de n'avoir vraiment rien eu à lui dire. Nous avons entendu la voix de Bob dans le corridor, et les cris des enfants qui l'appelaient. Puis il a ouvert la porte de la cabine, et nous a regardées, en nous détestant pour ce qu'il devinait que nous nous étions dit.

Les paquebots de la ligne *Impératrice* sont connus pour la rapidité avec laquelle ils s'éloignent du quai après le dernier coup de sifflet de la sirène, mais tout semblait aller au ralenti aujourd'hui, la passerelle qui s'abaissait, les familles refoulées à terre, pendant que les passagers criaient leurs derniers messages depuis le pont tandis qu'en seconde classe une enseignante qui retournait aux États-Unis avait droit à un hymne d'adieu chanté par un bataillon de ses anciennes écolières. Bob et moi étions côte à côte, mais il était loin de moi, à regarder une Emma Lou entourée de ses enfants dont la plus jeune était dans ses bras pour pouvoir envoyer un serpentin à son père. Emma Lou devait avoir acheté exprès ces serpentins car Bob s'en est bientôt retrouvé avec une poignée, et j'en ai eu un moi aussi car cette voix que je connaissais si bien a crié :

« Attrapez, Mary ! »

J'ai donc attrapé ce serpentin vert et je l'ai tenu jusqu'à ce que l'*Impératrice de Russie* se mette enfin en mouvement, cassant ces rubans de papier qui jonchaient le sol du quai, et pendaient misérablement sur les balustrades métalliques du bateau comme des débris au lendemain d'une fête. L'orchestre réduit à trois musiciens pour cause de guerre s'est mis à jouer sur le pont, mais était très loin d'être assez puissant pour couvrir les cris perçants des écolières.

Bob pleurait. J'avais la certitude effrayante qu'Emma Lou, déjà trop loin pour qu'on puisse la voir, se tenait sur le pont les yeux parfaitement secs.

17 Ura Machi
La Falaise — Yokohama
Le 7 octobre 1917

Un pousse-pousse vient me chercher tous les matins à huit heures moins le quart pour me conduire à la gare de Sakuragicho prendre mon train pour Tokyo. C'est toujours le même tireur, un jeune homme à la forte carrure, qui porte crânement un bandeau sur le front et plaisante pendant le trajet, en suggérant par exemple qu'il est grand temps que j'achète une automobile. Il dit que quand je le ferai, il renoncera à faire semblant d'être un cheval et s'assiéra majestueusement derrière le volant. Je lui réponds que s'il conduit aussi inconsciemment qu'il tire son pousse-pousse, ni lui ni moi ne ferons de vieux os. Son phantasme s'intitule une Rosu Rossi, et il m'a vraiment fallu un certain temps pour comprendre qu'il s'agissait d'une Rolls Royce.

Nous avons été bloqués ce matin, Komoro et moi, au moment de traverser l'avenue Motomachi, par une longue colonne de soldats. Ils ne défilaient pas vraiment, mais exécutaient la version japonaise du pas de l'oie allemand, qui doit toujours être complètement grotesque, je suppose, même lorsque les soldats ont une certaine prestance et de beaux uniformes, ce qui n'était certes pas le cas de ces hommes, vêtus pour le service actif, avec des pantalons trop lâches sous des tuniques mal coupées et peu seyantes, leurs paquetages sur le dos donnant l'impression d'avoir été jetés les uns sur les autres.

Nous ne pouvions rien faire d'autre que d'attendre au croisement qu'un régiment entier se soit ainsi pavané devant nous, tandis que les passants s'arrêtaient devant les portes des magasins et les regardaient avec une certaine déférence. Komoro s'est habilement débrouillé pour échapper au service militaire, c'est pourquoi je me disais que ce genre de spectacle ne devait pas trop lui plaire, mais j'avais tort. Il avait réussi à allumer une cigarette d'une main, l'autre tenant le manche du pousse-pousse pour me maintenir à l'horizontale, et quand je lui ai demandé où il pensait que ces soldats se rendaient, il a tourné la tête pour répondre du coin de la bouche :

« A la gare pour aller en Chine. Un de ces jours, nous défilerons dans le monde entier. »

J'ai raté mon train, et je ne suis pas arrivée à la boutique avant dix heures.

20

17 Ura Machi,
La Falaise — Yokohama
Le 9 juin 1923

Armand m'a renvoyé toutes mes lettres à Marie, ce qui m'a attristée de n'avoir conservé aucune des siennes. Il ne m'a pas dit de quoi elle était morte, mais je peux presque le deviner puisqu'il a précisé qu'elle avait été malade pendant plus d'un an, et refusait de le laisser seul à Bangkok pour rentrer en France suivre un traitement. Peut-être avait-elle peur d'une opération ? Plus vraisemblablement, elle savait que cela ne serait finalement pas d'une grande utilité. Sa dernière lettre ne datait que de quatre mois, mais elle n'y mentionnait aucune maladie, quoique j'aurais pu lire entre les lignes quand elle se plaignait de la chaleur humide constante de Bangkok et de l'envie qu'elle avait de vacances au Japon. Elle avait sept ans de plus que moi, ce qui lui ferait donc quarante-sept ans.

Je considérais Marie comme une femme qui avait tout dans la vie, surtout quand elle me donnait de ses nouvelles dans les premiers temps de mon installation à Tokyo. Ce qu'elle me disait faisait allusion à une vie totalement différente, qui semblait être la plus excitante au monde alors que ce qui m'arrivait se bornait à un mal de pieds. Si jamais quelqu'un était taillé pour être femme d'ambassadeur c'était bien Marie : de l'esprit, du charme, un grand pouvoir sur les hommes, et je sais pertinemment — puisqu'elle me l'avait dit à Pékin et que cela transparaissait toujours au fil des ans dans ses lettres — que c'est ce qu'elle recherchait par-dessus tout. A cinquante ans, Armand n'est pas ambassadeur de France à Bangkok et dans tous leurs postes Marie aura dû jouer les seconds violons d'une femme qui ne lui arrivait probablement pas à la cheville. Je suis sûre que cela a été un grand chagrin pour lui. Il avait de l'argent, une position sociale, mais manquait de cette impulsion qui vous pousse au sommet, dans la diplomatie comme ailleurs. Le défaut de la cuirasse dans cette histoire, si c'est un défaut, c'est qu'il n'avait jamais souhaité de carrière pour lui-même, mais pour sa femme. Au fond de l'âme, c'était un botaniste.

Que va-t-il faire à présent ? Il doit toujours être maigre, avec ces bras où les os pointaient presque sous les tendons. Il était très gentil avec moi. Je suis persuadée que lorsque je les ai rencontrés il n'avait jamais fixé une autre femme de la façon dont il regardait la sienne, avec cette extraordinaire concentration d'amour que l'on percevait à l'autre bout d'une longue tablée. Je ne croirai jamais qu'une jeune Siamoise l'attendait dans une petite maison écartée, mais je pourrais me tromper lourdement. Je me souviens de ce que disait la femme du consul de Swatow, que les veufs occidentaux se remarient vite en Extrême-Orient. Cela me causera une curieuse sensation si j'apprends un jour qu'Armand l'a fait.

On tombe facilement dans l'oubli quand on n'a pas eu d'enfant, comme Marie. Je crois que ce qui terrifie les Japonais, hommes et femmes, c'est l'idée qu'après leur mort il n'y aura pas d'enfant pour réciter des prières à leurs esprits défunts devant l'autel familial. Ce grand sceptique qu'est Akira Suzuki, l'espion-cousin de Kentaro ne croit en rien qui ne puisse être logiquement démontré, mais je pense quand même qu'il serait horrifié à l'idée de ne pas avoir droit au deuil rituel et aux prières consacrées après la crémation de son corps. Il faut dire qu'il a pris de sages précautions pour que cela n'arrive jamais : trois garçons et deux filles élevés selon les principes éclairés de la philosophie occidentale tout en étant fort certainement préparés à accomplir leurs devoirs traditionnels envers les morts de la famille. Cela fait autant partie du génie de ce peuple que le cricket pour les Anglais, et c'est tout aussi incompréhensible pour le restant de l'humanité qui n'a pas été élevé dans ce mystère.

Je me demande si Tomo, qui doit surement être fiancé aujourd'hui à la fille de ses parents adoptifs, prierait pour mes mânes s'il apprenait ma mort. C'est fort possible après tout ! Il y a une chose en tout cas dont je puis être absolument certaine : Jane Collingsworth a été élevée sans la moindre instruction d'ajouter à ses prières du soir une bénédiction pour sa maman.

17 Ura Machi
La falaise — Yokohama
Le 11 juin 1923

Avoir relu toutes ces lettres que j'écrivais à Marie est sans doute ce qui m'a fait reprendre ce journal. J'ai toujours été un brin superstitieuse et il est évident que sa mort m'a causé un certain malaise, en me rappelant non seulement le long passé que j'ai à présent, mais le fait que tous mes efforts pouvaient être effacés en une nuit.

Je n'irai pas à Tokyo aujourd'hui. Emburi San peut s'occuper parfaitement de tout, comme elle me l'a dit avec emphase au téléphone. Il m'arrive de penser qu'elle pourrait mener l'affaire mieux que moi, et qu'elle est en fait moins vieux jeu que moi à bien des égards. Je trouve la mode de l'après-guerre hideuse, une des périodes les pires dans l'histoire en ce qui concerne la laideur des vêtements féminins : ces lignes géométriques, ces jupes trop courtes et cette taille sur les hanches. De nos jours la mode féminine est dessinée par des hommes qui détestent les femmes, comme cela ne s'était jamais produit auparavant. Emburi San fait beaucoup d'efforts, mais il est pour moi presque impossible d'habiller les Japonaises selon cette mode, même en adaptant soigneusement les modèles. Déjà, les femmes d'ici n'ont jamais eu la prétention de montrer leurs jambes, ramenées sous elles quand elles s'asseyent depuis la plus tendre enfance, et ensuite elles ont presque toutes des fesses assez longues, ce qui met les nouvelles tailles basses sur elles à peu près à la hauteur des genoux chez une assez grande Occidentale. Si cela continue ainsi, je vais revenir à habiller les dames de cour en robes balayant le plancher et en immenses chapeaux décorés de plumes d'autruche. Prendre un jour de congé au milieu de la semaine sans être malade est une sensation curieuse, et je ne sais pas très bien à quoi employer ma matinée. J'ai envisagé de demander à Komoro de sortir la Dodge et de me conduire à Kamakura sur cette piste pleine d'ornières, mais je n'avais pas vraiment envie de m'asseoir toute seule sur la plage par cette chaleur en mangeant des sandwiches, ni de déjeuner avec les sahibs étrangers à l'hôtel. Peter serait venu avec moi s'il n'était pas à Shanghai, sûrement enchanté de constater que je commence à prendre les choses plus légèrement. Je me demande si c'est le cas, ou s'il s'agit seulement d'un écart passager dans mes habitudes.

Je viens de rentrer du jardin qui n'a qu'un défaut : une haie de *kiri* qui coupe le vent et rend le jardin trop chaud dans un climat comme celui-là. A part cela, le jardin me donne autant de plaisir que la maison. Cela fait exactement huit ans maintenant que j'ai vu cet endroit pour la première fois, et que j'ai su immédiatement que c'était là que j'allais vivre. Peter dit que je refuse de l'épouser parce que je ne supporte pas l'idée qu'il vienne tout bousculer ici, et il est parfaitement exact que je n'envisagerai jamais de déménager dans cette bâtisse qu'il a laissé construire à un architecte mi-russe mi-américain : un monument à la fortune des Nasson. Il est aussi vrai que Peter tel qu'il est me suffit parfaitement : en voisin. Ce jardin n'est pas vraiment le mien, même s'il a été restauré avec mon argent : il appartient aux trois quarts à toutes ces générations qui m'ont précédée, et qui en bons Japonais reviennent hanter l'endroit quinze jours par an au moment du festival de Obon, avec la pauvre Mme Misune qui s'était ouvert les veines à leur tête. Je partage le dernier quart avec le jardinier Sato et Saburo, le chat sans queue que j'ai pris pour qu'il fasse leur affaire aux rats, et qui est resté pour s'occuper de moi. Je suis une vieille fille de quarante ans avec son chat, si avec un passé et un présent tels que les miens on peut entrer dans cette catégorie. L'ambassade de

Grande-Bretagne ne m'a certes pas accordé ce statut, et ne le fera jamais, ne serait-ce qu'à cause de Peter, ce qui m'écarte de ces réceptions très célèbres à Tokyo qui ont toutes lieu sous l'œil d'un grand portrait du roi George V, et auxquelles ne vont que ceux qui n'ont pas réussi à trouver une excuse décente pour y échapper.

Peter allait aux cérémonies à l'ambassade avant la guerre, à l'anniversaire de l'Empire, mais il a désormais encore moins de chance que moi d'être jamais invité à franchir le portail, car ce qu'il a fait en 1912 est impardonnable : sentant venir la guerre en Europe, il a renoncé à sa citoyenneté britannique, et en même temps au nom de son père, Williams, pour prendre le nom de sa mère, Nasson, et sa nationalité suisse. Au-delà de cet instinct de conservation il y avait quand même une certaine logique derrière ce choix, car le père de Peter était mi-Japonais mi-Anglais tandis que sa mère était entièrement Suisse. Il n'était donc qu'un quart britannique et parfaitement habilité à proclamer sa neutralité pendant les années 1914-1918. Comme il le dit, ne plus jamais être invité à l'ambassade de Grande-Bretagne est peu de chose comparé à la boue des Flandres. Un divorce d'avec sa femme, qui vit aujourd'hui à Deauville, a aussi fait partie des pertes de cette époque. Celle-ci, anglaise et patriote, ne vivait en France que parce que le climat y est tellement meilleur. Je ne sais pas pourquoi je n'arrive pas à imaginer Peter en homme marié, et je lui ai dit qu'il ne souhaite m'épouser que parce qu'il veut absolument mettre son sceau personnel sur tout ce qui l'entoure.

Je n'avais encore jamais couché sur le papier mes sentiments pour Peter, et je suis là en train de fixer ce que j'ai écrit, en me méfiant de mes propres mots. Il y a vingt ans, l'idée d'avoir comme amant quelqu'un qui admet fort posément sa lâcheté m'aurait suffoquée. L'aspect Samouraï de Kentaro était très important dans l'attirance que j'éprouvais pour lui, ce côté mystérieux d'un homme qui s'asseyait face au soleil levant pour offrir des prières aux âmes de ses soldats morts. Je n'ai jamais pu aller au-delà du mystère. Le voile semblait se soulever par moments, mais il retombait avant même qu'aucune révélation n'ait pu avoir lieu. Peter n'a rien de mystérieux. Il se moque de moi à cause de notre similitude. Je n'ai pas à me défendre avec lui, ce serait une perte de temps. Nous nous disputerions trop si nous étions mariés, tandis qu'ainsi, nous avons chacun une maison où nous retirer, qui sont si différentes dans un environnement identique : la perfection étudiée de ce qui est au-delà d'une légère singerie des Japonais en ce qui me concerne, et une horreur en béton étincelante, preuve de la fortune des Nasson pour lui. De l'une ou l'autre de nos chambres nous pouvons voir, le matin quand le temps est clair, l'incomparable mont Fuji.

Il fait très chaud à présent au jardin. Ici, à l'étage, le *shoji* rabattu pour laisser pénétrer la brise marine qui ne s'est pas encore levée, je peux sentir les vagues de chaleur qui se dirigent vers le ciel. Mon pin centenaire a retrouvé ses aiguilles grâce à des soins attentionnés et un paillage l'hiver, et ses branches noueuses sont soutenues ces temps-ci par des béquilles de bois. Je suis pratiquement sûre que Sato fait des prières à cet arbre, et l'idée qu'un vénérable végétal puisse avoir une âme ne me paraît pas toujours saugrenue, tout au moins quand je suis dehors, comme une invitée dans mon propre jardin. Il y a un autre arbre qui déplaît à Sato jusqu'à l'en aigrir, très vraisemblablement parce qu'il n'arrive pas à l'identifier. Sato vient de Kyushu où le climat presque subtropical donne beaucoup de variétés exotiques, mais il n'a jamais vu d'arbre de ce genre. Il dit avec une sorte de haine dans la voix que c'est une chose étrangère. En réalité, cet arbre tout à fait inoffensif ne pousse pas bien vite et a d'assez jolies feuilles pointues qui rougissent en automne. Quand on froisse une de ces feuilles entre les doigts, il se dégage une légère odeur de gingembre, et même si sa forme de buisson le rend un peu incongru dans un jardin japonais classique, surtout près du point crucial qu'est une lanterne de pierre sur une colline miniature, je refuse de laisser Sato y toucher. Je l'ai prévenu que si un soir en rentrant je ne retrouvais pas cet arbre, il pourrait partir aussi. Le fait qu'il dépare ainsi le restant du jardin, avec son allure de plante venue d'ailleurs accentue encore, à mes yeux du moins, la perfection savamment entretenue de ce qui l'entoure. Je vois parfois Sato se raidir et marquer un arrêt pour maudire mon arbre, mais il survit.

17 Ura Machi
La falaise — Yokohama
Le 17 juin 1923

Peter qui est de retour de Shanghai a insisté pour que je l'accompagne à un concert de l'orchestre symphonique de Tokyo, en disant que le programme, très romantique, me plairait surement. Nous y sommes allés dans sa Morris Cowley, que les Anglais appellent « une berline » avec des fenêtres comme un corbillard, dans laquelle on étouffe à cause des vapeurs du moteur. Je préfère cent fois ma Dodge ouverte, et mon chauffeur ex-tireur de pousse-pousse.

Le concert comprenait l'ouverture de *la Grotte de Fingal** qui aurait dû mouiller de larmes mes yeux d'Écossaise mais n'y a pas réussi, ainsi que du Liszt et pour finir la sixième symphonie de Tchaïkovsky. Le programme en japonais et dans un anglais approximatif attirait notre attention sur le thème de l'amour dans l'œuvre : « Une tristesse exprimée assez bruyamment pour commencer qui se fait plus légère et plus rare, pour ne plus être à la fin qu'un petit écho parmi les mugissements de la grotte de la Mort. » Peter a dit qu'après une telle description il fallait être prêts au pire, y compris à une franche rigolade, mais j'ai quand même attendu le petit thème qui m'émouvait tant, et j'aurais aimé à la fin qu'il soit plus fort que le simple petit murmure, pathétique et étouffé, qu'il était devenu.

J'ai bien remarqué que Peter me regardait pendant le concert, et il est devenu subitement agressif dans la voiture qui nous ramenait. Il a dit que je ressemblais à un voyageur qui se déplaçait autour du monde avec une malle lourde de tout son passé, et qu'il était grand temps que je réalise que chacun de nous n'avait besoin que d'une petite valise très légère. Comme je n'ai rien répondu, il est revenu à la charge D'après lui, je conserve une place insensée à un rêve brumeux, autour de la figure sacrée de mon héros, qui est

* De Mendelssohn, morceau également connu comme *la Symphonie écossaise.*

général à présent. Ne pouvais-je donc ouvrir les yeux et réaliser que ce rêve ne m'apportait rien de rien ? J'ai dit que j'en avais eu un fils. « Ah oui ? et où ça ? » a-t-il répondu.

J'ai failli me mettre à pleurer. J'étais vraiment reparti dans mon rêve en écoutant cette musique, et je revoyais Kentaro découvrant son fils pour la première fois dans le jardin de Tsukiji, et plus tard accroupi sur la natte de paille en train de faire une petite procession d'origami en papier. Peter essayait de me faire pleurer, mais n'a pas réussi. Il a dit que je devais absolument fouiller dans cette grande malle et en sortir tout ce qui ne rentrerait pas dans une petite valise. Il a peut-être raison. En fait, je me suis déjà débarrassée de beaucoup de choses. Quand Richard a été tué en France au début de 1918, je n'ai pas battu ma coulpe pour ce que je lui avais fait. En réalité j'étais soulagée à l'idée d'être libérée d'un homme qui avait refusé de divorcer d'avec moi pour une raison qui me semblait de la pure malice, à moins que ce n'ait été au nom de ses principes. Je me souviens de Jane, qui a aujourd'hui dix-neuf ans. Tomo, qui approche de ses dix-huit ans, surgit dans une pièce embrumée bien plus souvent, mais je n'arrive jamais à voir ses traits. Son père semble toujours avec lui, comme pour m'en empêcher.

Je vais peut-être louer une maison à Karuizawa au mois d'août pour y emporter cette malle psychologique et en trier une fois pour toutes le contenu, comme le suggère Peter. Je me demande s'il soupçonne que je me suis cramponnée à cette boîte qui contient mon journal. Il ne peut pas l'avoir vu, il est toujours bien caché et la boîte est fermée à clef.

Noki Besso
Karuizawa
Le 18 août 1923

Je suis allée ce matin assister sur les courts de tennis à la demi-finale messieurs de la Coupe Karuizawa. C'était un âpre combat entre un Américain du nom de Wendels et un jeune Japonais, Kenichi Massami, qui a perdu au dernier set. Ce n'est que lorsqu'ils ont quitté le court que j'ai réalisé la jeunesse du joueur japonais, qui n'était assorti ni physiquement ni en âge avec son adversaire américain. En se relevant après avoir ramassé sa serviette, le garçon japonais m'a regardée. Il était furieux d'avoir perdu. Son regard aurait pu venir tout droit de Kentaro.

Je me dis qu'il y a des douzaines de jeunes Japonais de familles aisées qui viennent passer l'été ici à Karuizawa, et que je ne dois pas céder ni me lancer dans ce que j'ai toujours eu envie de faire : une espèce d'enquête. J'ai fini par apprendre que la famille Massami est originaire de Kyoto, qui est bien le genre d'endroit où Kentaro aurait pu vouloir que Tomo soit élevé. Et si ce garçon était un *yoshi ?* Non, je ne *dois pas*. Oh Mon Dieu ! Dire que je suis venue ici pour vider cette malle...

Noki Besso
Karuizawa
Le 2 septembre 1923

Les rumeurs les plus folles courent ici après le tremblement de terre d'hier. L'une d'elles veut qu'une éruption du mont Fuji ait submergé Tokyo et Yokohama sous une lave brûlante. Je n'y crois pas, pas plus qu'au raz-de-marée qui aurait englouti la capitale et son port. La seule chose sûre est qu'il ne s'agissait pas d'une simple secousse locale en rapport avec notre volcan comme nous le pensions hier. Je suppose plutôt que nous étions à la périphérie d'une onde de choc centrée dans la région de Tokyo, ou dans les environs. Même ici, cela a été assez grave pour rompre toutes les communications des montagnes où nous sommes à la plaine, il n'y a plus ni téléphone ni télégraphe, et l'on dit qu'au moins sept des quarante tunnels de chemin de fer entre la plaine de Takasaki et nous se sont effondrés. En tout cas, aucun train ne circule plus.

L'agent américain des motocycles Harley-Davidson est venu jusqu'ici la semaine dernière sur l'une de ces machines, par une route presque impraticable à cause de la boue des dernières pluies, et quand il a tenté de redescendre ce matin, le chemin avait quasiment disparu sous un éboulement. On dirait bien que nous sommes emprisonnés sur ce plateau. Toutes ces folles histoires entendues depuis des années sur ce qu'il adviendra un beau jour de ces îles volcaniques ne semblent plus aussi farfelues à présent. J'ai entendu quelqu'un dire, près du panneau d'affichage, que s'il y avait un endroit à la limite de ces montagnes d'où on pourrait avoir un point de vue sur la vallée, nous nous rendrions peut-être compte que la mer l'avait submergée et touchait le pied des montagnes, la moitié du pays ayant sombré dans ce vaste gouffre du fond de l'océan connu sous le nom de dépression de Tuscarora. Les rumeurs ne vont que s'amplifier jusqu'à ce que nous sachions ce qui s'est vraiment passé.

Je n'ai emmené qu'une seule servante avec moi. Toba San, qui est habituellement d'humeur joyeuse, est dans un état épouvantable, persuadée que toute sa famille, qui vit dans la péninsule d'Izu, a été engloutie, et que la cuisinière a été tuée dans notre maison de Yokohama. Je tente de la calmer, mais il y a quelque chose de terriblement contagieux dans la panique de cette fille, et la façon dont elle montre une absence totale de ce contrôle des émotions que pratiquent si bien d'ordinaire les Japonais : des torrents de larmes s'échappent de ses yeux dès que je la regarde. Un sentiment diffus de malédiction pèse manifestement sur la vallée, comme si chacun pensait que la terreur qui a frappé ailleurs doit bientôt nous atteindre aussi. Je n'arrête pas de regarder le volcan Asama qui nous domine, et je ne suis pas la seule à le faire, mais le seul signe d'activité distinct du cratère est un innocent petit plumet de fumée blanche qui s'en échappe doucement. Il y avait hier une sorte de halo rougeâtre que réfléchissaient des nuages assez bas, mais c'est assez fréquent. Les épiceries du village se vident rapidement, des queues se forment pour acheter des conserves, et la question que chacun pose dès qu'il y a un petit rassemblement est « Avez-vous eu des nouvelles ? » La dernière dont j'ai entendu parler est l'organisation d'une expédition pour gagner la plaine à pied, mais cela ne va pas être facile si la route s'est effondrée, d'autant que le chemin de fer qui montait vers nous utilisait un système de crémaillère pour grimper le long de quasi-précipices.

Nous pensons presque sans cesse à ceux qui sont en bas dans les villes et je n'arrive pas à m'ôter l'idée qu'en étant ici j'ai en quelque sorte échappé à une expérience qui aurait dû faire partie de ma vie. Le tremblement de terre est survenu à midi. Peter devait très vraisemblablement être chez lui. Emburi San, qui a la responsabilité de la boutique, était probablement en train de se débarrasser de la dernière cliente de la matinée et commençait à songer à envoyer quelqu'un lui chercher son sandwich et son verre de lait habituels.

Aiko est aussi à Tokyo. Je l'ai vue le mois dernier, quand elle est venue à la boutique juste avant que je ne quitte la ville pour me demander cette chose absurde : Elle voulait que j'entre dans le salon d'essayage où la femme du ministre de l'Intérieur passait une robe afin de prier cette dame d'user de son influence auprès de son mari pour faire sortir Katsugi, le leader radical, de la prison de Sugamo. Depuis qu'elle a épousé cet homme je pense vraiment qu'Aiko est un peu déséquilibrée, quoique le seul véritable changement pour elle ces temps-ci est qu'au lieu d'aller elle-même en prison elle passe son temps à essayer de faire réduire les peines de son nouveau mari, ou de tenter de le faire libérer. Si c'était mon mari, je le préférerais nettement en prison. La seule fois où Aiko a amené Katsugi chez moi à Yokohama, il a bien regardé partout, a mangé tout ce qui était en vue, pour me traiter ensuite de valet surpayé de l'élite dirigeante, ce qui ne me semblait pas approprié comme description de ce que je fais pour gagner ma vie. Je crois qu'Aiko a compris que je ne tenais pas à la compagnie de son révolutionnaire, même si je m'intéresse toujours autant à elle, et particulièrement en ce moment.

Combien de temps allons-nous rester pris au piège ici, sous cette maudite montagne fumante ?

Hôtel Impérial
Tokyo
Le 16 octobre 1923

Comme tout le monde dans cette ville, je suis presque anesthésiée par l'horreur, car la destruction à une telle échelle semble produire une drogue qui abolit les facultés de réaction. Près de trois mille personnes sont entassées dans cet hôtel, dont les halls, les salons et jusqu'à des couloirs ont été transformés en dortoirs. La seule raison pour laquelle j'ai pu y pénétrer quand je suis revenue à Tokyo, un mois après le tremblement de terre, était tout simplement que j'ai ouvert au printemps dernier une petite boutique dans la galerie commerçante de l'hôtel, un essai en vue d'un projet bien plus ambitieux dans la grande artère Motomachi à Yokohama. Je dors à présent parmi les brocarts, les soieries et les colifichets pour touristes, qui sont sûrement à vingt kilomètres à la ronde les seules marchandises du genre à ne pas avoir été réduites en cendres. Ma boutique n'est *pas* ouverte. Tout ce qui pouvait être de la moindre utilité a quitté les étagères pour être donné aux réfugiés. Le stock encore trop abondant qui me reste et que j'avais pourtant soigneusement choisi avec Emburi San, ne me semble dans les circonstances présentes qu'un tas de fatras. Je reste dans cette petite cellule la plupart du temps, pour être à la disposition de ceux de mes employés qui auraient survécu à l'holocauste. Ils étaient tous au courant de l'existence de cette boutique et finiront bien par apprendre que cet hôtel est intact. Jusqu'ici, une seule s'est présentée, la plus jeune des couturières. Elle a survécu parce qu'elle était restée chez elle ce jour-là avec un gros rhume. Elle n'a pas grand espoir en ce qui concerne les autres, y compris Emburi San, parce qu'elle a entendu dire que dans le quartier derrière Ginza le feu s'est propagé très vite avant que l'on n'ait eu le temps de dégager les milliers de personnes prises au piège.

Je ne veux pas y penser. Il y a trop de choses auxquelles on ne doit pas penser. Peter a été retrouvé sous les décombres de sa maison en béton, l'un des morts identifiés. Deux cent mille personnes ont probablement trouvé la mort, sans qu'on sache où ni comment. Je n'ai toujours aucune nouvelle d'Aiko, même s'il a été confirmé que le baron Sannotera a été tué dans son bureau. Le premier septembre, Bob Dale, qui autrefois ne buvait pas, a traversé l'un des tremblements de terre les plus dévastateurs du monde au bar de cet hôtel, à l'étage au-dessus de moi, un verre de whisky à la main. D'après ce que j'ai entendu dire, il aurait accompli un travail remarquable par la suite avec les équipes de secours. Je l'ai rencontré peu de temps après mon arrivée, dans une des queues pour la nourriture, et j'ai trouvé qu'il avait l'air bien vieilli subitement, mais nous sommes tous dans ce cas-là. Il est venu ici plusieurs fois, mais nous n'avions pas grand-chose à nous dire. On a l'impression que c'est un mal commun, les gens restent là assis à fixer les plafonds en stuc ou les statuettes décoratives qu'on trouve partout dans l'hôtel, comme pour s'hypnotiser.

Avec leur longue expérience des catastrophes naturelles, les Japonais semblent avoir trouvé une méthode presque unique pour y faire face. Ils se remettent sur leurs pieds très vite, se secouent, incinèrent leurs morts, et reprennent le cours de leur vie. Ici à Tokyo la plupart des rues ont déjà été déblayées, quelques tramways circulent et Bob Dale m'accompagnera demain à Yokohama par la micheline électrique qui fonctionne de nouveau, car j'avais vraiment peur d'y aller seule. Ma cuisinière et ses deux enfants ont survécu et n'ont pas été blessés, la police m'a fait parvenir un message de la campagne où elle s'est réfugiée. Toba San, qui était avec moi à Karuizawa est à Izu mais je n'ai pas su ce qu'elle y avait trouvé.

Je n'arrive pas à lire. Personne n'y réussit, et l'on ne voit personne dans l'hôtel avec un livre. Pour m'occuper cet après-midi j'ai nettoyé cet endroit, essentiellement pour m'ôter de la vue tous ces brocarts aux couleurs criardes. J'ai rangé sous une étagère du bas ce que j'ai rapporté de Karuizawa : une valise de vêtements d'été, un panier de linge de maison et cette boîte qui contient mon journal et des lettres, la malle symbolique dont Peter voulait que je me débarrasse. Eh bien, je ne l'ai pas fait, et je n'en ai pas l'intention à présent. J'ai traîné ce panier et cette valise avec moi pendant ce voyage chaotique dans des trains bondés et des gares où il fallait changer pour parvenir ici, et ce que symbolise cette boîte pour moi est différent à présent, s'il faut y voir un symbole : c'est le seul lien qui me reste avec ces années mortes.

Je suis sortie me promener hier. Ce n'est qu'en dehors de cet hôtel que l'on peut vraiment se rendre compte que c'est un vrai miracle qu'il soit resté debout. Le nouvel Impérial bâti selon les plans et sous la supervision d'un architecte américain du nom de Frank Lloyd Wright, n'a été achevé que l'an dernier. Il est difficile d'imaginer un bâtiment qui résisterait moins à un tremblement de terre que celui-là, car il est entièrement construit en pierres cimentées entre elles, sans aucune structure d'acier, selon une conception inspirée paraît-il des temples Maya. Il n'y a pas une seule craquelure dans le bâtiment, ses fenêtres étroites et ses constructions basses ont résisté à l'incendie qui faisait rage tout autour. Les murs épais au-delà des douves du palais impérial ont aussi échappé à la destruction, ce qui est presque plus impressionnant encore. Aucun mortier n'y joint les énormes pierres, simplement assemblées, qui n'ont apparemment subi aucun dommage et sont toujours dominées par ces vieux pins sur lesquels je n'ai pu voir aucune trace de roussi. La résidence du dieu qui vit parmi les Japonais n'a pas été affectée par ce désastre qui a frappé ses sujets, mais la rumeur veut que le dieu lui-même, en compagnie de ceux qui constituent aujourd'hui sa garde, prenait le frais en toute sécurité sur la colline de Nikko. Quand je me suis détournée du palais pour regarder vers le Sud, les ruines s'étendaient jusqu'à la baie de Tokyo, Ginza encore reconnaissable à la rangée de carcasses calcinées qui étaient autrefois ses grands magasins, y compris Matsuzakara.

Hôtel Impérial
Tokyo
17 octobre 1923

Voir la maison de Peter en ruines m'a fait plus de peine que l'état de la mienne, pourtant quasiment détruite, mais on ne voyait que des tuiles brisées, le reste étant presque uniquement de la cendre propre. Sa maison par contre n'était qu'un amas de blocs de béton. Je n'ai pas demandé comment on avait retrouvé son corps, car l'amoncellement ne donnait pas l'impression d'avoir été déplacé par une équipe de sauveteurs. Ces énormes morceaux de ciment fracturé avaient encore par endroits leur revêtement extérieur blanc, comme si le feu avait épargné ce tas. La vue de la falaise, dans la lumière de l'automne était plus belle que jamais et d'une clarté totale. Le mont Fuji était parfaitement serein.

Comme nous marchions vers la gare pour reprendre le train vers Tokyo, le long de ce qui était Motomachi, Bob m'a demandé si j'étais restée en contact avec Emma Lou. J'ai répondu oui, pendant les deux premières années, puis qu'elle n'avait pas répondu à l'une de mes lettres et que nous avions ensuite échangé des cartes à Noël, mais que même cela avait cessé. Il m'a dit qu'ils avaient divorcé.

« Je ne l'ai dit à personne ici, a-t-il ajouté. C'est tout simplement arrivé. Emma Lou est allée au Nevada, où l'on peut divorcer de son mari si l'on prouve que son chien vous a mordu. »

Une charrette tirée par un buffle occupait le milieu d'une route encore fissurée et dévastée par la chaleur, avec un chargement de tuiles neuves. Je ne voyais aucun bâtiment prêt à recevoir des tuiles neuves aux alentours, mais il devait bien y en avoir quelque part. Bob et moi étions séparés par le buffle, un curieux sursis pour cet animal aux yeux solennels qui finira tôt ou tard en ragoût immangeable dans un prétendu restaurant étranger, ou en *sukiyaki* pour touristes.

Quand nous nous sommes rapprochés, j'ai demandé à Bob pourquoi il avait conservé cette grande maison pendant six ans.

« Je suppose que je l'ai gardée parce que j'espérais

toujours qu'elle changerait d'avis et reviendrait, a-t-il répondu, mais heureusement qu'elle ne l'a pas fait, la maison lui serait tombée sur la tête. Ce n'est plus qu'un tas de briques. »

Je me suis rappelé à ce moment-là que Peter m'avait dit que Bob était connu pour fréquenter le quartier de Yoshiwara. Je n'avais vraiment rien à lui répondre, tout comme je n'avais pas su quoi dire à Emma Lou sur le bateau. Dans le train, nous avons vu défiler par la fenêtre les sites noircis des usines, dont la plupart des cheminées étaient encore debout, mais toutes tordues par la chaleur. Bob a dit brusquement : « Je vais aller tenir notre bureau à Shanghai. Laissez-moi vous prévenir Mary, que vous ne réussirez pas aussi facilement à extorquer un prêt à notre nouveau directeur ici. » Et cela l'a fait rire.

Hôtel Impérial
Tokyo
Le 3 novembre 1923

Harry Nishimoto, qui était aussi devenu le notaire de Peter, vient de me rendre visite ici, alors qu'il n'est sorti qu'hier de l'hôpital de Kobe. Il disait au revoir à un ami en partance sur *l'Impératrice d'Australie*, à l'embarcadère n° 1 de Yokohama, quand le quai s'est effondré sous lui. Il se souvient d'avoir été précipité dans l'eau dans un fracas d'énormes blocs de ciment, et puis plus rien, jusqu'à ce qu'il revienne à lui sur le paquebot en route vers Kobe. Il a eu de la chance, une jambe fracturée en deux endroits et c'est tout.

Les nouvelles apportées par Harry étaient incroyables. Dans ce pays voué aux catastrophes, son étude avait pour habitude de laisser des doubles des dossiers importants dans leur agence de Kobe, et le testament de Peter en faisait partie. Peter avait décidé, s'il mourait subitement, d'être le dernier à rire. Il m'a laissé cette maison qu'il savait bien que je n'aimais guère, même si la plaisanterie est un peu gâchée aujourd'hui à présent que ce n'est plus qu'un tas de décombres où son fantôme errerait en vain pour vérifier ce que j'ai fait de cet héritage. Ce legs signifie qu'en plus de mon propre terrain je possède quatre arpents attenants sur la falaise. Cela aurait presque fait cinq de plus si un grand bout du jardin de Peter ne s'était pas effondré sur les ruines en contrebas.

Harry ne croit pas que la falaise redevienne jamais un quartier résidentiel, mais dit qu'il pourrait trouver un spéculateur qui me rachèterait le terrain, dont je ne dois cependant pas m'attendre à tirer grand-chose. Je lui ai répondu que j'entendais moi-même être ce spéculateur, et que je l'autorisais à acheter en mon nom tout le terrain qu'il pourrait sur la falaise, ainsi que les ruines, avec les quarante mille yen dont je disposais.

Harry serait parfait en protecteur des pauvres veuves contre les méchants requins : il m'a fait un bon petit sermon sur la manière saine de gérer ses disponibilités, puis m'a demandé, quand il a vu que je m'en tenais toujours à mes folles idées d'investissement, ce que ces quarante mille yen représentaient dans mes avoirs. Je lui ai expliqué qu'il y avait quarante-trois mille huit cents yen sur mon compte avant le tremblement de terre à la banque de Yokohama, qui seraient toujours portés à mon crédit quand ils auraient remis de l'ordre dans leurs dossiers car j'avais mon livret bancaire pour le prouver. En plus de cette somme, j'avais également le bénéfice moral d'une entreprise engloutie, et le potentiel de développement en quelques mois de la petite boutique où il était assis en ce moment même, sans compter celle que j'avais l'intention d'ouvrir à Yokohama dès que j'aurais fini de la faire construire. J'ai ajouté que je comptais également rebâtir ma maison sur la falaise exactement telle qu'elle était, dans le moindre détail, et selon la tradition religieuse Shinto la plus pure.

Sa jambe devait lui faire mal, à moins qu'il n'ait eu besoin d'un verre, car il semblait avoir du mal à articuler quand il m'a demandé où je comptais trouver les capitaux pour relancer mon entreprise et reconstruire ma maison, si j'investissais tout ce que je possédais à acheter du terrain sur la falaise. Je lui ai répondu que je comptais emprunter à la banque les trente mille yen que j'estimais suffisants pour la maison et la boutique à Motomachi, grâce à une hypothèque sur le terrain qu'il était chargé d'acquérir tout de suite en mon nom.

Harry a l'air de croire que je vais au suicide commercial. Pour ma part, je suis persuadée que cette étendue qui surplombe Yokohama va redevenir le quartier résidentiel le plus recherché de la ville. Dans cinq ou six ans ces terrains nus disséminés au milieu des maisons reconstruites, devraient valoir au moins deux cent cinquante mille yen.

21

17 Ura Machi
La Falaise — Yokohama
Le 9 avril 1924

Une copie du testament et des dernières volontés de Mme Isabel Mackenzie est arrivée ce matin, de chez son notaire à Édimbourg. Étant donné que je ne suis qu'une légataire secondaire, ce n'était vraiment pas indispensable de me les faire parvenir, mais je suis persuadée que maman a laissé des instructions en ce sens. Je ne voyais pas du tout ce que pouvait bien être ce gros paquet qui venait d'Écosse, en fait il contenait toutes les lettres envoyées chez moi depuis plus de vingt ans, chacune encore dans son enveloppe d'origine, mais ouverte et vraisemblablement lue.

Je suis restée assise là, à me demander ce que l'arrivée de ces lettres pouvait bien représenter pour maman après qu'elle eut cessé de m'écrire. Attendait-elle, avant de répondre à l'une de mes lettres, d'y trouver une indication quelconque que je me repentais de mes péchés ? Je finissais toujours en l'assurant de mes affectueuses pensées, mais il n'y avait guère d'affection réelle dans ce qui précédait la signature. Dans tout ce que je note, transparaît une sorte de rancœur de faire encore partie des bannis de la société. J'aurais peut-être réussi à briser cette barrière qui nous séparait si j'avais essayé ne serait-ce qu'avec un peu plus de ténacité.

La manière dont je suis mentionnée dans son testament est aussi froide que des glaçons s'entrechoquant dans un grand verre : « A ma fille, Mary Mackenzie, autrefois Collingsworth, je lègue le contenu de la bibliothèque de son père. » Maman ne faisait pas grand cas de la bibliothèque de père, ne l'aimait probablement pas, en fait, mais avait quand même conservé ces livres pendant tout ce temps-là à l'abri derrière des vitres. Ma première réaction a été d'écrire au notaire de vendre ces livres et de donner l'argent à un organisme de charité approprié, mais j'ai finalement décidé de me les faire envoyer. Il est possible que ce père que je n'ai jamais vraiment connu soit d'une certaine manière plus accessible au travers de ces volumes.

Le testament est plutôt simple. Il y a d'autres petits legs : cinq livres par année à son service pour une femme dont le nom ne me dit rien, Jessie et la cuisinière ont dû mourir ou la quitter. Il semble que maman n'ait eu qu'une bonne à tout faire pendant ces douze années qui ont valu à une employée fidèle la somme de soixante livres en souvenir. Il y avait une somme plus importante, deux cents livres cette fois, pour le foyer Elizabeth Atkins Grant pour jeunes femmes déchues, à Glasgow, suivie par une distribution de bijoux, dont il y avait une certaine quantité, à divers parents et amis d'Édimbourg. Pour finir, Jane est la seule légataire de ce qui reste de ses biens, ce qui met fin, après l'homologation du testament, à une rente annuelle de trois cents livres sterling, versée à l'origine à Richard Collingsworth pour le compte de sa femme, mais maintenue au nom de la famille Collingsworth à partir de 1906, étant entendu que la rente était destinée à la petite-fille de Mme Mackenzie, Jane Collingsworth.

C'était bien la première fois que j'entendais parler d'une rente payée par maman à Richard pour mon compte. Je me souviens très nettement de m'être effectivement inquiétée à Pékin à propos d'une dot, à cause de ce que Marie avait dit sur les diplomates, contraints de se marier là où il y avait de l'argent. Trois cents livres par an ne semble pas un gros revenu dans ces années d'inflation d'après-guerre, mais en Chine au début du siècle, cela devait sûrement payer une très large part de nos dépenses.

Richard avait arrangé sa petite affaire très proprement, et je ne saurai jamais comment il s'y était pris. Ce que je sais pertinemment, c'est que maman avait certainement dû s'imposer beaucoup de restrictions pour épargner autant chaque année, une somme énorme pour des revenus qui ne pouvaient pas dépasser sept ou huit cents livres. Jamais un mot dans ses lettres n'aurait pu me donner le moindre soupçon à ce sujet, et elle a dû continuer à verser cette rente à Jane par orgueil. Je comprends aisément à présent pourquoi elle ne pouvait manquer d'avoir ressenti une certaine amertume envers une fille qui, en choisissant son mari, avait causé son appauvrissement, d'autant plus qu'elle devait certainement me croire au courant de cette rente. Pauvre maman, avec cet orgueil écossais buté et intraitable. Je suppose qu'il y en a une bonne part chez moi, également.

17 Ura Machi
La Falaise — Yokohama
Le 13 avril 1924

J'ai commandé des arbres aujourd'hui pour remettre mon jardin en état, à présent que le plus gros du travail est fini dans la maison. Je ne peux en fait guider les entrepreneurs que de mémoire, comme c'était le cas pour les menuisiers dans la maison car il n'y a eu aucun signe de vie du vieux Sato depuis le tremblement de terre. Komoro, mon ancien tireur de pousse-pousse devenu chauffeur a bien réapparu, et m'a retrouvée à l'Hôtel Impérial, mais seulement pour me dire que la Dodge n'était plus qu'un amas de ferraille tordue, et qu'il retournait dans son village natal pour devenir fermier. Il s'est mis en route avec ma bénédiction et un peu d'argent : il sera sans doute meilleur fermier qu'il n'était chauffeur !

Ma détermination à remettre cette maison et ce jardin dans un état aussi proche de ce qu'ils étaient auparavant n'est pas seulement due à une folie qui m'est propre, mais au sentiment que partagent des milliers et des milliers de Japonais qui trouvent, dans un environnement naturel des plus instables, une espèce de continuité de cette façon. Les autels de Ise, où l'Empereur allait régulièrement se prosterner devant ses ancêtres, sont en bois et en paille, reconstruits des dizaines de fois au cours des siècles, mais toujours à l'identique, selon un plan immuable. Il est d'ailleurs dans ce pays presque aussi facile de refaire son jardin que sa maison, car il n'est pas du tout question de planter de jeunes arbres et d'attendre qu'ils veuillent bien pousser ! On achète des arbres de l'âge et de la taille que l'on désire, qui vous sont livrés à domicile et plantés par des experts, qui vous garantissent de transformer en un an un terrain sauvage en un jardin d'une certaine maturité. Avant le tremblement de terre, constater pareille transformation sur un terrain en friche m'étonnait toujours, mais on peut voir en ce moment partout à Tokyo et Yokohama des jardins entiers arriver dans des charrettes tirées par des bœufs ou des chevaux fatigués, venant de la campagne avoisinante qui n'a pas souffert du tremblement de terre. La circulation fait preuve de patience à l'égard de ces chargements, qui sont autant de symboles de renaissance. Ainsi, un immense pin aux racines enserrées dans un énorme ballot de paille retient toute une procession d'automobiles et de camions qui ne klaxonnent même pas.

Les arbres que j'ai commandés sont d'une taille relativement modestes : six *kiri* de vingt ans et un seul pin de soixante-dix ans, pour remplacer la souche calcinée de deux cents ans. C'est un compromis à cause du prix. J'aurais bien pu avoir un autre pin de deux cents ans, avec les béquilles qui soutiennent ses vieux membres, mais au prix de mille yen. J'aurais sans doute pu le faire descendre jusqu'à huit cents, mais ils ne seraient pas allés au-delà. Les vendeurs d'arbres font des affaires en or ces jours-ci.

17 Ura Machi
La Falaise — Yokohama
Le 19 avril 1924

Une équipe d'ouvriers doit commencer aujourd'hui à préparer la terre de mon jardin, qui sera livré au début de la semaine prochaine. Je suis restée à la maison pour surveiller les travaux. Il ne pousse plus que des mauvaises herbes, c'est du moins ce que je croyais. Les graines n'auraient pas pu survivre à ce brasier, les vents d'hier ont donc dû en apporter d'autres. J'ai jeté un coup d'œil aux restes de mon vieux pin quasiment devenu du charbon de bois, avant de monter sur le petit terre-plein d'où saillait le chicot de l'arbre à gingembre comme un piquet passé à la créosote. Je n'en croyais pas mes yeux, quand j'ai vu ce qui luttait contre les mauvaises herbes pour gagner sa part de soleil : une pousse verte toute nouvelle, émergeant d'un amas de racines noircies, et qui portait déjà neuf de ces feuilles aromatiques si facilement reconnaissables. J'en ai pincé une pour être bien sûre, qui m'a laissé sur les doigts cette odeur de gingembre.

Je ne crois pas aux présages, sauf quand ils sont bons. Et c'était un bon présage. Je suis de retour dans une maison qui sent encore la menuiserie fraîche, et ressens une joie parfaitement ridicule. Je vais rester avec les terrassiers toute la journée, pour être bien sûre qu'une colline artificielle sera de nouveau dominée par cet arbre venu d'ailleurs.

22

17 Ura Machi
La Falaise — Yokohama
Le 11 octobre 1928

Aujourd'hui a marqué la fin d'une série de disputes fulgurantes avec Harry Nishimoto, tout simplement parce que je lui ai donné une fois pour toutes mes instructions, en lui disant clairement que s'il ne voulait pas les suivre je lui retirerais mes affaires. A l'entendre, on croirait que les quatre cent quatre-vingt mille yen produits par la vente de la plupart des terrains que je possède dans le quartier de la Falaise sont le résultat de sa clairvoyante gestion, alors que dans ce cahier, à peine quelques pages plus haut, est la preuve formelle qu'il me prenait pour une folle quand j'ai insisté pour en acquérir autant que me le permettaient mes fonds de l'époque. Il veut à présent que je change les yen gagnés dans cette vente en quelque chose comme deux cent mille dollars américains en actions et valeurs diverses à la bourse de New York. D'après Harry les indicateurs boursiers ne sont pas honnêtes, tout porte à croire que le boom actuel va crever le plafond, et qu'en achetant à terme je pourrais doubler mon capital dans l'année. Il dit qu'il y a des paniers entiers de lettres d'agents de change pleines de prévisions alléchantes et que tout le monde achète à terme de nos jours.

En tout cas, je n'en ai pas l'intention. Acheter à terme veut dire que si les actions baissent, il faut couvrir la différence ou finir par tout perdre. C'est peut-être une réaction écossaise, mais j'aime que mon argent soit dans quelque chose de visible et de palpable, et c'est la raison pour laquelle j'avais décidé de devenir propriétaire. En plus de cette maison et des terrains que je viens de vendre, j'ai gardé deux hectares supplémentaires un peu plus loin sur la falaise, où j'ai l'intention de faire construire deux bâtiments de trois étages avec des appartements que je louerai et dont je tirerai un revenu. Cette décision a fait écumer Harry, autant que le lui permettait cet air d'homme d'affaires compassé qu'il affecte.

Me battre avec lui m'a un peu épuisée, et cet été passé dans la boutique de Motomachi était très éprouvant. Je crois que j'ai besoin de prendre du repos, avant de me trouver aux prises avec les architectes et les entrepreneurs, sans parler de la complexité de ces nouvelles lois sur les biens des étrangers au Japon.

Dans un an, Harry pourra me narguer en produisant par le menu le détail des sommes que j'aurais réalisées si j'avais suivi son conseil et investi en actions à New York, et cela lui fera sûrement un certain plaisir. Je me demande quelle commission il touche de ces agents de change américains. Assez confortable, j'imagine. Bien évidemment, il n'entrevoit aucune possibilité de commission sur la location des appartements que je fais construire. Il paraît que sa femme italienne lui revient fort cher.

17 Ura Machi
La Falaise — Yokohama
Le 23 octobre 1928

Je suis allée à Nikko. J'ai attendu vingt-quatre ans avant de me rendre dans cette Mecque du tourisme, qui est le point fort de n'importe quel programme de dix jours au Japon. Le bureau du tourisme d'ici a trouvé une nouvelle formule pour que les hôtels ne désemplissent pas : « Le Japon, pays de la courtoisie, des couleurs et du charme. » Après tout, peut-être...

Nikko a un côté assez extraordinaire, avec cette débauche de bois sculpté recouvert de laque rouge et dorée, de ces bâtiments qui se détachent sur un fond vert foncé de cryptomeria, mais au bout d'une journée j'avais autant mal aux pieds qu'à l'époque où je travaillais chez Matsuzakara, tant il y a d'escaliers en pierre à escalader, pour découvrir une autre vue de temple étincelant sur un sombre arrière-plan.

J'étais peut-être agacée par le fait que ma visite coïncidait avec l'invasion de neuf cents passagers du *Carinthia*, en croisière autour du monde, qui avaient tous les pieds en plus mauvais état encore que moi, et les genoux flageolants sous le poids de tous ces appareils photos qu'ils traînent avec eux. On ne pouvait pas faire un pas sans tomber sur un petit groupe en train de poser devant un paysage japonais « typique », pour un cliché souvenir éternel de ce voyage, qui allait sans nul doute rejoindre un demi-millier de ses semblables dans un album. Je pensais que je serais tranquille en évitant les hôtels de style occidental, mais l'Osana que l'on m'avait recommandé s'est révélé être l'une de ces charmantes petites auberges locales comme on en mentionne dans les guides, et je me suis retrouvée le soir confrontée à un mauvais banquet de cuisine pseudo-occidentale déguisée en plats japonais, servis à deux cents aventuriers. Le service était inexistant pour le restant de la clientèle. J'ai attendu une bonne heure après avoir pris mon bain que le plateau de mon dîner me soit porté, chargé vraisemblablement des reliefs refroidis de la grande réception du rez-de-chaussée. Il devait y avoir des geishas ou des imitations de geishas, car le son d'un *samisen* écorché me parvenait, accompagné d'une voix criarde, insultant d'une manière très discrètement voilée les visiteurs en leur faisant écouter le dernier succès à la mode dans les bordels.

La porte coulissante s'est ouverte et j'ai levé la tête, prête à dire à la servante ce que je pensais du dîner qu'on m'avait servi.

Kentaro était là, revêtu d'un kimono de l'hôtel, le visage rougi à cause du bain qu'il venait de prendre, du *sake* ou des deux.

Une Japonaise se serait aussitôt pliée en courbettes, mais je n'ai pas bougé.

« Comment allez-vous ? », a-t-il demandé.

« Très bien. Merci de me poser la question après tant d'années », lui ai-je répondu.

Il s'est avancé sur la natte de paille et a fait glisser le panneau de papier, comme pour plus d'intimité.

« Vous avez l'air en très bonne forme », ai-je dit.

« Cela va bien » a-t-il répondu, tout en restant planté à me regarder. Je lui ai dit que j'avais entendu parler de sa nomination de général.

« N'en parlez pas, je vous en prie », a-t-il répondu, et il a souri.

Je ne peux pas voir même un pâle semblant de ce sourire sur une figure étrangère sans ressentir un coup au cœur. Je me suis souvenue du dragon tapi sous le Japon, mais j'ignore ce dont il se souvenait, lui. Il est resté debout pendant ce qui m'a semblé d'interminables minutes, sans qu'aucun mot ne soit échangé entre nous, puis il s'est brusquement tourné, a fait glisser de nouveau la portière, a frappé dans ses mains et crié : « *Oi !* » Une des insaisissables petites servantes a répondu presque aussitôt. Quand elle s'est présentée, il lui a ordonné :

« Enlevez le repas, et préparez les couvertures ouatées. »

Il y a bien longtemps en Chine, je me suis demandé si c'était cela, l'amour. Tout ce que je sais, c'est que cela m'a complètement submergée pendant trois jours, quel qu'en soit le nom, et d'y penser me cause encore la même sensation. Les touristes étaient partis le lendemain. Nikko était retombé dans une solitude automnale, et même si les bâtiments laqués continuaient à briller de tout leur éclat pour nous sous un ciel gris, leur faste criard était un peu tempéré, les mausolées suggérant plus un passé historique que les spectacles touristiques. Nous nous y sommes promenés selon un plan établi par Kentaro dont il ne m'a pas fait part, fidèle en cela à sa tradition de ne jamais rien révéler, et à sa personnalité si particulière entièrement refermée sur elle-même, même quand il communique avec ses semblables.

J'ai marché à ses côtés, sans poser de questions, car je craignais ses réponses. Si je lui avais demandé comment Tomo se portait, il aurait répondu qu'il allait bien, et si j'avais tenté de savoir ce que faisait maintenant notre fils, il aurait répondu qu'il n'en savait rien. J'aurais pu lui reprocher de m'avoir traitée de cette façon il y a tant d'années, mais si je l'avais fait, il n'aurait rien dit du tout. Ce que je sais à présent, c'est qu'il s'est toujours tenu au courant de mes faits et gestes. Je ne m'en suis parfois pas rendu compte pendant de longs moments, voire des années, mais bien peu de ma vie lui a échappé. Il était au courant de mes relations avec Peter, et avait probablement entendu parler aussi du Norvégien de Boston. Une curiosité immanente à mon égard était tout à fait perceptible, comme s'il était constamment intrigué par le fait qu'une femme comme moi, sans aucun soutien des siens, s'en soit sortie au milieu de son peuple à lui. Je me demande s'il considère que j'ai réussi, ou s'il me trouve au contraire endurcie par ces années de pieds meurtris et de cœur à demi glacé ? Bizarrement peut-être, je ne me soucie guère en fait de ce qu'il peut bien penser de moi. J'ai tout simplement envie d'être avec lui, quand c'est possible.

J'ai quand même fait une tentative : nous prenions notre repas du soir à l'auberge, où la nourriture est nettement meilleure maintenant que les étrangers sont partis. Kentaro engouffrait le contenu de son bol à grand bruit. Nous aurions pu avoir vécu dans la même pièce depuis vingt-cinq ans, à ceci près que je ne gardais pas un silence respectueux. Je parlais de Karuizawa, et je lui ai demandé s'il y était déjà allé. Un grognement d'acquiescement a tenu lieu de réponse. Je lui ai raconté que j'y étais allée tous les étés depuis 1923, parfois seulement pour huit ou dix jours, mais toujours au moment du tournoi national de tennis, sur ces courts de pierre volcanique où la balle rebondit comme nulle part ailleurs, et que j'avais vu jouer trois années de suite un jeune plein de promesses qui semblait avoir disparu tout à coup de la scène du tennis et je me demandais ce qu'il était devenu. Son nom était Kenichi Massami. Kentaro a posé son bol de riz, y a versé du thé, qu'il a bu pour qu'aucun grain ne soit perdu.

« Jamais entendu parler de lui », a-t-il dit.

Le troisième jour nous sommes allés sur la tombe de Ieyasu, le dictateur qui a régné si longtemps sur le Japon avec intelligence et avec un libéralisme presque contemporain, avant de s'en prendre vers la fin de sa vie aux étrangers qu'il avait tolérés et à la religion qu'ils avaient introduite, ordonnant le massacre de près de trente mille chrétiens japonais, devenus ainsi des martyrs, avant de fermer la porte du pays aux étrangers pendant deux siècles. Je savais qu'Ieyasu était vénéré comme un dieu, mais devant le mausolée où sont conservées quelques reliques de sa vie — des vêtements, son sabre, son armure et sa robe de cour — je ne pouvais me départir du solide scepticisme du protestant en visite à Rome. L'endroit nous appartenait entièrement, si l'on exceptait les quelques prêtres fort peu intéressés par un Japonais accompagné d'une étrangère, comme s'ils récupéraient de l'invasion précédente de touristes et que leur curiosité en ait été affadie pour un bon moment. Kentaro était à quelques pas devant moi tandis que nous regardions les vitrines, ce qui lui est assez naturel : il n'y prenait garde que lorsque je lui disais qu'il avait toujours l'air prêt à faire semblant de ne pas me connaître si cela s'avérait nécessaire, et qu'il aurait été embarrassé d'être vu en ma compagnie. Cela ne lui avait pas plu, et je le savais bien. C'est la première fois, depuis que nous sommes amants, que l'on nous voit ensemble dans un lieu public, et j'ai l'impression qu'il a soigneusement choisi un Nikko presque désert en raison de la saison creuse pour tenter cette expérience.

L'un des bonzes nous suivait depuis le musée et je pensais qu'il voulait un pourboire, mais ce n'était pas le cas, ils sont apparemment censés escorter tous les visiteurs jusqu'au vrai tombeau d'Ieyasu. Kentaro a renvoyé l'homme avec une certaine humeur, et même s'il était vêtu sans cérémonie à la japonaise, les pieds nus dans des socques basses en bois, il gardait l'allure martiale d'un général. Nous sommes donc restés seuls pour grimper un bon millier de marches, dont certaines parfois sculptées par trois dans le même rocher, mais toutes étaient usées par les pieds des pèlerins venus depuis des siècles et rendues glissantes par la mousse verte. Il n'y avait rien d'autre que ces marches et de grands cryptomerias de chaque côté. Le vent à travers la cime des arbres et le son d'une cascade invisible étaient les seuls bruits, on n'entendait aucun cri d'oiseau ni le moindre signe d'une présence humaine.

Ce n'était pas parce que j'avais glissé sur la mousse que Kentaro m'a tendu la main et que je l'ai saisie. Nous avons continué à grimper ainsi, sans rien dire, face à la pente raide de la montagne, dont la solitude élaborée a commencé à me faire tourner la tête au bout d'un moment, presque à m'effrayer, tout en ramenant au-delà de cette sensation un calme qui s'infiltrait dans mes veines comme une sorte de drogue lente. Je ne le regardais pas plus qu'il ne me regardait, nos yeux fixés la plupart du temps sur ces marches raides, même si à chaque palier de pierres pavées, nous faisions une pause, levions la tête et mesurions dans un silence total notre isolement grandissant du monde extérieur.

Le tombeau contrastait complètement avec les temples aux couleurs vives de la vallée : du bois brut sous de simples tuiles, la courbure du toit prolongée en hauteur par des arbres poussés sur une pente trop raide à première vue pour qu'ils aient pu s'y enraciner. Kentaro a offert une prière à ce divin personnage, si courte que c'était presque une forme de salutation, puis s'est retourné vers l'endroit où je me tenais, près d'une fontaine de pierre. Avec celle-ci entre nous deux, il a dit : « J'ai un ami, un diplomate, qui a une femme américaine. Cela a été réussi. » Je n'ai rien dit. Il m'a regardée fixement :

« Ma femme est morte il y a deux ans, vous saviez ? »

« Oui. »

Il a regardé le puisoir à long manche sur le rebord de la fontaine avant d'ajouter :

« Nous pouvons nous marier à présent. »

J'ai alors eu l'impression que même le vent à la cime des grands arbres était tombé, pour laisser place nette au tonnerre descendant de la montagne, manifestation de la colère d'Ieyasu devant ce défi délibéré de sa mise au ban des étrangers.

Ma réponse n'a rien eu de raisonnable :

« Y avez-vous bien réfléchi ? »

« Oui. »

« Si nous nous marions, Tomo serait-il reconnu comme notre fils ? »

« Non. »

« Me serait-il possible de le voir ? »

« Non. »

« Si c'est ainsi, nous ne nous marierons pas. »

Nous ne sommes pas revenus ensemble à Tokyo. Kentaro m'a accompagnée jusqu'à la gare du train électrifié, et au tourniquet par lequel on accède au quai, il m'a demandé :

« Je viendrai vous voir à Yokohama ? »

C'était une question, pas une déclaration.

J'ai répondu oui.

23

17 Ura Machi
La Falaise — Yokohama
Le 2 décembre 1941

Pour la première fois depuis des mois je me suis promenée cet après-midi jusqu'aux appartements que je ne possède plus maintenant que par procuration, puisque les étrangers n'ont plus le droit d'être propriétaires au Japon. Je perçois toujours les loyers et paie toutes les factures d'entretien, mais personne ne sait au juste combien de temps cela va durer. Mon prétexte aujourd'hui était de voir le départ du paquebot *Tatsuta Maru,* car les jardins de ces appartements offrent une belle vue sur le port que l'on n'a pas de ma maison.

Le spectacle n'avait rien d'inhabituel : c'était l'embarquement d'un des plus grands paquebots de croisière japonais en partance pour l'autre côté du Pacifique, sauf que je ne distinguais pas de serpentins en papier qui accompagnent ordinairement ce genre de départ. Je n'avais pas osé emporter mes jumelles, car avec la tension actuelle, la police fonce sur le moindre soupçon « d'espionnage », et montrer une curiosité quelconque entraîne à coup sûr pour un étranger la visite de policiers, avec le risque très réel d'une arrestation sous un prétexte tout à fait ridicule.

Harry Nishimota est à bord du *Tatsuta,* dans une dernière tentative de fuir un pays où on pourrait l'appeler sous les drapeaux, même si d'après moi il est bien trop âgé pour cela. Il est vraiment devenu pathétique, tout en bas d'une pente dont le déclin n'a fait que s'accentuer depuis le krach de Wall Street, et le départ de sa femme peu de temps après. Il n'a jamais réussi à surmonter la dépression ni à s'y adapter, comme aurait dû le faire un homme de sa formation juridique, et surtout connaissant comme lui les dédales de la législation japonaise. Il aurait dû laisser tomber il y a longtemps la double nationalité, et renoncer à la citoyenneté américaine que lui avait valu le fait d'être né à Hawaii pour s'installer vraiment au Japon.

Harry voulait que je parte sur le *Tatsuta* avec lui, mais que diable ferai-je en arrivant aux États-Unis comme émigrante, à cinquante-huit ans et sans un sou ? Tout ce que je possède est immobilisé dans ce pays. Et puis, je ne veux pas quitter le Japon. Quand on a passé trente-cinq ans dans un pays, on n'a plus de « patrie » ailleurs, ni même la faculté de s'en créer une. Je ne suis pas devenue citoyenne japonaise parce que cela n'aurait été qu'une comédie, mais l'expérience a fait de moi une sorte d'Eurasienne, comme ce fut le cas pour Alicia. Elle a laissé des instructions pour se faire incinérer, ce qui est apparemment toujours une hérésie chez les anglicans, et j'ai entendu dire que l'archevêque de Tokyo se faisait beaucoup de souci quant à ses possibilités de résurrection avec un corps qui serait incinéré.

Aiko a aussi tenté de me faire quitter le Japon. Elle est devenue plutôt pénible et a brusquement vieilli quand Katsugi a demandé le divorce pour épouser une femme plus jeune. C'est vraiment une vieille suffragette à présent, qui parle surtout des batailles livrées hier, sans s'intéresser réellement à celles d'aujourd'hui. Elle n'aurait plus d'amis, si je partais, mais je n'ai pas l'impression qu'elle en serait si désolée que cela, car je la soupçonne un peu d'avoir un œil sur cette maison, et d'être tout à fait prête à m'offrir de s'en occuper si je décidais de fuir la tempête qui s'annonce. Eh bien, je ne suis pas partie, et ce paquebot qui vient de prendre la mer était sans doute ma dernière chance.

Une campagne publique hargneuse s'en prend aux États-Unis et à la Grande-Bretagne, et l'on parle beaucoup de l'encerclement. Comme je ne peux rien faire dans les circonstances actuelles que d'attendre, j'arrive à maintenir un semblant d'équilibre en ne jetant qu'un coup d'œil aux journaux et en n'écoutant jamais la radio. Quelques amis viennent me voir, mais je ne rends aucune visite. On manifeste à nouveau de l'hostilité envers les étrangers dans les transports en commun et même dans les rues. J'ai déjà assisté suffisamment souvent à ces manifestations anti-occidentales, dont la pire était au moment de la loi américaine d'exclusion, qui stigmatisait les Japonais comme des Asiatiques jaunes, impropres à mettre le pied sur le continent américain. Il m'était difficile à cette époque-là de blâmer les gens autour de moi pour les regards mauvais qu'ils me jetaient. Je ne leur en veux pas non plus aujourd'hui, car ils sont victimes de la propagande militariste et sont dressés à penser ce que veulent les généraux au pouvoir, dont Kentaro fait partie.

Il n'est pas revenu me voir depuis son retour de Chine en 1939, et il avait à peine mis le pied dans la maison que je lui ai demandé quel rôle il avait joué dans le massacre de Nankin. Je voulais absolument tirer cela au clair, mais je n'ai rien su. Il s'est tourné dans un froissement de soie de ce costume japonais qu'il portait toujours pour venir me voir, et ses socques de bois ont résonné aussitôt après sur les dalles qui mènent au portail.

Je n'ai jamais vu Kentaro en uniforme, pas même en Chine où son costume de cérémonie était toujours occidental, rien ne venant rappeler ses attaches militaires. Je me souviens d'une réception à l'ambassade d'Allemagne où il était arrivé dans une redingote qui ne lui allait guère, comme s'il avait voulu se moquer de toutes les poitrines couvertes de médailles de ces soldats qui l'entouraient et n'avaient jamais mis les pieds sur un champ de bataille.

17 Ura Machi
La Falaise — Yokohama
Le 6 décembre 1941

J'ai reçu une lettre de Jane. J'ai du mal à le croire, et pourtant les feuillets sont là devant moi sur la table. Elle ne dit pas comment elle a eu mon adresse, mais je suppose qu'elle a trouvé ma trace par l'ambassade.

Elle est veuve. Son mari, un colonel, a été tué au combat en Crète cette année, un de ces épisodes de cette nouvelle guerre en Europe que j'apprenais par la presse sans penser qu'il pouvait y avoir un rapport avec ma vie. A trente-sept ans, Jane se retrouve avec un fils de douze ans et une fille de neuf ans. Elle parle de son mariage comme s'il avait été très heureux. Ce qu'elle écrit est empreint d'une compréhension que je n'aurais jamais crue possible. Son mari et elle ont acheté une maison dans le Shropshire il y a une dizaine d'années, une maison pleine de coins et de recoins avec un grand jardin qu'elle ne peut plus entretenir car elle travaille comme chauffeur pour la défense civile. Elle m'offre un foyer chez elle.

Voilà l'enfant dont j'avais toujours pensé qu'elle se débrouillerait très bien sans moi, ce qu'elle a fait, mais qui souhaite toujours entrer en contact avec une femme dont elle ne peut avoir aucun souvenir. L'influence Collingsworth n'a pas dû être aussi forte que ce que j'ai toujours cru, ou alors elle s'en est dégagée.

Comment puis-je lui répondre ? Je n'ai jamais écrit à l'enfant, à la jeune fille ni à la femme. Que pourrais-je dire pour remplir le gouffre de tant d'années, ou tout au moins montrer que je souhaiterais le faire ? J'ai tenté de voir si elle écrivait par devoir, poussée par l'idée erronée qu'elle avait une obligation quelconque envers moi, peut-être à cause de cet argent que maman lui a légué, mais non, sa lettre avait été écrite dans un mouvement impulsif et chaleureux. Ceci de la part de ce bébé au regard pensif, qui semblait n'avoir jamais besoin de moi.

Je ne peux pas lui parler de Tomo, ni lui dire pourquoi je dois rester ici. Si le Japon déclarait la guerre à l'Angleterre, comment réagirait-elle par rapport à un demi-frère dans le camp ennemi ? Et que pourrais-je bien lui dire, de toute façon, sur ce bébé que j'ai eu encore moins de temps qu'elle, si ce n'est qu'il a suivi son père à l'armée ? Voilà la seule chose que m'ait dite Kentaro, après deux whiskies de trop, sur un fils Kurihama placé chez des parents adoptifs.

17 Ura Machi
La Falaise — Yokohama
Le 9 décembre 1941

Les journaux se réjouissent, mais je me demande si le peuple japonais réalise que ce qui s'est passé à Pearl Harbor a fait basculer le cours entier de l'histoire en leur faveur. Je ne crois pas que la flotte américaine du Pacifique au grand complet ait été détruite. Il y a eu assez de guerres de mon temps pour que je me méfie des rapports officiels. On nous ment dans ce pays depuis que les Japonais ont envahi la Chine en 1937, donc l'habitude est bien ancrée. Je me demande ce qu'il va advenir du *Tatsuta Maru* maintenant. Après Pearl Harbor il ne va certainement plus faire route vers Hawaii ni aucun port américain, mais a probablement fait demi-tour pour regagner les eaux japonaises, avec tous ces malheureux tourneurs de casaque de dernière minute à son bord. Je vais certainement rencontrer tous ses passagers à nouveau, quand le moment sera venu de m'interner dans un camp.

En attendant, je reste dans cette maison et je contemple le jardin qui perdurera longtemps après mon départ, à moins évidemment que les Américains ne réussissent ce que les journaux disent impossible : bombarder Yokohama et Tokyo. Les bombes incendiaires utilisées en Europe trouveraient un combustible parfait dans ces villes. Y aura-t-il une autre campagne gigantesque de transplantation d'arbres, quand la guerre sera finie ?

Je n'ai pas dormi la nuit dernière. Si Tomo est entré dans l'armée à dix-huit ou dix-neuf ans, comme je pense qu'il a dû le faire, il doit être aujourd'hui officier, et d'un rang élevé, peut-être même major. Plus le grade est haut, plus l'on est en sécurité, mais le mari de Jane était bien colonel. Si Tomo était blessé ou tué je ne le saurais même pas. Il est devenu un tel étranger que mon cœur serait incapable de me le dire.

17 Ura Machi
La Falaise — Yokohama
Le 11 avril 1942

Certains jours, en lisant les journaux, bien obligée d'accepter les vérités qui transparaissent sous les exagérations, je me sens comme un fantôme d'un autre âge revenu sur terre, forcée en punition de mes lointains péchés d'assister à l'écroulement de tout ce que j'ai connu autrefois, et que je croyais fermement établi à jamais. Hong Kong est tombé, et la Malaisie, et Singapour. Les Philippines se sont effondrées, Bataan s'est rendu il y a deux jours, et les seuls Américains à se battre encore sont entassés dans la forteresse de Corregidor où ils sont soumis à de constants bombardements.

L'un des quotidiens de Tokyo exultait férocement sur l'écho qui résonnait dans toute l'Asie des bruits de pas des prisonniers blancs, civils et militaires, tous devenus les esclaves du dieu-empereur. La Birmanie va suivre, après quoi les armées du Mikado envahiront l'Inde. Le drapeau japonais sera sous peu hissé à Canberra et sur la Nouvelle-Zélande, qui est déjà affublée de son nouveau nom japonais sur les cartes imprimées à Tokyo. Singapour, rebaptisée Shonan-to, est maintenant le centre d'une vaste offensive qui en part dans trois directions : au sud, à l'est et à l'ouest. Au nord de la Malaisie tout l'Orient est déjà japonais.

Les faits sont là. Je dois faire un effort pour réussir à y croire et à les accepter. L'Extrême-Orient que je connais depuis bientôt quarante ans a été effacé, comme par un coup d'éponge sur des inscriptions à la craie au tableau noir, mais je n'en ressens pas encore les effets dans ma vie quotidienne avec Toba San qui continue à s'occuper de moi et les rues toujours paisibles du quartier de la Falaise. Peut-être suis-je en train d'attendre que me parviennent les bruits de la guerre pour être convaincue, mais je n'ai encore rien entendu. Derrière mes hautes palissades, ma sécurité n'a pas l'air menacée du tout. Il m'arrive cependant parfois, quand je vais dans le jardin de me sentir mal à l'aise, et je me demande si j'ai vraiment bien fait de l'avoir restauré avec tant de soin, et si une pelouse ornée de parterres de rosiers n'aurait pas été mieux, après tout ? Je suis consciente aussi maintenant d'une sorte d'affectation de mon style de vie, avec mes pièces presque totalement à la japonaise. Mon arbre à l'odeur de gingembre, qui a retrouvé sa taille normale, reste un étranger obstiné.

24

M. S. Gripsholm
En mer
Le 3 août 1942

Cette femme est enfin partie jouer au bridge, et je devrais pouvoir être seule dans cette cabine au moins deux heures. Si elle recommence *une seule fois* à me parler de la chance que j'ai eue d'avoir pu monter sur ce bateau au lieu d'être laissée en rade au Japon, il va y avoir un malheur. J'espère que cela n'éclatera pas dans la salle à manger ! A la minute même où nous avons pris la mer, elle a commencé à se plaindre de l'erreur fatale commise par le commissaire de bord en lui attribuant cette cabine de troisième classe qu'elle est bien obligée de partager avec moi. Elle mérite *bien mieux* que la troisième classe, car même si elle n'était que dactylo à l'ambassade de Grande-Bretagne, ce n'est pas du tout son vrai statut, elle est veuve d'un homme qui venait d'être nommé premier secrétaire à Kaboul, s'il vous plaît, quand une crise cardiaque l'a terrassé. Comme sa nomination n'avait pas encore été confirmée, un doute subsiste quant à ses droits à une pension de veuve de premier secrétaire, et c'est pour cette raison qu'elle prétend être restée travailler à l'ambassade à Tokyo. Je parierais plutôt qu'elle n'a pas quitté Tokyo parce qu'elle n'avait aucune envie de retourner en hâte dans un Londres en plein bombardement nazi.

C'est probablement parce que je suis encore sous le choc que je ne supporte pas le verbiage de Mrs Burke. Je ne vois pas *la chance* que je peux bien avoir de quitter le Japon. Je voulais rester dans ma maison jusqu'à ce qu'ils viennent me chercher pour me conduire dans un camp d'internement pour ennemis étrangers. Eh bien, ils sont venus me chercher, quatre policiers en uniformes blancs, mais pas pour m'escorter jusqu'à un camp : Toba San a verdi sous son hâlage d'été en venant m'annoncer que nous avions de la visite.

Tout s'est passé d'une manière extraordinairement courtoise, comme si les quatre hommes avaient reçu des instructions formelles d'éviter tout côté déplaisant. Feu la comtesse Kurihama n'aurait rien trouvé à redire au ton employé avec moi, mais tout ce miel ne masquait pas l'amertume du message : j'avais une heure pour mettre mes affaires dans deux valises, après quoi l'on m'escorterait jusqu'au quai n° 1, où le *Gripsholm* était en train d'embarquer les diplomates ennemis et ceux qui pouvaient prétendre au rapatriement, en vertu des lois internationales. Il n'a servi à rien de leur faire remarquer que je n'avais aucun droit au rapatriement et n'en voulais pas, le porte-parole de mes visiteurs s'est borné à faire une courbette en disant « Ah bon ? » avant d'ajouter que les ordres à mon égard venaient de très haut. J'ai demandé à donner quelques coups de téléphone, mais je n'y ai pas été autorisée. On m'a rappelé que le temps passait et que j'avais mes bagages à faire.

Je suis montée à l'étage. Qu'emporter dans deux valises quand on est tout à coup arrachée à un monde dans lequel on a vécu la plus grande partie de sa vie ? J'en ai rempli une de vêtements, mal choisis d'ailleurs, je me rends compte à présent que je n'ai pas pris assez de chaussures, je n'en ai que deux paires et pas de chaussons. J'ai fermé cette valise et ouvert l'autre. Des livres ? trop lourds, et remplaçables aussi, mais certains me regardaient de leur étagère, y compris un volume qui restait des six de l'encyclopédie de KYS à PAY, qui avait été fourré je ne sais plus très bien pourquoi dans le panier de linge et emporté à Karuizawa l'été 1923. Waugh, Linklater, Auden, Isherwood et Waley ont tous dit qu'ils ne voulaient pas être laissés au Japon. J'ai pris le roman de Prokosch que j'étais en train de lire, *les Sept Fugitifs*, puis ai jeté pêle-mêle lettres et journaux intimes, avant d'en claquer le couvercle.

Toba San est arrivée trop tard pour m'aider, les yeux rougis. J'ai pris mon sac et lui ai signé un chèque de deux mille yen. Pour autant que je sache mon compte à la banque de Yokohama n'était pas encore gelé, mais je lui ai dit d'aller l'encaisser dès le lendemain. Elle pouvait continuer à vivre ici autant qu'elle le voulait, mais sans se croire obligée de veiller sur mes affaires, ce qui serait sûrement impossible. Elle a eu un geste à ce moment-là dont j'avais entendu parler mais que je n'avais encore jamais vu : elle a relevé d'un coup son tablier sur sa tête, et s'est mise à sangloter bruyamment derrière. C'est déjà quelque chose, je suppose, que vos serviteurs pleurent votre départ. Combien d'autres personnes l'auraient fait en apprenant ce qui m'était arrivé ? Rien de tel que de vivre comme « ennemi étranger » dans un pays pour voir s'amenuiser très sensiblement la liste de ses amis. Dans les escaliers, moins raides qu'à l'ordinaire dans une maison japonaise, j'ai traîné la valise la plus lourde, tandis que Toba prenait l'autre, et j'ai pensé à ce que Peter avait dit un jour sur les malles dont chacun avait besoin au cours de ce voyage qu'était la vie. J'étais obligée de suivre son conseil, cette fois-ci. Quel que soit l'avenir, je ne devais pas m'attendre à trouver très utile l'expérience acquise au cours de ces années perdues, ne serait-ce que parce qu'une bonne part en était tout à fait inapplicable au mode de vie occidental.

Cette philosophie m'a aidée à monter en voiture devant une Toba en larmes, et je ne me suis pas retournée pour voir le portail ni les barrières de mon jardin, ni le toit recourbé qu'une branche de pin atteint presque. Par contre, au bout de la route, le mont Fuji au sommet neigeux brillait toujours au soleil de cette fin d'après-midi à travers le pare-brise, et là, j'ai senti les larmes me monter aux yeux.

Je n'ai plus de larmes à présent. Je me sens vide de tout chagrin, maintenant que nous voguons vers le Sud, sous un soleil tropical, notre navire étincelant de tous ses feux dans la nuit pour proclamer sa neutralité, même s'il n'y a aucune autre lumière sur ces mers à qui la mort est très familière, et qui en verra bien d'autres. Les ambassadeurs à bord restent tous groupés — la meilleure aristocratie de notre société temporaire — un peu comme des monarques qui auraient été destitués et qui continueraient à faire comme s'ils avaient encore une certaine importance dans un monde en train de s'effondrer, et qui seraient là avec leur cour de femmes, de secrétaires, de chanceliers, jouant tous au jeu d'un protocole déjà périmé. Quant à moi, je suis cataloguée plus bas que les gouvernantes, qu'on a gardées tout simplement parce que ce n'aurait pas été humain de renvoyer ces pauvres créatures à la maison droit sous les bombardements. L'équipage suédois et les stewards sont assez réservés et se tiennent à l'écart d'une violence dont ils sont immunisés par leur propre mode de civilisation. C'est tout juste si je ne perçois pas leur mépris pour toutes ces reliques d'un ordre écroulé, même s'ils sont très polis, comme l'étaient ces quatre policiers qui se sont présentés chez moi.

Kentaro m'a accompagnée sur le bateau, dernier acte de son devoir persistant envers une femme à qui il a fait un enfant, il y a trente-sept ans de cela, sur une colline chinoise. Tout ce qu'il a fait, pour moi ou contre moi, était inéluctable en raison de sa nature, mais je pense quand même qu'il aurait pu se résoudre après avoir bien étudié la question — comme il l'avait fait pour sa demande en mariage — à me dire ce qu'était devenu Tomo. Il n'y avait plus grand-chose à craindre, après toutes ces années, la vie de notre fils étant décidée depuis longtemps, suffisamment loin de nous deux. Mais le comte Kurihama limite les risques qu'il prend à son commandement militaire.

M. S. *Gripsholm*
A Singapour
Le 19 août 1942

Je me fais peut-être des idées, mais je sens une curiosité presque morbide gagner ce bateau depuis le moment où nous avons accosté ce matin. On pourrait croire que tout le monde à bord grille d'envie d'en voir le plus possible sur la façon dont la nouvelle grande puissance coloniale fonctionne ici dans sa base méridionale. Ce n'est pas qu'il y ait grand-chose à voir du bateau ou des ponts de promenade, les toits des entrepôts nous séparent du reste des docks, qui sont eux-mêmes un « no man's land » entre l'agitation de la ville et nous. Nous pouvons seulement apercevoir au loin des gens et une certaine circulation, le drapeau japonais qui flotte sur les bateaux et les bâtiments, mais guère plus. L'embarcadère en dessous de nous est parfaitement désert, même si une passerelle y mène. Si des soldats ou des policiers montent la garde pour empêcher qui que ce soit d'approcher du *Gripsholm*, ils doivent être cantonnés au-delà du hangar, car rien n'indique leur présence. Personne ne sait vraiment pourquoi nous avons mouillé ici, mais le bruit court que le bateau est censé prendre le courrier écrit par des prisonniers de guerre et des internés. J'ai entendu quelqu'un dire au cours du déjeuner qu'il avait vu ce qui avait l'air d'une troupe de prisonniers de guerre, nus jusqu'à la ceinture sous un soleil éclatant, en train de décharger un transporteur. Aussitôt après, un homme à notre table s'est écrié d'une voix forte qu'il avait hâte de se retrouver en Afrique du Sud, pour changer de la nourriture suédoise.

La chaleur presque insupportable qui règne dans la cabine en éloigne cette femme pendant la journée, et Dieu merci je suis toute seule, même si je transpire.

M. S. *Gripsholm*
A Singapour
Le 20 août 1942

Ce n'était pas la chaleur qui m'empêchait de dormir hier soir, mais je n'arrêtais pas de penser à un incident qui s'est produit à Yokohama juste avant que ce bateau ne prenne la mer.

Il y avait une foule énorme de journalistes et de photographes à bord, qui voulaient tous avoir des photos et si possible des témoignages de ces diplomates ennemis quittant le pays. Ce n'est pas parce que je pensais qu'on allait me demander une interview que je suis montée sur le pont, mais parce qu'il y faisait plus frais, et je me suis assise sur un banc qui ne donnait pas sur la ville ou le mont Fuji, d'où m'arrivait juste un peu d'air marin. D'autres avaient également fui les foules du pont inférieur, et quand j'ai vu venir vers moi ce qui était manifestement un reporter flanqué d'un photographe, j'ai cru que sa cible était quelqu'un d'autre mais le jeune homme était à l'affût du « côté vécu », et avait dû voir ma photo quelque part, peut-être dans les dossiers de la police.

Le reporter m'a saluée par mon nom, sans l'ombre d'un doute, et était assez poli au début : « Quels étaient mes sentiments en quittant un pays où j'avais vécu si longtemps ? » J'ai répondu que j'étais triste de partir dans ces circonstances, et j'ai regardé la mer pendant que le photographe tournait autour de moi en prenant cliché sur cliché, comme si j'avais été une de ces stars de cinéma en déclin qui venaient au Japon avant cette guerre, pour tenter de se remettre de leurs dépressions nerveuses. J'ai suggéré que c'était du gâchis de pellicule car il y avait toujours très peu de photos dans les journaux japonais, et pour une raison que j'ignore cela a énervé le reporter. « Avais-je l'intention de revenir ici, si j'y étais autorisée, quand les forces impériales auraient écrasé les Alliés ? » J'ai répondu que je n'avais aucune intention de revenir avant que Tokyo et Yokohama ne soient en ruines, et que les troupes d'occupation aient besoin d'un expert en affaires japonaises ; que j'avais l'intention de demander le poste, car j'étais persuadée que mon expérience professionnelle du pays me donnerait toutes les qualifications nécessaires pour remplir parfaitement cette tâche.

C'était pure folie de ma part de dire une chose pareille, mais j'ai tout à coup été saisie d'une rage folle. Le reporter aussi d'ailleurs, il a fait un pas en avant et j'ai cru qu'il allait me frapper, mais après m'avoir jeté un coup d'œil hargneux, il a tourné les talons, en criant à son photographe de le suivre. Si ce trait d'arrogance de ma part était rapporté dans la presse japonaise, on pourrait bien me faire descendre de ce bateau, ici, à Singapour, pour me mettre dans un camp, sinon pire encore.

Le 20 août après-midi

Il y a un système de haut-parleurs qu'on peut entendre de tous les ponts du bateau. J'étais dans ma cabine, à peine vêtue, quand j'ai entendu appeler mon nom, avec prière de me rendre immédiatement dans le bureau du commissaire de bord. Il a fallu que je m'habille, et je l'ai fait, pleine de frayeur. L'appel a été répété avant que je ne sorte dans le couloir.

Le commissaire évitait de me regarder quand il m'a dit qu'il avait reçu un ordre des autorités du port et que je devais me rendre dans le salon principal et y attendre qu'on vienne m'interroger. Je lui ai demandé de quel droit les autorités portuaires pouvaient donner des ordres à un bateau suédois naviguant sous la protection de la Croix-Rouge, même s'il était ancré à Singapour aux mains des Japonais.

Il m'a répondu les yeux fixés sur son registre :

« Madame, il leur faudrait cinq minutes pour faire monter à bord un peloton de soldats, et nous n'aurions aucun moyen de les en empêcher. »

Je ne lui ai pas demandé s'il pensait qu'il allait bientôt pouvoir rayer mon nom de la liste des passagers du *Gripsholm*.

Le salon est à air conditionné, c'est pourquoi il y a foule la plupart du temps. Trois parties de bridge étaient en cours et presque tous les fauteuils étaient occupés, mais un renfoncement près du bar — clos à cette heure-là — et d'habitude très prisé était libre, comme si on l'avait isolé du reste du salon. Il s'y trouvait une longue causeuse d'angle, une table et des chaises. Un steward blond m'a indiqué que c'était là que je devais attendre. J'ai traversé la pièce, consciente des regards fixés sur moi. Quel que soit mon sort, il y aurait au moins des témoins en nombre suffisant ! Je me suis assise sur la causeuse, et j'ai regardé ces gens qui me fixaient jusqu'à ce qu'ils retournent, avec des airs penauds, qui à son livre, qui à son bridge et qui à sa conversation. Le bruit a repris dans le salon, mais pas assez pour couvrir le bruit de succion de la porte à joints de caoutchouc quand on l'a poussée pour l'ouvrir.

Un officier japonais est entré. Il est resté debout, à regarder autour de lui, tournant la tête lentement de droite à gauche, la main sur le pommeau de son sabre. Le steward blond m'a montrée du doigt. Les conversations, jeux et lectures s'étaient de nouveau interrompus. Le soldat s'est avancé vers ma table, les maillons de la chaîne de son fourreau cliquetaient, et ses bottes martelaient le sol. J'avais seulement un peu mal au cœur.

Mon visiteur n'avait rien de particulier, physiquement parlant, tout ce que j'ai remarqué c'est qu'il était d'une taille moyenne pour un Japonais, et que sous la casquette qu'il n'avait pas ôtée, son crâne était rasé. Ses oreilles m'ont semblé un peu proéminentes pour des oreilles asiatiques, et ses sourcils étaient épais et sombres. Il portait un uniforme kaki et une chemise blanche à col ouvert. Il s'est arrêté de l'autre côté de la table qui nous séparait et s'est incliné, la main toujours sur le pommeau de son sabre. C'était la courbette d'un militaire envers une civile, d'une politesse à peine supérieure au minimum. J'ai rendu le salut sans me lever, ce qui a semblé le décontenancer. Il est resté un instant silencieux, puis est sortie, en mauvais anglais, une phrase que la moitié du salon au moins a dû entendre :

« Vous madame Ma-Ken-Shi ? »

J'ai hoché la tête.

Il s'est présenté :

« Moi, major Nobushige Ozaki. »

Il a tiré une chaise aussi loin que le permettait la chaîne qui la retenait au sol, et s'est assis en prenant grand soin de son sabre. Le glacement qui me serrait le cœur n'avait pas diminué.

« Ce serait peut-être mieux, major, si nous parlions japonais, pour plus de discrétion », ai-je suggéré.

Il a alors tourné la tête vers les regards qui convergeaient vers nous, aussitôt détournés. Bien peu parmi eux devaient avoir autre chose qu'une très vague connaissance de la langue du pays dans lequel ils avaient vécu. Dans sa propre langue, le major ne criait pas, ce dont je lui ai été reconnaissante.

Il a demandé si je voulais du thé, comme si le bateau lui avait appartenu, ce qui aurait bien pu être le cas s'il l'avait souhaité. Je l'ai remercié, mais ai refusé, avec une politesse prudente. Je n'arrêtais pas de fixer les portes vitrées, m'attendant à voir d'autres soldats japonais postés, mais rien ne laissait voir s'il y en avait réellement. Peut-être attendaient-ils au pied de la passerelle ? Le major a dit que c'était très confortable dans ce salon, après la chaleur qu'il faisait à l'extérieur, puis a sorti un mouchoir de la poche intérieure de sa vareuse, pour éponger les gouttes de sueur qui lui perlaient au front. On aurait dit qu'il avait du mal à me regarder en face, ce qui était étonnant pour un homme de son rang. Sa mission lui semblait peut-être pénible ? Les quatre policiers qui m'avaient conduite sur le bateau n'avaient pas non plus eu l'air d'apprécier la tâche.

Notre conversation a langui. J'ai senti un besoin presque absurde de la faire repartir. Comme l'information pouvait difficilement être classée comme utile à l'ennemi, je lui ai demandé s'il était militaire de carrière. Il a répondu qu'il appartenait à l'Armée de l'Air, puis il a ajouté : « C'est le lieutenant-général comte Kurihama qui m'envoie. »

Je devais quand même avoir respiré jusque-là, tant bien que mal, mais j'ai eu subitement l'impression d'avoir le droit de remplir mes poumons avec de l'air artificiellement refroidi.

Je crois que j'ai fermé les yeux une minute, et quand je les ai ouverts, il me regardait. J'ai dit avec une certaine raideur :

« J'espère que le général se porte bien ? »

« Oui, il se porte très bien, mais il ne peut pas venir vous voir. Vous comprenez ? »

« Je n'attendais pas de visite de sa part. Vous êtes un de ses aides de camp ? »

« Non, je suis seulement venu vous donner un message. Il vous souhaite une heureuse vie à l'avenir. »

J'ai dit « Merci », en me souvenant de ces courts de pierre polie à Karuizawa, et des balles qui rebondissaient de part et d'autre du filet, comme le faisaient nos paroles.

Le silence s'est installé de nouveau. Le major a mis la main à sa poche intérieure, pour en sortir cette fois un portefeuille. J'étais assise bien droite sur mon siège, comme je l'étais depuis que cet homme avait franchi les portes vitrées. Kentaro allait faire, par ses contacts à Singapour, ce qu'il n'aurait pas facilement pu réaliser dans un Japon rigide et en guerre : m'offrir plus d'argent. Le portefeuille a été posé sur la table, mis à plat, puis ouvert. Ce qui en est sorti avait l'air d'une carte postale, mais quand il l'a retournée, j'ai vu que c'était une photographie. Le major l'a poussée vers moi au travers de la table.

La photo avait été prise dans un jardin japonais qui semblait aussi bien soigné que le mien : une femme debout à côté d'une lanterne de pierre, avec trois enfants devant elle rangés par taille comme un escalier : deux filles et un garçon. Le garçon était l'aîné, il devait avoir dix ans, peut-être plus. Il souriait, d'un sourire que je connaissais bien.

Les mots n'arrivaient plus à sortir de ma gorge :

« Votre femme et vos enfants, major ? »

Il a hoché la tête et dit « *Hai* ».

Je n'ai pas eu besoin de lui demander s'il était un *yoshi*.

Nous sommes restés tous les deux très calmes. Mes yeux auraient sans doute dû dévorer son visage, ses mains, sa silhouette raide sur la chaise, mais j'ai regardé la table. Je n'allais pas l'embarrasser. Il était venu, parce qu'on le lui avait ordonné, ne sachant pas ce qu'il devait attendre d'une femme étrangère. Il ne fallait pas qu'il emporte un quelconque souvenir qui puisse ternir cet instant et lui faire honte.

Je lui ai dit :

« Quand vous verrez le comte Kurihama, transmettez-lui mes sincères remerciements. »

Je pouvais percevoir nettement son soulagement. Il n'allait pas y avoir de scène. J'avais appris la discipline correcte, qui donnait une certaine dignité au rituel de me montrer une photo de gens que je ne rencontrerai jamais, mais qui seraient désormais considérés comme étant de ma famille. J'ai eu le sentiment follement drôle que je pourrais bien à ma mort être honorée sur un autel des ancêtres japonais, mais je n'avais pas envie de rire.

Nous avons discuté, comme des gens qui ne se connaissent pas et qui se retrouvent à la même table dans un restaurant comble, sur l'humidité de ces régions méridionales, et la fadeur de la plupart des fruits tropicaux. Notre calme avait quasiment fait disparaître l'intérêt que l'on nous portait, aucun drame n'allait visiblement se dérouler dans le coin réservé du salon. Un homme a fait de violents reproches à sa partenaire pour son enchère aux cartes, et elle lui a répondu sur le même ton. Le ton de leurs voix a paru déranger le major, et comme s'il s'était cru obligé de les couvrir il a dit :

« Quand vous retournerez au Japon après la guerre, j'espère que vous viendrez à Nagoya. »

Il m'avait dit où il habitait sans que je le lui demande.

« Peut-être, ai-je répondu, et ainsi nous pourrons nous rencontrer de nouveau. »

Il a souri. Ce n'était pas le sourire de Kentaro.

« Si je ne suis pas en personne sur ma terre natale, j'y serai présent en esprit » a-t-il ajouté.

Si mon cœur s'est serré, c'était cette fois d'une toute autre crainte.

« Pourquoi dites-vous cela ? »

« Cette guerre sera longue, et je suis pilote », a-t-il répondu simplement.

Il ne croyait pas que le Japon pouvait gagner la guerre, ni qu'il vivrait jusqu'au retour de la paix. J'ai failli crier, protester, mais il était venu pour se sentir en sécurité avec moi. Nous sommes restés très calmes à nous regarder, jusqu'à ce qu'il tende la main au travers de la table pour reprendre la photographie. Il l'a remise dans son portefeuille, soigneusement replacé à son tour dans la poche intérieure de sa vareuse. Sa main gauche s'est posée sur le pommeau de son sabre, ce qui signifiait qu'il allait se lever, mais avant cela il s'est penché vers moi pour ajouter d'une voix basse, presque comme s'il avait craint d'être entendu :

« La vie a été bonne pour moi. Je dois maintenant retourner à mon devoir. »

Puis il a ajouté la phrase d'usage :

« Prenez le plus grand soin de votre santé. »

Cette fois-ci, je me suis levée pour ma courbette, et la sienne n'était pas adressée à une femme de peu d'importance. Il a tourné les talons, et ses pas ont résonné lourdement tandis qu'il gagnait les portes vitrées. J'ai pu le suivre des yeux un instant après, quittant le salon après m'avoir lancé un dernier regard.

Je suis montée sur le pont, mais le temps que j'atteigne une balustrade, le major Nobushige Ozaki avait déjà quitté la passerelle et se dirigeait vers une voiture garée devant les docks. Il ne s'est pas retourné pour regarder le bateau. Un chauffeur en uniforme s'est levé pour ouvrir la porte arrière de la voiture. Même après qu'elle eut claqué, je voyais toujours la nuque de Tomo au travers de la vitre arrière. La voiture s'est mise en marche, avançant tout doucement sur un terrain bosselé, puis a disparu derrière des hangars. J'ai essayé de trouver un bon endroit d'où j'aurais pu la voir franchir les grilles des docks, mais n'ai pas réussi à l'atteindre à temps. De l'une des ailes du pont supérieur, le blond officier suédois de garde avait les yeux rivés sur moi.

LA PETITE VERMILLON

32. Pol Vandromme	*Le Monde de Tintin*
33. Paul Bourget	*Le Disciple*
34. Marguerite de Navarre	*Trois Contes*
35. Paul Gauguin	*Avant et Après*
36. Gabriel Matzneff	*Le Taureau de Phalaris*
37. Alexandre Dumas	*La Jeunesse des Mousquetaires*
38. Jacques Ellul	*Exégèse des nouveaux lieux communs*
39. Alphonse Allais	*La Vie drôle*
40. André Fraigneau	*Le Livre de raison d'un roi fou*
41. Jean de La Fontaine	*Poésies et œuvres diverses*
42. Paul Vidal de La Blache	*Tableau de la géographie de la France*
43. Henry de Montherlant	*Carnets*
44. Alexandre Micha	*Fabliaux du Moyen Age*
45. Roger Judrin	*Boussoles*
46. Françoise Joukovsky	*Images de la femme au XVI*[e] *siècle*
47. Dominique de Roux	*Immédiatement*
48. Frédéric H. Fajardie	*La Théorie du 1 %*
49. Cyrano de Bergerac	*La Mort d'Agrippine*
50. Frédéric H. Fajardie	*Le Souffle court*
51. Sylvia Plath	*Le jour où Mr. Prescott est mort*
52. Jacques Chardonne	*Romanesques*
53. Boris Pahor	*Pèlerin parmi les ombres*
54. Félicien Marceau	*Chasseneuil*
55. Jude Stéfan	*Chroniques catoniques*
56. Emmanuel Bove	*Un homme qui savait*
57. Yves Martin	*Le Partisan. Le Marcheur*
58. Antoine Blondin	*Sur le Tour de France*
59. Pierre Benoit	*Erromango*
60. Jean Anouilh	*Œdipe ou le Roi boiteux*
61. Frédéric H. Fajardie	*Polichinelle mouillé*
62. Stendhal	*Notes d'un dilettante*
63. Victor Hugo	*Torquemada*

64.	Gabriel Matzneff	*Le Carnet arabe*
65.	Jean-Louis Guez de Balzac	*Le Prince*
66.	Francis Carco	*Le Roman de François Villon*
67.	Gustave Lanson	*L'Art de la prose*
68.	Erckmann-Chatrian	*Histoire d'un conscrit de 1813*
69.	Pol Vandromme	*Georges Brassens, le petit père*
70.	Jack Kerouac	*Avant la route*
71.	Sylvia Plath	*Carnets intimes*
72.	Frédéric H. Fajardie	*Au-dessus de l'arc-en-ciel*
73.	Léon Bloy	*Le Désespéré*
74.	Jean-Claude Pirotte	*La Légende des petits matins*
75.	Denis Tillinac	*Spleen en Corrèze*
76.	Julie de Lespinasse	*Lettres*
77.	Boris Nicolaïevski & Otto Mænchen-Helfen	*La Vie de Karl Marx*
78.	Alphonse Allais	*Le Captain Cap*
79.	Charles Baudelaire	*Les Fleurs du mal*
80.	William Shakespeare	*Trois Comédies*
81.	Molly Keane	*Un beau mariage*
82.	Jean Anouilh	*Médée*
83.	Frédéric H. Fajardie	*Brouillard d'automne*
84.	Maurice Barrès	*Greco ou le Secret de Tolède*
85.	Geoffroy de La Tour du Pin	*Chateaubriand, lequel ?*
86.	Guy Lagorce	*Les Héroïques*
87.	Émile Nelligan	*Poésies complètes*
88.	Jean de La Ville de Mirmont	*Les Dimanches de Jean Dézert*
89.	Frédéric H. Fajardie	*Jeunes femmes rouges toujours plus belles*
90.	Jules Renard	*Mille neuf cent*
91.	Chateaubriand	*Analyse raisonnée de l'Histoire de France*
92.	Jacques Chardonne	*Le Ciel dans la fenêtre*
93.	Chateaubriand	*Napoléon*
94.	Pol Vandromme	*Jacques Brel*
95.	Jean Racine / Pierre Corneille	*Bérénice / Tite et Bérénice*
96.	Jacques Ellul	*Anarchie et christianisme*

97.	Jacques Ellul	*Métamorphose du bourgeois*
98.	Jim Harrison	*L'Éclipse de lune de Davenport*
99.	Jean de La Ville de Mirmont	*L'Horizon chimérique*
100.	Gabriel Matzneff	*Maîtres et complices*
101.	Molly Keane	*Et la vague les emporta...*
102.	Paul-Jean Toulet	*Mon amie Nane*
103.	Charles Simmons	*Rides*
104.	Alphonse Boudard	*L'Hôpital*
105.	Alphonse Boudard	*Les Combattants du petit bonheur*
106.	Charles Le Quintrec	*Poètes de Bretagne*
107.	Charles Le Goffic	*Poètes de la mer*
108.	Sicca Venier	*Poètes d'Italie*
109.	P. Dauzier & P. Lombard	*Poètes délaissés*
110.	Frédéric H. Fajardie	*Sniper*
111.	Michael Jenkins	*Un été dans les Flandres*
112.	Pascal Jardin	*Je te reparlerai d'amour*
113.	Denis Tillinac	*Rugby blues*
114.	Christian Péchenard	*Proust et les autres*
115.	Donald Prater	*Stefan Zweig*
116.	Oswald Wynd	*Une odeur de gingembre*

CET OUVRAGE A ÉTÉ ACHEVÉ D'IMPRIMER SUR SYSTÈME VARIQUIK PAR L'IMPRIMERIE SAGIM À COURTRY EN JANVIER 2000, POUR LE COMPTE DES ÉDITIONS DE LA TABLE RONDE.

Dépôt légal : octobre 1999.
Numéro d'édition : 3215
Numéro d'impression : 4090.

Imprimé en France.
[R1]